Cori McCarthy

This is not a love scene

CORY MCCARTHY

THIS IS [NOT] A LOVE SCENE

Aus dem Englischen
von Edith Beleites

cbt

Bei diesem Buch wurden die durch das verwendete Material und die Produktion entstandenen CO_2-Emissionen ausgeglichen, indem der cbj-Verlag ein Projekt zur Aufforstung in Brasilien unterstützt.
Weitere Informationen zu dem Projekt unter:
www.ClimatePartner.com/14044-1912-1001

FSC
www.fsc.org
MIX
Papier aus verantwortungsvollen Quellen
FSC® C014496

Wir produzieren
Klimaneutral
ClimatePartner.com/14044-1912-1001
Druckprodukt

Verlagsgruppe Random House
FSC® N001967

1. Auflage 2020
Erstmals als cbt Taschenbuch September 2020

Die Originalausgabe erschien unter dem Titel
»Now a major motion picture« bei Sourcebooks Fire,
an imprint of Sourcebooks, Inc., Illinois
Aus dem Englischen von Edith Beleites
Umschlaggestaltung: Kathrin Schüler, Berlin
Umschlagmotive © Shutterstock (Dean Drobot, Jacob Lund, romvo, Taigi)
sh · Herstellung: UK
Satz: KompetenzCenter, Mönchengladbach
Druck und Bindung: GGP Media GmbH, Pößneck
ISBN 978-3-570-31340-4
Printed in Germany

www.cbj-verlag.de
Dieses Buch ist auch als E-Book erhältlich.

Für J.R.R. Tolkien, der schrieb:

»Es ist eine gefährliche Sache,
aus deiner Tür hinauszugehen.«

Auch für Peter Jackson, der sagte:

»Die ehrlichste Art, Filme zu machen, ist es,
sie für sich selbst zu drehen.«

Und für meine Brüder, Evan und Conor, die sagen:

»Schreib einfach weiter, Arschbacke!«

Film: Elementia
Regie: Cate Collins

Außendreh: Tag 1
Aran-Inseln, Irland

Anmerkungen zum Dreh:
KLIPPENSZENE. SEVYNS Stunt-Double und MAEDINA an Deck.

Keine Dialogaufnahmen. Luftaufnahmen und Zusatzteam auf dem Wasser. Und denkt dran: Sicherheit geht vor!

Weitere Anmerkungen:
M.E.THORNES Enkelkinder kommen mit Aer-Lingus-Flug 280 gegen 12 Uhr in Shannon an. Wir brauchen einen Freiwilligen, der sie abholt.

Nach Drehschluss Abendessen bei Tí Joe Watty.

KEINE PANIK, ABER AM GEPÄCKBAND STEHT EIN ELF

Wahrscheinlich war der Typ Maler. Oder Schlagzeuger.

Vermutlich ging er schon aufs College. Er war ganz in Schwarz gekleidet und das Einzige, was mich während des endlosen Nachtflugs interessiert hatte. Meine Bordbeziehung. Eine ebenso glühende wie eingebildete Romanze, bei der wir uns ein gutes Dutzend Mal trafen und den Kindern, die wir einmal haben würden, niedliche Anekdoten darüber erzählten, wie sich ihre Eltern in Tausenden Meter Höhe kennengelernt hatten.

Jetzt saßen wir nicht mehr zwei Plätze voneinander entfernt in einer Aer-Lingus-Maschine, sondern standen nebeneinander vor dem rotierenden Gepäckband. *Sag einfach Hallo und frag ihn irgendwas.*

Ich umklammerte den Hals meines Gitarrenkoffers. »Weißt du, wie spät es ist?«

Er schaute auf eine große silberne Armbanduhr. »Zwölf, halb.«

»Was?«, fragte ich verwirrt nach. Die ersten Koffer erschienen auf dem Band, und plötzlich hatte ich es eilig, das Eis zu brechen, bevor sich unsere Wege trennten. Immerhin stand der Wunschtraum eines kompletten Transatlantikflugs auf dem Spiel. »Also sechs? Oder halb zwölf? Ich habe dermaßen das Zeitgefühl verloren, dass es beides sein könnte.«

»Halb eins.« Sein irischer Akzent ließ seine Worte wie einen lyrischen Songtext klingen.

»Wie soll das denn gehen? Die Hälfte von zwölf ist doch sechs.«

»Diese Amis …«, murmelte er kopfschüttelnd.

Er schüttelte immer noch den Kopf, als er nach einem Koffer griff, während ich peinlich berührt dastand und mich fragte, warum mich ein wildfremder Mensch so enttäuschen konnte. Bis mein kleiner Bruder von der Toilette zurückkam, hatte ich dem Fremden in Gedanken vier Mal eine spektakuläre Abfuhr erteilt. Meine Lieblingsfantasie: unser Liebesaus auf der Videoleinwand eines Baseballstadions.

»Iris!«, rief Ryder schon von Weitem. »Ich habe mindestens zwei Minuten lang gepinkelt. Ich hätte die genaue Zeit stoppen sollen.«

Die Menge am Gepäckband wich vor ihm zurück – eine ganz normale Reaktion, wenn jemand lauthals übers Urinieren spricht. Jetzt kam ich mir tatsächlich wie eine unkultivierte Ami-Frau vor. *Danke, Irland. Das fängt ja gut an!*

»Elf Tage«, murmelte ich. »Es sind nur elf Tage.«

Ryder schien den Jetlag nicht zu spüren. Er kramte

eine Schaumstoffaxt aus seinem Rucksack und dabei fielen noch allerlei andere Spielzeugwaffen heraus. Dann verwickelte er einen imaginären Gegner in einen erbitterten Kampf, sodass unsere Mitreisenden immer mehr auf Abstand gingen. Meine große Ex-Flugliebe warf ihm sogar einen finsteren Blick zu und mir einen noch finstereren.

»Ich bin nicht seine Mutter«, sagte ich, sammelte Ryders Waffen vom Boden auf und packte sie in den Rucksack zurück.

Ein freundliches irisches Großmütterchen schaltete sich ein. »Bist du zum ersten Mal in Irland?«, fragte sie Ryder und legte ihm schwungvoll eine Hand auf die Schulter. Mein Bruder nickte und versuchte, sich aus ihrem Griff zu winden. Gern hätte ich gesagt, dass es in Amerika nicht üblich sei, fremde Kinder anzufassen, aber ich wollte unsere kulturellen Unterschiede, die ohnehin schon so krass zutage traten, nicht noch offensichtlicher werden lassen. »Willst du dir den Giant's Causeway anschauen? Oder die Klippen von Moher?«

»Nein«, sagte Ryder und riss sich von ihr los. »Wir treffen berühmte Leute, helfen am Set und kriegen vielleicht sogar selbst große Rollen.«

»Keine großen, Ry. Das weißt du doch«, sagte ich.

Das irische Großmütterchen sah mich fragend an. Ich schloss den Reißverschluss von Ryders Rucksack und versuchte, die fällige Erklärung so schnell wie möglich hinter mich zu bringen. »Er meint die Verfilmung von

Elementia. Die nächsten zwei Wochen wird hier in Irland gedreht. Man hat uns eingeladen, damit wir …« Ja, was eigentlich? »Zuschauen können, vermute ich.«

»Unsere Grandma hat das Buch geschrieben«, sagte Ryder so laut, dass immer mehr Menschen zuhörten, bis alle, die reisemüde auf ihr Gepäck warteten, uns anschauten.

»Wie bitte?« Mein Ex-Lover meldete sich zurück, dieses Mal ohne mit dem Kopf zu schütteln. »Deine Großmutter war die Schriftstellerin M.E. Thorne?« Er zwinkerte mir zu, als wollte er den imaginären Funkenflug zwischen uns neu entfachen.

Hör endlich auf, Iris!

»Hmm«, brachte ich mühsam heraus.

»Dann muss ich dir was zeigen.« Er begann, sein Hemd hochzuziehen.

»Oh, bitte …«, protestierte ich und starrte auf meine roten Chucks.

»Guck mal!«, krähte Ryder. »Iris, nun guck doch! Er hat die Karte von Elementia auf der Brust.«

Ich wagte einen verschämten Blick. Es war eine große Karte. Meine Neugier wurde mit einem Wust schwarzer Brusthaare auf blasser Haut belohnt.

Lächelnd zog er sein Hemd wieder herunter, aber ich hatte immer noch sein abfälliges *Amis* im Ohr. »Freust du dich auf die Dreharbeiten?«, fragte er. »Hast du ein Mitspracherecht? Und was hältst du davon, dass das Alter der Figuren geändert wurde?«

Ich strich mir die Haare zurück, befolgte meine goldene Regel im Umgang mit Menschen und sagte nichts. Andere sahen in mir entweder die Enkelin der bewunderungswürdigen M.E. Thorne oder einen Nobody. Eine dritte Variante wäre mir lieber gewesen.

»Wahrscheinlich redest du über nichts anderes mehr«, fuhr er fort. »Du kennst die Bücher deiner Großmutter ja bestimmt schon seit deiner Kindheit. Ich habe sie erst vor ein paar Jahren entdeckt. Aber die Filmmenschen erlauben dir wohl nicht, öffentlich darüber zu sprechen. Als Insiderin musst du das Ganze top secret behandeln, was?«

Die Antwort blieb mir im Halse stecken. Dieses Gerede war kaum zu ertragen. Alle Welt schien zu glauben, ich sei wegen der Verfilmung vollkommen aus dem Häuschen, aber für mich bedeutete es, dass sich die Zahl der *Elementia*-Fans verdreifachen würde. Vervierfachen. Es würde nicht lange dauern, bis sich die Leute nur noch wegen des Films für mich interessierten. Genau wie dieser Typ.

»Gehört die Reisetasche da uns, Ryder?« Ich schob meinen Bruder auf die andere Seite des Gepäckbands. Mit dem Rücken zu unseren Mitreisenden schloss ich die Augen und stöhnte leise.

»Alles in Ordnung, Iris?« Ryder legte mir eine Hand auf die Schulter. Ich schlug die Augen wieder auf. Es war nicht seine Hand, sondern die Schaumstoffaxt. Immerhin war sein kindlich besorgter Blick echt.

»Alles gut.« Ich legte den Kopf auf meinen Gitarrenkoffer. Solange ich auf Ryder aufpassen musste, durfte ich nicht einschlafen, aber ich konnte mich kaum noch wach halten. Im nächsten Moment hechtete mein Bruder auf sein Gepäck zu, sprang auf das Band und verschwand hinter den Plastikstreifen, die in die Eingeweide des Flughafens Shannon führten. »Hey!«, rief ich. »Ryder!« Vor Angst wurde ich schlagartig hellwach, und beinahe wäre ich ihm durch den Plastikvorhang nachgekrochen. »Hey!«

»Brauchst du Hilfe?«

Ich drehte mich zu einer irischen Stimme um, die ich nicht kannte, und wäre beinahe umgekippt. »Nein, nein.«

Der Knabe hatte Elf-Ohren. Im Ernst! Spitze, aus den Haaren ragende Elf-Ohren.

»Nein, nein?«, wiederholte er und zog skeptisch die Augenbrauen hoch.

»Wer … was bist du?«

»Ein Elf«, sagte er mit der gleichen Selbstverständlichkeit, mit der jemand anders gesagt hätte, er hätte Kunst als Leistungskurs gewählt. »Ich soll euch abholen.« Er hielt ein Blatt Papier mit der Aufschrift THORNE hoch.

»Weg damit! Die Leute sind schon neugierig genug.« Ich nahm das Blatt und zerknüllte es. »Wenn du wirklich helfen willst, rechne bitte mal mit.« Ich zeigte auf den Plastikvorhang am Ende des Gepäckbands. »Ein Bruder ist dahinter verschwunden, kein Bruder ist rausgekommen. Inzwischen läuft er womöglich auf dem Rollfeld herum.«

»Oh, ihr Kleingläubigen!« Elf-Ohr verschränkte die Arme. »Jeden Moment wird er wieder herauskommen.« Verschwörerisch beugte er sich vor. »Das Band läuft im Kreis, weißt du.«

Ich konnte nicht fassen, dass mir ein Fremder in einem Elfenkostüm mit biblischen Sprüchen kam. »Und wenn die Security ihn aufgreift? In den Staaten werden Erstgeborene für so etwas von der Behörde für Transportsicherheit verhaftet.«

Wie aufs Stichwort kam Ryder durch die Plastikstreifen zurück. Er saß auf meiner Reisetasche und trug meine Sonnenbrille, die er aus dem Seitenfach gefischt haben musste. Er wusste, dass er Ärger bekommen würde, grinste aber triumphierend. Als er den Typen neben mir sah, fiel ihm die Kinnlade herunter. Sofort sprang er vom Gepäckband und kam auf uns zugerannt. Unsere Koffer vom Band zu hieven, überließ er mir.

Als ich sie zu den beiden geschleppt hatte, stand Ryder mit weit aufgerissenen Augen da. »Iris! Das ist Nolan. *Nolan*!«

Nolan reichte mir die Hand, als hätten wir uns noch nie gesehen, geschweige denn angegiftet. »Eamon. Eamon O'Brien.«

Ich ließ Ryders Tasche fallen und schüttelte Eamon die Hand. »Was für ein Name! Direkt aus dem grünen Herzen Irlands, was?«

Zu seinen Gunsten muss ich sagen, dass er keine Miene verzog.

»Und du bist Iris Thorne. Ein Name, gegen den ebenfalls nichts einzuwenden ist.«

Ryder zupfte an meinem Shirt, bis mein BH aufblitzte, und sagte: »Nolan! Das ist Nolan!«

Ich packte seine Hand und zog mein Shirt bis zum Hals. »Hör auf, sonst reiße ich deine Elfenaxt in Stücke.« Ich nahm ihm meine Sonnenbrille ab und setzte sie selber auf, gerade noch rechtzeitig, um den womöglich tadelndsten Blick zu sehen, der einem Menschen je von einem Elfen zugeworfen wurde. »Keine Sorge. Ich mache sein Spielzeug nicht kaputt. Und warum bin ich eigentlich die Einzige, die das Gepäck schleppt?«

»Es ist kein Spielzeug«, sagte Ryder beleidigt. »Es gehört zu einem Kostüm!«

Eamon starrte mich immer noch an, und ich sah, dass seine Augen nicht einfach blau waren, sondern geradezu kristallblau, als hätte jemand sie digital bearbeitet. Kein Wunder, dass man ihm die Rolle des berühmten Elfen aus Grandma Maes Buch angeboten hatte. Nolan bzw. Eamon warf sich die Träger meiner riesigen Reisetasche über die Schulter und wollte dann noch meine Gitarre nehmen.

»Vergiss es«, sagte Ryder an meiner Stelle. »Mit dem Ding ist sie verheiratet.«

»Ist das in Amerika heute legal? Kann man dann Ehegattensplitting beantragen?«

Ich streckte ihm die Zunge heraus und er grinste breit. Dann schloss ich den Mund wieder und fragte mich, wie er mich binnen weniger Minuten dazu gebracht hatte, mich so kindisch wie Ryder zu benehmen.

Als wir unter dem grünen Schild NICHTS ZU VERZOLLEN auf den Ausgang zugingen, versuchte ich, ein Gespräch anzufangen. »Wenn du einer der Schauspieler bist – warum machst du dann den Chauffeur?«

»Ich habe mich freiwillig gemeldet, weil ich ein großer Fan bin.«

Auch das noch!

»Hey, über dich hab ich schon was gelesen«, sagte Ryder. »Das hier ist dein erster Film, stimmt's?«

Ich konnte mir nicht helfen: »Wie hast du dann ausgerechnet diese Rolle ergattert?«

»Ich liebe *Elementia*. Die Geschichte liegt mir im Blut. Ich habe sie schon mit meiner Mom gelesen, als ich … ungefähr so groß war.« Er legte die Hand auf Ryders Kopf und mein Bruder strahlte über alle vier Backen. »Als ich von der Verfilmung hörte und das Casting begann, haben meine Mom und ich uns gesagt, dass man mit Bescheidenheit nicht weiterkommt. Also haben wir unter den Bäumen von St. Stephen's Green ein Bewerbungsvideo gedreht.«

»Genau wie Elijah Wood, als er unbedingt die Rolle von Frodo haben wollte«, sagte Ryder.

»Stimmt.« Eamon klopfte Ryder auf die Schulter. Offenbar waren die beiden schon beste Freunde. »Deswegen dachte ich: Wenn es bei Elijah geklappt hat – warum nicht auch bei mir?«

»Weil Elijah Wood schon ein etablierter Schauspieler war, bevor er das tat«, murmelte ich.

»Wie bitte?«, fragte Eamon.

»Nichts.« Ich wusste, worauf das alles hinauslaufen würde, nämlich dass Eamon eines Tages sagen konnte: »Dann lernte ich die Enkel von M.E. Thorne kennen – das Großartigste, was je in meinem Leben passiert ist. Pure Magie.«

Eamon fuhr fort: »Tatsächlich wurde ich dann als Nolan besetzt. Und als heute in der Maske meine Ohren gemacht wurden, hieß es, dass Cate Collins, die beste Regisseurin aller Zeiten, jemanden sucht, der M.E. Thornes Enkel vom Flughafen abholt. Da habe ich mich auf der Stelle gemeldet.« Er verlagerte das Gewicht meiner Reisetasche und sah mich an. »Dann entdeckte ich diesen kleinen Axtschwinger und seinen Aufpasser, einen Bergtroll.«

Der Gitarrenkoffer fiel mir aus der Hand und schlug dumpf auf dem Boden auf. »Was, zum Teu…«

Ryders Grinsen war breiter als die beiden Hände, hinter denen er es zu verstecken versuchte.

»Verzeihung.« Eamon zwinkerte mir unverschämt zu. »Ich neige zu blumigen Übertreibungen. Typisch für Leute, die direkt aus dem grünen Herzen Irlands stammen.«

Ich wurde rot und wusste nicht, ob ich beleidigt sein oder mich schämen sollte.

»Iris Thorne!«, rief jemand von hinten, dessen Stimme mir unbekannt vorkam.

Ich drehte mich um und mein Puls begann zu rasen. So wie es zwei Arten von Reaktionen auf mich gab, gab es auch zwei Arten von *Elementia*-Fans: Die einen liebten die Trilogie heiß und innig, blieben aber auf dem Teppich, die anderen machten sie zu ihrem Lebensinhalt. Letztere nannten sich *Thornier*. Sie überhäuften meine Familie mit Briefen. Und kannten meinen Geburtstag.

Einer von ihnen hatte versucht, Ryder zu entführen, als er sechs war.

Deswegen war ich etwas beruhigt, als ich sah, dass es mein Ex-Lover aus dem Flieger war, Mr Brust-Tattoo, wie ich ihn mittlerweile in Gedanken nannte. Er kam auf uns zu. »Woher weißt du, wie ich heiße?«, fragte ich heiser und streckte vorsichtshalber eine Hand aus, damit er Ryder nicht zu nahe kommen konnte.

»Dein Bruder hat vorhin nach dir gerufen. Ich wusste gar nicht, dass M.E. Thorne so junge Enkelkinder hatte.«

Ich entspannte mich ein wenig. »So jung bin ich gar nicht.«

»Dann will ich mal hoffen, dass du wenigstens achtzehn bist.« Der Typ beugte sich zu mir vor, als wollte er mit mir flirten, und mir fiel wieder ein, was mich während des Flugs so an ihm fasziniert hatte. Die Mischung aus Lässigkeit und gutem Aussehen. Die Brille. Die blauen Augen. Die dunklen Locken. Er legte eine feingliedrige Hand auf meinen Gitarrenkoffer. Definitiv Musikerhände. Plötzlich wurde mir allerdings klar, dass ich mich geirrt hatte: Aus dem Studentenalter war er längst raus.

Erde an Iris: Mach, dass du wegkommst!

»Ich bin … siebzehn.« Ich trat ein paar Schritte zurück und war geradezu erleichtert, als ich gegen Eamon stieß. »Ich muss dann los.«

Der Typ holte seine Brieftasche heraus und überreichte mir eine Visitenkarte. »Schreib mir vor deinem Geburtstag. Ich lade dich zum Essen ein, und dann sprechen wir über den Film oder die Bücher, falls dir das lieber ist.«

Weder – noch. Vielen Dank. »Ich wohne in L.A.«

»Dann fliege ich hin.« Er lächelte die Person an, für die er mich hielt. Dann ging er. Und ich hasste M.E. Thorne mehr denn je, obwohl mein Hass, ehrlich gesagt, ohnehin schon groß war.

Wir gingen auf den Parkplatz zu, ich mit gesenktem Kopf.

»Du lässt nichts anbrennen, was, Lady Iris?«, sagte Eamon so leise, dass Ryder es nicht hören konnte.

»Nein, das verstehst du falsch«, sagte ich schnell. »Der Typ ist nicht auf mich, sondern auf meine verstorbene Großmutter scharf.« Er sah mich besorgt an. »Ist schon okay«, sagte ich und hoffte, genervt, stark und unerschütterlich zu wirken, aber Eamons Blick nach zu urteilen, sah man mir an, dass ich traurig war.

WAS SOLL DAS HEISSEN – »WIR MÜSSEN AUF EIN SCHIFF«?

Eamon stopfte meine Reisetasche in den Kofferraum des kleinsten Autos, das ich je gesehen hatte. Es war rostrot, soll heißen: Der Rost fraß den roten Lack langsam auf. Es war ein Zweitürer.

»Da passen wir doch gar nicht alle rein.« Ich schaute mich auf dem Parkplatz um, auf dem die meisten Autos genauso aussahen wie unseres. Keine Spur von den geräumigen, glänzenden SUVs, die ich gewohnt war.

»Aber sicher doch.« Eamon klappte den Vordersitz um, damit Ryder auf den Rücksitz klettern konnte. Dann schob er Ryders Reisetasche hinterher, bis mein Bruder an der gegenüberliegenden Fensterscheibe klebte.

Ryder konnte sein Glück kaum fassen. »Hey! Diese Sitze sind wie Eimer!«

»Hat mein Vater dich gebeten, uns in diesem Ding abzuholen?«, fragte ich.

Eamon hörte auf, an Ryders Reisetasche herumzudrücken, und sah mich fragend an. »Was sollte ich denn mit deinem Vater zu tun haben?«

Gute Frage. Ich schaute auf die Uhr, erschöpft und desorientiert. In L.A. war es jetzt kurz vor fünf Uhr morgens. In etwa zwei Stunden würde die Sonne aufgehen, hell und heiß. In Irland hingen die Wolken wie Beton am Himmel. Dick und grau. Oder Grey, wenn die Farbe zugleich ein Gefühl ausdrücken sollte. Und es war kühl. Mit anderen Worten: Ich hatte vollkommen falsch gepackt. »Ich ... mein Vater spielt mir gern Streiche.«

Ryder schraubte den Kopf aus dem Seitenfenster. »Er hat uns gezwungen, in der Holzklasse zu fliegen. Er meinte, das täte uns gut. Er bezeichnet Iris als Miesmacherin, weil sie immer so negativ ist.«

»Das ist aber gar nicht nett«, sagte Eamon.

»Sagt einer, der mich als Bergtroll bezeichnet«, schnappte ich und fragte: »Was hast du übrigens mit Annie vor?«

»Mit wem?«

»Ihre Gitarre«, brüllte Ryder.

»Du nennst deine Gitarre Annie? Wie süß!« Er lächelte, und beinahe hätte ich zurückgelächelt, aber ich konnte mich beherrschen und ermahnte mich, ihn am besten überhaupt nie anzulächeln. Stattdessen konzentrierte ich mich auf seine strubbeligen, dunkelblonden Haare; die strubbeligsten dunkelblonden Haare, die ich je gesehen hatte. Immerhin hingen sie so tief über seine Elfenohren, dass die nicht allzu seltsam wirkten.

Eamon hielt mir ein Tau entgegen. »Wir binden Annie aufs Dach.«

»Bist du verrückt?«, fragte ich entsetzt.

Er lachte, knallte den Kofferraum zu und öffnete die Fahrertür, bei der es sich allerdings um die Beifahrertür handelte, weil alles an dem Auto verkehrt herum war. »Dann musst du Annie auf den Schoß nehmen.«

Ich pferchte mich ins Auto und zog Annie nach. »Elf Tage«, murmelte ich, quetschte die Gitarre zwischen meine Knie und legte das Kinn auf den Koffer. »Zehn nach dem heutigen Tag.«

Auf den gewundenen, schmalen Straßen wechselte Eamon ruckelnd von einem Gang in den anderen, und dass Ryder ihn mit Fragen bombardierte, verbesserte seinen Fahrstil kein bisschen. Nach wenigen Minuten wusste ich, dass Eamon achtzehn war, aus Dublin stammte und nicht vorhatte, im Herbst aufs College zu gehen. Ha!

»Was willst du denn sonst tun? Ich meine, du brauchst doch Geld und so«, sagte ich.

»Keine Ahnung«, antwortete er. »Das wird sich schon finden.«

Doppelt ha! »So was ist bei euch erlaubt? In den Staaten heißt es: ›Gleich nach der Schule gehst du aufs College, mein Fräulein. Sonst fährst du dein Leben an die Wand.‹«

Eamon lachte. »Was für ein gigantischer Blödsinn! Woher soll man denn gleich nach der Schule wissen, was man machen will?«

Die Kombination aus »gigantisch« und »Blödsinn« verletzte mein Sprachgefühl – obwohl er nicht unrecht hatte.

Nachdem er ein Loblied auf jede Kuh, jedes Schaf, jeden halb verfallenen Wehrturm, an dem wir vorbeikamen, gesungen hatte, schnarchte Ryder langsam weg. Ich drehte mich zu ihm um. Wenn er schlief, sah er unschuldig und zerbrechlich aus, aber ich hörte ihn immer noch »Miesmacherin« sagen. Um ehrlich zu sein, tat es mir leid, schlechte Laune zu verbreiten. Aber das ist die Sache mit einem negativen Auftreten: Es verschafft einem Kontrolle und gleichzeitig macht man sich unbeliebt. Nach dieser Logik wäre mein Vater allerdings der unbeliebteste und zugleich mächtigste Mann ganz Kaliforniens.

Und außerdem der wahre Grund, warum ich zusammengequetscht in diesem lächerlichen Auto hockte.

»Ich möchte, dass du mit Ryder nach Irland fliegst und ihm seinen Traum von Hollywood erfüllst«, hatte er vor nur einer Woche gesagt, als handelte es sich nicht um eine Atlantiküberquerung, sondern um die Bitte, das Abendbrot vorzubereiten. Er schaute nicht einmal von seinem Laptop auf. »Ich werde es wiedergutmachen.«

»Aber du hast Cate Collins doch gesagt, dass wir uns aus dem Film raushalten«, sagte ich verblüfft. »Du hast sie sogar beschimpft.«

»Ja, aber sie ruft ständig an und dein Bruder gibt auch keine Ruhe. Erst heute hat er mir geschrieben, er verzichtet …« Mein Vater griff nach einem Zettel und las davon ab: »… auf je fünf Geburtstage und Weihnachten, wenn ich zu den Dreharbeiten an *Elementia* fliegen darf.« Er ließ den Zettel auf seinen Schreibtisch fallen. »Außerdem hält seine Therapeutin es für eine gute Idee. Ich bin also überstimmt.«

Ich war sprachlos. Vor allem weil mein Vater siebzehn Jahre lang Dutzende Gründe dafür gefunden hatte, warum ich den Quatsch, den seine Mutter zusammenfantasiert hatte, ignorieren sollte. Außerdem hatte er im vergangenen Jahr endlose Monologe darüber gehalten, wie sehr er es hasste, dass eine Verfilmung geplant war.

»Ich meine es ernst, Iris«, unterbrach er mein schockiertes Schweigen. »Mein Lektor wartet händeringend auf mein neues Buch und deine Mutter steckt ebenfalls knietief im Schreiben. Uns wird das alles zu viel.«

»Ah, jetzt kommt es also heraus«, murmelte ich.

»Tu es für ihn! Das ist eine einmalige Möglichkeit. Aber kein Alkohol und kein Flirten! Deine Aufgabe besteht darin, auf deinen Bruder aufzupassen.«

»Auf Ryder aufpassen? Wie das wohl wäre?«, schnappte ich sarkastisch. »Wie soll ich damit nur zurechtkommen?«

»Hör auf mit dem Unsinn! Fang an, die Reise vorzubereiten!«

Ich atmete tief durch. Wenn er so viel von mir verlangte, konnte ich auch etwas von ihm verlangen. Ich wusste auch schon, was. »Ich möchte Zugriff auf meinen Treuhandfonds bekommen, wenn ich achtzehn werde, nicht erst mit einundzwanzig. Ich weiß, dass du das ändern lassen kannst.«

Endlich schaute mein Vater von seinem Bildschirm auf. »Das Geld ist zweckgebunden. Kläre mich auf, du kleine

Miesmacherin: Verfolgst du einen bestimmten Zweck damit?«

»Ja.« Ich versuchte, so selbstsicher zu wirken wie er. »Ich möchte Geräte und Software für ein Aufnahmestudio kaufen. Für meine Songs.«

»Spielst du mir was vor?«

Ich zögerte. »Nein.«

»Dann kann ich dir nicht helfen. Wenn du nicht einmal mir etwas vorspielen kannst, bist du nicht reif für Aufnahmen. Ich werde nicht zulassen, dass du eine dieser Möchtegern-Künstlerinnen wirst, die sich um die harte Arbeit drücken, um an die Spitze zu kommen, und sich als YouTube-Stars aufblähen.«

»Dann fliegt Ryder nicht nach Irland.« Ich ging auf die Tür seines Arbeitszimmers zu.

»Da wir gerade über deinen Treuhandfonds sprechen, Iris, schlage ich vor, dass du dich bei Cate Collins bedankst. *Persönlich*. Die Verkaufserlöse deiner Großmutter – mit anderen Worten: dein Treuhandfonds – haben sich wegen der Verfilmung schon jetzt um ein Vielfaches erhöht. Wenn du mit dem College fertig bist und einen sinnvollen Beruf ergreifst, hast du genug Geld, um zu machen, was du willst. Auch deine Kinder können machen, was sie wollen. Sogar noch deine Enkelkinder.« Bei ihm klang es wie etwas Verwerfliches. Als sei es ganz schrecklich, dass er genau das getan hatte, als er beschloss, Tag und Nacht im dunkelsten Zimmer unseres Hauses schlecht verkäufliche Kriminalromane zu schreiben.

»Vielleicht brauche ich das Geld, um herauszufinden, was ich will«, argumentierte ich.

»Ich werde darüber nachdenken«, sagte er. »Aber nur, wenn du mit Ryder nach Irland fliegst und ihn heil zurückbringst.« Er winkte mich aus dem Zimmer, und ich fragte mich, ob wir einen echten Deal hatten.

Ruckelnd erklomm Eamons Spielzeugauto einen Hügel. Ich schaffte es, mein Notizbuch aus dem Rucksack zu meinen Füßen zu fischen, krakelte ein paar Liedzeilen hinein und merkte erst dann, dass Eamon mitzulesen versuchte. »Hey, *Shannara Chronicles*! Guck auf die Straße!«

Er riss das Lenkrad nach links. »Du schreibst?«

»Nein.«

»Ich habe gehört, dass dein Vater Schriftsteller ist. Allerdings habe ich sein Zeug nie gelesen.«

»Da geht's dir wie den meisten«, sagte ich. Er warf mir einen fragenden Blick zu. »Kein Mensch liest seine Bücher, aber wegen seines Nachnamens bieten die Verlage ihm immer wieder Verträge an.«

»Ah, das Thorne-Vermächtnis.«

Ich verzog das Gesicht. »Alle vergleichen sein Werk mit dem meiner Großmutter, obwohl es ein ganz anderes Genre ist. Er hat schon versucht, unter Pseudonym zu veröffentlichen, aber da war er noch erfolgloser.«

Eamon tippte auf meinen Gitarrenkoffer. »Und du willst den Namen Thorne als Ticket für eine Karriere als Rockstar benutzen? Ausverkaufte Konzerte und Platinalben?«

Dieser junge Mann musste noch viel lernen, aber erst mal sagte ich nichts.

»Versteh mich nicht falsch. Jeder will Taylor Swift sein. *Ich* hätte nichts dagegen, Taylor Swift zu sein.« Er begann, *Bad Blood* zu singen. Leider hatte er eine ziemlich gute Stimme.

»Hör auf!«

Er grinste, und ich wagte, ihm die Wahrheit zu sagen.

»Ich bin Songwriterin.« Das war sehr defensiv rausgekommen. Als sei mein Gegenüber anderer Meinung – und als hätte er möglicherweise recht.

»Kann ich mal einen Song von dir hören?«

»Nein!« Mir wurde übel, und das lag nicht an den kurvenreichen Straßen. »Ich schreibe Songs für andere.«

»Das macht doch überhaupt keinen Sinn.«

»Sagt der Typ, der Geld damit verdient, dass er Texte spricht, die jemand anderes geschrieben hat.«

»Touché, meine Liebe.« Er zuckte mit den Schultern und richtete den kristallblauen Blick auf die Straße. Ich wusste, dass man hier von wildfremden Menschen als »Liebes« oder »Schätzchen« angesprochen wurde, aber das machte es nicht weniger seltsam.

Bis zum Horizont erstreckte sich eine Patchwork-Decke in den verschiedensten Grüntönen, mit Nähten aus schiefen und krummen Steinmauern. Hübsch anzusehen, aber mitten im Nirgendwo. »Wo fahren wir eigentlich hin? Und wann erreichen wir ein Hotel mit Betten und Duschen?«

»Wie viele Duschen braucht ein Mädel aus L.A. denn?« Mit Kommentaren wie diesem war er schnell bei der Hand, aber statt ihm dafür zu gratulieren, warf ich ihm nur einen ätzenden Blick zu. »Ich soll euch nach Doolin bringen. Da nehmen wir die Fähre nach Inishmore, wo diese Woche gedreht wird.«

»Wir müssen auf eine Fähre?«

»Cool, was? Und warte, bis du den Set siehst! Er ist atemberaubend.«

»Ich atme gerne.«

Ryder steckte den Kopf in die Lücke zwischen den Vordersitzen. Mein Entsetzen musste ihn geweckt haben. »Wir besuchen den Set? Heute schon? Und wir fahren mit einem Schiff hin?«

»Nein«, sagte Eamon überraschend. »Nur, wenn deine Schwester dazu bereit ist. Ihr habt eine lange Reise hinter euch.«

»Ich will ins Hotel«, sagte ich. Je länger ich diesem Filmdreh aus dem Weg gehen konnte, desto besser.

Ryder zerrte an meinem Sitz und atmete mir direkt ins Ohr. »Bitte, bitte, Iris! Ich sitze auch ganz still und tu nichts, was ich nicht soll.«

Ich schaute meinem Bruder in die Augen, um zu sehen, wie ernst er es meinte. Er war jetzt acht, sah aber immer noch wie der Sechsjährige aus, der sich auf der anderen Seite des Spielplatzes die Lunge aus dem Leib geschrien hatte, während ein fremder Mann versuchte, ihn in einen kleinen Lieferwagen zu zerren. Noch nie im

Leben war ich so schnell gerannt. Und noch nie hatte ich so viel Angst gehabt.

Ich strich mir über die Arme, weil ich eine Gänsehaut bekam. Auch zwei Jahre danach sträubten sich mir noch die Haare, wenn ich daran dachte. Und jedes Mal hörte ich meinen Vater sagen: *Was für eine klischeehafte Formulierung, Iris!*

Ryders Atem roch wie der eines Jungdrachen – eine Mischung aus Ketchup und Sauce Bolognese.

»Du weichst mir nicht von der Seite«, sagte ich. »Versprochen?« Er nickte. Ich war nicht die Einzige, die noch jede Einzelheit vor Augen hatte, die an jenem Tag passiert war.

***

Stunden später sprühte mir der eiskalte Atlantik jedes Mal Gischt ins Gesicht, wenn die Fähre einen Wellenkamm durchpflügte. Eamon und Ryder waren begeistert und glitschten zusammen übers Deck. Offenbar hatten sich zwei Brüder im (Un-)Geiste gefunden. Wenigstens war der Himmelsbeton aufgerissen und dahinter war es strahlend blau.

»Cate hat dieses Schiff für den ganzen Dreh gemietet. Der Kapitän sagt, er bringt uns direkt zum Set«, brüllte Eamon, um die Schiffsmotoren zu übertönen. »Dann treffen wir das ganze Team.« Ich hielt mich an der Reling fest und versuchte, nicht den modrigen Geruch meiner uralten Schwimmweste einzuatmen. Ryder zeigte auf die hohen Klippen, über denen sich eine Steinformation erhob, und stieß einen spitzen Schrei aus. »Dun Aengus«, schrie Eamon zurück. »Eine Festung aus der Eisenzeit.«

Ich hatte jedoch nicht die Ruine im Blick.

Auf den Klippen konnte ich ein paar Dutzend Team-Mitglieder ausmachen, turmhohe Geräte, eine Krankamera und eine Frau, die etwas trug, das ich nur als Gandalfs Bademantel bezeichnen kann. Unten am Meeresrand hielt sich eine weitere Frau mit einer Riesenmähne am Rand eines altmodischen Ruderboots fest. Es war mit giftgrünen Leinen an einem Hightech-Floß befestigt, dessen Motor auf Hochtouren lief, um nicht von den Wellen an die Felsen geworfen zu werden. Über alledem ratterte ein Hubschrauber, und als ich den Kopf in den Nacken legte, sah ich einen Kameramann, der sich samt Ausrüstung aus der offenen Seitentür lehnte.

»Ganz schön gefährlich«, sagte ich, vor Schreck fast tonlos.

»Das hier wird im Film zu den Überresten von Manifest«, erklärte Eamon mit einem schelmischen Lächeln, das ihn wie einen echten Elf aussehen ließ. »Stell dir vor, wie das in der Computeranimation aussehen wird! Steinbrocken von eingestürzten Türmen und der Burg selbst werden aus dem Meer ragen, wie das nasse Grab einer ganzen Stadt.« Eamon zeigte auf die Gandalf-Frau auf den Klippen. »Das ist Maedina.«

»Wer?«, brüllte ich und versuchte, den Hubschrauber zu übertönen.

»Was?«, brüllte er zurück.

»Das ist reine Zeitverschwendung, Nolan«, sagte Ryder. Der größte Teil seines Kopfes verschwand in seiner Schwimmweste. »Iris weigert sich, die Bücher zu lesen. Ihr sagen die Namen alle nichts.«

»Im Ernst?« Eamons Kristallaugen weiteten sich und die Kinnlade fiel ihm herunter.

»Herrgott, ich habe doch keine schwere Krankheit«, schrie ich. »Ich halte nur nichts von Fantasyliteratur.«

»Aber deine Großmutter …«

»Ich habe sie nur einmal gesehen. Sie starb, als ich acht war.«

»Aber …« Eamon wusste nicht weiter und starrte mich an, als hätte ich ihm gerade gesagt, dass ich nur noch zwei Monate zu leben habe. Die Fähre entfernte sich von dem lärmenden Dreh, und die Schiffsmotoren waren nicht laut genug, um die plötzliche Stille zu übertönen.

Ich drehte mich wieder zur Reling um, fasste das beißend kalte Metall an und versuchte, mich nicht zu den chaotischen Filmarbeiten umzuschauen. Außerdem versuchte ich die Wahrheit zu verdrängen, die mir im Kopf herumschwirrte wie der Hubschrauber über den Wellen.

Es würden nicht bloß elf Tage sein.

Dieser Film würde mein Leben verändern.

Jetzt verstand ich, warum mein Vater so wütend geworden war, als wir uns zum ersten Mal mit Cate Collins getroffen hatten. Filme plusterten Geschichten bis zur Unkenntlichkeit auf. Es würde Filmplakate geben, Fortsetzungen, Tausende Fotos im Internet, Merchandising. Werbeartikelhersteller würden über Nacht allen möglichen Thorne-Mist auf den Markt bringen. Natürlich nur, wenn der Film Erfolg hatte.

Was aber, wenn er ganz schrecklich würde?

Dann wäre mein Nachname bloß noch ein schlechter Witz.

ÄRGER IM PARADIES DER SPINNER

Wir gingen von Bord der Fähre, und erleichtert betrat ich mit Gummibeinen einen gemauerten »Kai«, wie Eamon sagte. Ich hätte es als Anleger oder Marina bezeichnet.

Der Kai reichte ziemlich weit ins Meer und wir hatten einen schönen Blick auf das kleine Hafenstädtchen. Die engen Straßen waren dicht mit bunt angemalten Häuschen bebaut, die sich in der grün-grauen Landschaft an einen Hügel schmiegten.

Moor, dachte ich trübsinnig und gab mich meinen Jane-Eyre-Tagträumen hin. Vielleicht würde ich hier ja in eine düstere Affäre wie aus dem 19. Jahrhundert verwickelt. Oder ich sollte leiden, um meinen Charakter zu stärken, bevor ich nach L.A. zurückkehrte, wo mein Fluch von einem Vater mich in meine Schranken weisen würde. Vielleicht hatte ich immer schon etwas Melodramatisches gehabt …

»Jetzt bist du platt, was?« Eamon betrachtete meinen zweifellos verzauberten Gesichtsausdruck. Der Wind zerzauste seine ohnehin strubbeligen Haare und irgendwann hatte er sich einen Wollpullover mit Zopfmuster übergezogen und gab nun das Paradebeispiel eines irischen Jungen ab – allerdings mit Elfenohren.

»Platt?«, fragte ich nach.

»Irland. Sieht aus, als macht Irland dich platt.«

»Ich weiß nicht, wovon du sprichst«, sagte ich schnell und verkniff mir ein Lächeln. Mit der einsetzenden Dämmerung wurde es immer kälter. »Wie ruhig es hier ist.«

»Es ist wie Magie«, fügte Ryder hinzu. »Spürst du es?«

Ich lächelte ihm zu. Immerhin hatte er seine nächsten fünf Geburtstage und Weihnachten gegen dieses Erlebnis eingetauscht.

Am Ende des Kais lud Eamon unser Gepäck in einen Van, der an der Uferstraße parkte, und stöhnte unter dem Gewicht meiner Reisetasche. »Früher gab es gar keine Autos auf den Aran-Inseln. Ich weiß nicht, was wir gemacht hätten, wenn wir das ganze Equipment für die Filmarbeiten mit Pferdewagen und Karren hätten transportieren müssen. Wir gehen zu Fuß weiter. Der Gasthof ist ganz in der Nähe.«

»Essen!«, stöhnte Ryder erleichtert. Mein Magen war ganz seiner Meinung. Es war lange her, dass wir zuletzt etwas gegessen hatten.

Ich wollte nicht riskieren, dass Annie geklaut wurde, deswegen schleppte ich sie an den Dutzenden Leihfahrrädern vorbei, die hier herumstanden und nicht mal angeschlossen waren. *Was für ein seltsamer Ort!* Eamon und Ryder gingen vor mir und schäumten vor Begeisterung geradezu über. Ryder hüpfte beinahe, während Eamon … Ehrlich gesagt wurde ich aus ihm noch nicht schlau.

Annie wurde immer schwerer und mein Abstand zu den beiden immer größer.

Eamon blieb stehen und drehte sich zu mir um. »Soll ich das Mädel mal tragen?«

»Alles gut.« Ich nahm die Gitarre in die andere Hand. »Warum starrst du mich so an?«

»Hat dir schon mal jemand gesagt, wie sehr du deiner Großmutter ähnelst?«

»Ja.«

»Es liegt an den dunklen Haaren und den klaren, fast andersweltlichen Augen. Fast die gleiche Farbe. Das gibt es nicht so oft.«

Ich blinzelte ihn mit meinen sehr weltlichen Augen böse an und er drehte sich wieder um. Ich band mir die Haare für gewöhnlich zusammen. Auf ihren Autogrammkarten hatte Grandma Mae ihre langen Haare immer offen; mehr konnte ich nicht tun, um mich von ihr abzugrenzen.

Der Sonnenuntergang tauchte den Himmel in gedämpfte Farben, aber ich fühlte mich wacher. Wahrscheinlich, weil ich in L.A. um diese Zeit aufgestanden wäre. Trotzdem musste ich zugeben, dass Irland einen gewissen Charme besaß. Selbst jetzt im Zwielicht war alles noch grüner und blauer als bei den rot-orangenen Sonnenuntergängen, die ich gewohnt war, und durch den Mangel an Menschen wirkte die ganze Insel wie ein Film, der in Zeitlupe vorgeführt wurde.

»Wie viele Menschen wohnen hier?«, rief ich.

»Ungefähr eintausend, schätze ich mal, aber sie müssen mit enormen Touristenströmen fertigwerden.« Eamon führte uns zu einem Gasthof, der nicht viel mehr als eine alte, weiß getünchte Scheune inmitten verwitterter Picknicktische zu sein schien. *Tí Joe Watty's* stand in krummen Buchstaben unter einer Geige auf der Vorderfront.

»Eine Fidel«, sagte Eamon, als wollte er meine Gedanken korrigieren. »Komm, alle freuen sich auf euch.«

Alle?

Er wuchtete die äußere Tür auf, Ryder rannte auf die innere zu, und dann sahen wir *alle*. Mindestens fünfzig Schauspieler und Teammitglieder, alle mit erhobenen Gläsern. Mitten in dem schummrigen Schankraum stand die zierliche Cate Collins auf einem Stuhl und hob ebenfalls ihr Glas. »… nicht gerade ein gelungener erster Drehtag an dieser Location, aber …« Als sie uns sah, hielt sie inne. »Schaut mal, was für ein Glück wir haben! M.E. Thornes Enkelkinder sind gekommen, um die Dreharbeiten zu segnen.«

Das wüsste ich aber!

»Hallo, Leute!«, rief Ryder.

Alle lachten, dann tönte es aus allen Kehlen: »*Sláinte*!«

»Das ist Irisch für ›Prost‹«, sagte Eamon.

»Ich weiß«, murmelte ich, obwohl das gar nicht stimmte.

Cate eilte auf uns zu. Ihre kurz geschorenen Haare waren wunderbar grau, die Lachfalten rund um ihre

Augen wie eingemeißelt, aber trotz alledem wirkte sie jung. Vor Nervosität wurde mir ganz kribbelig; es war die gleiche Nervosität, die mich schon vor Monaten in L.A. ergriffen und all meine Alarmglocken in Sachen Thornier schrillen lassen hatte.

Irgendwann hatten mein Dad, Ryder und ich den Köder geschluckt und den Weg zum Parkplatz und ins Büro von Vantage Pictures gefunden, wo Cate vor Freude, uns zu sehen, fast weinte. »*Elementia* hat mir das Leben gerettet«, hatte sie gesagt und hielt meine Hand so fest, als wollte sie sie abschrauben und in einem Reliquienschrein aufbewahren. Sie schilderte, wie sie sich den Film vorstellte. Die Dreharbeiten standen damals kurz bevor. Cate glaubte ganz fest daran, dass *Elementia* als die feministische Antwort auf Tolkiens männerdominierte Welt gefeiert und ihr Heimatland Irland ebenso zur Touristenattraktion werden würde wie Neuseeland seit den Dreharbeiten zu den *Herr der Ringe*-Filmen.

Ich schaute mich in der rustikalen Einrichtung von Tí Joe Watty's um und dachte, dass Irland vielleicht einmal das 19. Jahrhundert hinter sich lassen sollte, wenn es vom Rest der Welt beachtet werden wollte. Doch dann erinnerte mich das lachende, bechernde Produktionsteam daran, dass eine Menge Leute auf genau dieses Ambiente abfuhren.

Cate umarmte Ryder zu fest. Ich schob die beiden auseinander und ignorierte, dass Ryder sie auch fest drückte.

»Wir haben Hunger«, sagte ich.

»Ja, klar!« Cate führte uns an einen Tisch, und zügig wurden gehaltvolle Sandwiches und »Chips« gebracht.

»Das sind doch keine Chips«, sagte ich, überwiegend zu mir selbst. »Das sind Pommes.« Überrascht war ich eigentlich nicht, nur müde.

»Was ist das bloß für eine Welt, in der es verschiedene Wörter für Dinge gibt«, kommentierte Eamon und setzte sich zu dicht neben mich. Seine kristallinen Augen waren schon wieder drauf und dran, schelmisch zu zwinkern, und ich wollte ein Stück von ihm abrücken, aber das ging nicht. Zu fünft saßen wir zusammengequetscht an einem runden Tischchen für zwei. Eamon, Ryder, Cate und ich. Dazu wurde uns ein dünner Mann mit Schlapphut vorgestellt, der über einem Notizbuch kauerte. »Das ist Henrik«, sagte Cate. »Unser künstlerischer Leiter.«

Henrik blinzelte mich durch dunkle Brillengläser an. »Ich sorge dafür, dass auch Menschen, die die Bücher nicht auswendig gelernt haben, den Film verstehen.«

Ich mochte ihn sofort und sprach ihn so formlos an, wie man es mir eingeschärft hatte, weil das in Filmkreisen angeblich üblich war. »Du bist wohl kein Fantasy-Fan?«

»Ich habe jemand anderem die Treue geschworen.« Er zog den linken Hemdsärmel hoch und zeigte uns ein Tattoo mit den stilisierten Initialen J.R.R. Tolkiens auf der gebräunten Haut seines Unterarms. *Herrgott, haben denn alle Fantasy-Nerds einen Tattoo-Tick?* »Ich bevorzuge die originale Trilogie.«

»Ich bitte dich, Henrik! M.E. Thorne hat doch nicht

bei Tolkien abgeschrieben!« Cate schien nahtlos an eine laufende Auseinandersetzung anzuknüpfen. »Bei Thorne geht es um Frauen, die die Welt retten. Tolkien dagegen hält es mit George Lucas' Prinzip ›eine Frau pro Universum reicht‹.«

»Galadriel, Arwen, Éowyn«, zählte Henrik auf.

»Ach was? Ganze drei? Das ist natürlich was anderes. Drei Frauen pro Universum also, aber dann reicht's offenbar wirklich.«

»Lúthien«, schnappte Henrik. »Und was ist mit Haleth, der Jägerin? Immerhin tötet sie Tausende von Orks.«

»Die Figuren aus dem *Silmarillion* zählen nicht«, sagte Cate. »Das ist ein ganz anderes Buch.«

Ryder folgte der Debatte mit breitem Grinsen, und ich konnte der Versuchung nicht widerstehen, mich einzumischen.

»Ich verstehe, was Henrik meint«, sagte ich und freute mich über Cates Grummeln. »Elfen. Magische Bäume. Eine Welt in Gefahr. Für mich klingt das alles sehr nach Mittelerde.«

Henriks triumphierendes Grinsen hatte etwas Trollhaftes.

»Auf diesem Gebiet herrscht doch pure Anarchie«, sagte Cate. »Erstens basieren all diese Fantasiegeschichten auf den *Canterbury Tales*. Alle wie sie da sind, Tolkien, Lewis, Thorne, Rowling etc. pp. hätten Chaucer die Urheberrechte zuschreiben sollen, inklusive der entsprechenden Honorare.« Sie sah mich an. »Und zweitens: Warum erkennst du nicht, was für ein geniales Erbe deine Großmutter hinterlassen hat?«

»Ich habe ihre Bücher nicht gelesen«, verkündete ich stolz. »Ich bin …«

»Lass dich nicht blenden, Cate«, ging Eamon dazwischen, verschränkte die Arme vor der Brust und sah mich an. »Ryder sagt, euer Vater hat ihm die Bücher vorgelesen, als er sechs war. Willst du etwa behaupten, dein Vater hätte sie dir nicht vorgelesen, als du klein warst? Ich glaube dir kein Wort!«

Hatte ich schon beim Eintreten das Gefühl gehabt, dass ich puterrot war, so musste ich jetzt wie Lava glühen. Nein, mein Vater hatte mir die Bücher nicht vorgelesen, und dass er sie Ryder vorgelesen hatte, war Teil seiner Therapie, nachdem er beinahe entführt worden war. Lauter denn je hörte ich meinen Vater sagen: *Sag nichts, Iris! Mit diesen Leuten kann man nicht argumentieren.*

Cate und Eamon ließen von mir ab und sprachen über seine Elfenohren. Dann winkten sie eine junge Frau herbei, die nicht viel älter zu sein schien als ich. Auf einer Seite ihres Kopfes waren ihre Haare abrasiert, auf der anderen zu pinken und gelben Ringellocken eingedreht. Sie trug fingerlose Handschuhe und hatte keinerlei Scheu vor ihrer Regisseurin. Was hätte ich nicht gegeben, um wie sie zu sein. Künstlerisch angehaucht. Mutig. Selbstsicher. Mit Mädels wie ihr legte man sich nicht an. Mit Mädels wie mir legte man sich jederzeit an. Mädels mit langen Haaren ohne eindeutige Frisur. Mädels, die genug

Make-up trugen, um es aussehen zu lassen, als trügen sie keins. Mädels mit anständiger Kleidung, die keiner besonderen Mode folgten. Kurz gesagt: Mädels, die man für ihre verstorbene Großmutter halten könnte.

»Das ist Iris«, sagte Eamon. »M.E. Thornes Enkelin. Sie freut sich wahnsinnig, endlich hier zu sein.« Zu meiner Verteidigung muss ich sagen, dass ich schon vor dieser Vorstellung ziemlich mürrisch dasaß.

Die junge Frau streckte mir die Hand entgegen. »Roxanne. Maskenbildnerin.« Na, super! Sogar ihr Name war cool.

Ich rang mir ein steifes Lächeln ab und schüttelte ihr über dem winzigen Tisch die Hand.

»Roxy hat meine Ohren gemacht«, sagte Eamon. »Sie war auch an *Shannara* beteiligt, das du vorhin so lobend erwähnt hast.« Roxanne strahlte; offenbar sollte es also kein Witz sein. Süffisant fragte er mich: »Kommen in der Sendung viele Elfen vor?«

»Wir nennen es eine *TV-Serie*«, sagte ich. O mein Gott, ich würde mich noch gezwungen sehen, Eamon O'Brien umzubringen. Dabei hatten wir uns gerade erst kennengelernt. Cate sah mich enttäuscht an und auch dagegen hatte ich etwas. »Ich habe bis jetzt nur die Werbung dafür gesehen. Coole Optik. Ich werde es auf meine Liste setzen.« Das sagte ich, damit Roxanne mich nicht für eine komplette Zicke hielt.

Sie schenkte mir ein halbes Lächeln. Sie wusste, dass ich sie nicht beleidigen und dass Eamon mich nur ärgern wollte. Sie wusste, dass ich nicht das geringste Interesse daran hatte, hier zu sein. Und all das wusste sie, weil Mädels nur dann so cool werden wie sie, wenn sie immer und überall alles ganz genau wahrnehmen.

Ich starrte auf meine Pommes/Chips, bis mich alle in Ruhe ließen. Angesichts der Wahrheit, die sich auf der Fähre in meine Gedanken geschlichen hatte – dass diese Produktion viel größer war, als ich geahnt hatte –, rückte ich meinen Stuhl näher an Henriks. Er hob eine Augenbraue. »Warum war es kein guter erster Tag?«, fragte ich. »Was ist schiefgegangen?« *Klasse, Iris!*

Henrik schaute auf sein Notizbuch und murmelte: »Cate dreht chronologisch. Sie findet, das hilft den Schauspielern, sich in die Geschichte einzufühlen. Aber auf diese Weise läuft einem die Zeit davon. Zudem haben wir ganze zwei Wochen für einen Dreh, der eigentlich einen Monat in Anspruch nehmen würde. Heute haben wir den ganzen Tag darauf gewartet, dass sich die Wolken verziehen. Und das für eine einzige Einstellung, die wir an einem anderen Tag innerhalb einer Stunde im Kasten gehabt hätten.«

»Aber jetzt haben wir die Einstellung, nicht wahr, Henrik?« Cate hörte uns also zu. Henrik nickte, und Cate richtete ihren irischen Akzent, der nach mehreren Jahrzehnten in Kalifornien etwas verblasst war, an mich. »Dein Vater hat mir gemailt. Es ging um dich. Er hat geschrieben, dass du manchmal ziemlich negativ bist.« Ich biss mir auf die Zunge – wirklich. *Wer im Glashaus sitzt* …, dachte ich. »Aber ich wette, dass wir aus dir noch einen glühenden Thorne-Fan machen.«

Ryder lachte laut auf und hustete dabei die Pommes aus, die er sich gerade in den Mund gestopft hatte. Ich klopfte ihm auf den Rücken und klatschte gegen Eamons Hand, der ebenfalls helfen wollte. Ich stieß seine Hand weg. Dieser Typ trat mir zu schnell zu nahe. Alle anderen auch. »Was ist das hier?«, fragte ich genervt. »Ein Umerziehungslager für Fantasy-Muffel oder der Drehort eines großen Kinofilms?«

Cate beugte sich vor. »Vielleicht beides.«

»Iris schreibt Songs, Cate«, sagte Eamon. »Sie hat sogar ihre Gitarre mitgebracht.«

Cate schien interessiert, und ich musste so schnell wie möglich der nächsten Inquisition entkommen.

»Wo sind die WCs?«, fragte ich.

»Wir nennen sie Toiletten«, sagte Eamon, immer noch mit neckendem Tonfall und immer noch im Unklaren darüber, wie unlustig ich das alles fand.

»Das nenne ich mal direkt«, schoss ich zurück.

Eamon hob die Augenbrauen, zeigte mir aber die Richtung.

Ich quetschte mich hinter dem Tisch hervor, während Ryder mich wie ein Terrierwelpe mit schief gelegtem Kopf beobachtete. Bestimmt fragte er sich, warum seine große Schwester immer alles so schwierig machen musste.

DARF ICH VORSTELLEN? HOLLYWOODS BEGEHRTESTER HOTTIE

ODER: DER ORLANDO BLOOM DIESES FILMS

Als ich vom WC zurückkam, war der Geräuschpegel deutlich gestiegen. Ein Trio stand in einer Ecke des Schankraums und spielte traditionelle irische Musik, die extra dafür geschaffen zu sein schien, mit einem Raum voller Gelächter zu verschmelzen. An meinem Tisch trank Eamon gerade den Rest seines Pints Bier aus, und ich dachte, dass es vielleicht Zeit war, auf den Alkoholzug aufzuspringen. Vielleicht würde mich diese Kneipe dann nicht mehr so erdrücken.

Der Barkeeper schaute mich eine geschlagene Minute lang an, bevor ich die passenden Worte fand. Was trank man hier noch gleich? Ach ja. »Ein Guinness, bitte.«

»Du bist noch nicht achtzehn«, sagte der Mann.

»In sieben Monaten«, versuchte ich mein Glück.

Er schüttelte den Kopf.

»Na gut.« Ungeschickt kletterte ich auf einen Barhocker. »Dann ein Glas Wasser, bitte.«

Er ließ Leitungswasser in ein Glas laufen und stellte es vor mich hin. Das Wasser war trüb und warm. Ich starrte hinein, als könnte ich dort irgendwo mein Leben wiederfinden.

»Kaulquappen gefunden? In meinem schwamm definitiv eine herum.«

Die Stimme war wie ein Sonnenstrahl. Ich fiel vom Barhocker, landete aber auf den Füßen. Ich blickte eine Lederjacke hinauf, die wahrscheinlich genauso viel gekostet hatte wie Eamons Auto, und von dort in ein lächelndes und wie gemeißeltes Gesicht.

Julian ich-fasse-es-nicht Young.

»Hi, Julian.«

»Hi …?«

Er kann sich nicht an mich erinnern. Warum sollte er auch?

»Ich hab's gleich«, sagte er. »Gib mir eine Sekunde.«

»Iris«, sagte ich, und sein Lächeln wurde noch breiter. Seine Zähne waren keine künstlichen à la Hollywood, zwei untere Schneidezähne standen sogar ziemlich schief. Perfekte Nicht-Perfektion.

»Haben wir uns nicht vor ein paar Monaten an einem Wasserspender getroffen?«

Heilige Scheiße! Er erinnert sich doch! »Ja, vor Cates Büro. Auf dem Vantage Gelände.«

»Einen Moment, bitte.« Er holte sein Handy aus der Jackentasche und begann, mit flinken Fingern etwas zu schreiben, während ich an alle Einzelheiten meiner ersten Begegnung mit Julian Young dachte. Meinen Schulfreundinnen hatte ich sie mindestens ein Dutzend Mal geschildert.

Mitten in Cates Monolog über ihre Vorstellung von *Elementia* hatte mein Vater die Geduld verloren und unter Verwendung von allerlei Fäkalsprache seiner Wut Luft gemacht. Ich hatte Ryder zum WC gebracht, und als ich im Flur auf ihn wartete und einen hütchenförmigen Becher am Wasserspender füllte, stieß ich mit der Schulter plötzlich gegen Julian. Sein T-Shirt spannte so stark über seinem Bizeps, dass mir unzüchtige Gedanken kamen.

»Spielst du in dem Film mit?«, brach es aus mir heraus, während ich ihm mit meinen Blicken das Shirt vom Leib riss.

»Ich bin der Zwillingsbruder, Eager. Oder Eric? Sorry, aber für mich klingen die Namen alle gleich. Außerdem habe ich gerade einen anderen Film abgedreht. Mein Kopf steckt noch nicht in dem neuen Stoff. Wie heißt der Bruder noch mal?«

»Schon gut«, sagte ich schnell. »Ich weiß es selber nicht.« Eine klitzekleine Lüge. Die Hauptfiguren und ein paar unzusammenhängende Einzelheiten kannte ich natürlich. Das ließ sich nicht vermeiden, seit Ryder zum *Elementia*-Fan geworden war.

Julian beugte sich zu mir vor. Er roch nach Sandelholz. »Darf ich dir ein Geheimnis verraten? Ich habe die Bücher nicht gelesen.«

»Ich liebe dich.« Nein, das sagte ich nicht, aber es lag mir auf der Zunge.

»Aber ich werde es bald tun. Wegen der Rolle. Das gehört sich doch so als Profi, oder?«

Ich nickte wie verrückt. Es gab einige wenige Menschen auf der Welt, die Grandma Maes Büchern in meinen Augen eine Daseinsberechtigung verschafften. Julian Young, ein einundzwanzigjähriger Filmstar, war einer von ihnen.

»Wollt ihr lieber Wasser aus der Flasche?«, fragte der Barkeeper und holte mich damit nach Irland zurück. Julian tippte immer noch leicht lächelnd auf seinem Handy herum.

»Nein, danke«, sagte ich. »Das hier sieht fantastisch aus.« Julian lachte. Ich hatte Julian Young zum Lachen gebracht.

Er steckte sein Handy in die Tasche und prostete mir mit seinem Glas zu. »Du hast mir gar nicht erzählt, dass du eine berühmte Enkelin bist.«

»Na ja …« Ich schluckte das erdige Wasser herunter. »Warum sollte ich angeben? Außerdem haben wir etwas gemeinsam.« Effektvolle Pause. »Ich mag die Bücher nicht.«

»Du musst Shosh kennenlernen.« Er nahm mich bei der Hand – *WOW!* – und zog mich in eine dunkle Ecknische, wo eine atemberaubende Frau mit wilden Locken Hof hielt. Ich erkannte sie aus dem Boot vor den Klippen wieder. »Iris Thorne, das ist Shoshanna Reyes. Unsere Sevyn.«

Ich musste kurz nachdenken. Richtig, Sevyn war die Heldin von *Elementia*.

Shoshanna gab sich viel Mühe, so zu tun, als sei sie an mir interessiert, aber wir beide wussten, dass wir unterschiedlichen Mädels-Spezies angehörten. Hatte Roxanna mir das Gefühl gegeben, langweilig zu sein, so warf Shoshannas royale Präsenz die Frage auf, ob ich überhaupt von diesem Planeten stammte. Sie lehnte sich zurück und legte den Kopf schräg, was bewies, dass sie sich, obwohl wir fast gleich alt waren, in ihrem Körper wohler fühlte, als ich es je tun würde. *Filmstars*, dachte ich mit einem Stechen. Ich saß mit lauter Filmstars an einem Tisch.

»Shosh ist meine Zwillingsschwester, also im Film«, sagte Julian und schien über die Maßen stolz darauf zu sein.

»Das macht Sinn«, versuchte ich mich in höflicher Konversation. »Ihr seht euch ziemlich ähnlich.«

Shoshanna sah mich mit zusammengekniffenen Augen an. »Bist du eine Rassistin oder hoffnungslos naiv?«

Ich hatte an meinem Glas genippt, aber plötzlich gehorchte mir mein Mund nicht mehr. Warmes Wasser lief mir am Kinn herunter, sodass Shoshanna in sonores Gelächter ausbrach.

Julian nahm mein Glas und wischte mir doch tatsächlich das Kinn mit dem Daumen ab. »Ist nicht dein Ernst, Shosh, oder?« Sie zuckte mit den Schultern, und ich hatte keine Ahnung, was los war, außer dass ich mich an dem Tisch mit den Fantasy-Nerds besser geschlagen hatte. »Wir haben beide philippinische Vorfahren«, sagte er.

»Wir sind der Beweis, dass sich die Filmgesellschaft nicht scheut, der Besetzungsliste Farbe zu verleihen«, sagte Shoshanna.

»Das ist …« Verschiedene Wörter schossen mir durch den Kopf, aber keins schien zu passen. »Schrecklich«, brachte ich schließlich heraus. »Von denen, meine ich. Sorry, ich weiß nicht, was ich dazu sagen soll.«

Triumphierend hob Shoshanna die Hand, als hätte ich ihr recht gegeben. »Darum mache ich das, Julian. Den Leuten gleich am Anfang auf den Zahn fühlen.« Sie sah mich an, ihre Augen strahlten wie elektrisiert, und auch ihre wirren Locken schienen zu leuchten. »In unserer Branche wimmelt es von Hohlköpfen. Deswegen will ich immer von vornherein wissen, mit wem ich es zu tun habe. Du scheinst ganz in Ordnung zu sein.«

Ach ja?

»Andererseits bist du die *Enkelin*. Cate hat uns immer wieder eingeschärft, dass wir euch als Glücksbringer betrachten sollen.«

»Wie unheimlich«, sagte ich. Shoshanna lachte. Immerhin das hatte ich hinbekommen.

Julian schaltete sich wieder ein. »Siehst du? Sie ist kein Nerd. Sie steht auf unserer Seite.«

***

Im weiteren Verlauf des Abends wurde es immer lauter und chaotischer. Aber ich lernte viel.

Zum einen war es nicht Shoshanna gewesen, die ich in

dem Boot vor den Klippen gesehen hatte, sondern Jessica, ihr Stunt-Double. Zum anderen würde Shoshanna Julian umbringen, wenn er sie weiterhin »Shosh« nannte. Vor allem aber wurde mir klar, dass diese beiden Schauspieler unter all den *Elementia*-Fans ziemlich isoliert waren, und das Gefühl kannte ich gut. Das ganze Team schien aus eingefleischten Thorniern zu bestehen und gab sich mit Mini-Honoraren zufrieden, nur um dabei sein zu können. Auch nach zwei Monaten Studioaufnahmen auf dem Vantage-Gelände hatten Julian und Shoshanna noch nicht verstanden, warum alle so verrückt nach *Elementia* waren.

Also erzählte ich ihnen lächerliche Thornier-Anekdoten, inklusive des Missgriffs mit meinem Flug-Lover und der Landkarte auf seinem Oberkörper. Sie wollten nicht glauben, dass er anlässlich meines Geburtstags mit mir ausgehen wollte, bis ich seine Visitenkarte auf den Tisch warf.

»Ruhm kann grausam sein. Was für A...löcher!« Shoshanna versenkte die Visitenkarte in ihrem leeren Whiskyglas, warf Julian einen koketten Blick zu und sagte: »Julian geht mit seinen Fans netter um.«

Der lehnte sich zurück und verschränkte die Hände hinter seinen prachtvollen dunklen Haaren. »Meine Fans halten mich in Lohn und Brot. Das weiß ich zu schätzen.« Er war so *ernst*. Ich stellte mir vor, dass sich Oscar Wilde im Grab aufrichtete, um ihm zu applaudieren.

Die Schauspieler, das Team und ich verließen die

Kneipe im Pulk, und ob es nun am Jetlag lag oder ich einfach nur keine Lust mehr hatte, einen Achtjährigen zu betreuen – jedenfalls vergaß ich Ryder, bis wir zu lauter kleinen, im Kreis aufgestellten Wohnwagen kamen. Einer war für Ryder und mich. Das war natürlich nicht so toll, aber dafür stand er genau neben Julians.

»Dein Bruder ist schon drinnen«, sagte Eamon und zeigte auf die Tür eines Wohnwagens. »Er hat wohl ein bisschen Heimweh.«

»Okay.« Lustlos ging ich die Stufen hoch. Julian war kurz zuvor verschwunden, sein Handy am Ohr und gedämpft mit jemandem sprechend. Er hatte nicht einmal Gute Nacht gesagt.

»Vermisst du nicht was, Iris?«, rief Eamon und ich drehte mich zu ihm um. Er stemmte Annie in die Luft.

»O mein Gott, danke!« Schnell lief ich los, um sie zu holen. Dass ich sie vergessen hatte, war schockierend. Lag es an der Magie von Stars wie Julian und Shoshanna, oder war ich schlicht und ergreifend nicht in meinem Element?

»Tut mir leid, dass ich dich vorhin im Pub so auf die Schippe genommen habe«, sagte er. »Aber es ist wirklich seltsam, wie du mitten in alledem drinsteckst, ohne dass es dir irgendetwas bedeutet.«

Ich sah Eamon zum ersten Mal wirklich an. Vorbei an den Elfenohren und den strubbeligen Haaren. Er hatte keine Ahnung, wie er mit Mädels umgehen sollte, und trug jetzt einen Rucksack – wo immer der hergekommen sein mochte –, als wartete er darauf, von der Schule abgeholt zu werden. Wie, um alles in der Welt, sollte er sich vor den Stars behaupten? Vielleicht tat er mir leid. Vielleicht konnte ich mich mit ihm identifizieren.

»Ich bin wegen Ryder hier. Es bedeutet ihm alles. Bis vor ungefähr einem Jahr dachte er, er sei zum Teil Elf.« Natürlich war das nicht die ganze Wahrheit, aber ich wollte nicht erzählen, welche schlechten Erfahrungen Ryder mit den fanatischeren unter den *Elementia*-Anhängern gemacht hatte.

Eamon fuhr sich durch die wuscheligen Haare. »Warum sind dann eure Eltern nicht mitgekommen?«

Ich lachte. Er wartete auf eine Antwort und schließlich sagte ich: »Lass es mich so ausdrücken: Sie haben andere Prioritäten.«

Ich wollte schon in unseren Wohnwagen gehen, als er sagte: »Ich wohne in dem Wagen da drüben, zusammen mit ungefähr fünf anderen. Wenn du was brauchst, klopf einfach an.«

»Ähm … danke.« An ihm vorbei schaute ich in Julians erleuchteten Wohnwagen.

»Schön, dich kennenzulernen, Iris.«

»Ja, ja.« Selbst die schemenhafte Silhouette eines auf und ab tigernden Julian hatte Starqualität.

»Vergiss nicht zu atmen, Iris.« Damit wandte Eamon sich zum Gehen.

Mit wem telefonierte Julian? Seinem Agenten? Seiner Mutter? Seit unserer ersten Begegnung auf dem Vantage-

Gelände hatte ich sein Profil in der IMDb mindestens vierzig Mal aufgerufen. Als Fünfzehnjähriger mit dem Schauspielern angefangen, Star von einem halben Dutzend Filmen – darunter drei Blockbuster plus *Alien Army* – und das Beste: keine aktuelle Freundin. Ich musste daran denken, wie er in der Kneipe meine Hand genommen hatte, und sofort begannen meine Finger zu kribbeln.

Was für ein Klischee, Iris, hörte ich meinen Vater.

Ich schaute auf meine Hände hinab. »Es kribbelt aber wirklich.«

Ich betrat den Wohnwagen – ein klaustrophobisches Erlebnis. Alles war aus sterilem weißem Plastik, aber der Geruch war in Ordnung. Es gab ein kleines Spülbecken und ein kleines Badezimmer, eine winzige Sitzecke und ganz hinten zwei schmale Betten. In einem lag ein winselnder Ryder. Eamon hatte recht gehabt: Mein Bruder war ein müdes, emotionales Häufchen Elend. Ich versuchte gar nicht erst, ihn in seinen Pyjama zu stecken.

»Mir ist ganz komisch«, wimmerte er mit fest geschlossenen Augen. »Ich glaube, ich muss kotzen.«

»Nein, alles in Ordnung. Schlaf einfach ein.« Ich küsste ihn auf die Stirn, sank auf das andere Bett und schaute auf die Uhr. In einer Viertelstunde würde ich nachsehen, wie es ihm ging. Darauf war ich programmiert, seit er ein Jahr alt war. Schlaftraining nannte sein Arzt das. Ich war damals zehn und alt genug, um zu wissen, dass sich meine Eltern nicht an seine Anweisungen halten würden. Immer wieder holten sie ihn aus dem Bett und er weinte dann umso mehr und umso länger. Deswegen packte ich damals meine Kissen vor seine Tür und stellte den Küchenwecker auf meinen Knien. »Du kannst da jetzt nicht rein«, sagte ich zu meinem Dad, wenn er verschlafen auf Ryders Zimmer zuging. »Er muss jetzt eine Viertelstunde lang weinen. Dann können wir nach ihm sehen, aber wir dürfen ihn nicht hochnehmen. Danach stellen wir wieder den Küchenwecker.« Er sah mich an, als hätte ich nicht alle Tassen im Schrank. »Ich war bei dem Arzttermin dabei.«

In jener Nacht fühlte es sich großartig an, meinen kleinen Bruder zu betreuen, getragen von Liebe und Familiensinn. Nicht ganz so großartig fühlte es sich an, sieben weitere Jahre mit dieser Betreuung zu verbringen.

Ryder beruhigte sich. Ich griff nach meinem Handy und schrieb unserem Dad eine Nachricht, ohne mich um die Roaminggebühren zu scheren. Bestimmt wollte er wissen, dass wir gut angekommen waren. Jedenfalls nahm ich das an.

Ich konnte nicht einschlafen und hatte das Gefühl, aus der Welt gefallen zu sein. Ich versuchte, auf einer Insel vor der Küste Irlands einzuschlafen, während meine Freunde nach der Schule auf dem Heimweg waren. Morgen würden sie in der freien Lernstunde (auch Cumber-Stunde genannt) GIFs von Benedict Cumberbatch erstellen, während ich Nerds dabei zusehen würde, wie sie um Schauspieler in glamourösen Morgenmänteln herumwuselten. Ich stellte mir Shoshanna und Julian in solchen

Fummeln vor und verzog das Gesicht. Sie waren großartig. Talentiert. Wunderschön. Warum wollten sie in diesem Film überhaupt mitspielen? Vielleicht konnte ich sie überreden, ihre Verträge zu kündigen. Das würde diesen Albtraum beenden. Und nachdem ich dann ihre Karrieren gerettet hätte, würden wir vielleicht Freunde werden. Richtige Freunde.

Ich schnaubte in mein Kissen. Mit Filmstars befreundet sein? Das war nun wirklich Fantasy. Ich drehte mich auf die Seite und notierte ein Stück des Songtexts und der Melodie, die mir schon den ganzen Tag im Kopf herumgingen. In dem Song ging es darum, aus seiner eigenen Blase auszubrechen, nur um dann festzustellen, dass man hoffnungslos unter der Erde gefangen ist.

»Na, super!«, murmelte ich. »Erst einen Tag am Set und schon schreibe ich über Hobbits.«

Film: Elementia
Regie Cate Collins

Außendreh: Tag 2
Aran-Inseln, Irland

Anmerkungen zum Dreh:
Morgendliche Anfangseinstellungen an der Westküste der Insel. Nachmittagseinstellungen mit SEVYN. Kein Dialog.

Weitere Anmerkungen:

EIN GENIALER CRAÍC

DENN KEINE GESCHICHTE, DIE IN IRLAND SPIELT, KANN DARAUF VERZICHTEN

Ryder weckte mich, indem er wie ein Grashüpfer durch den Wohnwagen sprang. Dann hielt er mir einen Zettel vor die Nase. »Was ist das?«, fragte ich.

»Filmkram. Henrik sagte, es ist das *Tagesblatt*.«

»Okay, aber warum kriegen wir eins, auf das unsere Namen gestempelt sind?«

Ryder zuckte mit den Schultern, und ich widmete mich dem täglichen Kampf mit Anziehen, Aufhübschen und Ryder-Rausschicken. Die Picknicktische draußen waren voll mit Crew-Mitgliedern, die frühstückten. Wir bedienten uns an einem kleinen Buffet, dann raste Ryder auf Eamon und Roxanne zu, die in ein Gespräch vertieft waren. Ich wollte mich unauffällig dazusetzen, aber Ryder brüllte: »Hallo, Leute!«

Roxanne zeigte auf ihren Teller. »Wusstest du, dass sie das hier ›Breaky‹ nennen? Und das hier soll Bacon sein.« Sie gabelte ein dickes Stück Schinken auf und hielt es in die Luft.

Schockiert sagte Ryder: »Aber das ist doch gar kein Bacon.«

»Das versuche ich Eamon schon die ganze Zeit beizubringen.« Roxanne sah hinreißend aus: goldener Lidschatten kombiniert mit einem dunklen Hoodie. Mann, ich wünschte, sie könnte mir Unterricht in so was geben.

»Gestern hat Eamon mir ›Toiletten‹ und ›auf die Schippe nehmen‹ beigebracht«, sagte ich und freute mich, dass seine Ohren – seine echten Ohren – ganz rot wurden. Ohne das Elfen-Make-up sah er nicht mehr lächerlich aus, und ich fühlte mich in dem bestätigt, was ich schon gestern vermutet hatte: dass er zwar ein Nerd, aber eigentlich ganz süß war.

»Wollt ihr den Wohnwagen sehen, in dem die Kostüme lagern?«, fragte Eamon. »Das macht richtig craíc.«

Roxanne schnippte mit den Fingern. »Das Wort kenne ich. *Craíc* bedeutet Spaß.«

»Au ja, ich will Crack haben!«, krähte Ryder. Roxanne lachte in ihre vorgehaltene Hand, während ich Eamon einen vernichtenden Blick zuwarf. »Sehr witzig«, sagte ich. »Du darfst meinem Vater später gerne selber erklären, dass Ryder hier nichts mit harten Drogen zu tun hatte.«

»Was?«, fragte Ryder. »Ich darf nicht mit?«

»Iss«, sagte ich. »Du darfst, vorausgesetzt dass Eamon verspricht, auf dich aufzupassen.«

»Willst du denn nicht mit?«, fragte Eamon mich.

»Ich gehe wieder ins Bett. In L.A. ist es jetzt mitten in

der Nacht.« Ich wandte mich an meinen Bruder. »Hör auf Eamon!« Ryder entließ mich mit einer genervten Handbewegung, und ich verzog mich mit meinem kalten Toast in Richtung unseres Wohnwagens.

Als ich an Julians vorbeikam, streckte er den bezaubernden Kopf heraus. »Hey, Iris, komm rein. Wir haben richtigen Latte.«

»Und einen Obstteller«, rief Shoshanna von drinnen.

Ein magischer Moment mit Hollywoodstars. Hätte ich meinen Eltern die Wahrheit über meinen zweiten Morgen in Irland gemailt, hätte ich ein Ausrufezeichen ans andere gereiht. Aber das tat ich natürlich nicht, denn sie verdienten es nicht, zu wissen, wie sehr ich es genoss, mit Julian Young und Shoshanna Reyes abzuhängen.

Als ich letzte Nacht fast zwei Stunden lang wach gelegen hatte, obwohl ich hundemüde war, hatte ich auch Shoshanna bei IMDb gestalkt. Sie war achtzehn und hatte schon dreimal so viele Filme gedreht wie Julian. Meist Independent-Filme, aber auch Sachen fürs Fernsehen. Sie war also ein echter Profi. Genau wie Julian. Und ich verbrachte einen kompletten Vormittag damit, YouTube-Videos mit den beiden auszutauschen.

Irgendwann versuchte ich sie zu fragen, warum sie in einem Film mitspielten, der ihnen nichts bedeutete. Aber ich musste mich wohl unklar ausgedrückt haben, denn Julian zeigte mir plötzlich ganz begeistert den Rohschnitt des ersten Trailers. »Da kommt natürlich noch Musik hinzu, aber es sieht jetzt schon heiß aus«, sagte er, als er das

Ding in seinem Laptop hochlud. »Cate sagt, wir sollten ihn möglichst bald leaken, um die Fans anzufüttern.«

»Ein genialer Schachzug!« Shoshanna versuchte, mit irischem Akzent zu sprechen. Als Julian und ich sie skeptisch ansahen, sagte sie: »Was denn? Ich will den Abschnitt ›besondere Fähigkeiten‹ in meinem Lebenslauf boosten.«

»Dann arbeite weiter an diesem Akzent, Shosh«, sagte Julian trocken.

Shoshanna schlug mit einem Kissen nach ihm.

Mit einer Fernbedienung schaltete Julian das Licht aus, Shoshanna setzte sich auf einer Seite neben ihn, ich mich auf der anderen. Ein Video erschien auf dem Bildschirm des Laptops. Erst Schwarzfilm mit Shoshannas eisiger Stimme: »Bei meiner Geburt wurde ich von einem Blitz verflucht. Als Unberührbare.«

Ich prustete los, und beide sahen mich irritiert an. Auf dem Bildschirm durchdrangen zwei Hände das Schwarz, und ich erkannte Julians lange, wohlgeformte Finger. Nach einer Weile berührten sie beinahe Sevyns, also Shoshannas, doch dann sprühten plötzlich Funken, und Evyns Hand zog sich zurück.

»Das war erst der Anfang.«

»Erst fand ich diese Sequenz kitschig«, flüsterte Shoshanna, »aber jetzt sieht es gut aus.«

Julian machte: »Pssst!« Der Bildschirm zeigte jetzt eine rasante Montage aus Bildern eines bäuerlich geprägten Königreichs und eines Königs mit finsterer Miene. Dann sah man ein Reh im Wald, und Sevyn rannte wütend durch diesen Wald. Zweige zerrten an ihren Kleidern. Sie floh durch einen Tunnel, aus dem sie hinter einem gigantischen Wasserfall wieder auftauchte. Hinter ihr tauchte auch Evyn auf. Er schien sie anzuflehen, aber eine große, klauenartige Hand kam durch den Wasserschleier. Mit seinem besten Schauspielgesicht brachte Julian nacktes Grauen zum Ausdruck, als die Klaue ihn packte. Ende.

Es war ziemlich »beeindruckend«, wie mein Vater in solchen Fällen gern sagte. Als der Bildschirm schwarz wurde, hätte ich den Laptop am liebsten geschüttelt, damit er mehr zeigte. »Das war's?«, fragte ich. »Evyn wird entführt? Stürzt Sevyn sich deswegen in ihr Abenteuer?«

Shoshanna verschränkte die Arme. »Wenn wir sogar M.E. Thornes fantasyfeindliche Enkelin neugierig machen, kann nichts mehr schiefgehen, Julian. Dieser Film wird einschlagen wie eine Bombe. Hab ich dir doch von Anfang an gesagt.«

»Shosh…«, Julian machte ein gequältes Gesicht, als sie ihm einen mörderischen Blick zuwarf, »…anna, du weißt doch, dass man nicht zu große Erwartungen haben sollte. Ich habe schon Szenen in blauem Schleim gedreht und dachte, das war's jetzt mit meiner Karriere, doch dann wurde *Alien Army* doppelt so erfolgreich wie *Starship Troopers*. Man kann nie wissen, wie ein Film ankommt, aber man sollte ihn auf jeden Fall nicht jinxen.«

»Also wirklich, Julian. Du hörst dich schon so paranoid an wie Cate Collins.« Shoshanna warf die Füße in die Luft. »Warum haben sie uns eigentlich noch nicht geholt? Ist schon wieder was schiefgegangen? Bei dieser Produktion hat es noch keinen Tag ohne Panne gegeben.«

»Das stimmt. Vom mangelnden Medieninteresse ganz zu schweigen«, murmelte Julian.

Es wäre der rechte Moment gewesen, die miese Stimmung zu verstärken, was laut meinem Vater ja meine Spezialität war. Aber er war nicht hier und im Übrigen war ich keine Miesmacherin. »Was hast du in deinem Lebenslauf denn bis jetzt als besondere Fähigkeiten angegeben?«

»Ach, das Übliche halt. Reiten, Jonglieren, Fremdsprachen«, sagte Shoshanna. »Aber auch ein paar komische Sachen, wie die Fähigkeit, meine Augenlider umzuklappen, oder dass ich die Löffelsprache beherrsche.«

»Ich kann mit den Brustmuskeln im Takt zu ›Old Mac Donald Had A Farm‹ zucken«, sagte Julian. »Einmal habe ich deswegen in einem Werbespot mitgespielt.«

Shoshanna setzte sich interessiert auf. »Das musst du uns zeigen. Sofort!«

»Nur wenn ihr singt«, sagte er. Und so fanden Eamon und mein kleiner Bruder uns dann in Julians unbeleuchtetem Wohnwagen vor: Wir Mädels sangen »Old Mac Donald Had A Farm« und ein Julian mit nacktem Oberkörper zuckte dazu rhythmisch mit den Brustmuskeln. Eamon hielt Ryder mit einer Hand die Augen zu.

Julian schaltete das Licht ein und begann, eine Nachricht in sein Handy zu tippen. Herrgott, er war ein Ninja-

Tipper. Im einen Moment unterhielt er sich mit Leuten, und im nächsten hatte er – *BÄMM!* – vierzig Nachrichten in die Welt geschickt.

»Was ist denn, Ryder? Wir haben zu tun«, sagte ich und flocht mir die Haare, um einen vertrauenswürdigeren Eindruck zu machen.

»Sie drehen an der Westküste. Cate sagt, wir können zuschauen. Ich hab die hier aus deinem Koffer genommen.« Mein Bruder hielt meine Wanderstiefel in die Höhe – und mein Herz stand still.

Ein Spitzenslip hing an den Haken eines Stiefels. Und nicht irgendeiner.

Ich hechtete darauf zu, aber Shoshanna war schneller. »Julian!«, kreischte sie und warf dem immer noch tippenden Julian den Slip ins Gesicht. »Dein Bild ist auf Iris' Unterhose!«

Julian ließ das Handy in seinen Schoß fallen und griff nach dem Spitzenhorror.

»Das ist nicht mein Slip!«, schrie ich. »Meine Schulfreundinnen haben ihn mir zum Abschied geschenkt, weil sie wussten, dass ich dich hier treffen würde. Es sollte ein Witz sein! Das Preisschild ist sogar noch dran. Ich würde ihn niemals tragen!«

Hysterisch lachend gruben sich Julian und Shoshanna ins Sofa und ich wäre vor Scham am liebsten gestorben. Ich schloss die Augen und stellte mir meinen Grabstein vor:

Kurz darauf gab Julian mir den Slip überraschenderweise zurück. »Es ist nicht das erste Mal, dass ich Unterwäsche mit meinem Konterfei sehe, Iris. Ein Problem wäre es nur, wenn du mir den Slip zeigen würdest, während du ihn anhast.«

O mein Gott!

Ich drehte mich schnell um und schob Eamon und Ryder aus dem Wohnwagen. Als ich die Tür hinter uns geschlossen hatte, warf ich den Slip in die nächstbeste Mülltonne und stürmte auf meinen Bruder zu.

»Atme erst mal tief durch, Iris«, sagte Eamon. »Er hat das doch nicht mit Absicht getan.«

»Klappe, Elf!«

»Gewiss doch, Herrin.« Eamon verbeugte sich und um ein Haar hätte ich ihm ans Schienbein getreten. Ryder stand wie gelähmt da. Natürlich hatte er es nicht mit Absicht getan. Aber das machte es nicht besser. Und noch etwas fiel mir an ihm auf. Ich strich ihm die Haare nach hinten und entblößte Elfenohren. »Ryder! Das hast du nicht gemacht. Was, wenn du auf die Chemikalien in den Dingern allergisch reagierst?«

»Sie sind ja nicht angeklebt«, sagte mein Bruder. »Ich habe Roxy gesagt, dass ich empfindliche Haut habe.«

»Das stimmt«, sagte Eamon. »Sie hat doppelseitiges

Klebeband genommen.« Langsam beruhigte ich mich. Da hatte Ryder wirklich mitgedacht. Nur dass er jetzt aussah wie Eamon gestern. Der Eamon von heute zeigte auf einen Team-Van. »Wir fahren zur Westküste. Komm doch mit.«

Ich schaute mich zu Julians Wohnwagen um. »Ryder kann mitkommen, aber pass auf ihn auf. Ich bleibe hier.«

»Aber es wird bestimmt großartig«, sagte Eamon. »Findest du das nicht besser, als Hollywoodstars in den Hintern zu kriechen?«

Fassungslos sah ich ihn an. Aber es kam noch schlimmer. Eamon hatte eine kleine Kamera dabei. »Was ist das?«, fragte ich und zeigte darauf.

»Ich mache einen Video-Blog über die Dreharbeiten. Cate sagt, das ködert die Fans. Mein YouTube-Kanal hat schon zwanzigtausend Abonnenten.«

Ich ging näher an ihn heran als je zuvor. Unsere Gesichter berührten sich praktisch. Er hob die Augenbrauen, bis sie seine zerzausten Haare berührten, und befriedigt stellte ich fest, dass ich ihn in eine Art Schockstarre versetzt hatte. »Mein Bruder und ich werden in deinem Blog nicht zu sehen sein, außer du legst Wert darauf, mit dem Zorn unseres Familienanwalts, Henry T. Wittmeijer, Bekanntschaft zu machen.«

Wenn er maulte, sah Eamon besonders süß aus. Das musste ich ihm lassen. »Was ist dein Problem?«

Ich fasste meinem kleinen Bruder ans Kinn. »Er ist kein Schauspieler, Eamon. Er ist gerade mal acht Jahre alt.

Und versucht, ein ganz normales Leben zu führen. Mach ihn nicht zur Zielscheibe für verrückte Fans!«

Eamon verstand. Vielleicht. Zumindest trat er ein paar Schritte zurück.

»Heißt das, ich darf mitgehen?«, fragte Ryder.

»Nur wenn Eamon verspricht, auf dich aufzupassen.«

Eamon nickte steif.

Ich tat so, als sähe ich mir Ryders Ohren genauer an, und sagte: »Weißt du noch, was Dad gesagt hat, woran du immer denken sollst, solange wir hier sind?«

Er nickte und seufzte wie ein Vierzigjähriger.

Sie gingen auf die Vans zu und schon nach ein paar Metern fiel Ryder wieder in seinen typischen federnden Gang.

Eamon steckte die Kamera in seinen Rucksack und warf ihn sich über die Schulter. Von hinten war er so dünn, dass ich mich fragte, warum seine Hose nicht an ihm herunterrutschte. Gleich darauf ärgerte ich mich über mich selbst, weil ich mir doch tatsächlich Eamons Hintern vorgestellt hatte. *Immer einen kühlen Kopf bewahren, Iris!*

***

Nach dem Slip-Desaster konnte ich nicht einfach so in Julians Wohnwagen zurückkehren. Stattdessen ging ich in meinen, und nachdem ich ein wenig geschlafen hatte, fühlte ich mich noch schlechter als vorher. Ich schnappte mir Annie.

Meine schwarze Gitarre war mein wertvollster Besitz. Vor dem Flug hatte ich die Wirbel, an denen die Saiten am Gitarrenkopf befestigt sind, gelöst, um die Saiten zu entspannen, und meine Annie wieder richtig zu stimmen, dauerte eine Weile. Nur zögerlich schien sie sich darauf einzulassen, aber ich wusste, dass eigentlich ich diejenige war, die zögerte. Wann immer ich zu meiner Gitarre griff, passierte zweierlei.

Nummer eins: Ich fühlte mich zu Hause. Nummer zwei: Ich fühlte mich wie eine Hochstaplerin.

Nach den Gesetzen der Logik passen diese Gefühle nicht zusammen, aber Logik spielt keine Rolle, wenn es um Kunst geht. Mein Vater lebte mir das seit meiner Geburt vor. Ich war jünger als Ryder heute, als mein Vater sich zu mir setzte und sagte: »Leidenschaft bedeutet lediglich, dass du von einer Sache besessen bist, in der du einfach nicht besser wirst.«

Ich wäre gern eine großartige Songwriterin, aber die Kehrseite dieses drängenden Wunsches war das überwältigende Gefühl, nicht gut genug zu sein. Dass ich es nie sein würde. Mein bisher bester Song handelte davon, dass ich andauernd die Stimme meines Vaters im Kopf hatte. Wie sehr die Stimme mich irritierte. Mir sagte, ich läge falsch. Deswegen konnte ich ihm diesen Song nicht vorspielen, zumal mein Vater kein schlechter Mensch war. Er hatte lediglich andere Prioritäten, die er obsessiv verfolgte, aber gemein war er nicht.

Die Vaterstimme in meinem Kopf hingegen … dieser

Kerl hatte es auf mich abgesehen. Er war derjenige, der mir versicherte, dass ich mich nie aus dem Schatten meiner Familie lösen würde. Dass all dieser Fantasy-Müll mein persönlicher und zugleich ein universeller Albtraum war.

Die Akkorde, die ich spielte, verklangen. Wie schalldicht war so ein Wohnwagen eigentlich? Jemand könnte mich hören. Ich schaute mich um und entdeckte ein Filmplakat, das Ryder offenbar gerade über seinem Bett aufgehängt hatte. Ein riesiger Blitz zerriss ein düsteres Bild: Sevyns wütendes, kraftvolles Gesicht auf der einen, Evyns vom Feuer erleuchtetes auf der anderen Seite. Ich konnte Shoshanna und Julian auf diesen Bildern kaum erkennen – die Emotionen waren zu stark. Schrecklich.

»Fantasy«, fluchte ich.

Eamon/Nolan war nicht auf dem Plakat. Ob er sich darüber wohl ärgerte? In silberner Schrift stand groß *Elementia* auf dem Plakat, darunter *Nach den Romanen von M.E. Thorne.*

»Wie hast du das angestellt?«, fragte ich in die abgestandene Luft des Wohnwagens. »Wie konntest du dir das Herz aus dem Leib schreiben und es in Form der Bücher dann Gott und der Welt zur Verfügung stellen?«

Keine Antwort.

Für immer würde ich der Schatten des Schattens von M.E. Thorne sein, und wenn dieser blöde Film herauskam, würde sich dieser Schatten zu einer permanenten Dämmerung verdichten. Ich schmiegte den Kopf in die

Einbuchtung an Annies Seite. *Du solltest es aufgeben*, sagte mein Dad wie aufs Stichwort. *Denk nur, wie glücklich ich wäre, wenn du Literaturprofessorin würdest.*

Als Eamon in den Wohnwagen stürzte, warf ich die Gitarre aufs Bett und schrie: »Was fällt dir ein? Du kannst hier nicht einfach reinplatzen!«

»Er ist verschwunden.«

»Was?«

»Ryder. Im einen Moment war er noch bei mir und im nächsten war er plötzlich weg.«

EIN KAPITEL, IN DEM MEINE HAARE GRAU (ODER GREY) WERDEN

Eamon und ich sprangen in einen Van und rasten durch die engsten Straßen der Welt. Im Ernst. Matschige Straßen im sommerlichen Sibirien standen den Straßen auf Inishmore in nichts nach. An diesem Gedanken klammerte ich mich zumindest fest, um mir nicht vorstellen zu müssen, wie Ryder von einer Klippe stürzte oder entführt … Unmöglich! Der Typ würde noch mindestens zwei Jahre in einer Anstalt in New Jersey verbringen.

»Es tut mir furchtbar leid«, sagte Eamon zum gefühlt zwölften Mal. »Ich weiß gar nicht, wie …«

»Hör auf, dich zu entschuldigen. Ich bin nicht sauer auf dich.«

»Bist du nicht?«

»Es ist meine Schuld. Ryder ist schnell und impulsiv und allein meine Verantwortung.« Diese Worte hinterließen einen bitteren Nachgeschmack und ich hatte Tränen in den Augen. »Ich hätte mitkommen sollen.«

»Das ganze Team hat die Arbeit geschmissen und sich auf die Suche gemacht. Wenn wir ankommen, haben sie ihn bestimmt schon gefunden.« Pause. »Bestimmt wollte er sich nur ein bisschen in der Gegend umschauen.«

Ich schloss die Augen. »Ich weiß.«

Tust du nicht, donnerte die Stimme meines Vaters.

Als wir an einem schönen Feld ankamen, das jetzt als Ablage für Filmequipment diente, ging die Sonne bereits unter. Das Team schien immer noch auf der Suche zu sein. »Du kennst ihn am besten«, sagte Eamon. »Wo würde er hingehen?«

Ich suchte die grünen Felder, die Trockenmauern und den glitzernden Meeresstreifen ab. Der Sonnenuntergang war so schön, dass er ein schlechter Witz zu sein schien. »Da.« Ich zeigte auf eine steinerne Scheune in der Ferne.

»So weit weg?«, fragte Eamon ungläubig, aber dann schüttelte er den Kopf und sagte: »Gut, lass uns gehen.«

Wir liefen los und umrundeten Felsen und Steinmauern, bis meine Lunge brannte. Was ich aus der Ferne gesehen hatte, war keine Scheune, sondern ein kleines Haus aus einem früheren Jahrhundert. Es hatte kein Dach mehr, und in seinem Inneren wuchsen Bäume. »Ryder!«

Keine Antwort. Ich umrundete das Haus. Die einzige Tür war zugemauert, und die Fenster saßen zu hoch in den Wänden, um auf diesem Weg in das Haus zu gelangen. »Wahrscheinlich will man verhindern, dass Touristen darin Unsinn machen«, sagte Eamon.

»Was, wenn er durch ein Fenster geklettert und auf den Kopf gefallen ist?« Ich holte tief Luft. »Ryder!«

»Wie sollte er denn da raufkommen? Selbst ich kann den Fenstersims kaum erreichen.«

»Eamon. Bei uns zu Hause hangelt er sich am Treppengeländer in den zweiten Stock, wie eine Spinne.«

»Okay«, sagte er und ging zum nächstgelegenen Fenster. »Ich mach dir 'ne Räuberleiter.« Er verschränkte die Hände, ich trat hinein und hielt mich an seinen Schultern fest. Dann richtete ich mich auf und blinzelte ins Haus. Nichts als hohes Gras. Eamon machte ein komisches Geräusch und wankte. Zusammen gingen wir zu Boden und meine Brüste drückten sein Gesicht praktisch platt. Mit befremdetem Blick setzte er sich auf und strich sich die Haare mit beiden Händen zurück.

»Ist er nicht da drinnen?«, fragte er.

Ich schüttelte den Kopf.

»Lass uns checken, ob jemand anders was gefunden hat.«

Wir versuchten, zurückzujoggen, aber wir waren beide verschwitzt und außer Atem. Wir wurden immer langsamer, und ich grummelte: »Ich wusste, dass dieses Land zu gefährlich ist. Hast du *Die Asche meiner Mutter* gelesen? Alle Kinder sterben in dem Buch!«

Eamon lachte, eher ein kurzes, tiefes Grunzen. »Du redest einen Unsinn, dass es schon wieder süß ist. Auf dieser Insel gibt es noch nicht mal überall Strom. Was kann ihm hier schon passieren?«

»Was ihm hier passieren kann? Diese Insel ist im Moment voller Fantasy-Spinner. Ihr glaubt an Elfen und dass man die Elemente mit den eigenen Händen kontrollieren kann. Und ihr haltet meinen Bruder und mich wegen unserer verstorbenen Großmutter für was Besonderes! Wahrscheinlich hat einer von euch ihn entführt, um sein Blut zu trinken.«

»Sein Blut trinken?« Eamon war wie vor den Kopf gestoßen. »Du hältst uns für fanatisch, dabei bist du diejenige mit der überbordendsten Fantasie von allen!«

»Es wäre nicht das erste Mal!«

Totenstille. Dann fragte Eamon: »Was soll das heißen?«

»Er heißt Felix Moss, und als er vierundzwanzig war, glaubte er, M.E. Thornes Stimme zu hören, und die befahl ihm, einen ihrer Enkel zu entführen und sein Blut zu trinken, genau wie gewisse Figuren in *Elementia*. Ich wünschte, er hätte zuerst mich gefunden, aber er fand Ryder, als der gerade mal sechs Jahre alt war. Er zerrte ihn in einen Van und ich rannte und rannte …«

Ich konnte nicht weitergehen und begann zu hyperventilieren.

»Wir werden ihn finden, Iris«, sagte Eamon voller Überzeugung, aber ich war von den Erinnerungen an jenen Tag überwältigt. Wie mein kleiner Bruder schrie. Wie es mir das Herz zerriss und ich gleichzeitig wütend wie nie wurde.

Ryders Therapeutin hatte gesagt, ich solle stolz auf mich sein. *Kampf oder Flucht, Iris*, hatte sie gesagt. *Die meisten Menschen wissen nicht, wie sie reagieren werden, wenn es plötzlich ums Ganze geht. Du weißt jetzt, dass du kämpfen wirst.*

Aber jetzt? Ich kämpfte nicht. Ich bekam ja kaum noch Luft.

Ein Echo hallte über das steinige Feld. Am Filmset stand jemand, der in ein Megafon brüllte. »Was sagen sie da?«

»Sie müssen ihn gefunden haben«, sagte Eamon.

Wir liefen wieder los, und als wir Cate erreichten, stolperte ich nur noch vor mich hin. Die Hände auf seinen Schultern kniete sie vor Ryder, der Rest des Teams stand um die beiden herum. Beinahe hätte ich Cate umgerempelt, als ich meinen Bruder umarmen wollte, doch dann schüttelte ich ihn. »Wo warst du?«

»Ich habe einen Mann getroffen, einen echten Schäfer!« Ryder zeigte über das Feld. Er sah müde aus. Klein. Eine feingliedrige Kopie meiner atemberaubenden Mutter. Noch einmal schüttelte ich ihn, weil ich eigentlich meine Eltern schütteln wollte. Die Menschen, die diesen kleinen Wildfang zu meinem Lebensmittelpunkt gemacht hatten.

Meine Wut überraschte Ryder so sehr, dass er die braunen Augen weit aufriss. »Es geht mir gut, Iris. Der Mann hat mir Tee angeboten und mir den Rückweg gezeigt. Der Tee war ganz schwarz und scheußlich, aber es geht mir gut.«

»Du weißt es doch besser, Ryder! Hast du irgendeine Ahnung, was der Mann dir hätte antun können?«

Ryder blinzelte unsicher. Er wusste es nicht; und er verfügte nicht über mein Vorstellungsvermögen. Er hatte nicht *In meinem Himmel* gesehen und nicht gelernt, das Register der Sexualverbrecher zu durchstöbern. Wie unter Zwang hatte ich vor zwei Jahren damit angefangen. Ich wollte ihm nicht wehtun, aber er durfte nicht glauben, es wäre okay, mit Fremden mitzugehen, schon gar nicht, ohne vorher jemandem Bescheid zu sagen.

»Guck mal.« Ich drehte ihn zu den anderen um. »Sie haben alles stehen und liegen gelassen, um dich zu suchen. Wahrscheinlich hast du sie Tausende Dollar gekostet und den heutigen Dreh ruiniert.«

»Das würde ich nicht sagen«, versuchte Cate, mich zu beruhigen, aber ich warf ihr einen tödlichen Blick zu.

Nach und nach konnte man Ryder ansehen, dass er zu begreifen begann, was er angerichtet hatte. Aber das reichte mir nicht.

»Wir fliegen nach Hause. So bald wie möglich. Gleich morgen früh, wenn wir so schnell einen Flug bekommen.«

Vor Schreck schrie er so laut los, dass sich die anderen die Ohren zuhielten. Sein Wutanfall kam wie aus dem Nichts, und inzwischen war er so groß und schwer, dass ich ihn nicht mehr hochheben konnte, um ihn zu beruhigen. Dann schienen ihn seine Beine nicht mehr tragen zu wollen, und als mehrere Leute ihm helfen wollten, verscheuchte ich sie wie eine Furie. Zwar hatte ich Ryder wohlauf wiedergefunden, aber ich bebte noch vor Angst und Wut.

Irgendwie schafften wir es zu einem Van. Ich schnallte

Ryder auf dem Rücksitz fest. Es machte mich wütend, dass mein Leben so mit seinem verwoben war und dass alles, was er anstellte, auf mich zurückfiel. Ihn so sehr zu lieben, machte mich regelrecht wütend. Es kam mir vor wie eine Strafe für etwas, das ich nicht getan hatte.

****

Eamon fuhr uns zurück. Der Himmel war jetzt schwarz, und der Van holperte über die schlechten Straßen. Ryder machte weinerliche Geräusche, und ich verschränkte die Arme, als ich mir das Telefonat nach Hause vorstellte.

»Wir müssen die Reise abbrechen«, würde ich sagen. »Ryder hört nicht auf mich und hätte sich heute beinah selbst umgebracht.«

»Warum hast du denn nicht auf ihn aufgepasst?«, würde mein Dad fragen.

»Weil das nicht mein Job ist«, würde ich endlich einmal sagen. »Du und Mom hättet ihn nicht bekommen sollen, wenn ihr keine Lust hattet, ihn großzuziehen. Ihr hättet uns beide nicht bekommen sollen.«

»Das finden deine Mutter und ich auch.«

Ich schnappte nach Luft. Obwohl es bloß ein eingebildetes Gespräch war, war ich zutiefst verletzt.

»Ihr dürft nicht abreisen«, sagte Eamon leise. »Es würde ihm das Herz brechen.«

»Und was ist mit meinem Herz?«

»Was ist denn damit?«, fragte er. »Was will Iris Thorne?«

Ich schloss die Augen und lehnte den Kopf ans Fenster. »Gitarre spielen, wo niemand mich hören kann. Keine Verantwortung. Und *keine* Elfen.«

»Das ist Eskapismus, Iris. Nicht das wahre Leben.«

»Das sagt ausgerechnet ein Thornier!«

Er fuhr immer langsamer, als wollte er nicht zu schnell ankommen. »Als ich noch ein Kind war, wollte ich ein Portal finden. Unbedingt. Ich hatte genug von dieser Welt und sehnte mich nach einer anderen. Jeder Schrank war für mich der aus *Narnia* oder das Kaninchenloch von *Alice*. Ich habe mir sogar mein eigenes *magisches Messer* gebastelt.« Augenzwinkernd sah er mich in der Dunkelheit an. »Aber diese Anspielung verstehst du wohl nicht.«

Ich verstand sie sehr wohl, aber das konnte ich nicht zugeben. Diese Tür in meinem Innersten hatte ich fest verschlossen. Stattdessen fragte ich: »Was war an deiner Welt denn so schrecklich?«

»Jede Menge Enttäuschungen. Einsamkeit. Mein Vater ist ein schwieriger Mann, und meine Schwester ist ausgezogen, als ich noch klein war. Meine Mom war Schichtarbeiterin.« Er stockte, und ich fragte mich, warum er mir das erzählte. Öffnete er sich, weil ich ihm von Felix Moss erzählt hatte? Jedenfalls war es Neuland. Niemand außer meiner Familie kannte die Wahrheit. Nicht einmal meine Freunde.

Eamon räusperte sich. »Meine Mom sagte, dass ich all diese Fantasygeschichten falsch verstand. Es ginge nicht darum, in eine andere Welt zu verschwinden, sondern sich mit einer anderen Welt auseinanderzusetzen, damit man die reale Welt besser versteht. Darum geht es auch bei *Elementia*. Sevyn verlässt ihr Zuhause, um ihren Bruder zu finden, und stattdessen findet sie sich selbst und kann anfangen zu leben.«

Das war mir entweder zu hoch, oder ich war zu erschöpft. »Schon klar.«

»Dieser Mann … Moss.« Eamons Stimme wurde hart und er sprach mit stärkerem Akzent als sonst. »Er muss psychisch krank gewesen sein. Nicht alle Thornier sind so. Viele von uns mögen einfach nur die Geschichte.«

»Wenn du sagst, die Bücher hätten dir das Leben gerettet, kann ich nicht mehr mit dir reden.«

»Die Bücher haben mir das Leben gerettet«, sagte Ryder mit einer Stimme, die vom Schreien ganz heiser war.

Ich schaute mich zu meinem winzigen Bruder auf dem riesigen Rücksitz um. »Nein, haben sie nicht. Du brauchtest nicht gerettet zu werden. Für dich war alles in Ordnung und du warst glücklich. Erst die schrecklichen Fans dieser Bücher haben dir das Leben schwer gemacht.«

Stimmt, meldete sich die Stimme meines Vaters.

Lauter als vorher antwortete Ryder: »Byers hat Evyn entführt, weil er krank war. Er hat ihm nicht wehgetan.«

Eamon lächelte Ryder durch den Rückspiegel zu. »Und am Ende rettet Byers Evyn.«

»Byers?«, fragte ich. Wenn über Fantasykram geredet wurde, war ich immer außen vor. Entweder wusste man alles und jedes über eine fiktionale Welt oder gar nichts. Ich versuchte zu verstehen, worum es ging. »Die Klaue aus dem Wasserfall, die nach Evyn greift, ist Byers?«

»Genau«, sagte Eamon. »Und gerade weil dein Bruder entführt wurde, solltest du die Bücher lesen, mit denen er sich so sehr identifiziert.«

»Es war eine *versuchte* Entführung. Ich habe sie verhindert. Und gerade weil du mein Freund sein willst, solltest du nichts von mir verlangen, das mir komplett zuwider ist.«

Eamon zwinkerte, in der Dunkelheit sah er noch elfischer aus. »Wer sagt denn, dass ich dein Freund sein will?«

»Tut er wirklich«, gab Ryder seinen Senf dazu. »Er sagt, er findet dich voll süß.«

Ich lachte und schnaubte und verschluckte mich – alles gleichzeitig.

»Siehst du? Das war jetzt süß«, sagte Eamon. Wir erreichten die im Kreis aufgestellten Wohnwagen. Ich versuchte, Eamons Flirtversuche zu ignorieren, denn ich wusste nicht, wie ich darauf reagieren sollte. Stattdessen scheuchte ich Ryder in unseren Wohnwagen.

»Warte mal, Iris«, rief Eamon.

»Pyjama anziehen, Zähne putzen, ins Bett«, sagte ich zu meinem Bruder und schloss die Wohnwagentür hinter ihm. Dann drehte ich mich zu Eamon O'Brien um. Er war nicht Julian Young, aber sein Lächeln und die dunkelblonden, strubbeligen Haare hatten etwas.

»Er ist ein toller Junge. Sei nicht zu streng mit ihm.«

»Danke für den Erziehungstipp.« Eigentlich wollte ich das ätzend sagen, aber meine Stimme war überraschend tief und weich. Mit einer Geste gab Eamon mir zu verstehen, dass ich ihm folgen sollte. Wir setzten uns an einen der leeren Picknicktische. Ich schaute zum schwarzen Himmel, den funkelnden Sternen und dem fast schon kitschigen silbernen Mond auf. »Ryders Therapeutin glaubt, dieses Fantasyzeugs tut ihm gut, aber inzwischen interessiert er sich nicht mehr für die Realität. Er hat nur Kostüme und Waffen im Kopf. In der Schule schreibt er seinen Namen in dieser erfundenen Elfen-Sprache. Seine Mitschüler hänseln ihn. Und zwar heftig.«

»Iris, wie hast du ihn eigentlich aufgehalten?« Eamon räusperte sich. »Moss, meine ich.«

Mir blieben die Worte im Hals stecken. Dann bekam ich mühsam heraus: »Seit meiner Zeugenaussage bei der Polizei hat mich das noch keiner gefragt.«

»Ist es okay?«

Ich schüttelte den Kopf und begann zu reden. Mich zu erinnern. Dieses Mal war es einfacher, weil es meine eigene Entscheidung war. »Ryder schrie und ich rannte los. Moss hatte ihn hinten in einem Van eingeschlossen, das Fenster auf der Fahrerseite aber aufgelassen. Da bin ich reingeklettert und habe ihm das Gesicht zerkratzt, als er loszufahren versuchte.«

Eamon zuckte zusammen.

»Richtig«, stimmte ich ihm zu. »Es war schrecklich.

Jetzt ist er auf dem rechten Auge blind. Unser Anwalt sagt, das ist Pech, denn der Richter hat das als strafmildernd bewertet.« Ich schaute auf meine Hände. Meine Nägel waren so kurz, dass es manchmal wehtat, aber so konnte ich besser Gitarre spielen. »Weißt du, was er sagte, als er im Zeugenstand Platz genommen hatte? ›Ich wollte, dass die Thornes mein Manifest lesen. Ich bin der größte *Elementia*-Fan aller Zeiten.‹«

»Kein Wunder, dass du uns hasst.« Eamon stupste mich mit der Schulter an.

»Es ist kein Hass. Es ist komplizierter. Ryder ist komplett in diese Fantasywelt abgetaucht, seit mein Vater ihm die Bücher vorgelesen hat. Dabei sollten sie ihm nur klarmachen, dass Moss kein Monster, sondern bloß ein verwirrter Fan ist.«

Eamon drehte sich zu mir. Schatten umspielten seine Wangenknochen und ließen ihn verletzlich aussehen. Zarter. Jetzt verstand ich, was Cate Collins in ihm sah: einen Rohdiamanten. »Und wie geht es dir?«

»Gut«, sagte ich.

Spöttisch sah er mich an.

»Hey! Ich bin die Meisterin im ›Gutgehen‹. Wenn ich so weitermache, wird das mein Hauptfach an der Uni.«

»Tust du immer so, als sei das nur Ryder passiert – und nicht euch beiden?«

»Ich war älter als er. Ich konnte es besser verarbeiten.«

»Ach ja?«

Ich lachte. Es fühlte sich merkwürdig, aber gut an, und

half mir, meinen immer noch schockstarren Körper zu entspannen. »Du bist unmöglich, Eamon O'Brien.« Ich stand auf und wollte gehen.

»Bleib.« Eamons Stimme brach, was unfassbar liebenswert war. »Für die Dauer des Drehs. Es sind doch bloß noch … wie viele? … neun Tage. Du würdest es bestimmt bereuen, wenn du es nicht tätest.«

»Und du wirst es bereuen, wenn du nicht aufhörst, mir zu sagen, wie ich mich fühle.«

Offenbar waren Eamon und ich zu flirtigen Drohungen übergegangen. Das Lächeln, das er jetzt aufsetzte, machte eine Basstrommel aus meinem Herzen, die den Rhythmus eines mir bislang unbekannten Songs spielte.

DIE SAN-ANDREAS-VERWERFUNG UND ANDERE POTENZIELL DESASTRÖSE FAMILIENKONSTELLATIONEN

Ryder saß hinten im Wohnwagen und starrte vor sich hin. »Reisen wir morgen wirklich ab?«

»Weiß ich nicht«, sagte ich. Eigentlich wollte ich bleiben. Vor allem wegen Julian und Shoshanna, aber auch wegen Eamon. Es wäre gelogen, würde ich behaupten, dass ich ihn am nächsten Morgen nicht gern wiedergesehen hätte. Und an den Tagen danach vielleicht auch noch …

»Warum hast du all diese fiesen Sachen gesagt … von wegen, ich hätte den Drehtag ruiniert und so? Ich habe mich doch bloß verlaufen.«

»Du verstehst noch nicht, wie das Filmgeschäft läuft, Ry. Alles dreht sich ums Budget, um Geld und Zeit, Zeit, Zeit. Deinetwegen haben sie heute ihre Zeit verschwendet. Ich wusste, ich hätte dich nicht ohne mich mitfahren lassen dürfen.«

Mein Bruder sah mich tadelnd an, und ich dachte:

Und wenn er noch so sehr Mom gleicht, er hat auch etwas von Dad. »Warum hast du es dann getan?«

»Keine Ahnung.« Was nicht stimmte. Ich wollte lieber mit Gleichaltrigen rumhängen, als wie eine Alleinerziehende auf einen Drittklässler aufzupassen.

Ryder ballte eine Faust und boxte sich ans Bein. »Im Ernst, Iris, warum hast du mich mitfahren lassen? Hast du es so eilig, wieder nach Hause zu fliegen? Ist es so schrecklich für dich, mit mir hier zu sein?«

»Nein …« Ich rang nach Worten. »Das hier ist einfach nicht mein Ding, Ry. Das weißt du doch.«

Er seufzte frustriert und schlug sich dann selbst ins Gesicht, und zwar hart.

»Hör auf!« Ich hielt sein Handgelenk fest und beugte mich ganz nah zu ihm. »Lass das sein!«

»Ich kann nicht brav sein.« Ryders Wange trug einen knallroten Abdruck seiner Hand.

»Quatsch! Natürlich kannst du das.«

»Kann ich nicht. Du und Dad sagen doch selbst andauernd, dass ich nichts als Ärger mache. Andauernd! Meine Therapeutin sagt, das ist eine selbsterfüllende Prophezeiung. Und Prophezeiung bedeutet, dass ich nicht anders kann.«

Ich versuchte, nicht über seinen Wortsalat zu grinsen. »Hey, keine Prophezeiungen, Kumpel. Das ist das richtige Leben. Das Fantasyzeug ist nur ein Hobby.« Ich rückte auf dem Bett noch näher zu ihm und schob seine Schaumstoffwaffen aus dem Weg. »Hier wird ein Film gedreht. Es ist nichts Reales.« Ich zeigte auf das Plakat über seinem Bett. »Siehst du nicht, wie unrealistisch das ist? Denk an Julian und Shoshanna. Die beiden sind nicht Evyn und Sevyn. Sie sind Schauspieler.«

»Du hast gesagt, ich hätte den Dreh ruiniert. Meinst du, dass Cate mich jetzt hasst?« Tränen schossen ihm in die Augen. Ich zog ihn an meine Brust und war wütend auf mich selbst. Ich war ihn zu hart angegangen und hatte ihm Angst gemacht. *Du musstest sichergehen, dass er die Schwere seines Fehlverhaltens begreift*, hörte ich die Stimme meines Vaters, die gleich darauf den Advokat des Teufels spielte: *Aber du hast übertrieben. Du hättest ihn nicht so blamieren dürfen.*

Ich verscheuchte diese Gedanken. »Na, komm, Ry. Was kann ich tun, um dich aufzuheitern? Ich mache, was du willst.«

Er verschwendete keine Sekunde, als er sich aus meiner Umarmung wand und vom Bett hüpfte. Dann kramte er in seiner Reisetasche herum und kehrte mit etwas, das er hinter seinem Rücken versteckte, zu mir zurück. »Liest du mir was vor?«

Ich wusste, welches Buch er meinte. Es war sein ältester Trick. »Nein.«

»Nur eine Szene, bitte! Die, die wir gestern gesehen haben. Mit dem Boot und den Klippen.«

Ich atmete schwer.

»Bitte!«

»Aber du darfst es niemandem erzählen«, sagte ich. Er

sprang aufs Bett und reichte mir die zerlesene Taschenbuchausgabe der *Elementia*-Trilogie. Das Buch war dicker als lang, weil alle drei Teile für den Massenverkauf in eine Ausgabe gequetscht waren. »Schlag die Seite mit der Stelle auf.«

Ryder blätterte, und ich wunderte mich, dass die Szene erst auf ungefähr Seite 100 stattfand. »Ich dachte, Cate dreht chronologisch.«

»Die Szenen, die im Königreich Cerul spielen, haben sie schon in L.A. gedreht. Hier werden die Szenen gedreht, die auf dem Festland von Elementia spielen. Irland ist also Elementia. Ist das nicht toll?«

»Sicher.«

Er gab mir das Buch, und die offenen Seiten lagen flach da – ein Zeichen dafür, dass es sich hier um eine besonders oft gelesene Passage handelte. Ich warf einen ersten Blick auf den Text und fand ihn sofort schrecklich. Jede Menge Fantasysprache und Thesaurus-inspirierte Farbbezeichnungen.

Bevor ich es verhindern konnte, kam mir die einzige Erinnerung an Grandma Mae. Ein Schnappschuss. Sie war mit mir im Park spazieren gegangen und hatte gesagt, der Himmel sei nicht blau, sondern *azurn*.

Einige Monate darauf starb sie. »Dieser (Kraftausdruck entfernt) Krebs!«, wie mein Vater sagen würde.

»Iris?«

Ich sah meinen Bruder an. »Du verrätst niemandem, dass ich dir das vorgelesen habe? Vor allem nicht Dad?«

Er nickte feierlich.

Angeekelt betrachtete Sevyn den betrunkenen alten Mann. Stück für Stück rückte sie von Coad ab, der das Boot vorantrieb, und zog ihren Umhang fester zusammen. Mit seiner kalten Hand wollte der Wind sie nach Elementia schieben; die Luft war hier ganz anders als die, über die ihr Vater in ihrem Königreich Cerul gebot.

Sie glaubte, dass dieser Wind von Norden kam, wo es Schnee gab. Sie hatte Schnee auf Gemälden gesehen, und Evyn hatte ihr von seiner Wanderung auf den Eyelit Pass erzählt, wo er das weiße Pulver mit beiden Händen aufgeschaufelt hatte, bis es von der brennenden Hitze seiner Finger geschmolzen und verschwunden war.

Ich sah zu Ryder hinüber. »Evyn und Sevyn sind also Zwillinge. Wie konnte man ihnen nur solche Namen geben? Wo steckt übrigens Eamon Schrägstrich Nolan?«

»Den lernen wir für eine ganze Weile noch nicht kennen.« Mein Bruder lächelte selig. »Sevyn ist von einem Blitz verflucht worden. Keiner kann sie jemals berühren. Evyn ist mit der Kraft des Feuers gesegnet. Sevyns Dad, der über den Wind herrscht, hasst sie und liebt Evyn. Irgendwie hat er ein paar Probleme.«

»Ganz offensichtlich.« Ich musste an den Trailer denken, an die Dunkelheit mit den Funken zwischen den Händen. »Meinst du das mit dem Blitz ernst?«

Genervt schloss Ryder die Augen. »Lies weiter. Mit der Zeit ergibt alles einen Sinn.«

Die Erinnerung an Evyn machte ihr Angst und schmerzte sie sehr. Sie starrte in den Mitternachtshimmel, in dem der Mond wie eine Münze hing, und betete, dass ihr Bruder, wohin auch immer es ihn verschlagen hatte, in Sicherheit war. Und am Leben. Auch wenn es unwahrscheinlich war. »Ich werde dich finden«, flüsterte sie. »Ich werde aufs Festland gehen. Seine Gifte überleben. Irgendwie …«

Als sie endlich einschlief, träumte sie, sie schwänge sich als Adler über Elementia durch die Lüfte. Sie überblickte einen uralten dichten Wald und einen silbern schimmernden Fluss. Sie flog weite Kurven und verstellte die Flügel, bis sie die Küste sah. Eine wunderschöne Frau stand auf den Klippen, ihre kastanienbraunen Haare flatterten im Wind.

»Wach auf«, sagte sie zu Sevyn. »Du hast dich verirrt.«

Ein Donnerschlag drang an ihre Ohren und zwang sie, die Augen aufzuschlagen.

»Gestern haben wir aber was anderes gesehen. Sevyn war kein Adler, als Maedina auf der Klippe stand. Sie war in einem Boot«, sagte ich und versuchte, in Übereinstimmung zu bringen, was ich gesehen und gerade gelesen hatte.

»Cate sagt, sie müssen ein paar Sachen ändern, damit

der Film besser wird. Es gibt auch keinen Coad. Außerdem sind Sevyn und Evyn ja eigentlich dreizehn, aber im Film sind sie achtzehn, damit sie Julian Young mit seinem Sex-Appeal einsetzen können.«

»Ryder!« Ich wurde rot, obwohl ich kein Gegenargument hatte. »Cate Collins hat recht. Julian Young zu besetzen, kann dieses Unternehmen tatsächlich zum Erfolg führen.«

Mein Bruder grinste hoffnungsvoll. »Darf ich Cate bitten, uns Rollen zu geben? Bitte!«

»Nein! Kategorisch! Du weißt auch, warum.« Ich las schnell weiter, um ihn von diesem Thema abzubringen.

Duff. Duff.

Sevyn erwachte und richtete sich langsam auf. Sie hatte sich im Bootsrumpf hingelegt. Es war früh am Morgen und die Sonne breitete ihre goldenen Strahlen über dem Wasser aus. Sevyns Mund war ausgetrocknet und eine feine Salzschicht verkrustete ihre Haut.

Coad schlief am anderen Ende des Boots. Sein Kopf hing nach hinten, sodass seine drahtigen Sehnen hervortraten.

Duff. Duff.

Etwas schlug gegen das Boot. Sevyn schaute über den Rand und sah eine ausgestreckte, gespenstisch weiße Hand aus dem Wasser ragen. Sie unterdrückte einen Schrei und dachte an die Klaue, die Evyn aus ihrem Leben gerissen hatte.

Doch dann erkannte sie, dass es keine echte Hand war, sondern der aufragende Teil einer Marmorstatue. Unter der Wasseroberfläche konnte sie ihren behelmten Kopf und den Körper eines Kriegers sehen. Die ausgestreckte Hand hielt nichts; offenbar hatte sie ihr Schwert längst verloren.

Rings umher war das azurne Wasser ein Friedhof für Statuen. Die meisten waren so kaputt, dass man nicht mehr erkennen konnte, was sie einmal darstellen sollten. Aber Sevyn konnte den kopflosen Oberkörper einer königlichen Frauenfigur ausmachen, deren glatte Oberfläche von Seepocken verunstaltet war. Dahinter hielten sich zwei kindliche Figuren vor einem großen Marmorblock bei den Händen. Sie wirkten wie erstarrt und ihre kleinen Gesichter blickten himmelwärts.

Sevyn versuchte, sich einen Überblick zu verschaffen, bis ihr Blick an einem Felsen hängen blieb. Er war von Vogelkot und Seetang übersät, aber darunter zeichnete sich deutlich der Wehrgang eines Schlosses ab. Der weiße Marmor bildete massive Zinnen, in die Figuren von Menschen und Elfen hineingemeißelt waren.

»Manifest«, flüsterte Sevyn. Ihre Lieblingsgeschichten handelten von dieser großartigen Stadt. Hier wohnten und herrschten die Könige und Königinnen, von denen sie abstammte – allerdings vor dem Exodus nach Cerul. Bevor Elementias Untergang begann,

waren die Wälder verbrannt, und der Boden hatte sich aufgetan und riesige Spalten gebildet.

An einer großen Mauer des weißen Steins konnte man sehen, wie die Erde sich gespalten hatte. Ihre Gutenachtgeschichten hatten den Schrecken dieses Geschehens nie wirklich erfasst. Einst war Manifest eine größere Bastion gewesen als die gesamte Insel Cerul. Und ohne jede Vorwarnung war sie ins Meer gestürzt – ein unaussprechliches Grauen, ein unaussprechlicher Verlust. Als Sevyn die halb versunkenen Ruinen betrachtete, hörte sie die Schreie derer, die das Meer an jenem Tag verschluckt hatte, als hallten sie noch immer durch die Luft.

»Was für eine traurige Geschichte«, murmelte ich.

Gestern auf der Fähre hatte ich die große Steinmauer unterhalb der alten Burg gesehen. Und ja, ich war beeindruckt gewesen, aber wie würde die Szenerie wohl erst wirken, wenn per Computeranimation die Überreste des gefallenen Königreichs hinzugefügt wurden?

»Ryder, was …« Mein Bruder war eingeschlafen. Sein Mund stand offen. Ich legte seine Beine bequemer zurecht und deckte ihn zu. Er drehte sich auf die Seite, und ich war ein wenig enttäuscht, dass er nicht bis zum Ende des Kapitels wach geblieben war. Ich jedenfalls war jetzt hellwach.

Bevor ich das Buch zuschlug, fielen mir Bleistiftkritzeleien am Seitenrand auf.

San-Andreas-Verwerfung-Parallele – Offensichtlich

Es war die Handschrift meines Vaters. Schon ganz verblasst. War es sein Buch? Moment mal, besaß er überhaupt eins? Ich schlug es vorsichtig zu, legte es neben Ryder und hatte das Gefühl, dass es in meinen Händen zu einer Landmine geworden war. Was mein Vater von diesen Büchern hielt, verdrängte ich aus purem Selbsterhaltungstrieb.

Ich kroch ins Bett und stellte mir vor, wie die fiktive Stadt Manifest ins Meer stürzte, und ich fragte mich, ob es im Film wie bei all den saublöden Blockbustern aussehen würde, in denen L.A. vom Kontinent abbrach und vom Pazifik verschluckt wurde.

Parallele – offensichtlich … Stammte seine Idee aus dieser Szene?

Bis heute resultierte sein einziger Moment literarischen Ruhms nicht aus seinen Büchern, sondern aus einem berühmt-berüchtigten Nachruf, den er in der *New York Times* veröffentlicht hatte. Darin hatte er über seine Mutter und sich gesagt, sie seien wie »die gegenüberliegenden Ränder der San-Andreas-Verwerfung, in stetiger Reibung und stetiger Androhung eines Desasters«.

Ich hatte diesen Nachruf öfter gelesen, als ich zugeben wollte. Er hatte mich fasziniert und die Frage aufgeworfen, warum mein Vater mit seiner eigenen Mutter so zerstritten war. In den letzten Jahren war dieser Nachruf für mich jedoch eher zu einer Art Quellentext in Bezug auf unsere Familientraditionen geworden.

Mein Vater und ich hatten uns schon aneinander gerieben, bevor Felix Moss in unser Leben getreten war. Sogar schon vor Ryders Geburt. Alles hatte mit dem katastrophalen Vorfall mit meinem Literaturlehrer angefangen. Das summierte sich also zu wie viel? Neun Jahren. Neun Jahre Ablehnung und Frust. Die ganze Zeit über hatte ich meine Gefühle in mich hineingefressen, aber so langsam fand ich dafür keinen Platz mehr in meinem Inneren. Was würde passieren, wenn ich meinem Dad sagte, dass ich es hasste, die Ersatzmutter meines Bruders sein zu müssen? Oder dass meine Musik nicht mein »kleines Hobby« war?

Ich nahm an, dieses Erdbeben würde auf der Richterskala die Größenordnung 10 erreichen. Feuer und Fluten. Keine Überlebenden.

Film: Elementia
Regie: Cate Collins

Außendreh: Tag 3
Aran, Irland

Anmerkungen zum Dreh:
VORMITTAG: SEVYNS Anlegemanöver in Elementia und Kennenlernen mit MAEDINA.
NACHMITTAG: EVYNS erstes Gespräch mit BYERS.

Nach Einbruch der Dunkelheit: Durchgehende Einstellung von MAEDINAS brennendem Baum.
VORSICHT AM SET!

Weitere Anmerkungen:
Ryder Thorne ist mit dem Küchenteam unterwegs.

Iris Thorne ist mit Julian Young zum Mittagessen verabredet.
Alle halten sich für Eamon O’Briens »Making Of«-Blog zu Kurzinterviews über ihre Thorne-Historie zur Verfügung.

INZWISCHEN IN EINER KAUM BEKANNTEN ECKE DER WELT …

Ich wachte viel zu früh, total groggy und komplett steif davon auf, dass jemand an die Tür klopfte.

Ryder schlief weiter und schnarchte leise. Ich sah auf die Uhr. Zehn Uhr abends in L.A. – was war das in irischer Zeit? Durch die Jalousien der winzigen Wohnwagenfenster schimmerte eine orangefarbene Morgendämmerung. Wieder klopfte es, dieses Mal lauter. Ich schoss aus dem Bett, bevor Ryder geweckt werden konnte, und öffnete Cate Collins in einem schwarzen Ganzkörper-Spandexanzug die Tür.

»Ist es nicht zu früh für Computeranimationen?«

»Sehr witzig. Dein Vater sagt, du läufst.«

»Du hast mit meinem Vater gesprochen? Wann?« Ich versuchte, mir nicht anmerken zu lassen, wie genervt ich war. Und versagte auf ganzer Linie. Er hatte nicht einmal auf die Nachricht geantwortet, die ich ihm vor zwei Tagen geschickt hatte.

»Gestern Abend nach all der Aufregung.« *Na, super!* Cate hatte meinem Vater also alles erzählt, bevor ich meine Version vortragen konnte. »Zieh dich an. Das mit dem Laufen ist ernst gemeint.«

»In den Ferien laufe ich nicht«, sagte ich.

»Das hier sind keine Ferien. Es ist höchste Zeit für uns, zu reden.« Sie trat ein paar Schritte zurück und dehnte die Arme über dem Kopf. Ich zog mein Sportzeug an und war neugierig, ob diese Mittvierzigerin mit mir mithalten konnte. Unter Garantie nicht.

Schon wieder daneben, Iris.

Eine halbe Stunde später liefen wir einen Weg entlang, neben dem die Klippen steil zum Meer hin abfielen. Inishmore war ganz still, nur hier und da kreischten die Möwen, und in der Tiefe rauschten die Wellen an den Kiesstrand. Es war wunderschön und vor allem anders. Befand sich der laute, bunte Trubel von L.A. wirklich auf demselben Planeten wie eine Insel, auf der die Zeit stehen geblieben war und die ihre Verlorenheit auch noch zu genießen schien?

Normalerweise lief ich mit Kopfhörern und blendete die Welt aus, aber Cate hielt die Nase in die Luft und versuchte, so viel von der Landschaft zu sehen wie möglich. Ich folgte ihrem Beispiel. Federleicht sprintete sie über den unebenen Weg, während meine Schritte immer schwerer wurden, bis ich Seitenstiche bekam. Cate drosselte das Tempo und schaute sich zu mir um. »Wir können auch powerwalken.«

»Gut. Danke.«

Vielleicht tat ich ihr leid, vielleicht wollte sie aber auch endlich reden. Schließlich waren wir nicht wegen der schönen Aussicht hier. »Ich habe die Bücher deiner Großmutter gelesen, als ich mein Filmstudium gerade abgeschlossen hatte und immer noch von L.A. überfordert war. Ich hatte Heimweh und stellte mir eine Szenerie wie diese vor. Für mich wird Elementia immer wie Irland aussehen.«

»Komisch«, sagte ich. »Elementia besteht doch nur aus eingestürzten Städten aus Stein und abgebrannten Wäldern. Und ist es nicht komplett verlassen?«

»Bis zum zweiten Buch, dann blüht das Land wieder auf.« Offenbar war sie überrascht, dass ich so viel wusste, und ich verriet ihr nicht, dass ich es erst gestern Abend gelernt hatte. Sie seufzte, und ich konnte ihr ansehen, was sie fühlte: wehmütige Sehnsucht und tiefe Trauer. Ich schaute weg. Thornier wollten mir immer nahebringen, was sie in Grandmas Büchern entdeckt hatten, aber meine Meinung interessierte sie nicht. Als ich in Ryders Alter war, versuchte ich, mich unsichtbar zu machen, wenn jemand anfing, über *Elementia* zu sprechen. Es fiel niemandem auf; so gut war ich. »Iris?«

»Was?«

»Ich habe gefragt, ob du das hier wirklich als Ferien betrachtest.«

»Ich bin wegen Ryder hier«, sagte ich. Erst gestern Abend war mir das wieder bewusst geworden. »Hier zu sein, bedeutet ihm alles, und seine Therapeutin meint … Wie viel weißt du über seine Umstände?«

»Dein Vater hat mir gestern Abend die grausamen Details erzählt.« Cate schien sauer zu sein. »Ich hätte es zu schätzen gewusst, es früher zu erfahren. Ich hätte euch helfen können.«

Sie meinte es ernst, also verkniff ich mir das Lachen. »Falls du keine Zeitmaschine hast und dafür sorgen kannst, dass mein Vater uns abholt, statt uns einem geisteskranken Stalker auszuliefern, kannst du uns nicht helfen.«

»*Iris*.« Sie sprach meinen Namen wie eine Mutter aus. Wie jemand, der mich sehr mochte. Das war irritierend, denn wir kannten uns kaum. »Diese Haltung wird dich noch umbringen.«

Miesmacherin Iris meldet sich zum Dienst.

»Ich weiß«, gab ich zu. Die Sonne erschien am östlichen Horizont, und ich ließ meinen Blick nach Westen und über Tausende von Brillanten schweifen, die plötzlich auf dem tiefblauen Meer tanzten. Oder war es azurn?

Blau.

Cate streckte die Hände aus, um ihre Augen vor der Sonne zu schützen. »Ich kann dir versichern, dass der gestrige Tag für niemanden nach Plan lief, aber ich möchte, dass ihr bleibt. Dass ihr Teil des Produktionsteams werdet.«

»Als Maskottchen der Thornier?«

Oh, das schien zu sitzen. Sie verzog das Gesicht. »Weil es um eure Familiengeschichte geht. Ob es dir nun gefällt oder nicht. Ob du es wahrhaben willst oder nicht.« Sie zog das Tempo an und ich hechelte hinterher. »Ich habe

Jobs für Ryder und dich. Wenn ihr euch mehr einbezogen fühlt, seid ihr vielleicht weniger auf Ärger aus.«

»Also, wenn Eamon – wie versprochen – auf Ryder aufgepasst hätte …«

»Eamon O'Brien ist einer der Stars dieses großen Kinofilms, kein Babysitter. Und mit Ärger meine ich, wie du dich mit Julian und Shoshanna in Julians Wohnwagen verschanzt hast und ihr euch über alle am Set lustig gemacht habt.«

»Aber …«

»Ich bin scharfsinnig, Iris. Sehr scharfsinnig«, sagte sie auf eine Weise, dass ich mich fragte, ob es eine irische Mafia gab. War sie mit mir hierhergekommen, um mich kopfüber von den Klippen baumeln zu lassen und mir zu sagen, dass ich vorsichtig sein sollte? »Ich weiß, dass du die Bücher deiner Großmutter nicht gelesen hast und Fantasygeschichten nicht deine Lieblingslektüre sind. Du bist eher der Typ *Stolz und Vorurteil*.«

»Nein«, konterte ich genauso angriffslustig. »*Jane Eyre*.«

»Ach, Iris! Das ist nun wirklich Fantasy.« Ihr Akzent wurde so stark, dass sie wie Eamon klang, wie dieses Land. Inzwischen kam es mir blöd vor, dass ich diesen Akzent bei meiner Ankunft exotisch gefunden hatte. Er war viel besser: einladend, ehrlich und … nun ja … *scharfsinnig*. »Trotz deiner Abneigung können dir die feministischen Aspekte von *Elementia* doch nicht egal sein.«

Ich ratterte die trockene Zusammenfassung meines Vaters herunter. »Ein chauvinistischer König, der seiner

Tochter das Recht der Erstgeborenen zugunsten seines Sohns abspricht, wird von selbigem Sohn getötet, während seine Tochter die ganze Welt rettet.«

»Das klingt wie die Lesart eines Mannes«, sagte Cate. »Deines Vaters?«

Ich nickte und fragte mich, was mich verraten hatte.

»Du musst lernen, dass diese Geschichte komplexer ist. Genau wie die Welt. Was hält eigentlich deine Mutter von den Büchern?«

»Die hat sie auch nicht gelesen. Sie ist Lyrikerin und …« Wie deutlich wollte ich werden? Alles, was meine Mutter betraf, konnte der Rest der Welt nicht verstehen, und wir Thornes baten auch selten darum. »Sie ist eine Art Emily Dickinson. Nur dass sie sich nicht auf dem Dachboden, sondern in ihrem Gewächshaus verschanzt. Den ganzen Tag. Jeden Tag.« Cates mitleidiger Blick tat mir beinahe körperlich weh. »Ist nicht so schlimm. Mein Vater kümmert sich um alles.«

»Mir kommt es eher so vor, als ob *du* dich um alles kümmerst.«

»Kann schon sein.«

War es erleichternd oder peinlich, dass es so offensichtlich war?

Wir näherten uns einer Stelle, die der nördliche Rand der Insel zu sein schien. Die Silhouette von etwas Großem zeichnete sich auf den Klippen ab. Ich kniff die Augen zusammen, konnte aber nicht ausmachen, was es war.

Cate streifte ihr Schweißband vom Kopf und fuhr sich

mit der Hand durch die kurzen, grauen Haare. Inzwischen fand ich, dass es eher Grey-Haar als Grau-Haar war. Doch was immer sie sagen wollte, musste warten, denn Julian joggte uns auf dem Klippenweg entgegen. Oben ohne. Er trug einen riesigen Kopfhörer und grölte einen falschen Text zu »Hooked On a Feeling«.

Als er uns sah, winkte er wie ein Fünfjähriger. Er glänzte vor Schweiß, und wenn ich nicht schon gestern den Anblick seiner nackten Brust genossen hätte, wäre ich vermutlich in Ohnmacht gefallen. Wir traten zur Seite, und er brüllte: »GUTEN MORGEN!« Aus seinem Kopfhörer drang genug »Uga-Chacka«, um das Meeresrauschen zu übertönen. Dann joggte er weiter.

Ein Lachen kam aus meinem tiefsten Inneren. Es stieg in mir auf, stieg und stieg, bis ich es nicht mehr unterdrücken konnte.

Cate grinste, und dann fing auch sie an, melodiös zu lachen. »Nach diesem Zwischenspiel weiß ich nicht mehr, was ich sagen wollte.« Die Lachfältchen um ihre Augen waren so sympathisch, dass ich es für einen kurzen Moment wagte, Cate Collins zu mögen.

»Ich habe Ryder einen Job im technischen Team gegeben. Er hilft der Küchencrew. Dann hat er etwas zu tun, ist einbezogen und unter der Aufsicht von Mr Donato«, sagte sie. Ich wollte dagegen protestieren, dass ein Fremder die nächsten neun Tage auf meinen Bruder aufpassen sollte, aber Cate fügte hinzu: »Er hat fünf Kinder und dein Vater hat bereits sein Einverständnis gegeben.«

»Das kriegt Ryder nicht hin«, wandte ich ein. »Er kann nicht mal die Spülmaschine einräumen, und wenn er gefrustet ist, bekommt er Wutanfälle wie ein Kleinkind. Du hast es gestern Abend doch selbst erlebt.«

»Du musst ihm zutrauen, dass er Verantwortung übernehmen kann. Sonst lernt er es nie.«

Ich konnte mir das Chaos, das er anrichten würde, schon jetzt vorstellen. Voll beladene Tabletts, die auf dem Fußboden landeten. Wasserspender, aus denen etwas heillos Überzuckertes floss. »Okay. Es ist deine Produktion.«

»Das ist es«, sagte sie wie ein Mafia-Boss. »Und was dich betrifft …«

»Keine Cameos! Ich ende ganz sicher nicht als Easter-Egg-Scherz in irgendeiner rausgeschnittenen Szene.«

Cate machte eine wegwerfende Handbewegung. »Ich habe ein Problem, das eigentlich nur du beheben kannst.« Ich weiß nicht, warum, aber ich musste an Eamon denken. Wollte Cate, dass ich ihm beim Textlernen half? »Julian Young ist eine Katastrophe. Nachdem ich endlich zu ihm durchgedrungen war und er begriffen hatte, dass er dieses Mal nicht irgendjemandes Schwarm ist, fing er an, Evyn wie ein altkluges Kind zu spielen, und das ist …« Ihre Stimme wurde zu einem wütenden Grummeln. »Wenn er die Rolle nicht in den Griff bekommt, muss ich ihn feuern.«

Ich blieb stehen. »Du kannst Julian nicht feuern! Du hast doch schon jede Menge Szenen mit ihm gedreht.«

Cate ging weiter, und ich musste ein paar Schritte

joggen, um wieder auf gleiche Höhe zu kommen. »Ich werde tun, was nötig ist. Ich bin die Regisseurin und werde mich von keinem noch so großen Produzenten einschüchtern lassen.« Die Aggressivität, mit der sie das sagte, hatte nichts mit mir zu tun. Was ging hinter den Kulissen von *Elementia* vor? »Ich möchte, dass du die Rolle mit ihm durchsprichst, Iris. Sorge dafür, dass er die Geschichte begreift.«

»Wie denn? Ich verstehe sie ja selber nicht.«

»Evyn, Julians Figur, wurde von einer verstörten Kreatur entführt«, sagte sie. »Und damit hast du ja Erfahrung.«

Ich suchte den Horizont nach etwas ab, das ich fixieren konnte – irgendetwas, das das Bild von Felix Moss vertrieb. Wir näherten uns dem höchsten Punkt der Klippen und die Sonne ließ einen riesigen Baum erglühen. Ein kleiner Teil von mir wollte sagen: *Wie kannst du es wagen, Cate Collins?* Aber der größere Teil von mir war ziemlich erleichtert, dass ich von Menschen umgeben war, die sich nicht scheuten, das Geschehene beim Namen zu nennen. Sie stellten Fragen. Sie wollten, dass ich den Tatsachen ins Gesicht blickte. Und das war … ja, was eigentlich? *Erfrischend* war mit Sicherheit nicht das richtige Wort.

»Bist du dabei?«, fragte Cate. »Es bedeutet Quality Time mit Julian Young, und daran dürftest du doch Interesse haben, oder?« Da hatte sie mich erwischt.

Ich sah Cate mit neuen Augen. Sie war klein und so

dünn, dass sie in dem schwarzen Spandexanzug wie eine Rennrodlerin aussah. Mit überbordender Fantasie stellte ich mir ein riesiges Gewicht auf ihren Schultern vor – die Verantwortung für diesen Film. Sie war der neue Atlas, den ein Fantasyglobus zu erdrücken drohte. Egal, was ich von *Elementia* hielt und wie sehr ich gegen diesen Film war, ich wollte nicht, dass es zu Cates Lasten ging. »Okay, ich werde Julian helfen.«

»Gut.« Sie legte mir eine Hand auf die Schulter. »Und damit du es weißt: Er ist bis über beide Ohren in ein Mädchen verliebt. Lass dich von ihm nicht an der Nase herumführen.«

Mist!

»Männer und ihre ewigen Geheimnisse«, sagte ich scherzhaft, um zu kaschieren, wie abserviert ich mich plötzlich fühlte.

Cate seufzte und schien von mir enttäuschter denn je zu sein. »Deswegen musst du die Bücher lesen, Iris. Dein Vater irrt sich. Es geht nicht um die Bestrafung eines Königs, der eine sexistische Wahl getroffen hat. Es geht um ein Mädchen, das entdeckt, welche Macht es haben kann, wenn es nur genügend Mut aufbringt.«

»Als ob es so einfach wäre, Mut aufzubringen.« Iris, die Miesmacherin, meldete sich zurück und ihre Worte brannten mir im Hals. »Mut kann man nicht bei Amazon Prime bestellen und dann zu Hause auspacken.« Ich dachte an Grandma Mae. An mich. »Manche sind mutig, andere nicht.«

Cate sah mich an, als hätte ich sie angespuckt, und ich wartete darauf, dass sie mich korrigierte. Dass sie mich ausschimpfte. Oder wenigstens meinen Namen auf diese mütterliche Art aussprach. Aber nichts von alledem passierte, und die Stimme meines Vaters flüsterte: *Bravo, Iris*!

Ich konnte nicht heraushören, ob er es ironisch meinte oder nicht.

EHRLICH GESAGT, HABE ICH INTERESSE DARAN, EHRLICH ZU SEIN

Als Cate und ich bei dem großen alten Baum ankamen, hielt ich die Luft an. Der Stamm war hohl, während die uralten Äste und Zweige in den Himmel ragten.

»Hallo.«

Ich sprang vor Schreck zurück. Eamon trat aus dem hohlen Baum und lächelte. Dieses Lächeln galt mir, und ich wusste nicht, wie ich reagieren sollte. Zurücklächeln oder auf dem Absatz kehrtmachen und weglaufen.

»Hast du Aufnahmen vom Sonnenaufgang im Kasten?«, fragte Cate.

Eamon nickte. Erst da bemerkte ich seine Handkamera und am liebsten hätte ich sie über die Klippen geworfen. Immerhin setzte das meiner kleinen Verliebtheit für den Moment ein Ende.

»Die Bühnenbildner haben eineinhalb Jahre an diesem Baum gebaut«, erklärte Cate mir. Sie klopfte auf die Rinde und der Baum gab einen hohlen Ton von sich.

Dann ging sie hinein und zeigte mir stolz, dass sich eine winzige Wohnung in dem Baum befand. »Hier wohnt Maedina.« Ich erkannte die Wohnung von Ryders Zeichnungen. Voller Bewunderung schaute Cate sich um. »Heute Abend brennen wir das hier alles in einer einzigen Einstellung ab.«

»Warum?«, fragte ich entsetzt.

»Weil das so im Buch steht. Sevyn kann ihre Affinität zu Blitzen, also ihren Fluch, nicht kontrollieren, und als sie herausfindet, dass Maedina diejenige war, die sie verflucht hat, beschwört sie einen gewaltigen Blitz herauf.«

Auf der Leinwand sähe das bestimmt toll aus. Ich versuchte, mir nicht anmerken zu lassen, wie beeindruckt ich war.

Cate wandte sich an Eamon. »Im Moment bist du der Regisseur. Wo soll ich hin?«

»Ähm … hier?« Er zeigte auf die knorrigen Baumwurzeln. »So habe ich den Baum und das Meer mit im Bild.« Cate setzte sich an die Stelle, und Eamon stellte seine Kamera auf ein kleines Stativ.

»Soll ich gehen?«, fragte ich.

Cate richtete ihre harten blauen Augen auf mich. »Ich denke, du solltest bleiben und dir anhören, wie die Bücher deiner Großmutter mir das Leben gerettet haben. Eamon nimmt es für seinen Blog auf.«

Ich lachte und stolperte geradewegs in einen Lieblingsspruch meines Vaters. »Die einzige Möglichkeit, von Grandmas Büchern gerettet zu werden, besteht darin, dass man eins davon im Wilden Westen bei einer Schießerei unter der Weste stecken hat, sodass eine gezielte Kugel nicht ins Herz eindringen kann.«

Eamon und Cate sahen mich an, als sei mir plötzlich ein Geweih gewachsen.

»Wohl kein Morgenmensch?«, fragte Eamon.

»Sie plappert nach, was ihr Vater über die Bücher sagt. Lass uns weitermachen.«

Woher wusste sie das? Gern wäre ich davongestürmt, wollte aber nicht noch zickiger rüberkommen.

Eamon startete die Aufnahme, lief dann um die Kamera herum und setzte sich neben Cate. »Wir sind hier mit der wunderbaren Regisseurin Cate Collins auf der zauberhaften Insel Inishmore. Cate, *fáilte* und *go raibh maith agat*.«

»Das Vergnügen ist ganz meinerseits«, sagte sie.

»Du hast in verschiedenen Interviews gesagt, dass M.E. Thornes *Elementia*-Bücher dir das Leben gerettet haben.« Eamon warf mir einen kurzen, aber vielsagenden Blick zu. »Würdest du das bitte näher erklären?«

»Nun, als ich vor zwanzig Jahren mein Filmstudium aufnahm, war Regisseurin zu werden, bloß ein frommer Wunsch. Damals schien es noch gar keine zu geben. Und so weit muss man gar nicht zurückgehen. Vor vier Jahren ergab eine Studie, dass fünfundachtzig Prozent der im Jahr 2014 herausgekommenen Filme von männlichen Regisseuren stammten. Fünfundachtzig Prozent. Dass immer mehr Regisseurinnen Aufträge bekommen, ist gut und schön, aber einen großen, teuren Film anvertraut zu bekommen, das muss man sich erst mal verdienen. Man kann einer Filmstudentin kein Projekt in der Größenordnung von einer halben Milliarde Dollar anvertrauen. Und dennoch …«

Sie unterbrach sich, und ich wusste, dass die hochintelligente, scharfsinnige Cate Collins überlegte, was sie als Nächstes sagen sollte. Sie ließ einen Finger knacken und fuhr fort. »Peter Jackson hat fünf Filme gedreht, bevor er für seine Vision von der Verfilmung der *Herr der Ringe*-Trilogie grünes Licht bekam. Ich habe bei sechzehn Langfilmen Regie geführt, bevor Vantage Pictures bereit war, sich überhaupt mit mir zu treffen und die Möglichkeiten einer Verfilmung von *Elementia* ins Auge zu fassen.«

»Das klingt unfair.« Eamon wirkte ungeheuer unschuldig, wenn eine Kamera auf ihn gerichtet war. Vielleicht war Cate bei den Castings deswegen auf ihn aufmerksam geworden.

»Meine Großmutter pflegte zu sagen: *Fairness ist Fantasy*. Ein lustiger Zufall, so im Nachhinein betrachtet.« Cate lächelte. Sie schaute nicht in meine Richtung, aber ich war mir sicher, dass es so war. »Aber du hast gefragt, inwiefern mir diese Bücher das Leben gerettet haben. Während des Filmstudiums hatte ich einen Mentor, ein kluger, talentierter Mann, der schon seit Jahrzehnten in Hollywood tätig war. Inzwischen ist er verstorben.«

»Das tut mir leid«, sagte Eamon.

»Das muss es nicht. Wäre er noch am Leben, hätte er

wahrscheinlich nicht den Mut, diese Geschichte zu erzählen.« Sie rieb sich die Hände. »Nach dem Studium bot er immer fünf Absolventen ein Praktikum an, und in meinem Jahrgang war ich darunter. Es war mir eine große Ehre, die erste Frau zu sein, die er je genommen hatte. Alle fünf haben wir schwer für ihn geschuftet. Jahrelang. Die Männer wurden nach und nach befördert und bekamen eigene Produktionen. Ich nicht. Eines Tages marschierte ich in sein Büro und verlangte zu erfahren, was ich falsch machte. Er gab mir ein Glas Wasser und bat mich, nicht hysterisch zu werden – als wäre ich bekannt für meine hysterischen Anfälle. ›Du bist die leidenschaftlichste Regisseurin, die ich je kennengelernt habe‹, sagte er. ›Aber du bist eine Frau, und die Filmstudios wollen keine Frauen. Frauen sind zu emotional. Zu labil. Tut mir leid.‹«

Cate machte eine kurze Pause. Dann sagte sie: »Also habe ich gekündigt.«

Eamon wurde beinahe grün im Gesicht und Cate tätschelte sein Knie. »Danach fühlte ich mich wie tot. Ich hatte kein Geld und schlief bei einer Freundin auf der Couch. Eines Tages hielt sie mir ein Exemplar von *Elementia* unter die Nase und sagte: ›Das ist ein Buch über Mädels, die sich nichts gefallen lassen. Lies es.‹ Das tat ich dann. Es inspirierte mich dazu, mich zu wehren.«

»Wie denn?«, fragte Eamon. »Was hast du getan?«

»Als Erstes änderte ich den Namen in meinem Lebenslauf zu C. Collins. Wie M.E. Thorne oder J.K. Rowling.

Ich versteckte mein Geschlecht hinter einem Anfangsbuchstaben und hatte damit die erste Hürde genommen. Sofort wurde ich von Produzenten angerufen, die annahmen, das C stünde für Charles oder Conor. Mein Lebenslauf als solcher war ja durchaus beeindruckend. Manche Produzenten waren dann angenehm überrascht, wenn ich zur Tür hereinspazierte. Andere behaupteten, der jeweilige Job sei schon vergeben.«

Cate drehte das Gesicht in die aufgehende Sonne, sodass es golden glänzte. »Zentimeter für Zentimeter machte ich Boden gut, drehte Independent-Filme für Peanuts und lebte praktisch von nichts. Aber ich machte immer weiter, wie Sevyn. Ich ließ mich von niemandem aufhalten, und wenn es sein musste, schleuderte ich Blitze. Am Ende des Tages ...«, sie drehte sich zu mir und sah mich mit ihrem schärfsten Blick an, »... ist es ganz einfach, mutig zu sein. Erstens: Sei ehrlich. Zweitens: Gib nie klein bei.«

***

Ich schleppte mich zum Wohnwagen zurück. Ryder telefonierte mit jemandem.

Es gab nur einen, der dafür infrage kam.

»Iris ist wieder da. Ja, okay.« Er stellte das Handy stumm. »Dad will mit dir sprechen. Er weiß, was passiert ist, und findet nicht, dass wir nach Hause kommen sollten.«

»Okay.« Ich nahm das Handy.

»Ich will hier sowieso nicht weg.« Ryder setzte sich auf die Bettkante und band sich die Sneaker zu.

»Wo willst du hin?«, fragte ich ihn.

»Ich helfe den Verpflegungsmenschen. Dad hat es erlaubt. Versuch also gar nicht erst, mich davon abzuhalten.« Er ging aus der Tür, als würde er das jeden Tag machen, und ich stand mit dem Handy da und konnte mir nicht einmal vorstellen, was dieses Telefonat wohl kosten mochte.

Ich drückte die Stumm-Taste, um sie zu deaktivieren. »Hey, Dad.«

»Dein Bruder sagt, du willst nach Hause kommen. Ich bin in ein, zwei Tagen mit meinem Buch fertig. Dann fliege ich nach Irland und übernehme für dich. Du kannst also zurück.«

Wie bitte?

»Iris?«

»Ich …« Plötzlich stürzten die Worte aus mir heraus. »Cate hat mir einen Job gegeben. Ich glaube, ich sollte das zu Ende bringen.« Zugegeben, es ging um Julian Young, aber ich musste auch daran denken, wie Eamon gestern Abend neben mir an dem Picknicktisch gesessen und mich mit der Schulter angestupst hatte.

»Ergaunerst du dir Geld? Wie ich höre, geht die Produktion finanziell jetzt schon auf dem Zahnfleisch.«

»Nein, natürlich nicht«, sagte ich empört und viel zu laut. Mein Dad mochte es nicht, wenn ich harte Töne anschlug. Ich stellte mir vor, wie er in seinem Schlafanzug –

seine Arbeitskleidung, wenn er schrieb – dastand und den Telefonhörer am ausgestreckten Arm von seinem Ohr fernhielt. »Sorry.«

Er seufzte, und ich schwöre, dass ich spürte, wie der Luftzug über den Atlantik wehte. »Ich bin mit dem Buch fast fertig.«

»Glückwunsch.«

»Danke. Ich komme und löse dich ab. Es tut mir leid, dich in diese Thornier-Hölle geschickt zu haben. Hört Ryder auf dich?«

Abgesehen davon, dass er gestern verloren gegangen ist und hätte sterben können?

»Er hat sich heute Morgen freiwillig angezogen.« Ich griff nach dem Glas mit den Zahnbürsten neben dem winzigen Waschbecken und fasste Ryders an. Sie war feucht. »Er hat sich sogar die Zähne geputzt.«

»Du solltest seiner Therapeutin schreiben und ihr seine Fortschritte schildern. Oder ich mache das später.« Einen Moment lang schwieg er, und mir wurde plötzlich klar, dass es zu Hause jetzt Mitternacht war.

»Wie geht es Mom?«

»Sie ist immer noch grün. In diesen Phasen kommst du besser mit ihr zurecht als ich.« Als *grün* bezeichneten wir die Wochen oder Monate, wenn meine Mutter in ihrem Gewächshaus wohnte und partout nicht herauskommen wollte. Sie hatte sich eine kleine Wohnung darin eingerichtet, sodass es für sie keinen Grund gab, ihr Refugium zu verlassen.

»Verstehe.« Langsam wurde mir klar, was los war. Mein Dad war mit der Arbeit fast fertig, meine Mom lebte in ihrer eigenen Welt. Er war einsam. »Komm doch und schau dir alles mit uns an. Es ist … ziemlich beeindruckend.« Was redete ich da? Diese Worte hatte das Redaktionskomitee in meinem Kopf nicht genehmigt.

»Wechselst du etwa die Seiten? Tu mir das nicht an, Iris. Du bist meine Verbündete in Sachen Literatur. Ich habe dich erzogen, damit ich in dieser verfluchten Familie eine Anti-Fantasy-Verbündete habe.« Das sollte ein Witz sein. Aber es war auch die Wahrheit, und zum ersten Mal hatte ich etwas dagegen, seine Verbündete zu sein.

Ich ging auf und ab, bis ich meine Stimme wiederfand. »Du weißt, dass ich nichts mit Elfen und diesem ganzen Mist am Hut habe, aber seit ich hier bin, frage ich mich, was Grandma Mae mit ihren Büchern eigentlich sagen wollte. Woher hat sie den Mut genommen, in diesen Geschichten ihr Innerstes nach außen zu kehren? Was, wenn alle Welt diese Bücher gehasst hätte?«

»Deiner Großmutter war vollkommen egal, was die Leute von ihr hielten. Inklusive ihres Sohns.« Die Stimme meines Vaters verriet, dass er gereizt war. Ich hielt die Luft an. »Iris, sie war eine typische Schriftstellerin – Whiskey und Vernachlässigung. Von der Sorte brauchen wir nicht noch mehr in unserem Leben, oder?«

»Nein.« Wie genervt ich war, hörte er nicht. Das tat er nie. »Rufst du in ein paar Tagen an?«, fragte ich. »Wenn du fertig bist?«

»Sobald ich meinem Lektor das Manuskript geschickt habe.«

Die Schroffheit seiner Stimme machte mir Sorgen. »Dad, lässt du die Finger von Goodreads?«

Er knurrte beinahe: »Wer rezensiert denn ein Buch über einen toten Technischen Direktor des FBI und gibt ihm nur einen Stern, weil ...« Ich stellte mir vor, wie er sich zu seinem Bildschirm vorbeugte, in der Rezension von Goodreads herumscrollte und vorlas. »›... nicht genügend Hunde und Katzen darin vorkommen.‹? Was stimmt mit dieser Welt bloß nicht, Iris?«

Er legte auf, bevor ich auch nur versuchen konnte zu antworten, was irgendwie zu unserer Beziehung im Allgemeinen passte. Er schleuderte Fragen in die Gegend wie Granaten, und ich hockte dann in dem entstandenen Krater und grübelte über die Antworten.

»Was mit dieser Welt nicht stimmt, Dad?« Ich dachte an alles, was seit unserer Ankunft passiert war. »Jedenfalls genug, um daneben eine Fantasywelt zu benötigen.«

Ryders alte Ausgabe von *Elementia* bzw. die meines Vaters lag immer noch neben dem Kopfkissen meines Bruders. Ich nahm sie hoch und blätterte ganz nach hinten zur Kurzbiografie und dem Porträtfoto von Grandma Mae mit ihren langen dunklen Haaren und den Augen, bei denen Eamon sich nicht getäuscht hatte. Sie besaßen eine dunkle Strahlkraft, die einen Mut suggerierten, der nicht von dieser Welt zu sein schien. In Bezug auf mich hatte Eamon sich aber sehr wohl getäuscht. Meine Augen mochten die gleiche Farbe haben, aber sie waren ausdruckslos und traurig. Die Augen meines Vaters.

Ich verscheuchte meine Gedanken und las die Kurzbio.

M.E. Thorne, Autorin der Elementia-Trilogie, wurde 1945 in San Francisco geboren und lebt heute in Irland.

Moment, sie lebte in Irland?

EIN IRISCHES INTERMEZZO

Draußen wurde der Morgenhimmel jetzt strahlend blau. Ich verließ den Wohnwagen, um zu frühstücken und vielleicht ein paar Worte mit Ryder zu wechseln. Er hatte sich vorhin merkwürdig benommen – sich unaufgefordert angezogen und Dad angerufen. Er war sogar allein losgezogen, ohne mich anzuflehen, ihn zu begleiten.

Ein großer, breitschultriger Mann stand an einer Kochplatte und wirbelte Pfannkuchen durch die Luft. Es musste Mr Donato sein. Ryder stand neben ihm und hielt ihm einen Teller hin. Er fing drei Pfannkuchen hintereinander damit auf, bevor er einen fallen ließ, und ich wollte schon anfangen, mit ihm zu schimpfen, aber Mr Donato reagierte schneller als ich, und zwar indem er Ryder einen Pfannkuchen auf den Kopf warf. Mein Bruder lachte, bis seine Wangen ganz rot waren, und das Einzige, woran ich denken konnte, war, dass er sich gestern Abend selbst geohrfeigt hatte. So sehr hatte ich ihm zugesetzt.

Zu Hause schaffte das nur unser Dad.

Ich nahm mir eine Banane und setzte mich mit meinen leeren Gedanken an einen leeren Tisch.

»Hey, ich habe etwas für dich.« Eamon tauchte so plötzlich neben mir auf, als würde er tatsächlich über Elfenmagie verfügen. Er streckte eine geschlossene Faust aus und ich hielt meine hohle Hand darunter. Er öffnete die Finger und nichts als Luft landete auf meiner Handfläche.

»Guck, ein Vorwand, um mit mir reden zu können«, sagte ich.

»Magischer Elfenstaub, Iris.« Er zwinkerte mir zu. »Man kann ihn nur sehen, wenn man daran glaubt.«

Ich tat so, als streute ich ihm den Elfenstaub auf den Kopf. »Du brauchst ihn mehr als ich. Bestimmt lassen sich deine Haare jetzt leichter kämmen.« Er tat so, als sei er beleidigt, und ich stieß ihn mit der Schulter an. Hinter uns schnaubte jemand, und als ich mich umdrehte, sah ich Henrik mit seiner dunklen Brille, Schlapphut und Klemmbrett.

»Was gibt's da zu lachen?«, fragte ich.

»Welpen. Ich finde sie urkomisch.« Henrik gab Eamon und mir Zettel – unsere Dreh-Notizen für den Tag. Ich sah, dass Cate Ryders neuen Job schon eingetragen hatte. Gott, war sie schnell! Auch mein Treffen mit Julian war schon schwarz auf weiß erfasst.

»Warum ist hier mein Name draufgestempelt?«, fragte ich Henrik.

»Damit man weiß, wer die undichte Stelle ist, falls die Notiz im Internet auftaucht.« Er ging auf Cates Wohnwagen zu, der genauso aussah wie alle anderen, nur dass eine kleine irische Flagge an der Tür hing.

»Wie ist Henrik hier gelandet?«, fragte ich Eamon. »Cate und er sind ein ziemlich ungleiches Paar – ein eingefleischter Griesgram und eine unverbesserliche Optimistin.«

Eamon zuckte mit den Schultern, während ich sein T-Shirt und seine Jeans betrachtete. Seit dem Interview heute Morgen hatte er sich umgezogen. Er sah aus wie ein Überbleibsel aus einem Musikvideo der 1990er, und ich musste daran denken, dass ich ihn demnächst in Kostüm und Maske sehen würde. Als Schauspieler. »Wann werden deine Szenen gedreht?«

»Erst in ein paar Tagen. Bis dahin genieße ich einfach alles, was am Set so passiert.«

»Und arbeitest an deinem Blog.«

»Das auch. Aber ich verspreche, in deinem Beisein die Finger davon zu lassen. Ich weiß, was du von Kameras hältst.« Eamon schaute auf seinen Tagesplan. »Was hast du denn mit Julian vor?«

Ich beugte mich zu ihm. »Cate hat mir einen Sonderauftrag erteilt: Julian Young zu einem besseren Schauspieler machen.«

»Dann wirst du den Elfenstaub wirklich brauchen.« Eamon beugte sich zu mir, bis seine wuscheligen Haare meine Stirn berührten. »Dann bleibst du also doch hier?«

»Bilde dir bloß nichts darauf ein.« Ich betrachtete ihn aus nächster Nähe. Heute fand ich ihn noch süßer als gestern. Bei manchen Jungs war das so. Den einen Tag waren sie irgendwie seltsam und den nächsten hatten sie eine Nase, ein Grinsen, Augen, die extra dafür angefertigt worden zu sein schienen, dass man sich in sie verknallte.

»Was ist? Sehe ich irgendwie komisch aus?« Eamon strich sich über den Mund, und dass er plötzlich ein wenig schüchtern wirkte, machte ihn nur noch süßer.

»Nein, du siehst aus wie du.«

»Daran arbeite ich hart«, sagte er.

Ryder kreischte vergnügt und brachte das ganze hungrige Team zum Lachen. Hm, mein Bruder schien mich nicht zu brauchen, was bedeutete, dass ich frei war, was wiederum seltsam war. »Nach diesem Tagesplan treffe ich Julian erst in ein paar Stunden. Was machen wir bis dahin, Eamon?«

Er freute sich sichtlich. »Wir könnten zum Kai runtergehen. Oder auf den Pullovermarkt.«

Ich zog die Augenbrauen hoch. »Wirklich? Was Besseres fällt dir nicht ein?«

»Wozu hättest du denn Lust?«

Merkwürdigerweise musste ich an die Szene denken, die ich Ryder vorgelesen hatte. Die an den Klippen und mit den Überresten von Manifest. »Wusstest du, dass meine Großmutter in Irland gelebt hat?«

»Ja. Und wusstest du, dass sie diese Insel oft besucht hat? Ich habe ein Foto von ihr, oben in Dun Aengus.«

Überrascht sah ich ihn an. »Was? Wie bist du denn darangekommen?«

Er nahm seinen Rucksack ab und holte eine zerfledderte Biografie heraus: *M.E. Thorne, Ein Erbe voller Magie und Leid*. Ich wusste, dass es Biografien über meine Großmutter gab. Andauernd klopften Doktoranden bei uns an die Tür, und mein Vater liebte es, ihnen »die wahre Geschichte« zu erzählen, die er mir vorenthielt, aber noch nie hatte ich so eine Biografie zu sehen bekommen. Vorsichtig fuhr ich mit dem Finger darüber. »Warum hast du das? Sag bloß nicht, dass du einer dieser Hardcore-Thornier bist!«

»Es ist bloß Recherche für meine Rolle«, sagte Eamon. Er schlug das Buch in der Mitte auf, wo sich mehrere Seiten Fotos auf Glanzpapier befanden. Ein Foto hielt er mir hin. Es war ein wunderschönes von Grandma Mae. Sie war etwa vierzig. Sie lächelte in die Kamera und ihre langen schwarzen Haare umwehten sie. Ihre Zehen berührten den äußersten Rand einer hohen Klippe.

»Ich frage mich, wen sie da anlächelt«, sagte Eamon. »Deinen Großvater?«

»Das ist unwahrscheinlich. Sie waren nie verheiratet. Mein Vater kannte ihn kaum.«

»Wer kann es dann sein?«

Ich zuckte mit den Schultern. »Ich weiß nichts über sie. Mein Dad sagt, es geht mich nichts an.«

»Du könntest dieses Buch lesen.« Eamon schob es mir hin, aber ich lehnte mich zurück.

»Würdest du deine schmutzige Familiengeschichte gern aus einem Buch erfahren?«

Er schüttelte den Kopf; wenigstens er schien mich zu

verstehen. »Aber woher willst du dann wissen, dass es eine schmutzige Geschichte ist?«

»Weil ich nicht auf den Kopf gefallen bin«, murmelte ich. Ich schaute noch einmal auf das Foto. »Wurde das hier aufgenommen?«

»Ja, das ist Dun Aengus«, sagte Eamon. »Die Burg, die wir von der Fähre aus gesehen haben.«

»Also Manifest?«

»Genau.« Er grinste, dass die Funken flogen. »Willst du es sehen? Du kannst dich an denselben Punkt stellen, an dem sie stand.«

Ich sprang auf. »Lass uns gehen.«

***

Eine halbe Stunde später schnaubte ich wie ein wildes Tier und fragte mich, was ich mir dabei gedacht hatte, auf das älteste lilafarbene Fahrrad zu steigen, das man sich vorstellen konnte, und mitten durchs Nirgendwo zu radeln – und zwar bergauf. Wohin man schaute, war die grüne Landschaft von bröckelnden Steinmauern durchzogen.

»Geht es … die ganze Zeit … bergauf?«, rief ich.

Eamon war ein paar Meter vor mir, ohne sich auf seinem rostigen Fahrrad sonderlich zu verausgaben. »Da vorn.« Er zeigte zum Gipfel eines hohen Hügels, der Rückseite des alten Forts, das wir bei unserer Ankunft gesehen hatten. Wir fuhren weiter, bis die Straße endete, und stellten unsere Räder ab. Eamon zeigte den grasbewachsenen Hang hinauf. »Dun Aengus. Dreitausend Jahre alt.«

»Dun Aengus.« Ich tat mich mit der Aussprache schwer. »Ist das Gälisch?«

»Nein, der englische Name.«

»Ist es wirklich so großartig? Sieht eher aus wie eine Klippe mit ein paar strategisch platzierten Steinhaufen.«

»Es ist wirklich so großartig«, sagte Eamon, ohne zu zögern. Er machte sich an den Aufstieg, und ich folgte. Glücklicherweise hatte ich meine Wanderstiefel angezogen. »Ich finde, wir sollten uns besser kennenlernen, Iris. Deswegen habe ich mir eine Frage für eine Musikerin überlegt. Was ist dein Top-Song?«

»Mein was? Meinst du meinen Lieblingssong? Ich habe keinen.«

»Unsinn! Jeder sollte einen haben. Es sagt so viel über einen Menschen aus und zeigt, wo sein Herz schlägt.«

»Meins schlägt in meiner Brust.«

»Diese komische Art, Sachen wörtlich zu nehmen, bewundere ich an dir, aber was steckt sonst noch in dir?« Er blieb stehen und schaute sich zu mir um.

Beinahe wäre ich in ihn hineingestolpert. »Was ist denn dein Lieblingssong?«

»Ich hatte gehofft, dass du das fragen würdest.« Er holte sein Handy heraus und spielte einen Song ab.

Ich erkannte den Bass-Rhythmus und schüttelte den Kopf. »Oh nein, Queen?!«

»Freddie *und* Bowie. Pure Magie.« Eamon wackelte im

Takt mit dem Kopf und sang »Under Pressure«. Es war eine Weile her, dass ich mir den Song aufmerksam angehört hatte, und er war tatsächlich besser, als ich in Erinnerung hatte.

Wir stiegen weiter bergan, jetzt im Takt der Musik. Als der Song mit diesem merkwürdigen Fingerschnipsen endete, sah ich Eamon an und merkte, dass es immer kniffliger wurde. Vielleicht lag es daran, dass mir sein Anblick langsam vertraut wurde, aber jedes Mal, wenn ich ihn ansah, gefiel er mir besser. »Was soll mir dieser Song denn nun über dich verraten?«

»Wahrscheinlich, dass ich ein altmodischer Typ bin, wie der Song. Oder dass ich unter Druck super funktioniere. Meine Mom sagt, das sei meine Superkraft. Egal, wie angespannt die Situation – ich bleibe immer groovig.«

Ich versuchte, mir ein Kichern zu verkneifen. »Groovig, was? Du bist definitiv altmodisch.« Wir waren fast oben angekommen und suchten in der Außenmauer nach einem Eingang.

»Du solltest wirklich einen Lieblingssong haben, Iris. Es muss ja nicht für alle Zeiten derselbe sein. Schauspielern rät man, immer eine Lieblingssache zu haben, denn es bedeutet, dass man blitzschnell Entscheidungen treffen kann.«

Ich lachte. »Das klingt wie der erstbeste Rat, der auf dem Bildschirm erscheint, wenn man ›Schauspielen leicht gemacht‹ googelt.« Es sollte ein Witz sein, aber Eamon wandte sich von mir ab. War es ihm peinlich? »Damit wollte ich nicht sagen …«

»Nein, du hast mich ertappt, ich habe tatsächlich ›Schauspielen leicht gemacht‹ gegoogelt. Ich bin nämlich eine Mogelpackung. Ich habe vorher noch nie an einem Casting teilgenommen und nicht mal an der Schule habe ich Theater gespielt.« Einen Moment lang dachte ich, er wollte sich über mich lustig machen, aber seine finstere Miene sprach dagegen. »Wow.« Ich versuchte, nicht zu überrascht zu klingen. »Wie … ähm … aufregend, so eine große Rolle zu bekommen. Es könnte dein Durchbruch werden.«

»Wir werden sehen.« Er machte ein skeptisches Gesicht und seine Haare verdeckten seine Augen wie eine Wolke. »Vielleicht versage ich ja auch.«

O Gott, binnen weniger Minuten hatte ich den grinsenden, hinreißenden Typen, der nach eigener Aussage unter Druck besonders gut funktionierte, in den Staub getreten. Vielleicht war das meine Superkraft. Miesmacherin Iris, eine Schurkin.

»›Rabbit Heart‹«, brach es plötzlich aus mir heraus. »Von Florence + the Machine. Das ist mein Lieblingssong.«

»Den kenne ich.« Eamon strich sich die Haare aus dem Gesicht und sah mich an. »Drama-Rock hätte ich dir gar nicht zugetraut, Iris Thorne.«

Ich ging schnell weiter und er rief: »Hey! Das ist ein Fantasy-Song. Mit Königen und Magie. Und Gold!«

Ich duckte mich durch die niedrige Tür des prähistorischen Forts. Und erkannte, warum es die perfekte Kulisse für einen Fantasyfilm war. Der ganze Horizont lag vor einem, Grün und Blau trafen sich wie hingemalt in kräftigen, schnell hingeworfenen Strichen.

»Erzähl mir was von Irland, das ich noch nicht weiß«, sagte ich, weil ich wie verliebt in die Landschaft schaute, und ich wollte nicht, dass Eamon mich wieder fragte, ob mich die Schönheit der Insel plättete. »Was sollte ich als Amerikanerin wissen?«

»Hör auf, ›Gälisch‹ zu sagen. Die Sprache heißt Irisch. *Gälisch* ist das irische Wort für *Irisch*.« Offenbar merkte er mir meine Verwirrung an, denn er fügte hinzu: »Das ist so, als würdest du Französisch als *Français* bezeichnen. Verstehst du?«

»Okay. Ich werde es den Amerikanern beibringen.« Sein plötzlicher Eifer amüsierte mich. »Kannst du was auf Irisch sagen?«

»Wie bitte? Nein.«

»Warum nicht?«

Er beugte sich zu mir vor und kniff die Augen zusammen. Es war zu süß! »Weil ich kein dressierter Kobold bin.« Ich drehte mich von ihm weg, damit er nicht sehen konnte, dass er mich zum Lächeln brachte, und ging auf den Rand der Klippen zu. »Und weil es echt peinlich ist, wie wenig ich aus der Grundschule behalten habe«, fügte er hinzu.

»Heute Morgen war ich jedenfalls ziemlich beeindruckt.«

»Was hältst du eigentlich davon?«, fragte er und ich wurde nervös. »Von Cates Interview und dem ganzen sexistischen Mist, den sie in der Filmindustrie ertragen muss.«

»Ich glaube, dass sie mich aus der Fassung bringen wollte«, murmelte ich.

»Was hast du gesagt?«

»Ach, nichts.« Ich wollte ihm nicht sagen, dass Cate mich ganz kribbelig machte. Ihr »Faust hoch, Kinn hoch, kämpfen«-Feminismus war nicht mein Stil. Oder vielleicht war mir so etwas nicht erlaubt. Ihre Worte fielen mir wieder ein. *Es ist ganz einfach, mutig zu sein. Erstens: Sei ehrlich. Zweitens: Gib nie klein bei.*

Fehlerhafte Logik, hörte ich meinen Vater flüstern. *Ehrlichkeit ist etwas sehr Komplexes.*

Wir erreichten den Klippenrand und ich hielt die Luft an. Von hier ging es steil in die Tiefe, und die Brandung unten war so weit entfernt, dass das Geräusch der sich brechenden Wellen einen guten Herzschlag, nachdem diese gegen die Klippen geschlagen hatten, an unser Ohr drang. Ich blieb ein paar Schritte vor dem äußersten Rand stehen, aus Angst, der Wind könnte auffrischen und mich davontragen.

Eamon hob sein Handy. »Darf ich dich so fotografieren wie sie? Dann können wir die Bilder miteinander vergleichen.«

»Auf gar keinen Fall! Du wirst behaupten, dass es nie im Internet auftauchen wird, aber irgendwann wird es das doch, und dann werde ich dich hassen und meinen Anwalt auf dich hetzen müssen.«

»Wie streng du sein kannst, Iris Thorne«, sagte er scherzhaft. »Ich Idiot wollte ein Foto zur Erinnerung an dich machen, weil du nächste Woche wie eine Elfenprinzessin aus meinem Leben verschwinden wirst.«

Ich verkniff mir ein Lächeln. »Wie charmant. Nerdig, aber charmant.« Immerhin wurde auch Eamon jetzt rot. »Okay, mach das Foto. Aber das ist eine große Sache. Vergiss das nicht!«

Ich dachte an das Foto meiner Großmutter mit den wehenden Haaren. Ich löste meinen Zopf. Der Klippenrand war einen Meter entfernt und machte mir jetzt schon Angst. Ich trat einen kleinen Schritt näher. Dann noch einen.

Als ich nur noch wenige Zentimeter vom Rand entfernt stand, sagte Eamon: »Das reicht. Ich habe gerade nicht wenig Angst um dich.«

»Sie stand aber direkt am Rand. Ihre Zehen standen direkt drauf.« Ich spürte den Wind, der die Klippen heraufwehte, machte aber noch einen kleinen Schritt, weil ich meine Angst satthatte.

Gleich stürzt du alte Miesmacherin ab.

»Sag mir doch nur ein einziges Mal, dass ich es schaffen kann«, sagte ich zur Stimme meines Vaters und schob mich noch weiter an den Rand.

»Du schaffst das«, sagte Eamon. »Ich glaube an dich, aber tu mir einen Gefallen und stirb nicht gerade heute vor meinen Augen. In siebzig Jahren, okay. Aber nicht vor meinem großen Filmdebut.«

»Bring mich nicht zum Lachen!«

Noch ein paar Zentimeter …

Als meine Zehen den Rand berührten, kreischte ich: »Mach das Foto! Mach das Foto!«

Eamon fummelte an seinem Handy herum, und plötzlich lächelte ich ihn an wie Grandma Mae denjenigen, der sie fotografiert hatte.

»Ich hab's.«

Ich taumelte zurück und war dankbar, als Eamon mich an beiden Armen fasste und auf die Erde drückte. Zitternd legte ich mich der Länge nach auf den harten Felsen. Und lachte. Eamon ließ sich neben mir zu Boden fallen.

»Mein Herz rast!«, schrie er. »Das war ja wohl eine ziemlich blöde Idee!«

Ich musste noch mehr lachen und schaute in den Himmel. Das Gefühl von Sicherheit und der Ernst kehrten mit jedem donnernden Herzschlag zurück. Als ich glaubte, endlich von der Auseinandersetzung mit meiner Sterblichkeit zurückgekehrt zu sein, sah ich mir Eamons Foto an. »Aber ich sehe ja ängstlich aus«, sagte ich. »Sie sah so mutig aus.«

»Sie hatte dir ein paar Jahre voraus.« Eamon setzte sich auf und schaute auf mich herab. Ich hatte das Gefühl, dass er meine Gedanken lesen wollte und nach etwas suchte, das ich ihm nicht sagte.

Er musste wirklich damit aufhören, denn auch daran gewöhnte ich mich langsam.

»Du hattest recht, Eamon.« Ich setzte mich auf und nahm die Art in mich auf, in der das Fort sogar den Himmel und die Erde zeitlos wirken ließ. »Es ist wirklich so großartig.«

QUALITY TIME MIT JULIAN YOUNG

Nach dem Mittagessen saßen Julian und ich Schulter an Schulter an einem ausgedehnten weißen Sandstrand vor dem kristallblauen Meer. Er trug seine schwarze Wahnsinns-Lederjacke und eine sehr dunkle Sonnenbrille; beide standen in absurdem Kontrast zu seiner Frodo-Perücke, seinem an einen Straßenjungen erinnernden Kostüm und seinem Make-up, das seine Wangenknochen so sehr betonte, dass sie wie Flügel hervorstanden.

Er zeigte in die Richtung, wo das Team die nächste Einstellung vorbereitete und Schienen für den Kamerawagen am Strand verlegte. Henrik überwachte die Arbeit. »Wahrscheinlich ist schon wieder was schiefgegangen. Cate sollte längst von der letzten Location zurück sein. Und da, guck mal!« Er deutete mit dem Kinn auf eine Frau mit Notizblock, die neben einem Produktionsvan stand. »Eine Reporterin. Die rieche ich drei Meilen gegen den Wind.«

Ich duckte mich und strich mir die Haare ins Gesicht.

»Wenn sie was von dir will und du mit ihr sprichst,

musst du sagen: ›unter uns gesagt‹. Das ist der Zauberspruch für diese Leute, aber du musst es immer sagen, bevor du eine Aussage machst, nicht danach. Außerdem hat sie keine Kamera dabei, sonst würde Cate sie zum Teufel schicken. Aber sie muss wohl eine Genehmigung haben, um sich hier überhaupt aufhalten zu dürfen. Irgendwas muss da im Busch sein.« Er seufzte und schaute zwischen seinen Knien zu Boden. »So, jetzt aber zur Sache. Cate findet, dass ich meine Figur nicht richtig anlege, stimmt's?«

Ich beantwortete seine Frage, indem ich sie nicht beantwortete. »Sie meint, ich kann dir helfen, aber ich weiß nicht, wie.«

»Das eigentliche Problem ist, dass ich Nolan spielen sollte«, sagte er. »Eine großartige Rolle! Die besten Kritiken bekomme ich immer, wenn ich eine romantische Hauptrolle spiele. Wer ist dieser Eamon O'Brien überhaupt? Ich meine, ich mag den Kerl, aber kann er schauspielen?«

Ich zuckte mit den Schultern. Eine komische Vorstellung – Eamon als Love Interest. Was würde er tun? Sevyn mit seinen strubbeligen Haaren verführen?

Ich stellte mir vor, wie Shoshanna Eamon küsste, und irgendwie ärgerte es mich. »Vielleicht soll es gar keine Romanze sein. In den Büchern sind die Zwillinge erst dreizehn.«

»Nur im ersten. Im zweiten und dritten werden sie schnell erwachsen. Wenn die Fortsetzungen gedreht werden sollten, müssen Shoshanna und Eamon körperlich in die Vollen gehen.«

Mein Gehirn verabschiedete sich für einen Moment. Entweder konnte oder wollte ich mir diese Szenen nicht vorstellen. »Konzentrieren wir uns auf Evyn«, sagte ich. »Auf dich. Welche emotionale Entwicklung durchläuft er?« Das war Autorensprache. Mein Vater hatte mich von Geburt an auf dieses Gespräch vorbereitet. »Erzähl mal, wie du es siehst.«

Julian holte die Drehbuchseiten für heute aus seiner Jacke und überflog die Zeilen. »Evyn wird als Schwächling geboren. Zwar besitzt er die Kraft des Feuers, aber er ist kränklich. Im Gegensatz zu Sevyn, die alle fünf Minuten Blitze auf Leute schleudert. Evyns spezielle Kraft macht die bösen Elfen auf ihn aufmerksam. Einer von ihnen, Byers, entführt ihn in die Schwarze Ödnis von Thornbred.«

»Die schwarze was?«

»Ich weiß.« Julian nahm die Sonnenbrille ab und sah mich mit seinen grün-braunen Augen durchdringend an. »Ehrlich, ich verstehe Evyns Reaktion nicht. Er wird entführt, versucht aber gar nicht erst, zu fliehen oder sich zu wehren! Damit kann ich nicht arbeiten. Er sollte wenigstens Angst haben. Angst kann ich spielen. Aber Cate sagt, ich habe die Figur nicht richtig erfasst.«

»Lass mal sehen.« Ich nahm sein Drehbuch und las.

Elementia, Strand, Außendreh

BYERS fliegt auf schwarzen Schwingen übers Meer. Er ist ein Mischwesen: teils Elf, teils Adler. Die elfischen Teile seines Körpers sind attraktiv, aber unheimlich. Sein Rumpf und Kopf sind menschenähnlich. Seine Haut ist wie aus Elfenbein, aber manchmal pulsieren darunter schwarze Adern. An Händen und Füßen hat er Klauen und schwarze Federn. Er hält einen bewusstlosen EVYN an den Armen fest.

Sie fliegen, seit Byers Evyn durch den Wasserfall gezogen hat. Dann lässt Byers Evyn auf den Strand fallen. Evyn rührt sich nicht. Byers sammelt Treibholz und macht ein kleines Feuer. Er stößt Evyn an, um ihn zu wecken. Verwirrt setzt Evyn sich auf.

Ich schaute aufs Meer. Byers war die Figur, die Ryder an Felix Moss erinnerte.

»Was …« Ich rieb mir die Augen und mein Hals war ganz trocken. »Wer spielt diese Rolle?«

»Reine Computeranimation. In der ganzen Szene heute Nachmittag bin ich allein und spreche mit einem auf einen Stock gespießten Tennisball, während jemand hinter der Kamera Byers' Dialogteile vorliest. Ich wünschte, wir könnten uns Andy Serkis und seinen Zauberanzug leisten.«

Ich schaute wieder ins Drehbuch, aber als ich weiterlas, stellte ich mir nicht Julian und Byers vor, sondern Ryder und Felix Moss.

```
          EVYN
    (stotternd)
    Wirst du mir wehtun?
```

Byers zeigt Evyn das züngelnde Feuer, das er entfacht hat.

```
          BYERS
    Für dich. Darf ich dich Feuer
    nennen, Kleines Feuer?
```

Evyn rückt näher ans Feuer und betrachtet seinen Entführer.

```
          EVYN
    Willst du meinen richtigen Namen
    wissen?

          BYERS
    Namen sind gefährlich, Kleines
    Feuer.
```

EVYN

Du bist gefährlich. Ein mächtiges Raubtier.

BYERS

(legt amüsiert den Kopf schief)

Das ist wahr. Ich sage dir, wie ich heiße, aber du darfst meinen Namen nicht gegen mich verwenden. Du kannst mich Byers nennen.

Evyn fasst ins Feuer und lässt die Flammen seinen Arm hinaufkriechen. Es wird heller und heißer und Evyn bekommt jetzt besser Luft. Byers ist fasziniert.

EVYN

Komm, setz dich zu mir, Byers.

BYERS

(windet sich)

Kann nicht sitzen. Nur stehen und fliegen.

Evyn betrachtet die Kreatur genauer. Byers' vogelähnliche Gestalt hat keine Taille, und er kann nicht aufrecht, sondern nur zusammengekauert stehen. Evyn bemerkt die spitzen Elfenohren. Byers schlurft näher zu ihm und beobachtet, wie Evyn die Hand durch die Flammen bewegt.

BYERS

Du bist eine gespaltene Kreatur.
Wie ich.

EVYN

(erschrocken)
Was soll das heißen?

BYERS

Ja, wie ich. Du bist ein Junge
und noch mehr.

EVYN

Bist du auch ein Junge und noch
mehr?

BYERS

Ich bin mehr und mehr.
(traurig)
Und weniger und weniger.

EVYN

Was willst du von mir?

BYERS

Einen wärmenden Freund, Kleines
Feuer. Ich habe die Kälte satt.
Ich vermisse die Hitze des Feuers,

aus dem ich gemacht bin. Und ich werde mich nicht von dir ernähren, bestimmt nicht. Ich werde dir die Welt erklären, und du wirst sie so sehen wie ich.

EVYN

Bringst du mich nach Thornbred? Zu dem niedergebrannten Wald?

BYERS

(schmerzerfüllt)

Sprich nicht von Zerstörung. Sie werden dich hören und sie werden schnell wütend. Sie werden sich dich einverleiben, kleiner Mensch. Sie werden dich aussaugen, und ich werde kalt und allein sein.

Evyn richtet sich auf und versucht, so gebieterisch wie sein Vater, der König, zu wirken oder wie seine mutige, kompromisslose Schwester.

EVYN

(hoheitsvoll)

Bring mich heim, Byers. Ich befehle es.

Byers' Gesicht wird zur Fratze, seine dunklen Adern pulsieren und überziehen ihn nach und nach wie ein Spinnennetz. Er bleckt die spitzen Zähne.

```
          BYERS
    Blutsauger, Dämonen. Du bist
    mein!
```

»Ich hatte vergessen, dass in der Geschichte auch Vampire vorkommen«, sagte ich, aber das stimmte nicht. Diesen Luxus konnte ich mir nicht leisten, seit Moss geschrien hatte: »Ich will sein Blut trinken!«, als die Polizisten ihn an eine Krankentrage fesselten. In den Wochen danach hatte Ryder sich benommen, als sei Moss ein Monster, das ihn jeden Moment wieder anfallen könnte. Seine Therapeutin bat meinen Vater, ihm die Bücher vorzulesen, als ersten Schritt der Traumabewältigung, und dann waren wir alle zu dem psychiatrischen Krankenhaus gefahren, in das Moss eingewiesen worden war, damit Ryder ihn treffen konnte, den schizophrenen Fan. Auch ich ging mit und musste erleben, wie mein Bruder eine seltsame Beziehung zu seinem Beinahe-Entführer aufbaute, als die beiden über ihre Lieblingsstellen in *Elementia* sprachen.

Danach war Ryder sehr erleichtert. »Moss macht mir keine Angst mehr. Er hat die Trilogie genauso gern wie ich.«

Julian hörte auf, Nachrichten zu schreiben, und

blickte von seinem Handy auf. »Ah, da bist du wieder«, sagte er. »Während du diese Seiten gelesen hast, bist du an einen düsteren Ort gegangen. Du sahst plötzlich sehr alt aus.«

»Das muss bestimmt sehr attraktiv gewesen sein.«

Julian ahmte meinen finsteren Blick nach, als wollte er diesen Ausdruck in seiner Mienensammlung zur späteren Verwendung archivieren. »Ein Kritiker hat mal geschrieben, ich sähe wie vierzig aus, wenn ich etwas Trauriges spiele. Deswegen habe ich die Rolle in diesem Fantasy-Streifen angenommen. Ich dachte, es würde leicht sein und Spaß machen.« Er fuhr sich mit der Hand durch die Haare, dabei schwoll sein Bizeps an. »Aber ich will ehrlich sein. Inzwischen fühlt es sich an, als könnte dieser Film das Ende meiner Karriere bedeuten. Shoshanna fängt an, es genauso zu sehen.« Er schaute auf seinem Handy nach, wie spät es war. »Wir hängen schon wieder eine Stunde hinterher.«

Die Stimme meines Vaters erinnerte mich daran, dass ich mir gestern noch genau das gewünscht hatte. Der Film drohte zu scheitern. Und wie fand ich das jetzt? Ich wusste es nicht. »Aber du hast gesagt, bei *Alien Army* hattest du das gleiche Gefühl, und dann ist es ein Riesenerfolg geworden.«

»Das stimmt. Aber bei *Alien Army* hatten wir es nicht mit lächerlich hohen Erwartungen von Fans zu tun. Diese Thornier, wie du sie genannt hast, hassen den Film jetzt schon. Sie müllen mich bei Twitter mit Hasskommentaren zu und Cate Collins hassen sie auch. Sie geben ihr die ganze Schuld.«

»Oh, das tut mir leid.« Ich schaute zum Team hinüber, das sich redlich bemühte, alles fertig zu haben, wenn Cate ankam. »Ich hoffe, sie kann diese Leute überzeugen.«

Ach, wirklich?, fragte die Stimme meines Vaters, aber ich ignorierte sie.

Ich hielt Julian das Drehbuch hin. »Cate hat recht. Du darfst die Rolle nicht ängstlich spielen. Evyn hat keine Angst vor Byers. Dafür haben sie zu viel gemeinsam. Beide sind missverstanden. Einsam. Krank.«

»Wie soll ich *das* denn spielen? Wie soll ich etwas mit einer computeranimierten Figur gemeinsam haben?« Julian biss sich auf die Lippe und starrte grüblerisch vor sich hin. Es war der ehrlichste Ausdruck, den ich bis jetzt von ihm gesehen hatte, und ich musste an Cates Beschreibung von Mut denken: Ehrlichkeit und nicht klein beigeben.

»Julian, du musst dir vorstellen, dein Gegenüber seist du selbst.«

»Wirklich?«

»Ich glaube schon.«

Cate Collins traf ein und das Team brach in hektische Aktivität aus. Ich sah, wie sie die Einstellung kontrollierte und kleine Veränderungen vornahm. Es war seltsam, zu wissen, dass die Thornier etwas gegen sie hatten. Ich hätte gedacht, Cate wäre die Vorsitzende ihres Fanclubs. Sie war furchtlos. Sie würde ohne zu zögern auf den Klippenrand von Dun Aengus zugehen, genau wie Grandma Mae, gar kein Problem.

Henrik rief: »Letzte Make-up-Korrekturen!«

Julian stand auf und begann, eine neue Nachricht zu schreiben.

Ich wischte mir den Sand vom Hintern und beschloss, es drauf ankommen zu lassen. »Hast du eine Freundin, Julian?«

»Hat das jemand behauptet?« Schnell steckte er sein Handy weg. »Unter uns gesagt«, begann er dann, als sei ich eine Reporterin, »Elora ist nicht meine Freundin. Sie ist meine Verlobte.« Sein Grinsen war zwanzig Watt heller als sonst. »Wow, ein gutes Gefühl, es endlich einmal laut auszusprechen. Shoshanna weiß es. Aber sonst darfst du es keinem verraten.«

Es überraschte mich, dass ich kein bisschen eifersüchtig war. »Warum ist es denn ein Geheimnis?«

»Elora will keine Aufmerksamkeit auf sich ziehen. Meine Fans können gnadenlos sein.«

»Verstehe.« Ich schaute aufs glitzernde Meer und die weißen Schaumkronen der Wellen. Henrik rief wieder etwas, und ich fügte hinzu: »Denk dran, dass du mit dir selbst sprichst. Mit der traurigsten Version von dir.«

»Alles klar.« Julian drückte mir die Schulter und ging auf Roxy und ihren Make-up-Koffer zu. Ich sah, wie er die Sonnenbrille abnahm, die Lederjacke auszog und sich in einen spindeldürren und ausgehungerten Evyn verwandelte.

Cate warf mir einen Blick über den Strand hinweg zu und nickte, als wüsste sie bereits, dass ich das Kunststück vollbracht hatte. Ich konnte nur hoffen, dass sie recht hatte.

LODERNDES FANTASY-INFERNO

Meinen dritten goldenen Sonnenuntergang in Irland betrachtete ich allein, was nicht besonders erwähnenswert wäre, außer dass ich sonst nie allein war. Ryder half noch immer dem Küchenteam, die Crew bereitete die Einstellung von Maedinas brennendem Baum auf dem Gipfel der Klippen vor, Eamon war sonst wo und war eben Eamon, und ich saß auf dem Klippenweg, über den ich am Morgen mit Cate gelaufen war, und spielte auf Annie.

Ich saß am felsigen Rand und der Kiesstrand lag nur drei Meter unter mir. Nicht zu beängstigend dieses Mal, aber immerhin. Ein Schritt nach dem anderen.

Gestern hatte ich Eamon erzählt, dass ich Gitarre spielen wollte, wo mich keiner hören konnte. Keine Verantwortung, keine Elfen. Ersteres war der Fall, aber inzwischen war ich bereit, für das Zweite eine Ausnahme zu machen, falls es sich um einen strubbeligen, gesprächsfreudigen Eamon-Elf handelte.

Anders als sonst war mir nicht danach, einen schnellen und dynamischen Song anzustimmen. Ich war noch dabei, meine Hände aufzuwärmen und Annie zu stimmen, als ich wie von allein eine Melodie zu zupfen begann und mir wie eine richtige Songwriterin vorkam. Ich suchte nach Worten, die dazu passten, aber noch wollten sie nicht kommen, also sang ich einfach nur Töne. Langsam und leise zuerst, aber dann legte ich richtig los.

Das Irland um mich herum fühlte sich an wie eine Welt nur für mich. Kein Mensch in Sicht. Nur ein paar Möwen. Der Wind zerrte an meinem geflochtenen Zopf und Fischerboote sprenkelten den blauesten aller vorstellbaren Horizonte. Ein Teil von mir fühlte sich hier zu Hause, und dieser Teil ließ mich an Grandma Mae denken. Ich dachte an das Einzige, was ich von ihr in Erinnerung hatte, den Spaziergang in dem Park nahe unserem Hause. Mein Dad hatte sich geweigert mitzukommen, und sie hielt mich an der Hand, was mich ganz nervös machte, weil ich sie nicht kannte.

Ich änderte zwei Töne der Melodie, und der Song wurde gleich viel optimistischer, zugleich aber auch trauriger – die gute Art von Traurigkeit, nicht die diffuse, verzweifelte. Ich musste lächeln und sang meinen wortlosen Text lauter. Worum ging es in diesem Song? Ums Alleinsein. Ums Losgelöstsein von allem Unsinn des Alltags.

Ich dachte daran, dass Eamon als Kind ein Portal gesucht hatte, und wünschte, ich hätte ihm gestanden, dass es mir praktisch genauso ging und dass seine Schilderung des Klein- und Einsamseins bei mir einen Nerv getroffen hatte. Vor allem, was er über *Das Magische Messer* gesagt hatte. Ich wollte ihm sagen, wie sehr ich Will und Lyra gemocht hatte, auch wenn dieses Kindheitsgefühl so tief im Sumpf meiner Versäumnisse vergraben war, dass ich es nie wieder hervorholen konnte.

Eamon hatte gesagt, dass Fantasygeschichten den Menschen helfen sollten, die Realität zu bewältigen – und nicht, sie zu verdrängen oder davor zu flüchten. Wenn es jedoch um die Familie Thorne ging, wusste ich nicht einmal, was alles verdrängt worden war. Und wenn es um mich ging, so wusste ich nicht, was ich tun konnte, außer zu flüchten.

***

Als sich das Team später am Abend bereit machte, den großen künstlichen Baum anzuzünden, stand ich nahe dem Gipfel. Der Wind peitschte kalt über das schwarze Meer und ich war richtig aufgeregt. Bis jetzt hatte ich noch nicht zugeschaut, wenn die Kameras liefen.

Heute Abend sollte das anders sein.

Alle waren aufgeregt. Die Tatsache, dass der gesamte Brand in einer einzigen Einstellung gedreht werden sollte, machte ihnen mehr Druck, als ich mir vorstellen konnte. Nervös wuselten alle durcheinander. Ich hielt mich im Hintergrund, schaute zu und hoffte, dass nichts schiefging, denn wenn der Baum noch einmal gebaut werden müsste, würde das die Produktion in den Bankrott treiben. Nicht dass ich das wollte, aber ich konnte mich nicht davon abhalten, es mir immer wieder vorzustellen. Ob außer mir wohl noch jemand immer daran dachte, was schlimmstenfalls passieren könnte? Oder war das nur eine Spezialität von Iris, der Miesmacherin?

Das Team steckte einen Sicherheitsabstand ab. Ryder kam vorbeigerannt und ich hielt ihn am Arm fest. »Das hier ist eine Klippe und auf dem Boden liegen Tausende Kabel. Ich will, dass du vollkommen stillhältst, wenn der Baum angezündet wird, hörst du?«

Er riss sich los, blieb aber bei mir stehen. »Ja, Mutter.«

Ich erstarrte. In all den Jahren, in denen ich mich um Ryder gekümmert hatte, hatte er mir das noch nie angetan. Bevor ich etwas sagen konnte, kam Eamon mit seiner kleinen Kamera auf mich zu. Er filmte, was hinter den Kulissen vor sich ging.

»Keine Angst, du bist nicht im Bild«, sagte er, ohne die Kamera abzusetzen.

»Machst du dieses Video wirklich, um die Unterstützung der Fans zu gewinnen?«, fragte ich. Meine Stimme war ganz rau, weil ich mich noch nicht von dem Schreck erholt hatte, den Ryder mir eingejagt hatte.

»Cate sagt, wir müssen die Thornier so schnell wie möglich auf unsere Seite ziehen.«

»Julian sagt, sie stehen ganz entschieden auf der anderen«, sagte ich. »Am liebsten würde ich ihnen einen Tritt geben.«

»Vorsicht, Iris Thorne! Sonst kommt noch jemand auf die Idee, dass du dem Film Erfolg wünschst.« Er zwinkerte mir unverschämt zu, seufzte und schaltete die Kamera aus. »Die Produktionsfirma kann den Film jederzeit canceln. Ihn nur als DVD rausbringen oder an einen Fernsehsender verkaufen. Im Moment sieht es so aus, als wollten sie die nächsten beiden Teile absagen.«

Ryder fiel die Kinnlade herunter. »Das können sie doch nicht machen! Im ersten Buch fängt die Geschichte ja erst an!«

»Es wäre nicht das erste Mal«, sagte Eamon düster. »Denk nur an den *Goldenen Kompass*.«

»Wann bist du an der Reihe?«, fragte ich.

Er steckte die Kamera in seinen Rucksack. »Morgen ziehen wir mit Sack und Pack nach Killykeen Forest um. Da wird meine erste Szene gedreht.«

»Bist du nervös?«, fragte ich.

Er sah mich an und rang sich ein schmallippiges Lächeln ab. »Was glaubst du?«

»Ich glaube, dass du es bist«, murmelte ich.

Der Baum wurde jetzt mit einer brennbaren Flüssigkeit übergossen und mir wurde ganz mulmig. Wegen der Windböen und der Wiesen und Felder rings umher. Doch dann hatte ich nur noch Augen für eine kostümierte Frau. Seit meinem Ankunftstag hatte ich sie nicht mehr gesehen, und als ich sie jetzt genauer ansah, konnte ich Cates Dreistigkeit nicht fassen.

»Das kann nicht ihr Ernst sein.« Ich zeigte auf die Frau. Sie hatte lange dunkle Haare, und ihr Gesicht hätte ich überall erkannt – und nicht, weil sie eine berühmte Schauspielerin war.

»Das ist Maedina. Im richtigen Leben heißt sie Nell

Waterson«, sagte Eamon. »Sie hat eine klassische Ausbildung und spielt sonst im Londoner West End. Ich glaube, Alec Guinness hat sich wohler gefühlt, mit einem Wookiee herumzufahren, als sie sich in ihrem Kostüm.«

»Kommt sie dir nicht bekannt vor?«, fragte ich.

Er zuckte mit den Schultern. »Sie sieht ein bisschen wie M.E. Thorne aus. Wie du.«

»Ein bisschen?«, fragte ich. »Cate Collins muss den ganzen Planeten nach einer Doppelgängerin meiner Großmutter abgesucht haben. Das geht zu weit!«

»Warum? Immerhin ist sie *Maedina*. Meinst du nicht, dass deine Großmutter ganz bewusst eine Figur nach sich selbst benannt hat? Es muss Absicht gewesen sein. Guck!« Er zeigte auf Ryder, der heftig nickte. »Er stimmt mir zu, weil er die Bücher gelesen hat.«

»Deine Hübschheit hast du von Grandma Mae, Iris«, piepte Ryder dazwischen. »Jedenfalls sagt Dad das.«

»Er hat recht«, sagte Eamon, und zum ersten Mal machte mir die Verwandtschaft nichts aus. Vielleicht schätzte ich sie sogar.

Henrik rief: »Ruhe am Set!«, und alle wurden zu Stein. Sogar Ryder.

Shoshanna trat aus einer Gruppe von Mitarbeitern heraus, die ihr Make-up perfektioniert hatten. Sie sah aus wie ein Flüchtling aus einer Fantasywelt – zerfetzte Kleider und wirre Haare. Gedreht wurde die Mitte einer Szene, in der Shoshanna bzw. Sevyn vor Maedina aus dem Baum flieht.

»Du hast mein Leben ruiniert!«, schrie Sevyn. »Und dann wolltest du mich wie ein Haustier halten.« Ein Nebelhorn dröhnte, und die Schauspielerinnen schauten zum Himmel auf und stellten sich wohl den computeranimierten Blitz vor, der uns versprochen worden war.

»Ich wollte dir nicht wehtun. Nicht als du ein Baby warst und nicht jetzt. Es gibt viel, was du nicht weißt.« Maedina schaute sich um. »Wir sind nicht allein. Spürst du das nicht?«

Maedina streckte die Hände nach Sevyn aus, die wie ein wildes Tier brüllte. Ich musste zugeben, dass Shoshanna es draufhatte. Auch ohne digitale Bearbeitung schien ihre Haut vor Wut Funken zu sprühen.

Ein greller Strahl blendete mich, und als ich wieder sehen konnte, brannte der Baum lichterloh. Das Feuer erhellte die Schauspielerinnen, die schnell wegliefen. Es erhellte die Zweige und den Klippenrand, und weiter unten ließ es das Meer orange aufleuchten. Knisternd breitete es sich aus und reckte sich gen Himmel. Ringsherum sah ich die begeisterten Gesichter von ungefähr einhundert Menschen.

Zu meiner Linken war Ryder hin und weg, zu meiner Rechten Eamon jungenhaft entzückt. Er sah mich an und ich wartete auf sein Lächeln. Er lächelte immer. Aber dieses Mal bewegten sich seine Lippen nicht. Dafür spürte ich, wie seine Finger meine streiften.

Und plötzlich hielten wir Händchen. Beide. Vor aller Augen. Nur dass keiner guckte, und auch wir wandten uns wieder dem Feuer zu. Ich allerdings nicht so ganz. Aus dem Augenwinkel behielt ich Eamon im Blick. Er stand ganz nah bei mir; das tat er immer. War das einfach seine Art oder mochte er mich?

»Cut!«, schallte es durch die Nacht, und so schnell das Feuer aufgelodert war, so schnell brannte es aus. Ein riesiger Schlauch wurde gebracht und Schaum umhüllte die brüchigen Überreste des Baums. Flutlicht ersetzte den orangefarbenen Wahnsinn, das Team applaudierte, entfernte die Absperrung und verkündete, dass es ein voller Erfolg war.

Ich entzog Eamon meine Hand, bevor jemand herschaute.

»Ich muss Mr Donato helfen, Kuchen zu servieren«, sagte Ryder, aber ich hielt ihn fest, bevor er mir entwischte. »Hör auf ihn und mach keinen Unsinn«, sagte er, bevor ich es tun konnte. »Ich weiß! Du sagst es ja oft genug.«

Mein Bruder stapfte los und ich schaute ihm nach. »Er ist sauer auf mich.«

»Er ist sauer auf dich«, stimmte Eamon mir zu.

»Er war noch nie sauer auf mich. Jedenfalls nicht so.«

Eamon hielt sich nicht zurück. »Du hast ihn gestern blamiert, als du ihn vor allen ausgeschimpft hast.«

»Er hat mir eine Scheißangst eingejagt! Außerdem wird die ganze Zeit mit zweierlei Maß gemessen. Wäre ich seine Mutter, würde kein Mensch hinterfragen, wie ich ihn erziehe.« Nach dem letzten Wort blieb mir der

Mund offen stehen, und ich konnte selbst nicht glauben, was ich gesagt hatte.

Eamon jedoch schien sich nicht daran zu stören. »Komm mit«, sagte er. Ich protestierte, aber er sprach weiter. »Du willst sagen, dass du nicht kannst, weil du auf Ryder aufpassen musst, aber erstens ist er mit seinem Job beschäftigt, und zweitens braucht er ein bisschen Freiraum – genau wie du. Deswegen kommst du jetzt mit und schaust dir an, was ich heute gefunden habe. Ich glaube nämlich, dass es dein Musikerherz höher schlagen lässt.«

Plötzlich standen meine Nerven in Flammen wie eben der Baum, und es war kein schlechtes Gefühl. »Ich glaube, das ist das Irischste, was du je zu mir gesagt hast.«

»Das magst du doch«, witzelte er.

Das tat ich.

Eamon führte mich den Klippenweg hinunter, bis das feiernde Team nicht mehr zu hören war, dafür aber die Wellen, die über den Kies rollten. Er ging voraus, und das Flutlicht wurde immer schwächer, bis sein Rücken und sein Wuschelkopf zu einem einzigen schmalen Schatten verschmolzen.

»Wirst du eigentlich nach L.A. ziehen?«, rief ich.

»Warum sollte ich?« Er blickte über eine Schulter zurück zu mir.

»Weil du ein berühmter Schauspieler sein wirst, wenn der Film rauskommt. Willst du dann nicht noch mehr Filme machen? L.A. ist das Zentrum der Filmwelt.«

»So weit habe ich noch gar nicht gedacht.« Er wartete

auf mich, und ich machte ein paar schnelle Schritte, um ihn einzuholen. »Iris, spielst du mir was vor, wenn ich verspreche, niemandem etwas davon zu sagen?«

»Ich spiele nicht vor Leuten.«

»Nie? Warum?«

Ich seufzte. »Weil man so die Kontrolle behält. Mein Vater liebt die Geschichten, die er schreibt. Eine wie die andere und aus vollem Herzen. Wenn er sie dann an seinen Lektor schickt und sie mit Anmerkungen zurückbekommt, fängt er an, sie zu hassen. Er öffnet nicht einmal mehr die Pakete mit den Belegexemplaren der fertigen Bücher.«

»Wie traurig! Aber das ist dein Vater, Iris. Du bist du.«

»Du weißt ja nicht, wie ähnlich wir uns sind. Es ist wie ein Fluch.« Ich konnte kaum glauben, dass ich das gesagt hatte. Es klang zu sehr nach Fantasy und es war zu wahr.

Eamon grub die Hände in die Taschen und ging schweigend weiter.

»Wie war dein Date mit Julian Young?«, fragte er plötzlich.

Hey, war da jemand eifersüchtig?

»Ich habe nie von einem Date gesprochen. Ich habe Cate den Gefallen getan, ihm zu helfen. Außerdem ist er verlobt.« Ich schlug mir eine Hand auf den Mund. »Mist! Das sollte ich niemandem erzählen.«

»Ach, das weiß ich schon, seit ich ihn zum ersten Mal gesehen habe. Wie sagt ihr in Amerika? Für seine Angebetete gibt er seine Religion auf.«

»Falls man das in Amerika sagt, dann nicht in meiner Gegend. Wahrscheinlich hast du das von dem alten REM-Song.«

»Jedenfalls ist er in dieses Mädel so verknallt, dass er bereit wäre, seine Religion für sie aufzugeben. So wie mein bester Freund Charlie für seine Lady evangelisch geworden ist.« Er sah mich an. »Hast du schon mal so was gemacht?«

»Evangelisch werden? Niemals! Die Thornes sind strikte Atheisten.«

Eamon verzog das Gesicht. »Nein. Ich meine, ganz verrückt nach jemandem sein.«

Wollte er wissen, ob ich mich jemals verliebt hatte? Ich schüttelte den Kopf und ich fühlte mich ganz seltsam.

»Dann würde niemand bei dir zu Hause etwas gegen meine Gefühle für dich haben?«

Wieder schüttelte ich den Kopf, wie betäubt.

»Großartig.« Damit verschwand er.

Wortwörtlich.

»Eamon!« Verdammt! Hatte unser Beziehungsgespräch ihn so mitgenommen, dass er von den Klippen gestürzt war? Ich ging auf Hände und Knie und schaute über den Rand.

Eamon kletterte die Felsen in Richtung Strand hinunter. »Nach ein paar Schritten kommt eine Treppe. Los, Mädel, komm schon!«

ELEMENTIA

EINE FAMILIENGESCHICHTE?

Ich stieg zum Strand hinunter, der nasse Kies knirschte unter meinen Schuhen.

Eamon saß in einer Felsnische auf einem großen Stein und die Klippen wölbten sich über uns. »Ich glaube, ich habe heute Nachmittag ein Portal in eine andere Welt gefunden.« Er tippte sich ans Ohr und gestikulierte durch den kleinen Hohlraum, in dem das Gemurmel der Wellen widerhallte. »Es gibt sogar Musik.«

Ich setzte mich neben ihn und merkte, dass ich sein Profil etwas zu offensichtlich studierte. Also richtete ich den Blick aufs Meer, das vor uns lag wie schwarzes Glas, auf dem sich hier und da das weiße Mondlicht spiegelte. Es ließ sich nicht leugnen: Ich war dabei, mich zu verlieben. Und bis jetzt war es nie gut gegangen, wenn das passierte.

Außerdem waren nur schlechte Songs dabei herausgekommen.

»Erzähl mir doch mal, warum Sevyn schließlich in Elementia landet«, sagte ich. »Was passiert vor Kapitel vierzehn?«

Eamons Lächeln zeichnete einen kleinen Schatten in seine Wange. »Von Anfang an?«

»Eine Kurzversion genügt. Schließlich können wir hier nicht die ganze Nacht rumsitzen.«

»Doch, können wir.« Im ersten Moment wurde mir ganz warm ums Herz, als ich das hörte, aber dann hätte ich ihn für diese Anmache am liebsten geohrfeigt. Oder dafür, dass man ihm so etwas noch nicht einmal übel nehmen konnte. »Wow, was für Sachen ich sage«, entzauberte er den Moment, sodass ich lachen musste.

Ich stieß ihn mit der Schulter an und blieb einen Moment lang so sitzen, ehe ich mich wieder gerade hinsetzte. »Nun mach schon!«

Als er zu sprechen begann, war seine Stimme tiefer, also im Geschichtenerzählmodus, und ließ ihn älter wirken. »Es fängt an wie eine vertraute Geschichte. Auf einer Insel namens Cerul vor der Küste eines verfluchten Landes gibt es eine mittelalterliche Monarchie, mit König, Königin, Schloss und allem, was dazugehört. Zu ihrem Reich gehört auch eine weiter nördlich gelegene Insel, wo Ordensschwestern, sogenannte Draemonen, die die Elemente verehren, von ihrem Kloster aus das Sagen haben. Sie verehren die Elemente nicht nur, sondern verarbeiten bestimmte Eigenschaften der Elemente zu …«

»Zauberkugeln. Als Nächstes sagst du Zauberkugeln. Kein albernes Fantasy-Szenario ohne Zauberkugel.«

»Bitte sag noch mal Zauberkugel.«

»Zauberkugel.« Ich lachte, und Eamons Knie näherte sich meinem, bis beide sich berührten.

»Sie können Energie zu … runden Objekten aus konzentrierter Kraft verarbeiten, die sie dem jeweiligen Thronfolger vermachen. Deswegen kann der König den Wind kontrollieren. Außerdem hat er seine Frau geschwängert, die ein kräftiges, gesundes Mädchen gebiert. Und einen kränklichen Jungen. Die Königin stirbt nach der Geburt, weil es kein albernes Fantasy-Szenario gibt, in dem die Königin eine Zwillingsgeburt überlebt.«

»Natürlich nicht.«

»Die Draemonen kommen an den Hof, um den Thronfolger mit Feuer zu segnen, aber statt seiner Tochter erkennt der König seinen kränklichen Sohn als Thronfolger an, obwohl das Mädchen die Erstgeborene ist.«

»Wie gemein.«

»Genau.« Eamon sah mich an, schlug die Beine übereinander und schien sich über meine Anteilnahme zu freuen. »Während des Rituals befindet sich eine der jüngeren Draemonen, eine sehr talentierte junge Frau, mit Baby Sevyn oben im Turm und sie ist stinksauer wegen des Sexismus. Sie versucht, das Ritual alleine zu vollziehen und Sevyn mit Feuer zu segnen, aber dabei beschwört sie versehentlich Blitze herauf. Seitdem kann Sevyn von niemandem berührt werden. Sie besteht aus purer elektrischer Energie.«

Ich dachte an den Baum und Sevyns Schreie. »Die junge Draemonin war Maedina.«

»Gut aufgepasst. Aber das kommt später. Zurzeit befinden wir uns noch auf Cerul. Als die Oberin der Draemonen, Bronwyn, herausbekommt, was Maedina getan hat, will sie Sevyn helfen, bekommt dabei aber einen Stromschlag.« Er klatschte in die Hände und vor Schreck wäre ich beinahe aufgesprungen. »Sie ist sofort tot. Die entsetzte Maedina verschwindet. Sevyn wird zur Mörderin abgestempelt und verbringt die nächsten dreizehn Jahre ganz allein in dem Turm, außer wenn Evyn sie besucht. Und jetzt geht die Geschichte eigentlich erst los.«

Er schwieg eine Weile und ich sah ihn ganz entgeistert an. »Das alles ist nur die Hintergrundgeschichte?«

»Nein, nein. Der Prolog.«

»Fantasy!«, sagte ich abfällig. »Also gut. Wie verschlägt es sie dann auf das Boot?«

»Als die Zwillinge dreizehn werden, gibt es ein großes zeremonielles Ritual. Der Prinz soll seine Elementarkräfte nutzen, um ein Reh zu fangen, das der König vorher markiert hat. Bei diesem Ritual geht es praktisch darum, dass der alte Herrscher die Fackel an seinen Nachfolger weiterreicht. Evyn kränkelt immer noch und kann mit Feuer nicht viel anfangen, begibt sich aber in den Wald. Sevyn schleicht sich aus dem Turm und ebenfalls in den Wald, wild entschlossen, ihr Geburtsrecht als Thronfolgerin zurückzuerobern. Sie findet das markierte Reh als Erste, und dann folgt eine Szene, in der sie es berührt.«

Beinahe hätte ich gelacht, aber Eamon machte ein sehr

ernstes Gesicht. Also fragte ich nur nach: »Sie berührt das Reh?«

»Ja. Du weißt ja, dass sie keine Menschen berühren kann, aber sie hat gelernt, ihre Gefühle zu kontrollieren. Sie berührt das Reh und es ist einfach wunderschön für sie. Doch dann wird sie von ihrem Bruder erschreckt und …«

Ich griff nach Eamons Händen, damit er nicht wieder klatschen konnte. Er fädelte seine Finger zwischen meine und mir wurde schwindelig. *Wie kitschig*, kommentierte die Stimme meines Vaters.

Mir doch egal, erwiderte ich schnell.

»Du hast es mit dem Händchenhalten, was, Eamon?«

»Findest du?« Prompt kam sein schelmisches Lächeln. »Du scheinst aber auch nicht viel dagegen zu haben.«

Ich hatte absolut nichts dagegen, aber besonders gelassen oder ruhig war ich auch nicht. Wenn er meine Hand drückte, durchfuhr es mich von Kopf bis Fuß. »Also tötet sie das Reh?«, kam ich aufs Thema zurück und merkte, wie nervös ich klang.

Eamon nickte. »Wirklich tragisch. Sie läuft weg und versteckt sich hinter einem Wasserfall. Evyn fühlt sich richtigerweise elend und folgt ihr, doch bevor sie sich versöhnen können, greift eine unheimliche Hand durch die Wasserkaskade und packt ihn. Evyn verschwindet von Cerul und niemand glaubt Sevyn. Ihr Vater und das ganze Königreich glauben, sie hätte ihren Bruder getötet. Der König verbannt sie auf die Insel der Draemonen, nur dass sie das Boot stiehlt und schließlich in Elementia landet, um bis zum Ende der Geschichte ihren Bruder zu suchen.«

»Findet sie ihn?«

»Um das herauszufinden, musst du die Bücher lesen.«

Ich haute ihm auf die Schulter. »Du weißt ganz genau, dass ich das nicht tun werde.«

»Wie du willst.« Er nahm die Hand, mit der ich ihn gehauen hatte, und dann hielten wir doppelt Händchen. Er senkte seinen Kopf in den Bereich zwischen uns, das Gesicht von seinen wirren Haaren verdeckt, als sei auch er nervös, und ich starrte wie gebannt auf die Halspartie, die sich zu seinen Ohren hochzog.

»Hast du dich schon mal gefragt, wie sehr die Literatur das richtige Leben widerspiegelt?«, fragte er und riss mich aus meinem Tagtraum, in dem es um Lippen auf Haut ging. »Nimm zum Beispiel Samantha, die Zwillingsschwester deines Vaters.«

Es knackte in meinen Ohren, als hätte mein Hirn den Sender gewechselt. »Samantha? Meine Tante? Sie waren keine Zwillinge.«

»In meiner Biografie von M.E. Thorne steht, sie hatte Zwillinge, Michael und Samantha.«

Ich fühlte mich plötzlich ganz leer. »Aber warum hat mein Vater mir nie gesagt, dass er einen Zwilling hatte?«

Eamon kaute an seiner Unterlippe. »Ich hätte das nicht erwähnen sollen.«

»Gibt es noch mehr, was ich nicht über meine Familie weiß?«, fragte ich.

Er schüttelte den Kopf.

»Ich weiß, dass sie tot ist. Sie wurde krank geboren und starb schon als Kind.« Ich setzte mich auf. »Mukoviszidose?« Ich hatte meinen Vater widerwillig mit meinem Kinderarzt darüber sprechen gehört, dass es diese Krankheit in unserer Familie gab, aber ich hatte nie einen Zusammenhang hergestellt. Bis jetzt.

Eamon nickte so still, dass ich explodierte. »Ich hasse es, dass er mir so wenig vertraut und diese Dinge vor mir geheim hält. Er ist genauso ein Scheißkerl von einem Vater wie der König, und ich bin Sevyn – eingeschlossen in meinem Zimmer mit meiner Gitarre und einem Nonstop-Job als Babysitterin.« Ich schaute auf meine Hände, die mit Eamons verschränkt waren. »Aber mich kann man berühren. Also bin ich doch nicht Sevyn.«

»Nicht mal ansatzweise. Du hast deine ganz eigene Kraft.« Er riskierte ein Lächeln. »Aber die wütende, ehrgeizige Shoshanna? Das war gutes Casting.«

Ich dachte an die Szene auf dem Gipfel der Klippen. An eine verfluchte junge Frau, die einen Baum entflammen konnte, indem sie einfach nur ihren Schmerz herausschrie. »Die feministische Antwort auf Tolkien. Allerdings, Cate«, murmelte ich und fragte Eamon dann: »Warum ist dieser Baum eigentlich so wichtig?«

»Er ist Maedinas Mutter«, sagte er. »Maedina ist eine Halb-Elfe. Und Elfen existieren in Bäumen. Die Bäume sind die Elfen. Nach dem Brand flieht Sevyn und verirrt sich im Wald.« Er führte unsere verschränkten Hände an seine Brust und zeigte mit beiden Daumen auf sich. »Jetzt komme ich ins Spiel.«

»Sekunde, du bist ein Baum?« Ich lachte. »Was denn für einer? Eine Gifteiche?«

»Das ist ein Klettergewächs. Aber ja, ich bin ein Baum. Eine Eiche oder Esche, alt und mächtig.«

Was für ein alberner Junge! Und doch konnte ich verstehen, warum Cate ihm die Rolle des Love Interests gegeben hatte. Er konnte gar nicht anders, als sein ernstes und schelmisches Ich zu sein, ganz gleich, was passierte. Er lächelte mich so intensiv an, dass ich unwillkürlich auf seine Lippen starrte. »Ich werde dich jetzt um einen Gefallen bitten, Iris Thorne. Und ich möchte nicht, dass du mit deiner üblichen Direktheit sofort Nein sagst.«

»Nein«, sagte ich. Er warf mir einen flehenden Blick zu und zog mich näher.

Verdammt, er will fragen, ob er mich küssen darf!

Meine Lippen schmeckten salzig und mein Puls wurde schneller. »Okay, was willst du denn?«

»Machst du in meinem Video-Blog mit?«

Ich blinzelte mehrfach, während ich widerwillig aus meinem Tagtraum vom Küssen erwachte. »*Was*?«

»Bitte! Es würde uns sehr helfen.«

»*Euch* helfen? Dem Film, meinst du?« Ich entzog ihm meine Hände. »Verstehe. Du willst mich lächelnd am Set drehen, damit die Fans denken, dass M.E. Thornes Familie hinter dem Film steht. Ist es das?«

»Na ja, es war Cates Idee. Und sie klang gar nicht mal

so schlecht, bis du sie mit deiner gemeinen Lex-Luthor-Stimme wiederholt hast.«

»War es auch ihre Idee, dass du mit mir flirtest? Weil es dann einfacher sein würde, mich rumzukriegen?« Ich klang wütend, fühlte aber nur Schmerz. Alle meine Muskeln waren angespannt und jeder Atemzug kratzte in meinem Hals. Ich kletterte vom Felsen und befand mich sofort in kniehohem Wasser. Die Flut hatte eingesetzt und wir mussten durch Schlick und Schlamm aus der Felsnische waten.

»Was ist denn so schlimm daran, für eine Minute in einem Video zu erscheinen, wenn es Menschen helfen kann?«, fragte Eamon und folgte mir zu der Stelle, an der wir die Klippen herabgestiegen waren.

Ich atmete immer schneller. Warum konnte er mich nicht verstehen? Am Flughafen hatte er doch selbst gesehen, wie dieser widerliche Thornier mich angrapschen wollte, und ich hatte ihm von Felix Moss erzählt. »Googel doch einfach mal meinen Namen, Eamon. In einer Welt, wo jedes junge Mädchen tausend Selfies postet, existiert mein Gesicht im Internet nicht. Ryders auch nicht. Du weißt gar nicht, wie nervös es mich macht, dass du ein Foto von mir hast.«

»Vertraust du mir nicht?«

»Das würde ich ja gern, aber es ist nicht so einfach. Nicht mal mit meinen Schulfreundinnen mache ich Fotos, weil ich Angst habe, ich könnte mein Handy verlieren und es könnte von jemandem gefunden werden. Es fällt mir schwer, mich so weit zu öffnen, um überhaupt Freundschaften zu schließen. Meine Familie muss ihre Privatsphäre aus einem sehr guten Grund schützen.«

»Und welcher Grund ist das genau?«

»Das habe ich dir doch erzählt«, schnappte ich. Sein Unverständnis brachte mich zum Kochen.

»Dann erzähle es mir noch mal.«

»Damit ihr Fantasy-Freaks uns nicht das Leben zur Hölle macht.« Ich hatte es nur geflüstert, aber es klang, als hielte mir jemand ein Messer vor die Brust. Meine Stimme zitterte vor Schmerz. Vor aufgestauten Gefühlen, die sich in Erdbeben entladen könnten … oder Blitz und Donner.

Eamon wandte sich von mir ab, erschrocken und verletzt, als hätte ich ihn geschlagen.

Und auf gewisse Weise hatte ich das wohl.

***

Schweigend gingen wir den Klippenweg zurück zu unseren im Kreis aufgestellten Wohnwagen. Die Spannung zwischen uns lastete schwer, und als Eamon endlich etwas sagte, wurde es nicht besser.

»Cate hat nicht gesagt, dass ich mit dir flirten soll, und wenn sie es getan hätte, hätte ich mich geweigert.«

»Aber sie hat gesagt, dass du mich in die Sache hineinziehen sollst. Dass ich etwas für den Film tun soll.«

»Bevor du überhaupt in Irland gelandet bist. Bevor wir etwas von deinen Erlebnissen mit durchgeknallten Entführern wussten, Iris. Und du weißt, dass es mir schwergefallen ist, dich darum zu bitten, weil ich wusste, dass du ausrasten würdest. Ich dachte, wir hätten angefangen … uns zu mögen.«

»Und du hattest keine Hemmungen, das zu deinem Vorteil zu nutzen.«

Er warf die Hände in die Luft. »Mit dem Film geht es bergab. Die Produzenten treten Cate auf die Füße und schauen sich jeden Tag an, was sie gedreht hat, als warteten sie nur darauf, dass sie das Ganze an die Wand fährt. Ich versuche, den Blog interessanter zu machen und ihn unter die Leute zu bringen, als positive PR für den Film. Ich versuche, zu helfen. Willst du das nicht auch?«

Ich dachte daran, wie ich mit Julian am Strand gesessen und seine Rolle mit ihm durchgesprochen hatte. Es war ein gutes Gefühl gewesen, vorwiegend jedenfalls. »Doch, ich will helfen, aber nicht online.«

Im Schatten zwischen zwei großen Wohnwagen blieben wir stehen. Ein paar Meter weiter feierte das Team unter weißem, heißem Flutlicht an den Picknicktischen. Ich blieb, wo ich war, weil ich mich von Eamon nicht trennen wollte, bevor wir unseren Streit beendet hatten. Auch er blieb stehen, und ich hoffte, dass er es aus dem gleichen Grund tat.

»Es tut mir leid, Iris«, sagte er und zog die Schultern bis zu den Ohren hoch. Ganz leicht strich er mit den Fingern über mein Handgelenk. »Es tut mir wirklich leid.«

Ich bewegte mich auf ihn zu, und seine Hand wanderte

meinen Arm hinauf, sodass mir ganz warm wurde und ich die Kühle der Nacht nicht mehr spürte. Als mein Gesicht nur noch wenige Zentimeter vor seinem Hals war, hielt ich inne. Gesang ertönte.

Ein seltsamer Gesang.

»Hörst du das, Eamon?«

Er schaute auf einen der Wohnwagen neben uns. »Diese schreckliche Musik?«

Sie wurde lauter. Schriller. Ich erkannte die Melodie; es war ein Albtraum. Ich ging auf die Wohnwagentür zu und sah Ryder mit seinem iPad oben auf den Stufen vor der offenen Tür der Maske sitzen. Er hielt es hoch, das Display auf die Leute im Inneren des Wohnwagens gerichtet, damit sie das Musikvideo sehen konnten.

Dann ertönte Gelächter, vielstimmiges Gelächter, aber es konnte die erstickte Stimme auf dem Video nicht übertönen. Ich sang meinen schlechtesten Song. Den, der viel zu sehr von Florence Welch beeinflusst war und in dem ich aus vollem Halse »verloren« schmetterte. Ich schlich mich an Ryder heran und schaute auf das Display. Das Video war durch den Spalt einer offenen Tür aufgenommen worden, und man sah mich auf dem Bett sitzen, wie ich mir das Herz aus dem Leib jammerte.

»*Ryder*!«, sagte ich.

Er zuckte zusammen und wollte auf Pause drücken, war aber nicht schnell genug. Ich entrang ihm das iPad und warf es in hohem Bogen über Eamons Kopf in die Dunkelheit. So weit, dass man das Glas kaum splittern hörte.

»Hey!«, schrie Ryder und lief zu seinem iPad, und ich fühlte mich plötzlich elender als je zuvor. Ich hätte nicht einmal gewusst, wie ich es beschreiben sollte.

Julian und Shoshanna kicherten. Sie saßen auf Regiestühlen und trugen noch ihre Fantasykostüme. Roxanne war bei ihnen und lockerte den Rand von Julians Frodo-Perücke mit einem Wattestäbchen. Sie kicherte nicht, und das traf mich irgendwie noch mehr. Sie wusste, dass es nicht witzig war.

»Nicht sauer sein, Iris.« Julian beugte sich zu mir vor und Roxanne zischte ihm zu, dass er stillhalten sollte. »Wir wollten dich einmal spielen hören.«

»Nicht zu fassen, dass ich gestern gerne Zeit mit euch verbracht habe«, bekam ich mit Mühe und Not heraus, weil ich mir wie stranguliert vorkam. Shoshanna hörte auf zu kichern und haute Julian an, damit auch er aufhörte.

Ich drehte mich um und lief direkt in Ryder. Er bejammerte sein kaputtes iPad. »Ich fasse es nicht, Ry! Wie konntest du …« Gegen meinen Willen begann ich zu schluchzen. Im nächsten Moment stand Eamon neben mir und wollte mir den Rücken streicheln, aber ich bellte: »Lass uns in Ruhe!«

Ich packte Ryder am Arm und zerrte ihn mit mir fort. Als wir in unserem Wohnwagen waren und ich die Tür fest hinter uns verschlossen hatte, wand Ryder sich aus meinem Griff. »Hör auf, mich durch die Gegend zu schleifen, Iris! Ich bin nicht dein Baby!«

»Natürlich nicht. Aber ich bin für dich verantwortlich. *Wie konntest du nur …?«*

Er zuckte mit den Schultern und verweigerte den Blickkontakt.

»Wolltest du mich blamieren, weil ich dich blamiert habe? Ist es das?«

Er sah mich immer noch nicht an.

»Was für ein dummes, kindisches Verhalten!«, sagte ich, obwohl ich wusste, dass es eher der Racheakt eines Teenagers war. »Woher hast du das Video?«

»Als ich einmal früher als sonst mit Dad nach Hause kam, haben wir dich spielen gehört, und er sagte: ›Lass uns das aufnehmen.‹«

Mit zitternden Händen nahm ich Annie und legte sie in den Gitarrenkoffer. Am liebsten hätte ich sie zerhackt. Nie wieder wollte ich eine Gitarre anfassen. So schrecklich hatten sich das Geschrammel und mein schriller Gesang angehört. War ich wirklich so schlecht? Nein. Das Video musste mindestens ein halbes Jahr alt sein. Und dennoch … Ich dachte an die Melodie, die ich vorhin an den Klippen gezupft hatte. Es hatte wunderschön geklungen, aber das konnte eigentlich nicht sein. Ich war doch bloß eine Stümperin. Ich setzte mich und hielt mir den Bauch. Um zu weinen, war ich zu erstarrt.

Es ging weniger um meine Musik als um Shoshannas und Julians grinsende Gesichter. Und Eamons Entsetzen. Sogar um Roxannes, mit ihrer verrückten halb rasierten Hipster-Frisur. Bestimmt zerrissen sie sich die Mäuler über mich. Über das lustige Video … oder über meinen Ausraster.

Aber nur eine Person war wichtig. Diejenige, die das alles erst ermöglicht hatte. Ich schaute meinen kleinen, dünnen Bruder an. »Was hat Dad gesagt, als er das Video gesehen hat?«

Ryder schüttelte den Kopf.

»Ich will es wissen!«

»Dass du viel versteckte Wut angestaut hast. Und dass du meine Therapeutin sehen solltest.«

Ich schloss die Augen und wankte ein wenig. Die ganze Welt stand in Flammen. »Manchmal hasse ich dich«, sagte ich zu meinem Dad.

»Was?«, fragte Ryder.

Ich schlug die Augen wieder auf und seufzte. »Nicht dich, Ryder.«

Er schien am Boden zerstört zu sein. Tränen schossen ihm in die Augen und seine Wangen leuchteten hellrot. »Vielleicht hasse ich dich ja auch.«

Wie angewurzelt stand ich da. »Du hasst *mich*? Ich bin nicht diejenige, die dein Leben ruiniert hat! Du hast meins ruiniert.«

»Es ist doch bloß ein blöder Song«, sagte er wie eine Miniaturausgabe unseres Dads.

»Ich rede nicht von dem Song. Ich rede von mir und Dad. Bevor du kamst, hatten wir *Pläne*.« Ich konnte nicht fassen, dass ich diese Tür aufgestoßen hatte – und mit welcher Selbstverständlichkeit ich hindurchging. »Wir wollten Mom ihren Gedichten überlassen und in New York City ein neues Leben beginnen. Dad wollte mir Musikunterricht geben lassen. Wir hatten uns schon nach einer Wohnung umgesehen, als Mom merkte, dass sie mit dir schwanger war. Und schau dir an, was aus mir geworden ist! Ich kann keinen vernünftigen Song schreiben und nicht mal aufs College gehen, weil sich dann keiner um dich kümmern würde. Du würdest verhungern oder von dem nächstbesten Psychopathen entführt.«

Kaum war es heraus, bereute ich es zutiefst.

Ryder stand da wie eine Eisskulptur. Ich fürchtete schon, er würde zerbrechen, doch blähte er seine Brust wie ein Nachwuchs-Tarzan auf. »Ich weiß, dass ich nicht erwünscht bin, Iris! Schon gar nicht in dem Club, in dem nur du und Dad Mitglied sein dürfen!«

Er ging und knallte die Tür hinter sich zu.

Ich warf mich aufs Bett und hielt mir die Ohren zu, um meine eigene Stimme auszublenden, die diesen verdammten Song kreischte. In die Stille hinein begann mein Dad zu sprechen. *Was habe ich an dem Tag gesagt, als du dir diese Gitarre gekauft hattest, meine kleine Miesmacherin? Dass du dich nicht nackter machen kannst, als wenn du deine Gefühle in Worte gießt. Du wirst jeden hassen, der sie zu hören bekommt.*

Nie hatte er etwas Wahreres gesagt, und ich wollte keinen, der diesen Song gehört hatte, je wiedersehen. Weder Julian noch Shoshanna. Auch Eamon nicht. Ich griff zu meinem Handy und schrieb schnell eine Nachricht.

Dad, ich kann nicht glauben, dass du Ryder gesagt hast, er soll ein Video von mir aufnehmen. Du kaltes, bösartiges, pflichtvergessenes Arschloch! Ich werde dir niemals verzeihen.

Ich zitterte minutenlang, dann löschte ich die Nachricht. Hätte ich sie abgeschickt, hätte ich ihm nur umso mehr Grund gegeben, seiner kleinen Miesmacherin weitere Lektionen zu erteilen. Ehrlichkeit zahlte sich bei ihm nicht aus. Ich zwinkerte meine Tränen weg und schrieb eine neue Nachricht.

Dad, wenn du dein Flugticket kaufst, bring mir eins für den Rückflug mit.
Ich habe genug von den Menschen hier.

Diese Nachricht schickte ich ab.

Film: Elementia

Regie: Cate Collins

Außendreh: Tag 4

Aran Inseln & Killykeen Forest, Irland

Anmerkungen zum Dreh:

Drehfrei.

Weitere Anmerkungen:

VORMITTAG: Umzug nach Killykeen Forest. Bis 12 Uhr mittags geht die Fähre stündlich zur vollen Stunde. Hinterlasst nichts als eure Fußspuren!

FLORENCE BRINGT ALLES WIEDER INS LOT … MIT MEINER HILFE?

Ich hatte vor, mich im Wohnwagen einzuschließen, bis ich eine Antwort von meinem Dad bekam. Dann würde ich packen und erhobenen Hauptes abreisen. Ohne ein Wort zu sagen, war Ryder am Morgen aufgestanden und weggegangen, um Mr Donato zu helfen. Ich erwartete eine Entschuldigung für das Video, aber wahrscheinlich erwartete er eine Entschuldigung für sein kaputtes iPad – und dafür, dass ich gesagt hatte, er ruiniere mein Leben. Wir steckten also in einer Sackgasse.

Ich lag auf dem Bett und hörte mir in voller Lautstärke Florence + the Machine an. Im Wiederholungs-Modus. Vielleicht hätte ich auf Florence sauer sein sollen, weil sie mich zu einem Song inspiriert hatte, der meine Karriere als Musikerin abrupt beendet hatte, aber das konnte ich nicht. Sie war einfach zu gut. Allein schon, wie sie Wut artikulieren konnte. Ich stand auf und las die Dreh-Notizen für den Tag. Außer dem Umzug würde heute nichts passieren.

Jemand klopfte energisch an meine Tür, aber statt zu

öffnen, checkte ich meine Nachrichten. Nichts von Dad. Warum reagierte er nicht? Hatte er schon wieder unseren Router deaktiviert? Wenn er wegen eines Abgabetermins unter Druck stand und nicht diszipliniert genug war, um offline zu bleiben, tat er das, und dann war das ganze Haus ohne Internet. Das Klopfen wurde lauter und durch die Jalousien sah ich einen stämmigen Mann.

Ich schaute auf meine Pyjamahose und Pantoffeln. Meine Haare waren ein Desaster. »Tut mir leid, Kumpel. Ich mach die Tür nicht auf, wenn ich aussehe, wie ich gerade aussehe«, murmelte ich.

Der Typ brüllte, dass der Fußboden bebte. Der ganze Wohnwagen bebte. Ich bekam Panik und schrie, rannte zur Tür und sprang ins Freie.

Der Mann lachte und schlug sich vor Vergnügen auf die Schenkel. »Hab ich nicht gesagt, dass ich sie rausholen würde, Sol?«, schrie er dem Fahrer eines großen Trucks zu, der soeben meinen Wohnwagen ins Schlepptau genommen hatte.

Die anderen Wohnwagen waren schon weg. Nur die Picknicktische standen noch da. Kein Mensch war zu sehen. Ich kreuzte die Arme vor der Brust und sah den stämmigen Mann herausfordernd an. »Wo sind denn alle?«

»Weg«, sagte er. »Mit Sack und Pack auf dem Weg nach Killykeen. Wir verfrachten dich als Letzte, weil wir gehört haben, dass du da drinnen einen Wutanfall hattest.«

Mir fiel die Kinnlade herunter. So war das also. Es war

egal, in welchem Land ich mich befand; überall würde ich die Miesmacherin Iris sein. »Rühren Sie sich nicht vom Fleck!« Ich zeigte auf den Mann. »Erst ziehe ich mich an, bevor Sie diese Blechdose abschleppen.«

»Du hast zwei Minuten.« Der Stämmige setzte sich auf einen Picknicktisch und grinste. »Und ich meine zwei. Ich habe eine fünfzehnjährige Tochter, die auch so ein Sonnenschein ist wie du. Aber eins kann ich dir sagen: Bei mir zieht sie immer den Kürzeren.«

Ich rannte in den Wohnwagen zurück. Warum behandelten mich alle wie einen unreifen Teenie? Ich war der reifste Teenager, den ich kannte. Immerhin zog ich meinen Bruder groß, oder? Apropos – wo steckte Ryder eigentlich? Es sah mir gar nicht ähnlich, ihn zu vergessen, auch nicht, wenn ich einen Wut… Nein. Ich hatte keinen Wutanfall. Meine seelische Gesundheit war ernsthaft in Gefahr.

Der Stämmige brüllte: »Noch eine Minute, Kratzbürste!«

Ich warf mich in irgendeine Jeans und behielt das schwarze T-Shirt mit der Aufschrift »NO!« an. Ich benutzte es als Schlafshirt, und es entsprach nicht meinem üblichen Stil, der zwischen lässig und unscheinbar lavierte. Aber das war mir egal. Das größere Problem waren meine Haare. Es würde mindestens zehn Minuten dauern, sie zu entwirren und glatt zurückzukämmen. Ich versuchte es mit einer wilden Hochsteckfrisur und starrte auf Annie in ihrem glatten, schwarzen Gitarrenkoffer.

Ich wollte meine Gitarre nicht im Wohnwagen lassen, wo sie gestohlen werden konnte. Aber ich konnte sie auch nicht anfassen. Allein schon ihr Anblick tat mir weh. Der Wohnwagen bebte erneut. Ich sprang schnell hinaus und steckte mir meine Kopfhörer in die Ohren, um dem Stämmigen zu signalisieren, dass ich nicht beabsichtigte, mich mit ihm zu unterhalten.

Ich ging an den Kai. Das Meer legte sich heute mächtig ins Zeug und strahlte mit der Sonne um die Wette. Das Team belud eine große Fähre mit Wohnwagen und Vans voller Geräte. Shoshanna saß auf einer Mauer, ditschte flache Steine ins Wasser und beobachtete einen dürren Achtzigjährigen, der splitterfasernackt in den Wellen planschte. Ich ging auf sie zu.

»Passiert das gerade wirklich?«, fragte ich erschrocken und nahm die Kopfhörer aus den Ohren.

»Aber ja«, sagte Shoshanna, ohne mich anzusehen. »Es ist widerlich, aber ich kann nicht weggucken. Ich habe nicht gewusst, dass Haut sich so falten kann.« Sie schaute über ihre perfekte Schulter nach hinten und zeigte auf meine Klamotten und Haare. »Cooler Look. Passt zu dir.«

Ich konnte nicht einschätzen, ob sie es ernst meinte, aber ihr Tonfall ließ mich an meine Einschätzung bei unserer ersten Begegnung denken: dass in ihren Adern blaues Blut floss, während ich eine Art Wurm war.

Umso überraschter war ich, als sie fortfuhr: »Tut mir leid, dass ich gestern so gemein zu dir war.«

Ich wollte etwas Gelassenes erwidern, ließ es aber sein.

Stattdessen kickte ich ein paar lose Steinchen durch die Gegend und spürte, dass meine Brust ganz eng wurde. »Wo sind die anderen?«

»Fast alle schon weg. Cate und dein Bruder sind im Gasthof. Roxanne ist mit dem Rest des Teams gefahren. Auf dem Weg nach Killykeen wollen sie noch ein bisschen Sightseeing machen.«

Ich fragte mich, warum Shoshanna mir erzählte, wo die Maskenbildnerin war, hakte aber nicht nach. »Sonst alles in Ordnung?«

»Es gibt irgendein Drama wegen des Trailers. Diese verfluchte Produktion ...« Shoshanna nahm einen Stein von einem Steinhaufen und warf ihn ins Meer. So wie mein meinungsstarkes Schlafshirt meinen Look veränderte, bekam auch ihre sonst so forsche, selbstbewusste Fassade vor lauter Sorgen Risse. »Woran liegt es bloß, dass plötzlich alles scheiße ist, wenn ein Traum wahr wird?«

Noch ein Stein flog mit einem *Plopp* ins Meer. Shoshanna ditschte also nicht, sie schmiss mit Kanonenkugeln um sich.

***

Ich beeilte mich, ins Tí Watty zu gehen, und merkte, wie sehr ich mich an das ruhige, entschleunigte Leben von Inishmore gewöhnt hatte. Als ich mich durch die niedrige Eingangstür geduckt hatte, gewöhnten sich meine Augen nur langsam an den schummrigen Schankraum. Ryder saß an einem Ecktisch. Mit Eamon. Mein Bruder winkte mir zu, legte seine Hand aber schnell wieder auf den Tisch, als hätte er einen Fehler gemacht. Eamon schaute zu mir herüber und dann gleich wieder weg. Das tat weh.

Ich wandte mich von beiden ab. Das Lokal war fast leer, das Team war tatsächlich schon abgereist. Am größten Tisch hielt Cate Hof vor drei Laptops, einem Drucker und diversen Papierstapeln. Henrik saß neben ihr und sprach schnell und leise in ein Handy.

Ich ging zu Cate und mit ungewohnt ernster Miene sah sie zu mir auf.

»Ich wollte nur sagen, dass ich nach Hause fliege, sobald mein Va…«

»Setz dich«, sagte sie. »Wir müssen reden.«

Henrik schrie jetzt in sein Handy und verließ den Tisch. Cate und ich sahen ihm nach.

»Was ist denn los?«, fragte ich.

»Du magst *Elementia* nicht«, sagte Cate.

»Das dürfte ja nichts Neues sein.«

Cate drehte einen Laptop um, damit ich den Bildschirm sehen konnte. »Sieh dir das an, und sag mir, was du als Nicht-Fan davon hältst.«

Ich schaltete Florence aus, die immer noch aus meinem iPhone klagte, und stöpselte meine Kopfhörer in den Laptop. Cate sah mich ein wenig verwundert an, drückte aber auf Play. Ich sah den gleichen Trailer wie vor einigen Tagen mit Julian, aber inzwischen hatte ein Feinschnitt stattgefunden, und ein Orchester spielte im Hintergrund.

Trotzdem war der Eindruck nicht so stark wie beim ersten Mal. Vielleicht lag es daran, dass ich jetzt nicht im Dunkeln mit einem Filmstar kuschelte.

Nach einer Minute fünfundvierzig nahm ich meine Kopfhörer aus den Ohren. »Das ist gut.«

»*Gut* ist ein Todesstoß.« Cate blätterte durch einige Zettel. »Die Zielgruppe, die *Elementia* nicht gelesen hat, findet den Trailer ›okay‹.« Sie fuhr sich mit beiden Händen durch die kurzen grauen Haare. »*Okay* ist nicht gut und selbst gut ist nicht okay. Die Thorne-Fans sind sowieso gegen uns, und jetzt gelingt es uns nicht einmal, das Interesse der Nicht-Fans zu wecken.«

Ich fürchtete schon, sie würde anfangen zu weinen, doch stattdessen schenkte sie schwungvoll eine goldene Flüssigkeit in ein Whiskyglas. »Gingerale, Iris. Das Gift meiner Wahl ist Zucker.«

Sie wollte den Laptop wieder wegdrehen, aber ich hielt ihn fest. »Darf ich mal was versuchen?«

»Ja, sicher.« Cate nahm ihr Glas und ging an die Bar.

Ich hatte eine verrückte Idee und stöpselte die Kopfhörer wieder in mein iPhone. Dann synchronisierte ich Florences Song, den ich schon den ganzen Morgen im Ohr hatte, mit dem stummgeschalteten Trailer. Es klang gut. Es fühlte sich gut an. Als Cate zurückkam, gab ich ihr die Kopfhörer, drehte den Laptop zu ihr um und spielte den Trailer mit meiner Musik ab. Sie hörte und schaute sich das Ganze an. Danach gleich noch einmal.

Als Henrik zurückkam, packte sie ihn am Arm und

gab ihm die Kopfhörer. Auch er hörte und schaute sich den Trailer zweimal an. Dann starrten mich beide an, als wäre ich von einem anderen Stern.

Ich zuckte mit den Schultern. »Wenn ihr Nicht-Nerds ansprechen wollt, müsst ihr mit cooler Musik arbeiten.«

»Was für ein Song ist das?«, fragte Cate.

»No Light, No Light«, sagte ich. »Für mich war er immer wie eine Fantasie.«

Cate sah Henrik an. »Hat er Gefühle in dir ausgelöst?«

Er nickte. »Und du weißt sehr wohl, dass ich das nicht gern sage. Aber ... wir haben kein Budget für die Benutzerrechte an so einem Song.«

»Erkundige dich, was es kosten würde, und nimm das Geld aus dem Fonds, über den wir gesprochen haben«, sagte Cate.

»Cay, nein ...«

Cate wischte seine Bedenken mit einer Handbewegung fort und fischte sein Handy aus seiner Brusttasche. Während sie eine Nummer wählte, verließ sie den Schankraum.

Henrik tippte etwas in seinen Laptop. »Glückwunsch, Iris.«

»Habe ich den Film gerettet?«, fragte ich und surfte auf der Welle erhebender Gefühle, die man bekommt, wenn man anderen hilft.

»Zumindest den heutigen Tag hast du gerettet«, sagte Henrik. »Und wenn man einen Film macht, braucht man jeden Tag jemanden, der das schafft.« Er sagte das so griesgrämig, als hätte *Elementia* keine Chance. Als sei der

Misserfolg des bisherigen Trailers lediglich ein Warnschuss, dem schon bald der Todesschuss folgen würde. Er tippte weiter, lehnte sich dann zurück und legte die Hände aufs Gesicht. »Verdammt, dieser Song kostet!«

»Reicht das Geld?«

»Vielleicht.«

»Reicht es nun oder reicht es nicht?«

Er sah mich durch seine dunkle Brille an und schien sich langsam dazu durchzuringen, mir zu vertrauen. »Unter uns: Cate buttert ihren Gehaltsscheck in die Produktion und hat eine Hypothek auf ihr Haus aufgenommen. Dieser Film kann sie nicht nur ihre Karriere kosten, sondern auch obdachlos machen.« Er nahm die Brille ab. »Ist es denkbar, dass die Thornes sich finanziell beteiligen? Wir könnten deinen Vater als Co-Produzenten nennen. Ich weiß, dass es ziemlich dreist ist, aber so tief sind wir bereits gesunken. Abgesehen davon würde deine Familie enorm von Buchverkäufen und Neuauflagen profitieren, wenn der Film ein Erfolg wird.«

»Mein Vater soll helfen, den Film zu finanzieren?« Ich versuchte, nicht lauthals loszulachen. »Er gibt ja nicht mal mir Geld. Er verflucht Grandma Maes Erbe, auch das finanzielle.« Es war die reine Wahrheit, wie mir erst jetzt klar wurde.

Henrik nahm den Schlapphut ab und legte ihn neben seine Brille. Er bekam eine Glatze, das sah ich erst jetzt. Dabei war er wahrscheinlich erst um die dreißig. Er trug eine ziemlich abgenutzte Batman-Armbanduhr mit dem alten *Pow!Bam!*-Logo, und irgendwie machte ihn das für mich zum ersten Mal sympathisch.

»Und wenn der Film sie nicht ruiniert?«, fragte ich. »Was, wenn er richtig gut wird?«

»Niemand tritt an, um einen schlechten Film zu machen, Iris. Aber es passiert. Es ist ein Glücksspiel. Wir gewinnen oder verlieren.« Düster blickte er auf den Bildschirm seines Laptops, und mir wurde klar, dass er mit alledem auch seine eigene Karriere meinte. Genau wie Julians, Shoshannas … und Eamons. Die Karrieren von allen standen auf dem Spiel. Mit diesem Film gingen alle ein Risiko ein, während ich wegen eines heimlich aufgenommenen Videos ein Riesentheater veranstaltete.

Vielleicht hatte ich doch einen Wutanfall.

Plötzlich kam ich mir furchtbar feige vor und mit gesenktem Kopf verließ ich den Gasthof. Ich hatte meinem Vater ja schon gesagt, dass er mich hier rausholen sollte. Er würde nicht zulassen, dass ich es mir noch mal anders überlegte. Ich musste heimfliegen, ob ich wollte oder nicht. Wie lange hatte ich noch? Einen Tag, vielleicht zwei? Wie sollte ich die Sache wieder geradebiegen?

Ich trat ins Freie.

Der sanfte, leuchtend blaue Himmel kam mir vor wie ein Omen der Stärke, das ich nicht verdient hatte. »Okay, Grandma Mae. Er ist azurn«, sagte ich leise. »Und nun?«

IN DIESEM KAPITEL WIRD ZIEMLICH VIEL GEKÜSST

Bei der Rückkehr zur irischen Hauptinsel bekam ich überraschenderweise beinahe Heimweh nach Inishmore. Ich stand am Heck der Fähre und lehnte mich an die Reling, während das grüne Land mit seinen wilden Klippen, abwechslungsreichen Stränden und bunten Häuschen langsam am Horizont verschwand.

Als die Insel nicht mehr zu sehen war, beobachtete ich, wie die Schiffsschraube Unruhe heraufbeschwor, indem sie das Wasser in eisblauen Kaskaden aufwirbelte. Sie erinnerten mich an Eamons kameragene Augen.

»Ich nehme deine Entschuldigung an.« Eamon lehnte sich neben mir an die Reling.

»Ich hab doch gar nicht … ich meine …« Meine angenehmeren Gedanken an ihn wichen einem bösen Blick. »Ich weiß wirklich nicht, was ich mit dir anstellen soll.«

»Ach, du willst also was mit mir anstellen?« Er grinste, und ich entspannte mich. Wenn er schon wieder flirten konnte, hatte ich gestern Abend vielleicht doch nicht alles kaputt gemacht. »Jemand will mit dir sprechen.« Er machte eine Kopfbewegung, und als ich in die Richtung schaute, sah ich meinen Bruder. Ryder saß auf einer Decksbank.

»Ich weiß nicht, ob ich dazu schon bereit bin. Wir sind ganz schön aneinandergeraten.«

»Es tut ihm leid. Und wenn du es genau überlegst, war es nicht seine Schuld. Dein Vater hatte die Idee, dieses Video aufzunehmen.« Na, super! Eamon mochte meinen Vater nicht, obwohl er ihn noch gar nicht kennengelernt hatte.

»Ja, mein Vater ist schuld, aber er hat diese seltsamen Moralvorstellungen. Sein oberstes Gesetz ist Kreativität. Seine Schreiberei bestimmt die Regeln bei uns zu Hause – was uns zu interessieren hat, wann wir essen und so weiter und so fort.« Eamon runzelte die Stirn und ich schüttelte den Kopf. »Wenn ich es zu beschreiben versuche, klingt es schlimmer, als es ist. Ryder und ich haben ja einander.«

»Und bevor es Ryder gab?«, fragte er und schien alles über mich wissen zu wollen. Ich sah ihn an. Er stand dicht neben mir. Ich dachte ans Händchenhalten am Strand. Wie viel hiervon war Flirterei und wie viel war einfach nur Eamon? »Ihr seid ungefähr zehn Jahre auseinander, stimmt's? Wie warst du, bevor du seine Ersatzmutter spielen musstest?«

»Es sind neun Jahre.« Ich verstärkte meinen Griff um die Reling. »Ich war die perfekte Tochter, musst du wissen. Meine Eltern haben bei uns jedes Wochenende Dinnerpartys gegeben, und dann saß ich brav zwischen preisgekrönten Lyrikern und Leuten, die einen National Book Award gewonnen hatten, am Tisch. Mein Dad sagte dann: ›Schaut mal! Unsere Tochter kann sich überall benehmen!‹ Ich aß Filet Mignon neben Vierzigjährigen und sprach über den melancholischen Niedergang der Literatur. Wenn es spät wurde, ging ich selbstständig ins Bett, und alle waren mordsbeeindruckt.«

Unwillkürlich musste ich lächeln. Die Erinnerung an das Lob all dieser Leute fühlte sich immer noch gut an. »Dann wurde Ryder geboren und er schrie die ganze Zeit. Meine Eltern ließen mich mit ihm oben in unseren Zimmern. Wenn ich es nicht schaffte, Ryder zu beruhigen, verlagerten sie die Partys in die Wohnungen ihrer Freunde.«

»Oh«, sagte Eamon und fuhr sich mit der Hand durch die Haare. »Das ist ja …«

Ich schüttelte den Kopf. »Es war nicht schlimm. Mit Ryder machte das Leben mehr Spaß. Wir sahen uns Disneyfilme an. Bauten Burgen. Ich brachte ihm das Alphabet und Zählen bei. Damals waren wir überwiegend große Schwester und kleiner Bruder.«

»Vor der Sache mit Moss?« Typisch Eamon. Immer kam er gleich auf den Punkt.

»Vor der Sache mit Moss.« Ich wandte den Blick von den Wellen ab und schaute zu Ryder hinüber, der immer noch wartend auf seiner Bank saß. »Hat er dich geschickt?«

»Hat er.« Auch Eamon drehte sich zu ihm um, und

zusammen betrachteten wir ihn eine Weile, während er erwartungsvoll große Augen machte. »Er möchte, dass du im Van von Mr Donato und seinen Leuten nach Killykeen fährst. Ich glaube, er will dir seine neuen Freunde vorstellen.«

»Mit wem fährst du denn?«

Gar nicht auffällig, Iris!

»Ich kutschiere die Königin höchstpersönlich, Lady Shoshanna.« Er verschränkte die Arme und rückte an der Reling ein paar Zentimeter von mir ab. »Sie will mir Tipps für meine Rolle geben.«

»Dann wirst du ja doch noch ein großer Schauspieler.«

Er war blitzschnell verärgert, seine Augenbrauen wurden zu einem abweisenden V. »Weiß man's? Vielleicht geht's mir wie dem Mädchen, das Luna Lovegood gespielt hat. Oder vielleicht *bin* ich Nolan und kein Schauspieler.« Er drückte die flache Hand an die Stirn, seufzte und beruhigte sich sichtlich. »Dass ich es bis hierher geschafft habe, liegt nur an meinem guten Aussehen, Iris. Es ist ein wahrer Fluch.«

Ich lachte und er schien hochzufrieden mit sich zu sein.

Cate stürmte an Deck, und ihre entschlossene Miene änderte sich nicht im Geringsten, als eine hohe Welle sie aus dem Gleichgewicht brachte. Sie zeigte auf Ryder und mich. »In Doolin warten Reporter. Ihr beide müsst also eure übliche Nummer abziehen, die gesichtslosen Kinder von Michael Jackson.«

»Hey!« Ich hatte noch nie gehört, dass unser Versteckspiel vor der Öffentlichkeit so bezeichnet wurde. Es klang schrecklich.

Cate wandte sich an Eamon und Shoshanna, die gerade vom anderen Ende der Fähre herübergekommen war. »Und ihr beide müsst Julian auftreiben und euch was für die Fotos mit der Presse einfallen lassen. Irgendetwas Unwiderstehliches.«

»Wo ist Julian denn?«, fragte ich. Seit dem Vorfall am Wohnwagen der Maske hatte ich ihn nicht mehr gesehen.

»Unter Deck«, sagte Shoshanna mit aufgesetztem irischem Akzent. »Streit mit seiner Freundin. Er ist am Durchdrehen.«

»Lass das«, sagte Cate, und Eamon fügte hinzu: »Ja, bitte!«

Shoshanna zuckte mit den Schultern und Cate zeigte auf mich. »Hol Julian und sag ihm, dass sein Charme auf Hochtouren laufen muss, wenn wir anlegen. Er hat genau *fünf* Minuten.«

***

Ich wankte die Treppe hinunter und durch die enge Tür zum Gang vor den Kabinen. Es war nicht schwer, Julian zu finden, obwohl alles schlecht beleuchtet war. Er saß auf einer schmalen Liege, die im Fußboden verschraubt war.

»Julian? Cate sagt, an Land wartet die Presse auf dich.«

Er schaute auf, mit roten Augen und laufender Nase.

»Elora macht Schluss mit mir, Iris. Sie will mich verlassen, weil sie Angst vor meinen Fans hat.«

Ich setzte mich neben ihn und tätschelte ihm den Rücken. Eigentlich wollte ich ihm sagen, dass er zu jung war, um schon verlobt zu sein, aber ich seufzte nur innerlich und ärgerte mich weiter über Cates Vergleich mit Michael Jacksons Kindern. »Na ja, Julian, wenn sie die Öffentlichkeit meiden will, muss sie ihr Leben danach ausrichten. Das ist eine Menge Arbeit und es nervt.« Die Stimme des Kapitäns tönte vom Oberdeck. »Lass uns später darüber reden. Jetzt musst du erst mal den lockeren, sexy Julian geben, den alle lieben.«

Er legte den Kopf in die Hände und brachte seine wunderschönen dunklen Haare durcheinander, was er in meinem Beisein noch nie getan hatte. Als er mich wieder ansah, war er ein noch größeres Häufchen Elend als vorher. »Ich kann nicht.«

»Natürlich kannst du. Du bist ein großartiger Schauspieler.« Er lachte, aber ich fuhr fort: »Stell dir vor, die Kameras liefen. Soviel ich gehört habe, werden tatsächlich Kameras laufen.«

»Du hast recht.« Er atmete tief durch und sah mich an. Er war furchtbar nah und das schummrige Licht schickte die falsche Botschaft. Hollywood schlug zu. »Küsst du mich?«

»*Was*?«

»Ich muss in den Schauspieler-Modus kommen. Zu dem Zweck muss ich etwas vollkommen Sinnfreies tun.«

Ich stand schnell auf. »Erstens ist das furchtbar und zweitens bin ich keine Schauspielerin.«

»Stimmt.« Er schaute weg, abgeschreckt, aber ohne Reue. »Kannst du Shoshanna holen?«

»Das ist nicht dein Ernst.«

»Bitte, Iris?« Sein Welpenblick war zu viel für mich. Dieser Typ war nicht der Jungstar, den ich jahrelang angehimmelt hatte. Nicht Julian-verdammt-noch-mal-Young. Bloß Julian, ein ganz normaler Typ, dessen Nase wie ein Wasserhahn lief, wenn er weinte. Und überraschenderweise gefiel mir dieser Typ viel besser.

Ich holte Shoshanna, Eamon im Schlepptau. Julian stand auf, und alle vier drängten wir uns in die winzige Kabine, während ich Julians Problem und seine Bitte vortrug.

Shoshanna schaute in Julians verzweifeltes Gesicht. »Das mach ich nicht. Ich bin auch an drehfreien Tagen voll in meiner Rolle und da bist du mein *Bruder*.« Julian fing an, ihr etwas vorzujammern, aber sie packte Eamon an der Schulter und bugsierte ihn in die Mitte der überfüllten Kabine. »Er macht es.«

»Oh nein!« Eamons entsetzte Miene war anbetungswürdig.

»Du willst wissen, ob du ein richtiger Schauspieler bist?«, fragte Shoshanna. »Dann hast du jetzt die Gelegenheit dazu. Stell dir vor, du bist in Julian verliebt. Stell dir vor, dass du ihn schon ewig küssen wolltest.«

Eamon schüttelte den Kopf.

»Will mich denn *niemand* küssen?«, platzte es aus Julian heraus. »Das baut mich natürlich enorm auf, Leute.«

»Also gut.« Eamon schoss nach vorne und küsste Julian so schnell, dass ich es beinahe nicht mitbekommen hätte.

»Okay, du bist definitiv kein Schauspieler, Eamon O'Brien«, analysierte Shoshanna.

Eamons Gesicht wurde röter, als ich es jemals gesehen hatte, und ich wusste, dass er das hier unbedingt können wollte.

Julian bewegte sich auf Eamon zu, sah ihn sehnsüchtig an, und plötzlich schien die Kabine zu schrumpfen. »Ich glaube, ich liebe dich, Charles. Und zwar schon länger.«

»Warum bin ich denn plötzlich ›Charles‹?«, fragte Eamon, aber Shoshanna machte »Pssst!« und zeigte auf Julians ausdrucksvolle Miene. Seine Augen waren noch rot und seine Frisur ein einziges Durcheinander, aber ich konnte die Veränderung schon sehen. Sein Schauspiel-Modus stand auf »An«.

Er legte Eamon eine Hand an die Wange.

»Gut, küss mich«, sagte Eamon.

»Nein!«, befahl Shoshanna. »*Spiel*!«

Eamon stöhnte, drehte sich um, schüttelte die Arme aus, lockerte die Schultern und ließ den Kopf kreisen. Als er sich uns wieder zuwandte, erkannte ich ihn kaum wieder. Er meinte es ernst.

»Dein Text, Julian«, flüsterte Shoshanna.

»Ich liebe dich, Charles. Ich glaube, ich habe dich immer schon geliebt.« Julian berührte Eamons Wange und Eamon schloss die Augen. Vor Erleichterung? Vor Schmerz? Jedenfalls steckte ein starkes Gefühl dahinter. Als Eamon die Augen wieder öffnete, gab es einen Moment lang nur noch ihn und Julian. Shoshanna und ich existierten nicht mehr.

»Gut«, sagte Eamon. »Dann küss mich, wenn ich dir so viel bedeute.«

Es war eine ausgedachte Textzeile, aber *wow*, wie er sie rüberbrachte!

Julian bewegte den Kopf auf ihn zu, küsste ihn, und Shoshanna und ich gaben unwillkürlich kleine Atemgeräusche von uns. Sie sahen zusammen wunderschön aus. Total verliebt. Zuerst war ich begeistert und dann unglaublich eifersüchtig. So sah Eamon also aus, wenn er küsste? Wo konnte man sich dafür bewerben?

Sie taumelten auseinander, als die Fähre an den Anleger stieß. Julian rieb sich die Hände. »Gut. Das war sehr gut.« Er verließ die Kabine mit seinem Tausend-Watt-Lächeln. Shoshanna folgte ihm und klopfte Eamon anerkennend auf die Schulter.

Er selbst stand stocksteif da, wie eine Eamon-Statue.

»Steckst du in der Szene fest?«, fragte ich. Er sah aus, als müsste ihn jemand in die Realität zurückholen.

»Nein, nein«, sagte er. »Aber der Kerl hat Lippen wie ein sehr, sehr schönes Mädchen.«

»Bestimmt sorgt er dafür, dass sie immer gut mit Feuchtigkeit versorgt sind.« Oben wurden Stimmen laut, und ich begann, mir Sorgen darüber zu machen, wie wir

Ryder unerkannt von Bord bringen konnten. Ich ging an Eamon vorbei und auf die Treppe zu, als er meinen Ellenbogen berührte, sich herunterbeugte und mich küsste.

Seine Lippen. Auf meinen Lippen.

Wir hielten ganz still. Keiner zog sich zurück.

»Sorry«, sagte er schließlich. »Ich glaube, ich musste … mich resetten.«

Etwas in mir hatte aufgehört zu funktionieren, als er mich küsste. Ich versuchte, eine lässige Bemerkung zu machen, aber der Kuss war so weich gewesen, so innig. Wie bei Menschen, die vor ihrer Trauung den Kuss am Altar proben. Ich fragte mich, ob es nur eine weitere Schauspielerei oder womöglich etwas ganz anderes gewesen war.

»Ich glaube …«, bekam ich heraus. »Ich glaube, ich habe gerade indirekt Julian Young geküsst.«

Eamon lachte und strich mir mit den Fingern über die Wange. »Es wird ihm nicht gefallen, also sag's ihm lieber nicht, aber du hast die viel besseren Lippen.«

ATTACKIERE SIE ALLE UND MACH SIE FERTIG

Zwei Stunden nachdem Eamon mich in einer düsteren, engen Fährkabine zum Leuchten gebracht hatte, wurde ich im Van des Küchenteams durchgerüttelt. Der Sicherheitsgurt gab auf den unebenen, windigen Straßen keinerlei Halt, und Mr Donato fuhr wie eine gesengte Sau. Auf dem Sitz neben mir warf sich Ryder enthusiastisch in jede Kurve.

»Ich glaube, mir wird schlecht«, murmelte ich.

»Gebt Iris Pfefferminzbonbons«, rief Mr Donato. Susan, die auf dem Beifahrersitz saß, reichte mir eine Handvoll eingewickelter Bonbons. Ich warf mir eins in den Mund, Ryder strahlte. Noch nie war er so stolz auf Menschen gewesen wie auf Mr Donato, der Stanley Tucci hätte doubeln können, oder Susan, die Nummer zwei in der Küche, eine kräftige, selbstbewusste Blondine. Dann waren da Bob und Dean, die im Laderaum saßen und definitiv in jeder Pause Gras rauchten – eigenartige Typen, witzig und eine eingeschworene Gemeinschaft innerhalb des Filmteams.

»Mr Donato hat fünf Töchter, Iris. Fünf!«, sagte Ryder.

»Alice, Hero, Deirdre, Ryan und Sierra. Die älteste ist neunzehn, die kleinste neun«, sagte Mr Donato. »Mit den Hormonen, die durch unser Haus schwirren, könnte man ein ganzes Dorf auslöschen. Als Cate Collins mich bat, sie nach Irland zu begleiten, antwortete ich: ›Meine Koffer sind bereits gepackt.‹ Aber ich vermisse sie alle schrecklich«, fügte er hinzu, und Susan gab ein »Oooooh« von sich. »Meine Frau bringt mich um, wenn ich zurückkomme.«

Ryder schüttelte sich vor Lachen. Ich gab ihm ein Pfefferminzbonbon und freute mich, dass er Mr Donato so gern hatte. Ich fuhr ihm mit den Fingern durch die Haare, und er drückte sich an meine Hand wie ein junger Hund, der gestreichelt werden wollte. Zwischen uns war also alles wieder wie früher, aber irgendwie auch nicht. Es würde nicht leicht zu vergessen sein, dass wir uns gestern an die Kehle gegangen waren. Unser Dad rastete andauernd aus, aber wir hatten es noch nie getan. Als ich an meinen Dad dachte, checkte ich meine Nachrichten. Er hatte immer noch nicht darauf reagiert, dass ich heimfliegen wollte, und im Licht der jüngsten Ereignisse war ich mir nicht sicher, ob ich das überhaupt noch wollte.

Nein. Ich wollte mit Julian und Shoshanna befreundet sein. Mit Eamon mehr als befreundet. Alle zusammen waren wir von der Fähre gestiegen, und es war ein wunderbares Gefühl gewesen, obwohl ich mich hinter einem

Proviantcontainer versteckt hatte. Die drei Schauspieler hatten für die Presse posiert und Fragen beantwortet. Shoshanna zwinkerte mir dabei heimlich zu und sogar Eamon schaute zu mir herüber. Ich wünschte mir so sehr, dass er errötete, und war mir fast sicher, dass er es tat.

Die Erinnerung an seine Lippen war noch frisch und gab mir ein wohlig warmes Gefühl. Aber war der Kuss echt gewesen? Etwas, das er wirklich wollte? Oder war es … einfach passiert? Und noch wichtiger: Was konnte ich tun, damit es wieder passierte?

Als ich wieder das Geschehen in unserem Van wahrnahm, kicherte Ryder über eine Geschichte, die Mr Donato erzählte. Es ging darum, wie Sierra einmal Alice' Fußnägel mit Johannisbeergelee angemalt hatte. »Was lernen wir daraus? Kinder werden immer schlauer. Sierra ist hinter alle Geheimnisse ihrer großen Schwestern gekommen, deswegen muss man sie gut behandeln. Ryder da hinten auf dem Rücksitz kennt wahrscheinlich die größte Angst seiner Schwester. Geschwister sind gefährlich.«

Ryder strahlte noch mehr, und ich konnte mir nicht verkneifen zu fragen: »Also los, Ryder! Was ist meine größte Angst?«

Beim Lachen waren seine Augen feucht geworden. Jetzt wischte er mit den Unterarmen darüber und sagte: »Du hast Angst davor, dass dich jemand Gitarre spielen hört. Ach ja, und dass Dad dir verbietet, woanders als in L.A. zu studieren, damit du auf mich aufpassen kannst.«

Ich wollte lachen, aber es blieb mir im Hals stecken, sodass ich kaum noch Luft bekam.

Eine Stunde später erreichten wir den Killykeen Forest Park im County Cavan. Üppige Bäume definierten den Horizont und alles war grün. Ein buchtenreicher See mäanderte zwischen alledem herum. In seiner Mitte ragte ein bröckelnder alter Turm auf einer winzigen Insel auf. Das *war* Elementia. Ich dachte an die Landkarte, die mein Ex-Freund aus dem Flugzeug als Tattoo auf der Brust trug, und stellte erstaunt fest, dass ich ganz genau wusste, wohin dieser ganz reale Ort in der erfundenen Landschaft gehörte.

Wir stiegen aus dem Van und Mr Donato drückte mir Kartoffelsäcke in die Arme. Ich blickte mich suchend nach Eamons Wagen um, aber weit und breit war keine rote Rostkarre zu sehen. Ich half dem Team, den Van auszuladen, und schaute zu, wie die Wohnwagen wieder im Kreis abgestellt wurden, ähnlich wie auf Inishmore, und irgendwie fühlte ich mich … zu Hause. Der Abendhimmel war ein pastellfarbener Streifen, als ich mich an einen Picknicktisch fallen ließ und zwei Ruderern nahe dem Inselturm zuschaute. Sie lachten so unbändig, dass körperlose Schreie übers Wasser hallten und das friedliche Ambiente störten.

Julian setzte sich neben mich. »Danke für deine Hilfe vorhin. Du hast mir das Leben gerettet. Verstehst du? Schiff. Wasser. Lebensretter?«

Ich nickte.

Er räusperte sich. »Das mit gestern Abend tut mir leid. ich hätte über dein Gitarrenspiel nicht lachen sollen.«

»Oh doch. Es war stümperhaft«, sagte ich. Es laut zuzugeben, tat gut. »Dieses Video sollte es gar nicht geben, aber … nicht alle meine Songs sind so schlecht«, traute ich mich zu sagen.

»Du hast Talent, Iris. Wir sehen das. Du hast bloß noch nicht deinen Stil gefunden.« Er holte sein Handy hervor und suchte etwas auf YouTube. Er hatte es schnell gefunden und dann hielt er mir das Display hin. »Guck. Du darfst ruhig lachen.«

Die nächsten zweiunddreißig Sekunden schaute ich mir den albernsten Werbespot an, den ich je gesehen hatte. Zuerst probierte ein junges Mädchen verschiedene Badeanzüge an, bis sie feststellte, dass sie ihre Periode bekommen hatte und ein entsetztes Gesicht machte. Ihre Mutter erschien als rettender Engel und gab ihr eine Schachtel Tampons. Dann Schnitt auf das Mädchen an einem kalifornischen Strand; sie lächelte zu einem Volleyballspieler auf. Die letzte Einstellung zeigte die beiden bauchtief im Wasser stehend und knutschend.

»Bist das …?«

»Ja, das bin ich«, sagte Julian. »Und ja, mein erster Job als Schauspieler war Attraktiver Strandtyp in einer Tampon-Werbung. Es wäre schön, wenn du das nicht herumtratschst. Andererseits hat irgendein Idiot es in meinem Wikipedia-Eintrag erwähnt.« Vorsichtig strich er die Ränder seiner Frisur glatt. »Ab morgen bin ich eine

Woche weg. Irgendwelche schlauen Tipps, was ich der Frau sagen soll, die dabei ist, mir das Herz zu brechen?«

»*Was*?«, schrie ich beinahe und sah ihn an. »Du kannst doch nicht einfach abreisen!«

»Meine Innenszenen werden in L.A. gedreht. Aber zum großen Finale in Dingle bin ich wieder zurück.« Wir schauten übers Wasser zu den Ruderern, und er seufzte so dramatisch, wie es nur Julian Young konnte. »Aufwärm-Übungen, was? Für das Ruderboot bekommen sie natürlich Extrapunkte. Ich habe mich sowieso schon gewundert, warum Cate sich erst so spät um die beiden kümmert, wo Eamon doch glaubhaft rüberbringen muss, dass er sie liebt und so.«

»Was?«, sagte ich schon wieder.

Julian zeigte auf die Ruderer. »Eamon und Shoshanna. Shosh hält sich für eine Method-Schauspielerin. Vielleicht solltest du Eamon also warnen. Sie kann es verdammt ernst meinen.«

Ich blickte mit zusammengekniffenen Augen auf das Ruderboot und erkannte erst jetzt, dass es sich bei den Silhouetten um Shoshannas wilde Mähne und den schlanken Eamon an den Rudern handelte. Julian würde also abreisen und ab sofort würde Eamon Shoshannas Spielzeug sein. *Super*. Meine Hoffnung, gute Freunde und vielleicht sogar die Liebe zu finden, zerstreute sich so schlagartig, dass ich auf den Picknicktisch sank.

Julian versuchte, meine Miene zu lesen. Besonders schwer schien es nicht zu sein. »Du magst ihn, was? Er

kann gut küssen, so viel kann ich dir schon mal verraten.«
Wir lachten – oder so ähnlich. Zumindest mir war nicht zum Lachen. »Hast du dich in ihn verknallt oder hast du ihn wirklich gern?«

»Was ist der Unterschied?«

»Sich zu verknallen, ist praktisch Pflicht, wenn man mit neuen Leuten in eine neue Umgebung eintaucht. Elora sagt immer, bei mir gehört es zum Job, mich bei jedem neuen Dreh zu verknallen. Andauernd macht sie sich deswegen über mich lustig.«

»Deine Verlobte macht sich über dich lustig, weil du dich regelmäßig in andere Frauen verknallst?«

»Hey, Küssen ist Teil meines Jobs. Für mich geht es nicht um die Liebe *in* meinen Filmen, sondern um die Liebe *beim* Filmen. Wenn die anderen Schauspieler mich nicht lieben, lieben mich auch die Zuschauer nicht.« Er lächelte, und wieder erlebte ich, wie sehr sich der wahre Julian von seiner Leinwandexistenz unterschied, auch wenn ich letztere lange idealisiert hatte.

»Okay, sich zu verknallen ist das eine, aber was genau ist das andere, das Wirklich-Gernhaben?«

»Schwierig bis unmöglich. Es erfordert eine Menge Mut, wenn so eine Beziehung funktionieren soll.«

Ich ließ den Kopf hängen. »Dann brauchst du dir um mich keine Sorgen machen.«

Julian verschränkte die Hände hinter dem Kopf. »Weißt du eigentlich, warum ich lieber Nolan spielen wollte? Nicht nur, weil mir romantische Rollen liegen. Nolan ist eine großartige Figur. Deine Grandma muss eine große Liebe gehabt haben, um einen Typen zu kreieren, der für seine Liebe Leib und Seele aufs Spiel setzt. Wenn wir das hier richtig machen, wird Eamon viele Fans bekommen, die sich *Nolan* auf das Handgelenk tätowieren lassen.«

Ich prustete los. Eigentlich wollte ich sarkastisch lachen, aber ich hörte mich eher wie eine aufgescheuchte Gans an.

Julian schaute in den Himmel über dem See und schien besagten Wasservogel zu suchen. »Ich möchte diesen Mut für Elora aufbringen«, flüsterte er. »Ich möchte ihr Nolan sein.«

Dabei konnte ich ihm nicht helfen. Nicht mal ein bisschen. Und ich musste mich schwer beherrschen, um ihn nicht zum Thornier zu erklären. Vielleicht befanden wir uns wirklich mitten in dem Umerziehungslager für Fantasy-Hasser, das Cate am ersten Tag angedroht hatte.

Ich schaute zu dem Ruderboot hinüber. Shoshanna und Eamon standen nebeneinander, brachten das Boot zum Schaukeln, kreischten und lachten. Julian tätschelte mir die Schulter. »Du brauchst nicht so hoffnungslos dreinzuschauen. Vor allem, wenn du weiter so rumläufst.« Er zeigte auf meine Klamotten.

»Das ist mein Messy-Look«, sagte ich und wunderte mich über das bereits zweite Kompliment für mein Outfit.

»Messy steht dir.« Julian grinste. »Iris, die Knallharte.«

Henrik kam auf uns zu und schien in einer ernsten

Angelegenheit unterwegs zu sein. »Cate will dich sehen.« Julian stand auf, aber Henrik schüttelte den Kopf. »Nicht dich. Dich.« Er zeigte auf mich.

***

Cate rief: »Komm rein, Iris!«

Ihr Wohnwagen ähnelte den anderen, nur dass der Innenraum einem vollgestopften Büro glich. Sie saß an einem winzigen Tisch, überarbeitete eine Drehbuchpassage am Laptop und gab mir mit einer Handbewegung zu verstehen, dass ich ihr gegenüber Platz nehmen sollte. Zu dem Zweck musste ich aber erst einen Stapel verschiedener *Elementia*-Ausgaben beiseiteräumen, also quasi die Quelle meines Treuhandfonds.

Mit einem stählernen Blick schaute Cate auf – das feingliedrige, irische und weibliche Pendant zu Vito Corleone. »Ich habe dir für zweierlei zu danken. Erstens hat Julian seine Rolle gestern auf den Punkt getroffen. Er sagt, du hättest ihm zu einem neuen Blick darauf verholfen. Das Zweite ist die Musik für den Trailer. Die Zielgruppe war Feuer und Flamme. Du hast eine Gabe, Iris.«

Ich zuckte mit der Schulter und versuchte, nicht daran zu denken, wie Ryders iPad durch die Luft geflogen war und mein grauenvoller Gesang mit einem *Kracks* abrupt geendet hatte.

»Hast du je daran gedacht, Musikberaterin zu werden?«, fragte Cate.

»Eine was?«

»Jemand, der Musik für Filme, Fernsehproduktionen und so weiter aussucht. Der Künstler hinter einem Soundtrack.«

»Mein Dad würde ausrasten, wenn ich versuchen würde, in Hollywood zu arbeiten«, sagte ich. »Er ist kein großer Fan von … Leuten wie dir.«

»Das ist mir bereits aufgefallen, aber ich habe nicht ihn, sondern *dich* gefragt.« Cate klappte den Laptop zu. »Apropos – ich habe eine Mail von deinem Vater bekommen.«

»Was? Wann?«

»Vor etwa einer Stunde.«

Schnell holte ich mein Handy hervor, wohl wissend, dass Cate mir einen Blick zuwarf, der so viel bedeutete wie: *Ihr jungen Leute wisst einfach nicht, was sich gehört.* Ich checkte meine Nachrichten, aber es gab keine von meinem Dad. »Dir hat er geschrieben, aber bei mir macht er sich nicht die Mühe?«

Cate zog die Stirn kraus. »Willst du wissen, was er schreibt?«

Ich steckte mein Handy wieder ein. »Wann kommt er?«

»Er hat es sich anders überlegt. Er kommt nicht.«

»Natürlich nicht«, murmelte ich. »Warum sollte er auch Wort halten?«

»Er hat Schwierigkeiten mit dem Schluss seines aktuellen Buchs.« Es klang, als hielte sie Bücherschreiben für etwas Exotisches, Zerbrechliches, Heiliges. Das war es aber nicht. Jedenfalls nicht für meinen Dad. Er war eine

Schreibfabrik mit hämmernden Tasten und donnernden Flüchen. »Ich weiß, dass du so bald wie möglich weg willst, aber vielleicht ist diese Wende ein wahrer Segen.« Sie sagte *Segen* wie der irischste Mensch der Welt. Was mich an Eamon erinnerte. Was meinen Wunsch befeuerte, Irland zu verlassen, bevor sich meine Verknalltheit zu dem beängstigenden Gernhaben auswuchs, von dem Julian gesprochen hatte.

Cate sagte nichts, aber ich spürte ihren Blick auf mir. »Sind wir denn so schwer zu ertragen, Iris Thorne?«

»Ich fange an, euch zu mögen«, murmelte ich.

»Und wir dich. Eamon und ich haben uns etwas für dich ausgedacht.«

Ich ignorierte die Namenserwähnung des Jungen, von dem ich vorgab, er würde nicht existieren. »Ein neuer Job?«

»Du kennst doch die Szene in *Die Rückkehr des Königs*, in der Pippin Denethor etwas vorsingt. Es ist die Vertonung eines Gedichts von J.R.R. Tolkien. Der Schauspieler Billy Boyd hat die Melodie komponiert, und ich glaube, wir sind uns alle einig, dass es einer der bewegendsten Momente des Films ist.« Sie hielt kurz inne. »Erzähl Henrik bloß nicht, dass ich das gesagt habe. Es würde ihm viel zu sehr gefallen.«

»Ich habe die Filme nicht gesehen.« Lüge. »Elfen sind nicht mein Ding.« Noch eine Lüge. »Moment mal! Ihr wollt doch wohl nicht, dass ich ein Gedicht meiner Großmutter vertone, oder?!«

Cate hob das Kinn. »Vielleicht doch.«

»Dann frag Julian oder Shoshanna oder von mir aus sogar Roxanne. Sie wissen, dass ich weder singen noch Gitarre spielen kann. Sie haben mich gehört. Und ausgelacht.« Meine Stimme wurde kratzig.

»Ich weiß nicht, wovon du sprichst. Ich habe dich singen und spielen gehört und weiß, dass du gut bist.« Irgendwo fischte Cate Eamons Handkamera heraus, klappte das Display auf und drückte auf Play. Eamon ging über den Kiesstrand und sprach in die Kamera, allerlei Informationen über Inishmore. Dann hörte er plötzlich auf und zoomte die Klippen hinauf. Besser gesagt: auf meinen Fuß, der über den Rand baumelte. Ich spielte meinen Song, die hübsche, gefühlvoll gezupfte Melodie, die aus mir herausgeflossen war, als ich dachte, keiner könnte mich hören. Ich nahm die Kamera und hielt mir den kleinen Lautsprecher ans Ohr, um den Song besser zu hören, weil das Meer im Vordergrund rauschte. »Was für ein Mädchen«, sagte Eamon leise, und mein Herz begann zu rasen.

Cate beobachtete mich. Ich klappte das Display zu und zwang mich, so zu tun, als sei nichts passiert.

»Eamon hat mir die Kamera erst gegeben, nachdem ich ihm versichert hatte, dass du ihn nicht dafür lynchen würdest, deinen Fuß und deinen Song aufgenommen zu haben. Ich weiß nicht, was du mit ihm angestellt hast, aber er fürchtet deinen Zorn.« Sie sagte das so entschieden, dass ich an ihren Pep-Talk über Mut gestern beim

Laufen denken musste. War das wirklich erst gestern gewesen? Jeder Tag hier fühlte sich an wie ein halbes Leben. »Es freut mich zu hören, dass du in dieser Beziehung die Hosen anhast«, fügte sie noch hinzu.

Ha!

»Also ja, Iris. Ich bitte dich, ein Gedicht deiner Großmutter zu vertonen. Es geht um die wichtigste Szene des ganzen Films: wenn sich Sevyn und Nolan zum ersten Mal begegnen.« Sie reichte mir ein Blatt Papier. »Bitte nimm die Melodie auf, die du auf den Klippen gespielt hast. Sie ist perfekt. Pass den Text so an, dass es für dich stimmig ist.«

»Aufnehmen? Wo denn?«

»In einem Studio in Dublin. Morgen. Julian muss zum Flughafen gebracht werden und ich habe dir schon einen Termin besorgt.« Ich öffnete den Mund, aber anstelle von Wörtern kam nur ein krächzender Protest heraus. »Eamon sagt, du willst Songwriterin werden. Das hier wäre ein großer Schritt in diese Richtung. Außerdem wirst du bezahlt. Ich bin nämlich nicht der Meinung, dass man die Leistungen von Künstlern kostenlos in Anspruch nehmen sollte.«

Einen Song aufnehmen? Für einen Film? *Morgen?*

»Aber mein Dad hat bestimmt …«

»Dein Dad ist nicht hier, und das war seine eigene Entscheidung. Du bist … was … siebzehn, Iris? Die Zeit, die du in seinem Schatten verbracht hast, ist vorbei. Es ist Zeit, dass du deine eigenen Entscheidungen triffst, und ich weiß, wie schwer das sein kann. Das Recht auf meine eigene Zukunftsplanung musste ich mir von meiner kontrollwütigen, engstirnigen Großmutter erkämpfen. Sie glaubte, dass zur Filmschule zu gehen dasselbe war, wie mich selbst in Brand zu setzen.« Sie war einen Moment still und ihre Gesichtszüge glätteten und entspannten sich. »Iris, ich sehe, dass du mehr willst. Diesen Kampf kenne ich gut. Ich möchte dir helfen.«

Meine negativen Gedanken krochen wieder hoch und hoch und schließlich raus. »Das sagst du nur, weil ich M.E. Thornes Enkelin bin.«

»Stimmt«, sagte Cate. »Und ich habe es nur so weit gebracht, weil ich eine der Coppola-Cousinen bin.«

»Wirklich?«

»Nein!« Erregt beugte sie sich vor. »Aber wenn ich es wäre, würde ich meine Familie auf der Stelle anrufen und um Hilfe bitten. Rümpfe nicht die Nase über deine Freunde, Iris Thorne. Du hast dieser Produktion sehr geholfen, und jetzt helfe ich dir. So sollten Frauen grundsätzlich miteinander umgehen. Zusammen sind wir ein Kontinent. Wir halten zusammen. Wir gewinnen alle oder verlieren alle. So, und jetzt geh Gitarre üben!«

Vor zwei Tagen hätte ich wegen dieser Predigt die Augen verdreht. Heute aber konnte ich nur daran denken, wie verbunden ich mich mit Grandma Mae gefühlt hatte, als ich am Klippenrand stand. Ich kannte die Trauer und die Liebe, wegen derer sie geschrieben hatte – und die sie irgendwie befreit hatten.

PHILIP PULLMAN WIRD DIR DAS HERZ BRECHEN

Zurück in unserem Wohnwagen brachte ich Ryder zu Bett und versicherte ihm: »Ja, ich mag Mr Donato.« und »Ja, er ist sehr witzig.«

»Bestimmt ist er der beste Dad der Welt«, sagte Ryder und gähnte. »Ich wünschte, wir hätten so einen Dad.«

Das konnte ich nicht durchgehen lassen. »Dad ist in Ordnung. Mom auch.«

»Er hat gesagt, dass er kommt.« Ryder drehte sich auf die Seite, mit dem Gesicht zur Wand. »Aber ich wette, dass er es nicht tut.«

Ich brachte es nicht übers Herz, ihm zu sagen, dass er recht hatte. »Ich bin ja da«, sagte ich. »Aber morgen soll ich in Dublin einen Song für den Soundtrack aufnehmen. Der Text soll ein Gedicht von Grandma Mae sein.«

Ryder schoss in die Höhe und umarmte mich. »Das ist ja super!«

Ich musste lachen. »Freut mich, dass du dich freust. Ich finde es eher seltsam.«

Er griff nach seinem zerfledderten Exemplar der *Ele-*

mentia-Trilogie und blätterte mit fliegenden Fingern darin herum. »Geht es um die Prophezeiung von Königin Seeria? Ich wette, das ist es. Das ist Sevyns und Evyns Großmutter. Sie kann das Wasser kontrollieren, irgendwie. Also, sie kann darin die Zukunft sehen.«

»Verstehe. Ja, das ist das Gedicht. Der Song ist für die Szene, in der Nolan und Sevyn sich kennenlernen.«

Mein Bruder faltete ein Eselsohr in eine Seite und gab mir das Buch. »Hier, nimm. Es ist die beste Szene von allen!«

Ich nahm das Buch und Ryder kuschelte sich unter die Decke. Manchmal benahm er sich immer noch wie mein kleiner Welpe, aber er wurde größer und ich erwachsener. Und im Van vorhin hatte er unrecht gehabt. Ich hatte keine Angst davor, dass unser Dad mich zum Studieren nicht aus der Stadt lassen würde. Vielmehr hatte ich Angst, dass ich mich von ganz allein dafür entscheiden würde. Dass ich wegen Ryder zu Hause bleiben und ihn dann dafür hassen würde.

»Ry, glaubst du …« Ich sprach erst mal nicht weiter, denn es war schwer, noch einmal an die bitteren Wahrheiten zu erinnern, die wir uns gestern Abend an die Köpfe geworfen hatten. »Glaubst du wirklich, dass Dad und ich einen Club bilden, in dem du nicht willkommen bist?«

Er machte ein paar Atemzüge, bevor er sagte: »Ihr nehmt mich nie mit in Konzerte oder ins Theater. Ihr lasst mich bei Mom, und sie sagt, wir machen was zusammen, aber sobald ihr gegangen seid, schließt sie sich in ihrem Zimmer ein.«

»Dad und ich schauen uns historische Kriegsdramen an, Ryder. Das macht keinen Spaß. Ich komme nicht gerne mit, aber er liebt es, mich hinterher darüber zu belehren, was an der Aufführung alles verkehrt war.« Mein Bruder sah mich mit großen Augen an. Mir war nie in den Sinn gekommen, dass er mich um Unternehmungen beneidete, die mir verhasst waren. »Es ist weder lustig noch leicht, von Dad anerkannt zu werden. Immerhin bezeichnet er dich nicht als Miesmacher.«

»Und immerhin findet er dich nicht doof, weil du *Elementia* magst.«

»Ryder! Er sagt doch nicht, dass du doof bist.«

Mein Bruder sah mich an, als wollte er sagen: *Das muss er gar nicht*.

»Dad ist …« Ich hatte noch nie mit Ryder darüber gesprochen. Würde es etwas bringen? War er dafür schon alt genug? »Du weißt ja, dass Mom anders ist als andere Moms.« Er nickte. »Auch Dad ist anders, nur dass er es besser verbergen kann. Er schleppt etwas Schweres mit sich herum. Etwas …«

»Trauriges?«

Ryder war also doch alt genug, um es zu begreifen.

»Genau.« Ich strich ihm die Haare aus den Augen. »Die Sachen, von denen er immer will, dass du sie lernst …« Wieder nickte er. »Er möchte, dass du dich auch für was anderes als Fantasy interessierst. Außerdem würde er dich gern in teure Kurse stecken, damit er sich wie ein guter Vater fühlen kann. Es könnte alles Mögliche sein. Kampfsport, Mandarin oder was Technisches, Ingenieursmäßiges. Du bastelst doch gern, oder?«

»Und wenn ich einen Kochkurs mache und Koch werde, wie Mr Donato?«

Ich lachte zu laut und zu schnell. »Das würde ihm nicht gefallen. Er möchte, dass du etwas aus deinem Leben machst. Aber nichts Handwerkliches und schon gar nichts Künstlerisches.«

Ryder drehte sich wieder zur Wand. »Ich mache alles falsch.«

Ich legte die Hand auf seinen Rücken. »Guck mich bitte an, Ryder.« Er rührte sich nicht. »Also gut. Als ich in deinem Alter war, wollte Dad mich auch in lauter Kurse stecken. Ich habe mich für Literatur entschieden, weil es ihn glücklich machte. Jede Woche habe ich ein neues Buch gelesen, angeleitet von meinem Tutor, Mr Sams. Wir lasen Charles Dickens, Mary Shelley, *Moby Dick*. Rückblickend weiß ich, dass ich zu jung dafür war, um diese Bücher wirklich zu verstehen. Aber es hat Spaß gemacht. Mr Sams hat mir manche Rollen sogar vorgespielt und wir hatten tolle Gespräche.«

Ryder drehte sich zu mir um. »War er wie Mr Donato?«

»Ja, ein bisschen.« Ich kaute an der Unterlippe und war mir nicht sicher, wie viel ich erzählen sollte. Ich wählte die Kurzversion. »Einmal gab er mir ein neues Buch, eine Fantasy-Trilogie wie *Elementia*.«

»Welche denn?« Vor lauter Aufregung flüsterte mein Bruder nur noch.

»*His Dark Materials* von Philip Pullman. Die Bücher haben mein Leben verändert. Es war großartig. Ich weiß gar nicht …« Ich brach ab, weil die Geschichte an diesem Punkt unschön wurde, und ich musste den Mut aufbringen, Ryder die ganze Wahrheit zu sagen. »Dad hat sich furchtbar aufgeregt, als er sah, wie sehr ich die Bücher mochte. Er warf Mr Sams vor, einen Thornier aus mir zu machen, und warf ihn raus. Von da an hat er meine literarische Bildung selbst in die Hand genommen. Er gab mir zwar viele Bücher, aber wir haben sie nie miteinander besprochen. Und da machte es dann keinen Spaß mehr.«

Mein Bruder sah mich an und war vollkommen baff.

Auch ich war ziemlich baff, das alles erzählt zu haben, aber ich fuhr fort: »Wenn du etwas lernst, um Dad glücklich zu machen, kann es sein, dass du dich selbst damit unglücklich machst, Ryder. Und umgekehrt. Wir sollten etwas finden, das für euch beide passt. Was hältst du davon?«

Er lächelte erschöpft, und das hasste ich am meisten: Die ganze Sache mit unserem Dad laugte uns beide aus.

»So, jetzt muss ich aber üben.« Ich stand auf und schnappte mir meine Gitarre.

Als ich den Wohnwagen verließ, rief Ryder mir nach: »Augapfel!«

Seit Jahren hatte er diesen Namen, den er mir als Kleinkind gegeben hatte, nicht mehr benutzt. »Ja, Cowboy?«

»Kannst du mir diese *Dark-Materials*-Trilogie besorgen?«

»Ja, klar.«

***

Draußen empfing mich ein kühler Abend im irischen Spätfrühling. Ich dachte darüber nach, woran es lag, dass Ryder und ich unsere Eltern so unterschiedlich erlebten. Klar, ich hatte seit acht Jahren alle Hände voll damit zu tun, mich um ihn zu kümmern, aber ich war auch das Wunschkind meiner Eltern, neun Jahre lang ihr einziges. Ryder wurde von Geburt an wie ein Wildtier behandelt, und was ich rückblickend noch schlimmer fand, war, dass sich meine Eltern nie um ihn bemüht hatten.

Ich bog um eine Ecke und stieß mit Eamon zusammen, aber das Kissen, das er vor sich hertrug, milderte den Aufprall.

»Hiya«, sagte er so enthusiastisch, als hätte er zwischenzeitlich vergessen, dass ich mich am Set befand. Er drückte sich das Kissen an die Brust und schaute auf meine Gitarre. »Hat Cate mit dir über den Song gesprochen?«

Ich nickte. »Ich sollte mich wohl bei dir bedanken?«

Er seufzte erleichtert. »Dich aufzunehmen, war das Beängstigendste, was ich je getan habe. Ich dachte, du würdest mich umbringen und dann ausweiden.«

Ich verkniff mir ein Lächeln. »Ich habe es in Erwägung gezogen.«

Er ging an mir vorbei und schien es eilig zu haben.

»Wo willst du denn hin?«

Er fuhr sich mit einer Hand durch die Haare. Sie blieb in seinen dichten Locken stecken und er musste sie herausziehen. *Wie lässig, Eamon O'Brien!* »Übermorgen drehen wir meine erste große Szene. Shoshanna hilft mir, locker zu werden. Heute Nacht schlafe ich in ihrem Wohnwagen.«

Hätte das Blut, das mir in den Kopf schoss, ein Geräusch gemacht, hätte es wie das Heulen einer Eisenbahnpfeife geklungen.

»Um meine Schauspielkünste zu verbessern«, fügte er hinzu, als machte es das besser.

»Natürlich«, sagte ich und staunte, wie gelassen es klang. »Julian findet übrigens, dass ich dich warnen sollte. Er sagt, Shoshanna versucht sich in Method-Acting. Wenn es also so aussieht, als hätte sie Gefühle für dich, steckt sie lediglich in Sevyns Rolle.« Ab der Mitte dieser kleinen Rede klang ich weniger gelassen, sondern eher wie eine Furie. Eamon erstarrte, und wieder hatte ich eine Vision von Sevyn und ihrer Fähigkeit, Blitze auf jeden herabzuschicken, über den sie sich ärgerte. Das machte sie zu einer ziemlich krassen Heldin.

»Du bist sauer, weil sich unsere Beziehung verändert hat«, sagte er, und als ich ihn anstarrte, als hätte er Latein gesprochen, fügte er hinzu: »Als ich dich geküsst habe. Ich hätte erst fragen sollen.«

Nein, ich bin sauer, weil du mich seitdem nicht mehr geküsst hast.

Auf der anderen Seite des Kreises beugte sich Shoshanna aus ihrem Wohnwagen und rief Eamon. Er rief zurück, dann sagte er zu mir: »Ich muss dann mal. Wir sprechen uns. Nur wir beide. Okay?«

»Alles klar«, flüsterte ich.

Er umarmte mich und ich meinen Gitarrenkoffer. »Es geht nur ums Schauspielen«, sagte er noch einmal.

»Ich dachte, du bist kein Schauspieler.«

Er verzog das Gesicht und das erinnerte mich an unseren anfänglichen, nicht so angenehmen Umgang. »Ich weiß es nicht. Noch nicht. Ich versuche, es herauszufinden.« Eamon zog mit seinem Kissen los und verschwand in Shoshannas Wohnwagen, wo er die ganze Nacht »schlafen« oder »schauspielen« würde. Egal, was von beidem, beides drohte mich schier zu zerreißen.

Unnötig zu erwähnen, dass ans Üben nicht mehr zu denken war.

Film: Elementia
Regie: Cate Collins

Außendreh: Tag 5
Killykeen Forest, Irland

Anmerkungen zum Dreh:
VOR- UND NACHMITTAG: SEVYN läuft durch den Wald (Montagebilder/Impressionen).

Weitere Anmerkungen:
12-14 Uhr: Iris Thorne nimmt einen Song für den Soundtrack im Dublin Recording Studio auf.

11:40 Uhr: Julian Young fliegt mit Aer-Lingus-Flug Nr. 2059 aus Dublin ab.

WARUM IST ES IMMER ENTTÄUSCHEND, WENN EIN TRAUM WAHR WIRD?

»Julian!« Ich schrie beinahe. »Du musst ihr zuhören!«

Der Fahrer ließ die Scheibe zwischen Vorder- und Rücksitzen der kurzen Limousine hochfahren. Wir waren unterwegs nach Dublin und wurden immer lauter.

»Aber mir hört sie ja auch nicht zu«, sagte er. »Andauernd macht sie sich über irgendetwas Sorgen. ›Ich will nicht fotografiert werden.‹ Oder: ›Ich will nicht, dass Leute uns im Urlaub belästigen.‹ Weißt du, womit sie gestern ankam? ›Was, wenn wir Kinder bekommen, Julian? Wir müssten dafür sorgen, dass keiner ihre Gesichter kennt.‹ Kinder! Also sagte ich: ›Ich bin gerade mal einundzwanzig. Warum müssen wir jetzt schon über Kinder sprechen?‹ Und sie sagte: ›Du bist so kurzsichtig, Julian. Wie kann ich so jemanden heiraten?‹ Und dann hat sie aufgelegt.«

Er nahm seine superdunkle Sonnenbrille ab, die ohnehin überflüssig war, weil ganz Irland grau geworden war – heute sogar eher Grey.

Ich schaute, wo wir jetzt waren. Offenbar kurz vor Dublin. Bald würde Julian weg sein und ich ihn erst am letzten Drehtag wiedersehen, falls wir es überhaupt schafften, diesen Film fertig zu drehen. »Jetzt hör mir mal zu. Ich weiß, wovon ich spreche. Mein Leben lang habe ich mich mit meinem Bruder versteckt. Diesen Luxus kannst du dir nicht leisten, aber Elora will nicht gejagt werden, nur weil sie dich liebt.«

»Dann findest du also auch, dass sie mich verlassen sollte? Super, Iris! Danke.«

»Versuch doch mal, es mit ihren Augen zu sehen. Frauen werden gemein sein, wenn sie erfahren, dass du mit ihr zusammen bist. Richtig gemein. Du kannst dir gar nicht vorstellen, was für fiese Sachen sie rumerzählen werden. Als du damals mit der Schauspielerin aus *Alien Army* zusammen warst, haben meine Schulfreundinnen und ich alles Mögliche über sie erzählt.«

Er sah mich so erschrocken an, dass ich mich schämte. »Bella? Warum? Sie ist total nett.«

Gute Frage. Warum hatten wir uns über die berühmte Schauspielerin so aufgeregt? Wir hatten jeden Teil ihres Körpers auseinandergenommen, als läge sie auf einem Seziertisch vor uns. Wir hatten ihr beleidigende Spitznamen gegeben. Wir waren rasend eifersüchtig gewesen, so als sei ihre Beziehung mit Julian ein persönlicher Angriff auf uns.

»Na ja, Bella war mit dir zusammen, aber wir liebten dich. Also war sie nicht gut genug für dich.« Ich dachte an Cates »Kontinent der Frauen«. Wie sehr waren wir tatsächlich miteinander verbunden? Und was bedeutete es für die anderen Frauen, wenn eine so diffamiert wurde?

Plötzlich kam es mir wie Selbst-Sabotage vor.

»Du und deine Freundinnen haben mich geliebt?« Julian schniefte und versuchte sich an einem kleinen Lächeln.

»Als ich dir vor Cates Büro über den Weg gelaufen bin, war ich so glücklich, dass ich beinahe geheult hätte. Meinen Freundinnen habe ich wahrscheinlich sogar gesagt, dass ich dich verführen würde. Deswegen haben sie mir Julian-Young-Unterwäsche geschenkt.« Hatte ich das gerade wirklich gesagt? Ich erwartete, dass er lachen würde.

Das tat er aber nicht. Stattdessen saß er wie ausgelaugt da. Erschöpft, aber nicht ohne Hoffnung.

»Aber dann habe ich dich kennengelernt und begriffen, dass du ein toller Typ bist. Und Elora liebst. Du musst bloß noch lernen, ihre Ängste ernst zu nehmen.«

Er nickte.

»Eamon kann das auch nicht. Er will mich in seinem Video-Blog haben, um den Film zu promoten.« *Außerdem schläft er neuerdings bei Shoshanna.*

Julian nickte. »Weil es Eindruck macht, wenn die Thornes hinter dem Film stehen? Ja, das wäre gut. Es würde die Fans glücklich machen.«

»Trotzdem kann ich es nicht tun. Das verstehst du doch, oder? Die Leute würden hinter mir her sein, egal ob der Film gut oder schlecht wird. Nirgendwo könnte ich unerkannt und ganz normal leben, am College oder sonst wo.« Meine größte Angst, die vor Menschen wie Moss, behielt ich für mich. »Und eine Karriere als Musikerin könnte ich nicht unter meinen eigenen Bedingungen starten.« Ich schaute auf meinen Gitarrenkasten. Ich war auf dem Weg in ein Aufnahmestudio, um einen Song zu produzieren, an den ich mich ums Verrecken nicht erinnern konnte. Schon jetzt war ich fremdbestimmt.

»Wie kann ich sie denn noch ernster nehmen?«, fragte Julian. »Ich tu doch schon alles, was sie will. Ein Jahr lang habe ich ihretwegen unsere Beziehung auf Eis gelegt, und es hat mich innerlich zerrissen. Sie hat sich erst wieder auf mich eingelassen, als ich ihr versprochen habe, die Beziehung geheim zu halten. Aber irgendwann irgendwo bekommt doch jemand Wind davon. Und ich habe eine Höllenangst, dass dann endgültig alles aus ist.«

Ach, Julian! Seine Nase tropfte, aber er war immer noch anbetungswürdig.

»Außerdem sollen die Leute nicht denken, dass ich sie verstecke. Ich will sie an meiner Seite haben, wenn ich das nächste Mal über einen roten Teppich schreite. Die Leute sollen wissen, dass sie mich verdammt glücklich macht und wie stolz ich auf sie bin.«

Tränen schossen mir in die Augen. »Du bist wirklich gut darin, romantisch zu sein, Julian.«

Er grinste. »Wirklich?«

»Weißt du noch, was du gestern gesagt hast? Über Nolan und Mut in der Liebe? Ich glaube, ich kann dir helfen.« Ich beugte mich ein wenig vor. »Jemand hat mir mal gesagt, Mut besteht aus zwei Dingen: ehrlich zu sein und nicht klein beizugeben. Du musst mit Elora sprechen. Erzähle ihr alles, was dir wichtig ist. Sag, dass du Angst hast, aber nicht im Dunkeln leben kannst. Du hast recht. Irgendwann bekommen die Leute Wind von eurer Beziehung, und das Einzige, was ihr steuern könnt, ist, *wie* sie es erfahren. Diese Kontrolle habt ihr aber nicht ewig.«

Langsam wich sein Lächeln einem Ausdruck von Verständnis. »Du brauchst aber auch keine Angst zu haben, Iris. Stell dir vor, was passieren kann, wenn die Leute erfahren, wer *du* bist.«

Ich lachte. »Das ist der Unterschied zwischen uns. Ich bin ein Nobody. Meine Großmutter war der Star. Ich bin eine große Enttäuschung für jeden, der es im ersten Moment aufregend findet, mich kennenzulernen.« So hatte ich das noch nie gesehen, aber es stimmte. »Als Eamon mich zum ersten Mal gesehen hat, nannte er mich einen Bergtroll.«

»Wie charmant …« Julian schüttelte den Kopf. »Er hat noch viel zu lernen, bevor er den Love Interest spielen kann.«

»Das kann man wohl sagen.«

Wir fuhren auf einen Parkplatz des Dubliner Flughafens. Julian schaute aus dem Fenster und nahm meine Hand in seine. »Denk an deine Fans, Iris.« Ich warf ihm einen vernichtenden Blick zu und er schüttelte den Kopf. »Es sind die Fans deiner Familie, ob es dir nun passt oder nicht. *Deine* Fans. Wenn du sie wissen lässt, wer du bist, werden einige sehr nett zu dir sein. Einige sehr gemein. Aber die Mehrheit? Sie erwarten ein Lächeln und ein Foto für ihren Instagram Account, mehr nicht.«

Er ließ mich los, zupfte seine Lederjacke zurecht und setzte die Sonnenbrille wieder auf. »Versuch, dir vorzustellen, wie es sein könnte, wenn du dich nicht mehr versteckst. Es ist befreiend.«

Ich wünschte, das wäre die ganze Wahrheit gewesen, aber ich wusste ja schon, dass da noch etwas anderes lauerte. »Was, wenn einzelne Fans bösartig sind? Geistig verwirrt? Was dann?«

Julian schaute mich über seinen Brillenrand hinweg an. Er wusste, was ich meinte. »Gib mir deine Nummer.« Er holte sein Handy hervor und tippte schnell etwas hinein. Ich nannte meine Nummer und war trotzdem überrascht, als ich hörte, dass das Handy in meiner Tasche eine Nachricht erhalten hatte. »Danke für alles, Iris. Jetzt sind wir richtige Freunde, oder?«

»Sind wir.« Wenn man bedenkt, wie sehr ich mir das gewünscht hatte, blieb ich ziemlich cool.

Er stieg aus und nahm seinen Koffer vom Fahrer entgegen. »Wir sehen uns in sechs Tagen. Wünsch mir Glück.«

»Viel Glück!« Ich vermisste Julian schon, als er mir seinen spektakulären schwarzledernen Rücken zudrehte und auf das Flughafengebäude zuging. Dann schaute ich auf die noch ungelesene Nachricht auf meinem Handy.

Diese Nummer ist top secret 😎

Gleich darauf schickte Julian mir einen Link mit einem Foto von seinem Hinterkopf, an dem eine kleine kahle Stelle zu sehen war. Die Überschrift lautete: *Fan schneidet Young beim Konzert von Florence + the Machine Haare ab.*

Ich klickte den dazugehörenden Zeitungsartikel an und las etwas über ein Mädchen, das Julian die Haare geschoren hatte, während er mit einer Freundin unterwegs war. Das Mädchen hätte ihm beinahe das Ohr abgeschnitten. Schnell schrieb ich ihm zurück.

GENAU davor habe ich Angst. Schrecklich!

Seine Antwort kam ninjaschnell.

Nicht dein Ernst, oder? Es war das beste Konzert des Jahrhunderts.

Und dann:

Stell dir vor, ich hätte das verpasst.

Als Nächstes kam ein Foto von Florence Welsh, die mit Julian um die Wette strahlte. Eine Python lag über den Schultern der beiden. Ich feuerte eine ganze Batterie von Express-Nachrichten ab.

Tolles Foto. Wo hatte sie die Schlange her? Bitte sag, dass sie sie aus ihren Träumen gefischt hat.

Du magst Florence?! WARUM HABEN WIR NOCH NIE DARÜBER GEREDET?
Kannst du mich ihr vorstellen?!?!
Vergiss es. Sie ist eine Göttin. Ich bin ihrer nicht wert.

Ich wartete ein paar Minuten auf seine Antwort und wusste, dass ich das blödeste Grinsen aller Zeiten im Gesicht hatte. Ich stellte mir vor, wie er eincheckte und seinen Koffer aufgab. Schließlich feuerte er zurück:

Ha-ha! Werde dich vermissen.

Und:

Du schaffst das, Iris. Spiel dir die Seele aus dem Leib!

***

Conor drückte auf einen Knopf und seine Stimme kam aus dem Lautsprecher über meinem Kopf. »Brauchst du noch eine Minute, Iris? Wenn ich dich nervös mache, kann ich die automatische Aufnahme einstellen und solange einen Kaffee trinken gehen. Alles Überflüssige schneiden wir dann raus, wenn ich zurück bin.«

Ich nickte steif. Er startete die Aufnahme, die rote Glühbirne an der Decke leuchtete auf, und er verließ die Tonkabine. Ich setzte mich auf meinem Hocker zurecht, stimmte Annie noch einmal nach und zupfte ein bisschen an den Saiten herum, aber es hatte keinen Sinn. Der Song war nicht mehr in mir. Ich hatte versucht, mich an das Muster zu erinnern, nach dem ich auf der Klippe die Saiten angeschlagen hatte, aber ich wusste nicht mehr, mit welchen Füllnoten ich das Ganze singbar gemacht hatte. Hinzu kam noch, dass das Gedicht, das Cate mir gegeben hatte, einfach lächerlich war:

Königin Seerias Feuer-Prophezeiung

Schließlich kommt Cerul
Nachtschwarz zur Verzweiflung
Die grüne Ertha tot und Rost
Die Bäume starr im Frost

Lebenswille kann nicht trau'n
Des Wassers Bindekraft
Windes Atem bricht im Staub
Hoffnung wird bald taub

Doch ein Kind in zwein gebor'n
Feuers Segen und Fluch
Ist zum Kampf bereit
Und vertreibt die Einsamkeit

Bis Erthen wieder blüht
Und Blätter neu ersprießen
Wind geht mit Gestirnen Hand in Hand
Und Thornbreds Fluch gebannt

Das war Fantasy-Müll allererster Güte. *Sorry, Grandma Mae. Nicht dein größter Wurf.*

Meine Hände waren feucht, als ich die Saiten zupfte. Ich schaute auf das rote Licht über meinem Kopf und versuchte, nicht zu weinen. Mein Hals war wie zugeschnürt. Von den sehr teuren zwei Aufnahmestunden, die Cate bezahlt hatte, blieben mir noch fünfzehn Minuten, und bis jetzt hatte ich nichts zustande gebracht. Deswegen hatte Conor sich verzogen. Er wusste, dass ich meine eine Chance vertat, und wer wollte schon Zeuge eines großen Scheiterns sein?

Ich schloss die Augen. Es ging um Nolans – Eamons – große Szene. Ich stolperte in die Melodie. Beinahe hatte ich es. Vielleicht stimmten zwei, drei Töne noch nicht. *Ehrlich sein, nicht klein beigeben. Ehrlich sein, nicht klein beigeben.* Ich versuchte, mich in die Situation am Klippenrand zu versetzen, aber ich konnte dieses Bild nicht lange genug festhalten. Konnte mich nicht behaupten. Stattdessen musste ich die ganze Zeit daran denken, dass ich alle enttäuschte, und dann verflüchtigte sich der Song wieder.

Ich kramte in meiner Handtasche herum. »Los jetzt, letzter Versuch!« Ich blätterte in Dads abgegriffenem Exemplar der *Elementia*-Trilogie zu der Stelle, die Ryder mit einem Eselsohr markiert hatte. Wenn ich wüsste, worum es in dieser Szene ging, bekäme ich vielleicht einen Zugang zu dem Song.

Der Nachthimmel war trüb violett. Stundenlang war Sevyn zwischen den weißen Baumskeletten von Norgatia umhergerannt, bis sie an einen Fluss kam, der sich um den Fuß eines schneebedeckten Bergs wand. Sie aß weiche, dunkle Beeren und trank das eiskalte Flusswasser. Dann brach sie in dem gummiartigen Gestrüpp zusammen, und für einen kurzen Moment sehnte sie sich in die Abgeschlossenheit ihres einsamen Turms zurück, in eine Welt, wo das Leben einfach war, weil sie ignoriert wurde.

»Ich kann dich so gut verstehen, Sevyn«, murmelte ich. »Alles ist viel einfacher, wenn keiner etwas von einem erwartet.«

Schnell verlor sie das Bewusstsein und hilflos lag sie im Herzen eines fremden Landes da. In der Ferne, jenseits der aufragenden Äste der norgatischen Bäume, pulsierte der orangefarbene Schein von Maedinas brennendem Baum.

Stunden später wachte Sevyn auf und musste würgen. Feuerbeeren, dachte sie erschrocken. Wie konnte sie nur so dumm sein? Sie erbrach sich und in ihrer Stirn pochte es. Der Geruch schlug ihr auf den Magen. Sie kroch von ihm weg und krümmte sich zwischen die oberirdischen Wurzeln eines riesigen weißen Baums.

Schüttelfrost beutelte ihren ganzen Körper, bis sich ihr Geburtsrecht meldete. Weiße Flammen begannen in ihrem Inneren zu lodern, aber es waren keine Blitze. Es war weißes Feuer, ein bebendes, beängstigendes Feuer, das Sevyn keine Kraft verlieh, sondern nur schmerzte. Es war Evyn.

Er musste es sein.

Aus weiter Ferne rief ihr Bruder in ihren Träumen nach ihr.

Ich bekam eine Gänsehaut und schaute auf die Uhr, die meine Zeit herunterzählte. Noch neun Minuten. Wo war Nolan? Hatte Ryder mir die falsche Szene markiert?

Sevyn hielt sich an dem uralten Baum fest und in ihrem Fiebertraum sah sie eine schwarze Höhle. In einem schwachen Lichtstrahl konnte sie ihre Hände sehen, aber es waren nicht ihre; sie waren zart und glatt – Hände, die nie zugepackt hatten. Evyns Hände.

Evyn?, dachte sie.

Sein Kopf bewegte sich ruckartig. Dann stimmte es also. Sie befand sich im Körper ihres Zwillingsbruders und er konnte sie hören. Wie war das möglich? »Schwester?«

»Ich bin hier, Evyn. Ich kann durch deine Augen sehen.«

»Kannst du mich retten?« Vor Verzweiflung zitterte seine Stimme, aber bevor Sevyn antworten konnte, fügte er hinzu: »Sie kommen, Schwester. Rette mich!«

Durch Evyns Augen wurde das schwache Licht

heller und kam näher. Es war keine Flamme, sondern eine Kugel, und sie bestand aus einer feurigen Substanz. Sevyn erkannte sie als die Kraft, die Evyn auf Cerul zu beherrschen versucht hatte, bevor er an dem Wasserfall entführt wurde. Eine düstere Kreatur hielt die Feuerkugel, und ihr schleichender Gang erfüllte Sevyn mit Furcht, die durch Evyns Zittern noch verstärkt wurde. »Wo bist du, Bruder? Sag es mir!«

»Thornbred«, flüsterte Evyn. Seine Stimme bebte durch die Dunkelheit.

Die Kreatur brachte ihn mit einer Geste ihrer Klaue zum Schweigen, dann packte sie ihn an den Haaren und zog seinen Kopf nach hinten. Sevyns Bruder gab nur einen erstickten Laut von sich, als sich die Kreatur über seinen Hals beugte und sein Blut in tiefen, schmatzenden Zügen trank.

Ich schrie auf und warf das Buch an die schallisolierte Wand. Die Bindung brach und Seiten fielen heraus. »Das kann doch nicht wahr sein!« *Dummes, verdammtes Buch! Dumme, verdammte M.E. Thorne!* Ich ließ mir die Haare ins Gesicht fallen, schrie und hätte sonst was getan, um das Bild von Moss aus meinem Kopf zu vertreiben, wie er an Ryders Hals saugte.

»Es ist bloß Julian mit seinem aufgespießten Tennisball«, sagte ich immer wieder, bis mir die rote Lampe an der Decke wieder einfiel. Mein Ausbruch war professionell aufgenommen worden.

Und Conor war bereits zurückgekehrt, saß in seiner Kabine und beobachtete mich durch die Scheibe. Als unsere Blicke sich trafen, drückte er den Knopf für den Lautsprecher. »Alles in Ordnung, Iris?«

Ich schüttelte den Kopf.

»Nimm's nicht zu schwer. Du bist nicht die Erste, die da drinnen erstarrt.«

»Was hat diese Sitzung gekostet?«, fragte ich. »War sie teuer?«

»Das willst du nicht wirklich wissen, Mädel.« Er lächelte knapp. »Sollen wir uns die Aufnahme mal anhören?«

Wieder schüttelte ich den Kopf und die Haare fielen mir über die Augen. Es war schrecklich. Ich hatte *Elementias* ohnehin ausgeschöpftes Budget belastet. Hatte Cate das hier womöglich aus eigener Tasche bezahlt? »Conor? Ich möchte die beiden Stunden bezahlen.« Ich steckte Annie in ihren Koffer, verstaute die Einzelteile von Ryders Buch in meiner Tasche und ging zu Conor in die Kabine. Dort reichte ich ihm die Visa Karte meines Vaters, die er mir für den »Notfall« gegeben hatte, und schaute nicht auf die Summe, als ich unterschrieb. Dad würde toben und mich in Stücke reißen. Und Cate würde keinen Song für Eamons große Szene haben.

Das Schlimmste aber war die wortwörtlich teuer bezahlte Erkenntnis, dass ich definitiv keine Songwriterin war.

Film: Elementia
Regie: Cate Collins

Außendreh: Tag 6
Killykeen Forest Park, Irland

Anmerkungen zum Dreh:
Goldene-Stunde-Dreh - erste gemeinsame Szene von NOLAN und SEVYN.

DER HERABSCHAUENDE HUND UND ANDERE MISEREN

Am nächsten Morgen wachte ich früh auf. Endlich hatte ich den Jetlag überwunden. Überall in unserem Wohnwagen lagen Klamotten herum und Ryder hatte unsere Tagespläne an die Wand geklebt. Ich reparierte sein *Elementia*-Buch, so gut es ging, und legte es neben sein Kopfkissen. Er schlief wie ein Baby, und ich musste verschwinden, bevor er aufwachte.

Denn sonst hätte ich ihm gestehen müssen, dass ich versagt hatte.

Ich zog meine Laufsachen an und wählte den Weg, der um den See führte. Die aufgehende Sonne tauchte den Himmel in blendendes Gelb, das Wasser glitzerte und erinnerte mich an den fröhlichen Flirt von Shoshanna und Eamon im Ruderboot. Ich versuchte, mich von der wütenden Florence ablenken zu lassen, aber der Funke sprang nicht über. Das schaffte erst Vance Joy mit seiner missmutigen australischen Stimme, die auf den Punkt brachte, wie wenig ich mich auf diesen Tag freute. »Fire and Flood« hörte abrupt auf, als mein Handy klingelte. Ein Foto meines Vaters erschien auf dem Display und zeigte absolut lebensecht, wie er finster auf seinen Laptop starrte.

Ich schwöre, dass ich körperlich spürte, wie wütend er war, obwohl der ganze Atlantik zwischen uns lag. Die Kreditkarte. Ein Fall für den Anrufbeantworter. Vier Minuten lang stand ich da und wartete darauf, dass mein Handy einen Anruf in Abwesenheit meldete. Als es so weit war, bekam ich Angst. Ich drückte auf Play.

»Die Visa-Leute haben mich angerufen, damit ich eine Zahlung von *eintausend Euro* an ein Aufnahmestudio in Dublin bestätige. Ich erwarte eine umgehende Erklärung, obwohl ich mir nicht vorstellen kann, dass sie akzeptabel ist. Das Geld ziehe ich von deinem Treuhandfonds ab, mein Fräulein.« Dann seufzte er laut. »Ich weiß, dass du wütend bist, weil ich nun doch nicht komme und dir Ryder abnehme, aber wenn du da drüben noch mal so eine Miesmacherin-Iris-Nummer abziehst, lasse ich die Karte sperren.«

Das war das Ende der Sprachnachricht. Ich schrie: »So viel Geld vergisst du in den Taschen deines Smokings, du Geizhals!«

Meine Stimme kam als Echo über den See zurück, und als es wieder still wurde, räusperte sich jemand. Auf einer Matte, kaum einen Steinwurf entfernt, machte Shoshanna Yoga. Dass ich sie nicht bemerkt hatte, zeigte, in welchem Zustand ich mich befand.

»Aha«, sagte sie, während sie die Krieger-II-Pose ausbalancierte. »Bei dir läuft's auch nicht so?«

Ich schaute finster drein. Wusste sie denn nicht, wie sehr sie mit ihrer überlegenen, glamourösen Präsenz auf meinen Gefühlen für Eamon herumtrampelte? »Warum machst du Yoga im Freien?«, fragte ich gereizt. »Hast du keine Angst, von irgendwelchen Creeps beobachtet zu werden? Hier könnte doch jeder vorbeikommen.«

»Vielleicht habe ich ja genau das gehofft«, sagte sie. Ich sagte nichts und sie fügte hinzu: »Nicht du, Iris. Aber wo du schon mal da bist, mach doch mit!«

Ich machte neben ihr den Herabschauenden Hund und fragte mich, ob Cate dieses Treffen arrangiert hatte. Julian hatte es als *Teambuilding* bezeichnet. Ich folgte ihr in den Sonnengruß, der anders als der aus meinem Fitnessstudio war, aber ähnlich genug, um nicht wie ein Elefant auszusehen, der Karate machte.

»Das war mein Dad«, sagte ich, als ich das Schweigen nicht mehr ertrug. »Wüste Drohungen aus Tausenden Kilometern Entfernung. Er ist ein ...«

»Geizhals? Die Sorte kenne ich.« Shoshanna hatte etwas Furchtloses an sich, das mich wünschen ließ, sie zu sein. Zu reden wie sie. Sie war nicht darauf aus, dass alle sie zu jedem Zeitpunkt mochten. Und das war irgendwie atemberaubend. Wir gingen zu Krieger II über. Sie sah mich von der Seite an. »Du bist noch Jungfrau, oder?«

»Was?« Ich fiel aus der Pose und verdrehte mir das Knie.

»Du bist dir deiner Hüften nicht bewusst. Das sieht man.«

»Warum finden es alle in Ordnung, auf mir herumzuhacken?«, brach es aus mir heraus. Ich nahm alle Komplimente zurück, die ich Shoshanna Reyes innerlich gemacht hatte. Sie war einfach nur jemand, der drauflosredete, ohne nachzudenken. »Und wenn? Das ist doch nicht illegal, oder?«

Sie lächelte triumphierend, wie bei unserer ersten Begegnung. »Nein, es ist vollkommen legal. Und es erklärt eine Menge.« Wieder grüßte sie die Sonne und vor lauter Wut tat ich es ihr gleich.

»Ich weiß, dass du Leute gern aus der Fassung bringst, aber sich über Jungfrauen lustig zu machen, ist nicht okay.«

»Hey, ich wollte dich nicht beleidigen«, sagte sie. »So lerne ich, Menschen zu verstehen. Meine Rollen anzulegen. Ich vergegenwärtige mir die Erlebnisse und Erfahrungen der jeweiligen Figur. Ihren sexuellen Horizont, wo sie im Geschlechterspektrum einzuordnen ist. Du bist eine harte Nuss, deswegen habe ich meine Arbeitsmethoden auf dich angewendet. Im Ernst, ich wollte dich nicht beleidigen.«

Jetzt hatte ich das Gefühl, mich dafür entschuldigen zu müssen, die Atmosphäre grundlos vergiftet zu haben. »Meine Schulfreundinnen zu Hause werden mir die Hölle heißmachen, wenn sie das hören. Es ist ein sensibles Thema für mich.«

»Was sind denn Schulfreundinnen?«

Wann immer ich meine Schulfreundinnen erwähnt

hatte, war niemand auf die Idee gekommen, das Wort zu hinterfragen. »Meine Freundinnen, aber wir treffen uns nicht außerhalb der Schule. Ich muss ja auf Ryder aufpassen.«

»Wie traurig!«

»Je länger ich in Irland bin, desto klarer wird mir das«, murmelte ich. »Bitte sag Eamon nicht, dass ich ... Ich meine: Sag niemandem etwas davon.«

»Eamon? Der ist auch Jungfrau. Hast du ihn mal tanzen sehen? Letzte Nacht habe ich versucht, ihn dazu zu bringen, mit dem Unterkörper zu wackeln. Purer Beton!«

Mit glühendem Gesicht ging ich in den Vorbeugesitz. »Hattet ihr Spaß miteinander?«

»Ich habe nicht vor, mich an ihn ranzuschmeißen. Diese Karte kannst du gleich wieder in den Stapel zurückstecken.« Shoshanna ging ins Brett. Ihre langen, dicken Haare waren zu einem unordentlichen Zopf geflochten; meine eigenen sahen dagegen pflegeleicht aus. Außerdem hatte sie erstaunliche Armmuskeln. »Ich habe null Interesse an ihm. Überhaupt lässt mich ein männliches Gehänge kalt.«

Sie wollte sich *nicht an Eamon ranschmeißen*? Bedeutete das, ich hatte immer noch eine Chance bei ihm? Bestimmt nicht. Eamon durfte mit Shoshanna allein sein. Auch wenn sie nicht auf ihn stand, stand er bestimmt auf sie. Ich dagegen stand nirgendwo.

Hör auf mit diesem Frauen-Ranking!

Ich fiel aus dem Brett und Shoshanna schaute mich

merkwürdig an. »Ich glaube, ich habe gerade Cate Collins gehört. In meinem Kopf, meine ich.«

Shoshanna grinste. »Sie weiß, wie man sich bemerkbar macht, was? Aber nimm dir ihre feministischen Pep-Talks nicht zu sehr zu Herzen. Sie hat einen Haufen Gender-Müll erlebt, aber das ist *ihre* Erfahrung, nicht *jede* Frau erlebt so etwas.«

»Okay …« Dieser Sache war ich nicht gewachsen. Mal wieder.

»Außerdem atmest du komisch. Das bringt mich aus dem Takt.«

»Sorry.« Ich drehte mich ein wenig zu Shoshanna um und bemerkte einen kleinen Fleck Farbe auf ihrer Schulter, der sonst von ihrer Kleidung verdeckt war. »Ist das … Hast du etwa ein Tattoo von Rosie, der Nieterin auf der Schulter?«

»Nein.«

»Doch!«

»Du bist ein Totalausfall, wenn es darum geht, Dinge zu erkennen, die nichts mit dir zu tun haben.« Shoshanna drehte sich etwas und zeigte mir das Schulter-Tattoo.

»Wow!« Ich senkte das hintere Bein ab und beugte mich etwas zur Seite, um besser sehen zu können. »Ist das Dr. Jillian Holtzmann aus *Ghostbusters*?«

»Aber sicher doch!«

»Was heißt denn ›aber sicher doch‹? Wie viele Menschen auf diesem Planeten haben ein Jillian Holtzmann-Tattoo?« Ich wollte sie aufziehen, ihr irgendwie nahekommen, auch wenn es albern war. »Oh Gott, du bist also doch ein Nerd! Ein verdeckter, kitschiger Nerd!«

»Nein, Iris. Ich bin lesbisch. Und das ist in diesem Beruf ein verficktes Problem. Weißt du, wie viele Rollen ich nicht bekommen habe, weil der Casting-Direktor rundheraus sagte: ›Wir glauben nicht, dass du eine Hete spielen kannst.‹? Aber das passiert natürlich erst, wenn die Leute nicht über meinen philippinischen Nachnamen gestolpert sind und meine Bewerbung gleich in den Papierkorb geworfen haben. Diese Rolle muss ich hinkriegen. Meine Karriere hängt davon ab.«

Ich wusste nicht, was ich sagen sollte. »Tut mir leid.«

»Nicht nötig. Es genügt, wenn du weißt, dass es mich gibt. Für jede mächtige, weiße Cate Collins gibt es auch jemanden wie mich, der in keine Schublade passt – mit allen dazugehörigen Vorurteilen. Nicht weiß genug für bestimmte Rollen, nicht schwarz genug für andere.« Es folgte ein tiefer Seufzer. »Sorry. Ich sollte dir nicht mein Herz ausschütten. Eine wahnsinnig nervende Reporterin läuft am Set herum. Sie weiß, welche Knöpfe sie drücken muss. Komm ihr bloß nicht zu nahe!«

»Ja, Julian hat mich auch schon gewarnt.«

Wir gingen wieder in den Herabschauenden Hund, und ich dachte, Shoshanna hätte sich ausgequatscht. Aber nein.

»Hast du den Song für Cate aufgenommen?«

Peng!

»Ähm … nein.« Endlich war es heraus. Es war gar nicht

so schlimm wie erwartet, aber Shoshanna gehörte auch nicht zu denen, vor denen ich Angst hatte, es zuzugeben.

»Cate wird stinksauer sein.«

»Das Gedicht war nicht gut«, konterte ich.

»Da hast nicht unrecht. Dieser Fantasy-Scheiß ist manchmal so was von überladen.«

»Endlich jemand, der mich versteht.« Komplimente zu machen, funktionierte bei meinen Schulfreundinnen, aber Shoshanna sah mich von unter ihrem erhobenen Arm vollkommen unbeeindruckt an.

»Es ist eine fixe Idee von dir, dass keiner dich versteht, Iris. Ich bin immer geradeaus mit dir. Du brauchst bloß zu akzeptieren, dass ich bin, wie ich bin. Haben wir einen Deal?«

Bevor ich antworten konnte, kroch ein lachender Ryder unter meinen Herabschauenden Hund und machte es mir unmöglich, die Pose zu wechseln. »Hey, Kichernder Hund, geh da weg!«

Eamon war plötzlich auch da, und zwar unter Shoshannas Hund. Er wollte herumalbern, aber nach einer knappen Warnung rammte sie ihm das Knie in den Bauch und stand auf.

»Weg da, Ryder!« Er kroch unter mir heraus, aber bevor ich mich hinlegen konnte, nahm Eamon seinen Platz ein. »Ist das dein Ernst? Meine Arme werden schon lahm.«

»Dann lass dich auf mich fallen«, sagte Eamon, und seine blauen Augen strahlten herausfordernd. *Herr im*

Himmel! Meine Schultern begannen zu zittern, meine Beine taten weh, und doch war ich froh, ihn zu sehen. Wir lächelten uns an, bis ein Schatten auf uns fiel.

»Tritt ihm nicht aufs Gesicht«, warnte mich Shoshanna. »Er muss heute Abend vor die Kamera.«

Ihr Schatten bewegte sich weiter und Ryder lief ans Seeufer. Ich war immer noch der am längsten Herabschauende Hund aller Zeiten.

»Deine Szene ist heute Abend dran?«

»Ja, ist sie. Bin *ich*.« Er sah so süß aus, wenn er sich selbst Mut zusprach. Er zog die Stirn kraus und machte einen Schmollmund. »Iris, du zitterst ja, und dein Gesicht ist ganz rot. Du solltest dringend runterkommen.« Er kitzelte mich an den Rippen und ich plättete ihn.

Kein eleganter Move.

Mit einem lang gezogenen UUUF entwich ihm die Luft, und ich versuchte, sein Gesicht nicht zu verunstalten. Erst war es mir peinlich, dann wurde ich puterrot, weil wir im weichen Gras neben dem schönsten See Irlands heillos ineinander verschlungen waren, während am Himmel die orangefarbene Sonne stieg. Ich dachte, er würde mich wieder küssen, und ich checkte meinen Atem und meine Lippen. Nicht gut. Vom Yoga war mein Mund ganz ausgetrocknet.

Statt mich zu küssen, setzte Eamon sich im Schneidersitz auf und zog mich nah an sich heran. Mein Rücken drückte sich an seine Brust und er legte die Arme um mich, was keine kleine Sensation war. »Ich habe dich gestern vermisst«, sagte er in meine Haare, und sein Atem kitzelte meinen Nacken.

Er hat mich vermisst. Das war doch ein wahres Gefühl, oder nicht?

Alles war wahr.

»Wie ist es gelaufen?«, fragte er.

Ich schloss die Augen und spürte, wie das Glücksgefühl schlagartig der Realität wich. Was hätte ich nicht gegeben, um länger in seiner Umarmung verharren zu können, während ich ihm erzählte, ich hätte den Song wie geplant aufgenommen und sein Vertrauen in mich sei berechtigt. »Ich konnte nicht«, sagte ich langsam. »Es gibt keinen Song für deine Szene. Es tut mir leid.«

Er lockerte die Umarmung und lehnte sich ein Stück nach hinten. »So was kann schon mal passieren.«

So was kann schon mal passieren?

Ich berührte seine Hand und versuchte, meine Finger mit seinen zu verschränken, aber er machte nicht mit. War er *dermaßen* enttäuscht? »Es tut mir leid«, sagte ich noch einmal, dieses Mal fast tonlos. »Ich bin nun mal nicht M.E. Thorne.«

»Das weiß ich doch, Iris. Wir alle wissen es. Kein Mensch verlangt von dir, deine Großmutter zu sein.«

»Ach nein?« Meine Wut fühlte sich seltsam an, wie zurückgehalten von unserer Pärchen-Pose vor der epischen Szenerie. Plötzlich kam mir das mit Eamon wie ein Witz vor, pure Fantasie. Im einen Moment war es poetisch, wild und wahr. Aber im nächsten? Einfach nur dumm.

Alberne spitze Schaumstoffohren und eine erfundene, geschwafelte Sprache.

»Warum hast du nicht den Song aufgenommen, den du auf der Klippe gesungen hast?«, fragte Eamon.

»Ich konnte mich nicht dran erinnern«, sagte ich. »Genauso gut könnte man von jemandem verlangen, ein Gedicht Wort für Wort aufzusagen, das er ein paar Tage vorher zum ersten und einzigen Mal gelesen hat. Wenn ich ein paar Tage Zeit hätte, um es zu rekonstruieren, könnte ich vielleicht ...«

»Na ja«, sagte er, und ich malmte mit den Zähnen.

»Ich bin keine richtige Musikerin, Eamon. Es war von Anfang an eine blöde Idee.«

»Es war meine Idee. Danke auch.« Er ließ mich los, und es dauerte einen unangenehmen Moment, bis ich begriff, dass er darauf wartete, dass ich von ihm runterrutschte. Als wir standen, fuhr er sich mit einer Hand durch die wirren Locken. »Ich muss mir die Haare schneiden lassen. Verabschiede dich also von ein paar Zentimetern von mir.«

»Wiedersehen«, sagte ich ausdruckslos.

Er machte ein merkwürdiges, verärgertes Geräusch und ging davon.

ICH FRAU. ICH ALLES KAPUTTMACHEN.

Cate Collins stand am Seeufer und war ein Strich in der Landschaft. Zart, schmal. Scharfsinnig.

Sie betrachtete einen großen Baum mit knorrigen Wurzeln, die bis ins Wasser reichten. Henrik stand in der Nähe und kritzelte Cates Bemerkungen in sein Notizbuch.

Langsam erkannte ich die Szene wieder, die ich gestern im Aufnahmestudio gelesen hatte. Der große weiße Baum, in dessen Wurzeln sich Sevyn während ihres Fiebertraums schmiegte. Moment, der Baum … sollte in Wirklichkeit Nolan sein. Eamon. Ich sah ihn mir näher an. Wunderschöne, ausladende Äste, ein Stamm mit glatter Rinde.

Teammitglieder umschwirrten Cate wie Satelliten, nahe genug, aber nicht zu nahe. Sie verlegten Kabel und platzierten die Verankerung des riesigen Kamerakrans im weichen Ufergrund. Das alles und wir alle wurden aufmerksam von derselben brünetten Reporterin beobachtet, die Julian auf Inishmore so genervt hatte. Sie sprach mit einem Kameramann, aber ihre Augen fixierten Cate.

Sie war auch diejenige, die Shoshanna nervös gemacht hatte. Was wollte sie?

Ich ging auf Cate zu, aber Henrik sah mich an und schüttelte den Kopf. Eine Warnung. Ich änderte die Richtung, aber Cates Stimme hielt mich auf. »Ich weiß es schon, Iris, du hast es nicht geschafft.«

Ich drehte mich um. »Woher …?«

Cate blinzelte zum Himmel auf und schützte ihre Augen mit einer Hand. »Hätte es geklappt, wärst du schon gestern Abend in meinen Wohnwagen gestürmt, um mir alles zu erzählen.«

Woher kannte sie mich so gut?

»Tut mir leid«, sagte ich schroff. »Das Gedicht war … Es war zu schwierig.«

»Alles ist zu schwierig«, sagte sie. Ich dachte, sie würde ausführen, wie sie das meinte. Zu schwierig für den Film? Zu schwierig für Frauen? Was? Aber Cate wurde von der Reporterin abgelenkt, die unser Gespräch unverhohlen verfolgte. »Das ist Grace Lee, eine Freiberuflerin. Sie spioniert uns im Namen der Produzenten aus.«

»Catherine!«, sagte Henrik warnend.

»›Catherine‹ mich nicht, Henrik. Ich weiß, was los ist. Sie behandeln diese Produktion nicht gut genug, dass ich die Dinge schönreden würde, damit die Herren Erfolgsstorys verkaufen können.« Sie war immer lauter geworden und war drauf und dran, auszurasten. Grummelnd ging sie zum Ufer zurück.

Henrik holte tief Luft, und beide beobachteten wir,

wie Cate wieder schützend eine Hand vor die Augen hielt. Draußen war es nicht sehr hell; wahrscheinlich wollte sie ihren Gesichtsausdruck verbergen.

»Ist was schiefgegangen?«, fragte ich Henrik.

»So ziemlich alles.« Henrik klappte sein Notizbuch zu und strich über die schmale Krempe seines Schlapphuts. »Neue Budget-Schwierigkeiten und schlechte Presse. Cate hat auf Eamons YouTube-Blog über mangelnde Unterstützung des Filmstudios gesprochen. Sie hat ja nicht unrecht, aber – Herrgott! – sie kann solche Wahrheiten nicht ausplaudern, ohne dass es Konsequenzen nach sich zieht.«

»Cate erträgt keine halben Sachen«, sagte ich. »Das mag ich an ihr.«

»Sie muss eine Menge ertragen, Iris.« Henrik machte eine Kopfbewegung in Richtung der Reporterin. »Die hohen Herren von Vantage haben sie hergeschickt, um den Film für tot zu erklären. Die Medien werden ein vernichtendes Urteil über die Dreharbeiten veröffentlichen, und anschließend können die Produzenten uns mit einem Achselzucken in die Wüste schicken. Auf diese Weise können sie ihr Gesicht wahren.« Er sah mich an. »Es hätte geholfen, wenn du den Song aufgenommen hättest. Wir hätten erklären können, dass deine Familie bei der Produktion mitwirkt.«

Als hätte ich mich nicht schon schlecht genug gefühlt.

Henrik machte den Eindruck, als wollte er sich entschuldigen, doch dann schüttelte er den Kopf und ging weg. Kurz darauf ging ich auch, ohne zu merken, dass Cate mir folgte, bis ich ihre Hand auf meiner Schulter spürte.

»Es tut mir leid, dass ich dich so gedrängt habe«, sagte sie und überraschte mich damit so sehr, dass ich stehen blieb.

»Es kommt nicht oft vor, dass du dich entschuldigst, oder?«

»Ich versuche, alles zu vermeiden, was mit Reue zu tun hat.«

Ich schaute mich zu den Teammitgliedern und dem zauberhaftesten See um, den ich je gesehen hatte. »Was ist denn los? Der Dreh wird doch nicht abgebrochen, oder?«

»Vielleicht. Wir haben unser Budget überschritten.« Cate starrte vor sich hin, und ich dachte, sie würde gleich wieder zur wütenden Kriegerin. Wenigstens wünschte ich es mir. Aber eine andere Seite von ihr kam zum Vorschein. Ihre Augen- und Mundwinkel senkten sich. »Ich gebe nicht auf, Iris. Lieber gehe ich daran zugrunde, dass ich hier etwas Vernünftiges hinkriege. Ich werde nicht auf- oder klein beigeben.«

Henrik gesellte sich zu uns und legte ihr einen Arm um die Taille. Es war nur eine freundliche Geste, aber Cate lehnte sich an ihn, als könnte sie aus eigener Kraft nicht mehr stehen. »Cate muss etwas essen, Iris. Und trinken. Und sich vor dem Abend verdammt noch mal ausruhen. Es ist die wichtigste Szene des Films, Cate. Das hast du hoffentlich nicht vergessen?«

Sie schüttelte den Kopf, schob Henriks Arm weg und ging auf ihren Wohnwagen zu. Ich sah, dass Grace Lee hinter ihr herschaute, als schösse sie ein Paparazzi-Foto nach dem anderen.

»Cate arbeitet jede Minute«, sagte Henrik, und es klang sehr besorgt. »Manchmal, wenn sie mich spät abends ins Bett geschickt und gesagt hat, für heute seien wir fertig, stelle ich am nächsten Morgen fest, dass sie sämtliche Dialoge überarbeitet und die Tagespläne neu geschrieben hat.« Er schüttelte den Kopf, und ich begriff, wie sehr er Cate mochte. Ihr Schmerz war sein Schmerz; sein Gesicht legte sich in besorgte Falten. »Man sollte meinen, das Studio ist froh, dass sie angesichts des knappen Budgets auf diverse Mitarbeiter verzichtet und deren Jobs selbst übernimmt. Stattdessen schicken sie Spione, die dokumentieren sollen, wie erschöpft sie ist, um dann behaupten zu können, sie sei der Aufgabe nicht gewachsen.«

»Würden sie das Gleiche tun, wenn du hier das Sagen hättest?«

Henrik wusste, was ich meinte. Zum großen Teil lag unsere Misere daran, dass Cate zwei X-Chromosomen hatte. Er nahm seinen Hut ab und fuhr mit einer Hand durch seine ausgedünnten dunklen Haare. »Wenn ich hier das Sagen hätte, hätten wir unser Budget nicht überschritten. Dafür würden unsere Tagesmuster aber billig aussehen. Für Cate steht die Kunst an erster Stelle. Die Geschichte. Das macht sie und diese Verfilmung so genial. Wenn wir es bis in den Schneideraum schaffen, wird sich alles gelohnt haben. Wenn wir es nur irgendwie schaffen …«

»Was kann ich tun, um zu helfen?«, fragte ich und überraschte mich selbst, aber ich meinte es ernst. *Erstens: Sei ehrlich!*

»Meinst du das ernst?«, fragte er. Ich nickte. Henrik zeigte auf die Reporterin. »Kannst du mit ihr sprechen? Erzähl ihr etwas Optimistisches. Irgendwas. Sie hat keine Erlaubnis zum Fotografieren. Du brauchst also keine Angst zu haben, dass Fotos von dir in Umlauf kommen. Wenn du willst, bringe ich euch in Kontakt.«

»Ja, schon … aber ich kann nicht im Namen der ganzen Familie Thorne sprechen.« Schon machte ich einen Rückzieher, schon zweifelte ich an meinem ersten Schritt. »Mein Dad würde mich umbringen.«

»Dann sprich für dich selbst.«

Ich lachte. Als Henrik die Stirn krauszog, sagte ich: »Das ist nichts, wozu ich in der Vergangenheit … ähm … ermutigt wurde.«

Forschend sah er mich an. »Unsinn, Iris! Ob du es glaubst oder nicht, die Leute interessieren sich für deine Meinung.«

***

Ich saß an einem Picknicktisch inmitten der Wohnwagen und wartete darauf, dass Henrik die Reporterin Grace Lee zu mir brachte. Es fühlte sich an, als bewegte ich mich zum ersten Mal im Leben auf eigenen Füßen vorwärts … Auf welche Klippe mich das führen würde, wusste ich nicht.

Ich schrieb Julian eine Nachricht und dachte an seine Rede über die »Fans meiner Familie«. Ich wollte, dass es wahr war.

Ich wünschte, du wärest hier! Hier wird's immer schlimmer.

In L.A. war es jetzt mitten in der Nacht, aber vielleicht würde Julian antworten. Er hatte sein Handy ja immer dabei. Andererseits kuschelte er vielleicht gerade mit Elora. Vielleicht hatten sie ihre Differenzen beigelegt. Ich wünschte es ihnen.

»Als ich am Set ankam, sagte man mir, ich dürfe unter keinen Umständen mit dir oder deinem Bruder sprechen. Warum gilt das jetzt nicht mehr? Was ist passiert?«

Ich schaute zu Grace Lee auf. »Wie bitte?«

»Deine Familie hat sich von Anfang an geweigert, die Verfilmung von *Elementia* zu kommentieren, und jetzt willst du plötzlich ein Statement machen? Ehrlich gesagt interessiere ich mich mehr für diese Kehrtwende als für deine Meinung.«

Heilige Scheiße!

»Wo ist Henrik?«, fragte ich.

»Er hat zu tun. Der Kamerakran ist zwanzig Zentimeter in den Uferschlamm gesunken und wäre beinahe in den See gestürzt.«

»Oh nein!«

Grace schrieb etwas auf ihren kleinen Notizblock,

bevor sie die Aufnahmefunktion ihres Handys aktivierte. »Darf ich unser Gespräch aufnehmen?«

»Ja, bitte.« Dann konnte sie nicht behaupten, ich hätte etwas gesagt, das ich in Wahrheit nicht gesagt hatte. Oder?

Sie sah mir an, wie unsicher ich war, und lächelte. Sie hatte ein hübsches Lächeln. Vielleicht war sie ja doch nicht gekommen, um mich mit Haut und Haaren zu verschlingen. »Lass uns mit etwas anderem anfangen. Kannst du dein Verhältnis zu deiner Großmutter, M.E. Thorne, mit wenigen Worten beschreiben?«

»Es ist nicht-existent.«

Grace wirkte irritiert, und mir fiel ein, dass ich der Produktion ja helfen sollte.

»Mein Vater und meine Großmutter haben, solange ich denken kann, nicht miteinander gesprochen. Ich habe sie nur einmal getroffen.«

»Kannst du dich daran erinnern?«

Ich schüttelte den Kopf, denn diesen einen Moment mit ihr wollte ich mit niemandem teilen.

»Was, glaubst du, würde sie von einer Verfilmung dieser sehr persönlichen Geschichte halten? Immerhin geht es in der Geschichte um den vorzeitigen Tod ihrer Tochter.«

Ich verschluckte mich und machte ein komisches Geräusch, und Grace war eindeutig zu begeistert von dieser emotionalen Reaktion.

Sei ehrlich, Iris, sagte Cate Collins unaufgeregt in meinem Kopf.

»Mein Dad sagt, eine Verfilmung hätte ihr nicht gefallen«, gab ich zu. »Sie war kein besonderer Fan von Hollywood, aber vielleicht ist das bloß seine Meinung und nicht ihre. Um ehrlich zu sein, kam ich hier an den Set mit dem Wunsch, die Produktion zu stoppen. Inzwischen bin ich aber bereit, die Hauptregel meiner Familie zu brechen und mit der Presse zu reden, um den Film zu retten.«

Grace lächelte noch mehr und notierte sich etwas. »Was hat sich für dich denn geändert?«

»Die Menschen. Zuerst dachte ich, die Liebe zu den Büchern hätte ihnen das Hirn vernebelt, aber alle arbeiten wirklich hart. Wann immer etwas schiefgeht, helfen alle, um den Schaden zu beheben. Es ist inspirierend und Cate gibt ihr Bestes.«

»Wie denn?«, fragte Grace zu schnell.

»Sie hat alles im Griff, kennt jedes Detail und arbeitet endlose Stunden pro Tag.«

»Dann betreibt sie also Mikro-Management?«

»Was? Nein, nein.« Ich kniff mir ins Bein und machte weiter. »Die Schauspieler sind … wunderbar. Shoshanna Reyes und Julian Young und Eamon O'Brien. Alle wunderbar.«

»Ich habe gehört, O'Brien hat noch nie in einem Film mitgespielt.«

»Stimmt. Trotzdem ist er wunderbar. Als Mensch.« *Nun sag doch mal was anderes als wunderbar, Iris!* »Wirklich toll.«

Toll?

»Kannst du etwas zu dem Gerücht sagen, dass Shoshanna Reyes aus der Produktion aussteigen will?«

»Vollkommener Quatsch!«, schnappte ich. Grace' Lächeln wurde schmaler, als sie sich etwas notierte. Ich hatte mich austricksen lassen. Wieder mal. »Sie steht voll und ganz zu dem Film.«

»Und wie findest du es, dass eine Frau, die sich als pansexuell identifiziert, die Hauptrolle in der Geschichte deiner Großmutter spielt? Meinst du, deine Großmutter hätte damit ein Problem gehabt?«

Dieses Mal schluckte ich den Köder nicht, aber meine Ohren wurden ganz heiß. »Shoshanna ist unglaublich talentiert.« Gern hätte ich erzählt, was sie mir erst heute Morgen gesagt hatte: dass ihr Leben lang mit zweierlei Maß gemessen worden war und sie dabei immer den Kürzeren gezogen hatte. Komplikationen und Benachteiligung. Sie verstand Sevyns Kampf besser als jeder andere, aber das war Shoshannas Geschichte und ich wollte ihr nicht zu nahe treten. »Sie *ist* Sevyn«, brachte ich schließlich heraus. »Meine Großmutter hätte sie geliebt.«

»Ich dachte, du kanntest deine Großmutter gar nicht.«

»Ist es eigentlich mit allen Reportern unmöglich, ein vernünftiges Gespräch zu führen?«

Jetzt hatte ich sie ausgetrickst. Sie klappte ihren Notizblock zu, schaltete ihre Aufnahme-App aber nicht aus. Das nutzte ich aus, indem ich einfach weitersprach. »Ich habe für Fantasyliteratur nichts übrig. Nicht einmal für die Geschichte meiner Großmutter. Aber die Menschen hier glauben aus vollem Herzen an den Film und das zeigt sich jeden Drehtag aufs Neue.«

Ich war stolz auf mich und noch stolzer, als ich eine Hand auf meiner Schulter spürte, aufschaute und Henrik sah. »Alles in Ordnung?«, fragte er.

»Ihr scheint diese junge Dame ziemlich beeindruckt zu haben«, sagte Grace. »Sie ist ein Kracher.«

»Iris erinnert Cate an sich selbst in ihrer eigenen Jugend. Das hat sie mehrfach gesagt.«

Cate denkt, ich wäre wie sie? Wirklich?

»Bitte sag mir, dass der Kamerakran jetzt kaputt ist, Henrik.« Mit einem schleimigen Lächeln beugte Grace sich zu ihm vor.

»Nein, ist er nicht.« Mit einer Geste gab Henrik mir zu verstehen, dass ich gehen sollte.

Das tat ich, mit geballten Fäusten. Ich glaubte, mich ganz gut geschlagen zu haben, und suchte voller Tatendrang nach Eamon. Ich wollte ihm erklären, warum ich im Aufnahmestudio erstarrt war. Aber er war nirgends zu sehen. Als Nächstes suchte ich Shoshanna, um sie zu fragen, ob an dem Gerücht, von dem Grace gesprochen hatte, etwas dran war. Aber alle waren mit der Vorbereitung des Drehs beschäftigt.

Ryder half Mr Donato, einen Überraschungsnachtisch zu planen, mit dem alle nach Eamons großer Szene überrascht werden sollten. Die beste Szene des Buchs, wie mir verschiedene Menschen versichert hatten, obwohl ich mich nach der Lektüre im Aufnahmestudio gestern immer noch fragte, was mir an M.E. Thornes *Elementia* verschlossen blieb.

DIE STELLE IN DER GESCHICHTE, AN DER ALLES ANDERS WERDEN MUSS

Der Sonnenuntergang veränderte Killykeen dramatisch. Das Team kam zusammen, alle schwer beschäftigt, und alles ging Hand in Hand. Ich hoffte, dass Grace Lee noch irgendwo herumlungerte und sah, wie gut alles lief, aber sie war schon gegangen.

Ryder und ich saßen nebeneinander auf Regiestühlen in einer separaten Ecke mit Kontrollmonitoren, wo Cate, Henrik und noch ein paar andere überwachten, was die Kameras aufnahmen. Es herrschte Abenddämmerung, die sogenannte *Goldene Stunde*, was, wie ich jetzt erfuhr, ein Begriff aus der Filmwelt und kein Fantasy-Speak war. Die Sonne stand tief am Horizont und der Himmel leuchtete blau und gelb.

Azurn und gülden …

»Bild ist da!«, rief Cate, worauf alle in Position gingen. Shoshanna zog alle Blicke auf sich. Ganz für sich stand sie ein Stück entfernt am Seeufer. Sie trug dasselbe Kostüm wie vorher am brennenden Baum. Wenn ich mein *Elementia* richtig im Kopf hatte, kam Sevyn hierher, nachdem sie kilometerweit von der Stelle geflüchtet war, an der sie den Baum entflammt hatte. Ich schaute mich um. Hinter den Kameras standen mehr Mitarbeiter als sonst, mehr noch als bei dem brennenden Baum, und die Atmosphäre war mit merkwürdigen Emotionen aufgeladen. Waren es hohe Erwartungen? Hoffnung?

Cate hob die Hand, brachte die Menge zum Schweigen, und sogar die Tiere von Killykeen schienen ihr zu gehorchen. Sie wirkte frisch geduscht, erholt und wieder unbesiegbar; ihre kurzen grauen Haare schienen aus Stahl zu sein. Ich dachte daran, was Henrik gesagt hatte: dass sie für diesen Film alles opferte. Wie fühlte es sich wohl an, wirklich alles zu geben? Konnte ich lernen, genauso an meine Musik heranzugehen? Falls ja: Wo sollte ich anfangen?

Cate rief: »Action!«

Shoshanna schlüpfte in ihre Rolle und ich hielt nach Eamon Ausschau. Sollte er nicht hier sein? Bereit für seinen Part in der Szene?

Shoshanna lief am Ufer entlang auf uns zu, außer Atem und vollkommen fertig. Sie rutschte ins Wasser und verfing sich in den Baumwurzeln. Dann brach sie am Ufer in der Nähe des großen Baumes, den Cate am Morgen inspiziert hatte, zusammen. Shoshanna – Sevyn – trank etwas Seewasser und aß einige Beeren, die dort wuchsen.

Zuckend fiel sie in einen qualvollen Schlaf. Sie schlug um sich, während das Fieber in ihr wütete, und träumte von ihrem misshandelten Bruder. Aus der Szene, die ich gelesen hatte, wusste ich, dass Sevyn durch seine Augen schaute, seinen Schmerz empfand, aber nichts tun konnte. Es lief mir kalt den Rücken runter.

Cate rief: »Cut!«

Sie gab Shoshanna kurz Rückmeldung, und Shoshanna ging auf ihre ursprüngliche Position zurück. Wieder und wieder wurde das Gleiche gedreht. Zwischen zwei Takes legte Ryder mir seine Schaumstoffaxt auf den Arm, aber als ich hinschaute, sah ich, dass es seine Hand war. Ganz still saß er da und beobachtete alles genau.

»Hast du Angst?«, fragte ich.

»Vielleicht.« Er klang zwar nicht ängstlich, schien aber tief in Gedanken versunken zu sein.

»Ry«, begann ich. »Musst du bei dieser Szene an Moss denken?«

»An den Albtraum, den ich oft habe. Der, in dem du ihn nicht aufhalten kannst und er mit mir wegfährt.«

Ich kannte diesen Traum. Seine Therapeutin hatte die ganze Familie zu sich zitiert, um ohne Ryder darüber zu sprechen. Mein Bruder selbst hatte mir bis dahin nichts davon erzählt. Seine Therapeutin hatte ihm einige Details dieses Traums entlockt, aber nicht alles. Und genau das machte ihr Sorgen. Ich beugte mich zu ihm und strich ihm über die Schläfen, wo seine letzten feinen Kleinkindhaare in dunkle Locken übergingen. Ich weiß nicht, was über mich kam. Vielleicht lag es daran, dass die Zeit zwischen den Takes nur ein paar Atemzüge lang war. Jedenfalls wagte ich einen Vorstoß. »Was passiert in dem Traum, wenn der Wagen losfährt?«

»Dann wache ich auf«, sagte er.

Ich lehnte mich zurück und beobachtete, wie er sich auf Shoshanna konzentrierte. So reif und sachlich er auch gesprochen hatte, wusste ich doch, dass er log und seinen Schmerz für sich behielt.

Das wahre Thorne-Erbe.

»Sevyn rettet Evyn, oder?«, fragte ich, weil ich meinem Bruder helfen wollte – und sei es nur durch den Vergleich mit den Figuren in den Büchern unserer Großmutter. »Soviel ich weiß, rettet sie ihn am Ende.«

»Augapfel«, flüsterte er, weil der nächste Take unmittelbar bevorstand. »Du musst es schon selber lesen.«

Ich nahm seine Hand, die gar nicht mehr so klein war, aber immer noch so klebrig wie die eines Kleinkinds.

»Action!«, rief Cate.

Shoshanna machte alles noch einmal. Inzwischen war ihr kalt, und sie war erschöpft. Ich vermutete, dass ein paar ihrer Stolperer nicht gespielt waren. Als sie zwischen den Baumwurzeln zusammenbrach und zitterte, nahm ich ihr ab, dass sie Zeuge von etwas Schrecklichem wurde: dass sich ihr Leben an einem entscheidenden Punkt befand.

Ich nahm ihr das ab, weil ich einmal das Gleiche empfunden hatte, als ich mit Moss' Blut unter den Fingernägeln am Rand einer Sandkiste saß und die Fragen der Polizisten beantwortete, während von meinem Vater immer noch nichts zu sehen war. Er hatte sein Telefon ausgeschaltet, weil er ein Kapitel zu Ende schreiben wollte, und als er dann endlich abgehört hatte, was ein Polizist ihm aufs Band gesprochen hatte, und zum Spielplatz gefahren war, befanden wir uns schon seit über einer Stunde im Krankenhaus.

Shoshanna vergrub den Kopf zwischen den Baumwurzeln und begann zu weinen, und ich war mir ziemlich sicher, dass Cate das nicht von ihr verlangt hatte. Es schien aber genau das Richtige zu sein.

Und dann wurde alles anders.

Im einen Moment zitterte Shoshanna in ihrem Fantasykostüm, und im nächsten war sie Sevyn, das Mädchen, das noch nie von jemandem berührt worden war. Ein verfluchtes Kind, das den einzigen Menschen verloren hatte, der immer für sie da gewesen war: ihren Bruder. Sie wusste, dass er in diesem Moment Schmerzen erlitt, konnte aber nicht zu ihm.

Ich schwöre, dass ich das Harfensolo aus »Cosmic Love« und Florence' Gesang über Elend und Licht hörte. Dann wurde es ein klein wenig heller – ein Zeichen, dass der computeranimierte Mond aufging und bald die ganze Szene in silbernes Licht tauchen würde.

Nolan lehnte am Baumstamm, als sei er gerade aus dem Dunkel herausgetreten – und er war nicht Eamon. Seine Haut war dunkler und seine Ohren ragten in seine neue Kurzhaarfrisur. Sein ganzer, wie ein Bogen gespannter Körper war zu sehen, außer dem Teil, der von einer

Shorts, die aus Laub zusammengenäht worden zu sein schien, bedeckt wurde. Er hockte sich zu Sevyn und betrachtete sie in ihrem Fieberwahn mit einer Intensität, die nicht von dieser Welt war.

Und dann hob er sie hoch und trug sie zum See.

Ich weiß nicht, ob irgendjemand atmete. Ich tat es jedenfalls nicht.

Nolan ging immer weiter, bis er bis zum Bauch im Wasser stand. Er senkte Sevyn ins Wasser, und sie ächzte erschrocken, als das kalte Wasser sie berührte. Auf dem Kontrollmonitor neben mir sah ich, wie die Krankamera an Sevyns Gesicht heranzoomte, und zwar in dem Moment, als sie erwachte und merkte, dass sie in jemandes Armen lag. Die Angst in ihrem Gesicht war absolut natürlich. Sie hob eine Hand und legte sie Nolan an die Brust. Keine Blitze. Kein elektrisch aufgeladenes Zischen.

Nur Berührung.

Sevyn schloss wieder die Augen, dieses Mal nicht vor Schmerz, sondern mit einer Erleichterung, die nur jemand spüren konnte, der sein Leben lang gefangen gehalten worden war.

»Cut«, flüsterte Cate, und niemand sagte etwas.

Ryder neben mir schniefte und auch ich hatte Tränen in den Augen. Cate und Henrik beugten sich zu den Monitoren vor. Sie murmelte: »Kamera aus.«

Schweigend und langsam kamen Shoshanna und Eamon aus dem See.

Cates Gesicht war nicht zu sehen, weil es den Monitoren zugewandt war, die die gerade gefilmte Szene wiedergaben. Eine volle Minute lang. Dann noch eine. Die Goldene Stunde war definitiv vorbei und der Himmel ganz schwarz. Hatten wir die Szene so hinbekommen, wie sie sein sollte?

Als Cate aufstand, schienen sich alle zurückzulehnen. Sie ging zu Eamon, nahm sein Gesicht in beide Hände und zog seine Stirn an ihre. »Du bist ein verdammter Star, mein Junge.«

Alle am Set brachen in Begeisterung aus und ein Höllenlärm entstand. Nur Henrik fragte Cate, ob sie noch einen Take wollte, aber sie schüttelte den Kopf. »Es ist genau, wie ich es wollte. Wenn wir es wiederholen, wird es schal.«

Ich stand auf, weil auch alle anderen jetzt standen. Einer vom Team scherzte: »Sobald Eamon O'Brien an die Börse geht, müssen wir die Aktien kaufen. Sie werden durch die Decke gehen.« Ich wusste, was er meinte. Eamon war großartig gewesen. Ein Take und er hatte perfekt abgeliefert, obwohl er wochenlang Angst davor gehabt und seine Fähigkeiten bezweifelt hatte. Ich schwankte zwischen Stolz und glühender Eifersucht.

***

Alle schüttelten einander die Hände und umarmten sich. Ryder hüpfte zu Mr Donato, um ihm bei der Verteilung der Überraschungseisriegel zu helfen.

Ich schnappte mir Shoshanna, als sie an mir vorbeistürmen wollte. »Du warst großartig. Ihr beide. Wirklich toll.«

»Danke.« Sie schaute in die Richtung, wo alle sich um Eamon scharten – eine begeisterte Fangemeinde. »Jungs brauchen nur aufzutauchen und alle stehen Kopf.« Sie verzog das Gesicht. »Ich bin müde. Er war wirklich gut. Viel besser, als ich nach den Proben dachte.« Sie zitterte und schlang sich die Arme um den Leib. »Ich muss mich aufwärmen, wenn ich keine Lungenentzündung bekommen will.«

Mit gesenktem Kopf eilte sie zum Kostümwagen, und ich konnte sie gut verstehen. Sie hatte heute Abend alles gegeben und verdiente genauso viel Lob wie Eamon.

Lange, sehr lange stand ich herum und wartete auf eine Gelegenheit, mit Eamon zu sprechen. Ich wollte ihm sagen, wie ich bei der Szene *mitgefühlt* hatte. Es war wirklich so. Und ich hatte dabei eine plötzliche Erkenntnis über mich selbst gewonnen, obwohl ich mir noch nicht sicher war, worin sie eigentlich bestand.

Irgendwann konnte ich nicht mehr warten. Ich holte die alte *Elementia*-Ausgabe meines Vaters aus unserem Wohnwagen und machte es mir damit auf einer Bank am Seeufer bequem. Das Licht vom Set reichte gerade eben aus, um lesen zu können. Immer noch schwirrten Jubelschreie durch die Luft. Wirklich schade, dass die schreckliche Reporterin nicht länger geblieben war. Das hier war die Geschichte, die sie eigentlich erzählen sollte: Ein wirklich guter Film kam allen Widrigkeiten zum Trotz zustande.

Ich schlug das Buch bei dem Kapitel auf, das mein Bruder markiert und das mich im Aufnahmestudio aus der Fassung gebracht hatte. Jetzt las ich an der Stelle weiter, an der Sevyns Fiebertraum endete und sie die Qualen ihres Bruders erfahren hatte. Bis zu Nolan.

Als legte sich ein Schleier über sie, wurde sie ganz ruhig, und die Blitze in ihrem Herzen verstummten. Dabei verdiente sie diese Ruhe gar nicht, und sie lehnte sich dagegen auf, bis sie keine Kraft mehr hatte. Sie brauchte das Feuer, damit es sie ständig an ihre Schuld erinnerte; es war ganz allein ihre Schuld, dass ihr Bruder ein so grausames Schicksal erlitten hatte. Sie hätte ihn davor bewahren müssen.

Als Sevyn die Augen wieder aufschlug, hatte die Nacht bereits dunkle Streifen in den Himmel gemalt. Sie trieb im kühlen Wasser des Flusses. Etwas hielt sie an Schultern und Knien, und sie fasste nach diesem Etwas, das sie für einen Unterwasserbaum oder einen bemoosten Felsen hielt.

Stattdessen berührten ihre Finger Haut.

Sevyn schaute in das Gesicht eines Jungen, der sie in den Fluten badete. Er sah wild aus, aber er hielt sie, als hätte er nie etwas anderes getan. Sie griff nach ihm und dachte, es sei nur ein Traum. Ihre unschuldige Berührung war erfüllt von Aufregung, nicht von Blitzen, als sie die Konturen seines Schlüsselbeins nachfühlte, die Wölbung seines Brustbeins, die Erhebungen seiner Rippen. Als sie nach seinem Gesicht griff, sein Kinn und seine Lippen berührte, begann sie zu weinen. Es musste ein Traum sein. Ihr Fluch ließ es nicht zu, dass sie jemanden berührte. Es war der grausamste Traum, den sie je gehabt hatte.

»Du versteckst dich«, sagte Eamon und setzte sich zu mir auf die Bank, noch im Kostüm und mit Spitzohren. Seine Gesichtszüge wurden von seinem Make-up und dem bräunenden Spray, das auch seinen ganzen Körper überzog, akzentuiert. Sein breites Lächeln kam dadurch umso besser zur Geltung.

»Ich lese«, sagte ich und hielt ihm das Buch hin.

Er rutschte näher und schaute auf den Umschlag, als könnte er seinen Augen nicht trauen. Dann schaute er mich an, dann wieder den Buchumschlag. Dann küsste er mich auf die Wange. »Ich hab's geschafft, Iris«, flüsterte er. »Ich kann's noch gar nicht glauben. Ich hatte solche Angst.«

»Du warst großartig.« Eine innere Stimme riet mir, cool zu bleiben, aber ich ließ mein inneres Fangirl raus. »Es war unglaublich, und ich war so … ich weiß nicht … *in den Bann gezogen* trifft es vielleicht am besten, und ich wusste nicht mal mehr, in welchem Land ich mich befinde. Deswegen musste ich die Szene gleich nachlesen. Shoshanna war auch toll«, fügte ich hinzu.

»Iris, ich weiß, dass es keinen guten Eindruck gemacht hat, als wir zusammen rumgehangen haben, aber sie wollte mir nur mit der Rolle helfen. Ich schwöre!«

»Ich weiß. Und du solltest ihr dafür danken. Nach dem Dreh war sie ziemlich fertig.«

Er nickte. Seine blauen Augen waren ganz nah, beleuchtet vom Flutlicht der Teamparty an den Picknicktischen. »Tut mir leid, dass ich mich heute Morgen so komisch benommen habe. Ich hatte Angst, dass ich einen Blackout bekomme, sobald die Kameras laufen. Ich war mir sogar ziemlich sicher, dass das passieren würde.«

Ich hätte ihn küssen sollen, seine Lippen waren ja nah genug. Aber schnell kamen mir Zweifel, und ich dachte daran, wie ich im Aufnahmestudio hyperventiliert hatte. »Wie hast du es denn geschafft, die Sache durchzuziehen?«

»Ich musste die negativen Stimmen in meinem Kopf ausschalten. Das war nicht einfach, aber ich konnte meinen Zweifeln nicht den Sieg überlassen.«

»Oh.«

»Deswegen habe ich dich gesucht. Solange mein Mut anhält, wollte ich dir sagen, dass ich dich mag.« Offenbar zeigte sich ein winziges bisschen Unmut auf meinem Gesicht und er begriff schnell, was ich dachte. »Und meine Gefühle haben nichts mit M.E. Thorne zu tun. Fang gar nicht erst damit an!«

Ich drückte das alte Buch in meiner Hand. »Eamon, ich habe während des Drehs etwas kapiert. Du hattest recht.«

Er beugte sich vor. »Womit? Dass du so schrecklich süß

bist? Dass du unglaubliche musikalische Fähigkeiten hast?«

Ich musste mich überwinden, um ehrlich zu ihm zu sein. »Du hast recht, wenn du sagst, dass ich immer so tue, als sei die Entführung nur Ryder und nicht uns beiden passiert. Ich habe es nie als etwas gesehen, das *mir* passiert ist. Ich dachte immer, ich sei nur zufällig dabei gewesen. Es war sicherer, mich als bloße Augenzeugin zu betrachten. So zu tun, als hätte es nichts mit meinem Leben zu tun.« Eine Träne löste sich und ich wischte sie schnell weg.

Eamon flocht seine Finger um meine, und ich wünschte, er würde etwas sagen, aber dieses Problem musste ich selbst lösen. Es war ganz allein meins. »Es geht nicht nur um den Tag auf dem Spielplatz. Seitdem habe ich praktisch versucht, neben meinem eigenen Leben zu stehen, als sei es nicht meins. Und das will ich nicht mehr. Ich will mein Leben leben. Meine eigene Play-Taste drücken.« Ich schaute mich zum Team um, sah dann Eamons Kostüm an und schließlich den wunderschönen dunklen See. »Ich möchte Teil von alldem hier sein.«

»Dann gibt's nur eine Möglichkeit«, sagte er so ernst, dass ich den Atem anhielt. »*Elementia*-Tattoos.«

Ich lachte und schlug ihm auf den Arm, und er beugte sich zu mir, um mich zu küssen.

»Iris!«

Eamon stöhnte, unsere Lippen hatten sich schon fast berührt. Wir schauten uns um und da stand mein kleiner Bruder.

Er hielt uns eine Schale Eis hin. »Ich erfinde Eisbecher fürs ganze Team. Der hier ist extra für dich.« Ich nahm die Schale, und Ryder zählte alles auf, was er hineingetan hatte. »Dunkles Schokoladeneis, Kokosstreusel und ein paar Kekskrümel. Den Keks hab ich selbst zerkrümelt. Mr Donato sagt, ich bin ein *kulinarisches Genie*.« Er setzte sich auf unsere Bank und wartete gespannt auf meine Reaktion, als ich den ersten Löffel probierte.

»Superlecker, Ryder!« Das war es wirklich. »Darf ich Eamon etwas abgeben?«

»Okay, aber nur ein bisschen. Ich mache ihm ja sowieso gleich seinen eigenen Becher. Er wird seine Persönlichkeit und seinen individuellen Geschmack widerspiegeln.« Ryder sprintete los und ich hielt Eamon einen Löffel Eis hin. Er beugte sich vor, und meine Gedanken überschlugen sich, als sich seine Lippen um meinen Löffel schlossen.

»Mmmm«, machte er. »Schmeckt nach Trostpreis. Eigentlich wollte ich ja was anderes mit dem Mund machen.«

Ich kicherte. Zwischen uns war es jetzt anders als auf der Fähre, wo wir uns geküsst hatten. Das war spontan gewesen. Jetzt fühlte es sich an, als würden wir uns wieder küssen, weil wir mussten. Weil die Anziehungskraft es verlangte. Ich aß einen Löffel Eis, genoss die dunkle Schokolade, Eamons Nähe und die wunderbaren Möglichkeiten, von denen es plötzlich nur so wimmelte.

Film: Elementia
Regie: Cate Collins

Außendreh: Tag 7
Killykeen Forest, Irland

Anmerkungen zum Dreh:
Dreh abgesagt.

ROAD TRIP

Schon beim Aufwachen wusste ich, dass es ein Problem gab. Ein *neues*.

Ich lugte aus dem Wohnwagenfenster. Kein Gedränge bei der Frühstücksausgabe. Kein aufgeregtes Debattieren über Licht oder Stromkabel. Nichts. Ich setzte mich auf und sah, dass Ryder schon rausgegangen war. Zum ersten Mal machte ich mir seinetwegen keine Sorgen. Er war bei Mr Donato und ihm konnte ich vertrauen. Oder das Unmögliche war geschehen und ich vertraute Ryder plötzlich selbst. Irgendetwas stimmte jedenfalls nicht, und es hatte nichts mit der Abwesenheit meines Bruders zu tun.

Unser Tagesplan lag auf Ryders Bett. *Dreh abgesagt*. Ich nahm mein Handy und ich hatte ein halbes Dutzend wütender Nachrichten von Julian erhalten.

Heilige Scheiße, Iris!

Was zur Hölle ist da drüben los?

Was habe ich dir über Reporter gesagt?!

Meine Hände zitterten, als ich antwortete.

Was habe ich denn getan?

In Kalifornien war es jetzt mitten in der Nacht. Julian

würde nicht gleich antworten … aber da zeigte mein Display, dass er tippte. Ich wartete gefühlte fünf Minuten auf seine Antwort, aber Julian tippte so schnell, dass es wahrscheinlich nur fünfzehn Sekunden waren. Er schickte mir einen Link und ich klickte ihn an.

Familie der weltberühmten Fantasyautorin M.E. Thorne kommentiert verfluchte Verfilmung des geliebten ersten Buches der Trilogie

»Elementia«, die Chronik einer jungen Heldin, die ihren Zwillingsbruder vor dämonischen elfenartigen Kreaturen retten muss, wird derzeit unter der Regie von Cate Collins (»Girls First« und »No Water This Year«) an Schauplätzen in entlegenen Teilen Irlands verfilmt. Ich hatte Gelegenheit, Schauspieler und Filmteam bei diesem titanischen Vorhaben, das am Rande eines Desasters steht, zu treffen.

Inmitten der Frustration und der nahezu täglichen Katastrophen konnte diese Reporterin bestätigen, dass, nachdem das Filmstudio ursprünglich grünes Licht gegeben hatte, das Budget mittlerweile gekürzt wurde und die Produzenten Abstand von dem Projekt nehmen. Iris Thorne (Enkelin von M.E. Thorne) äußerte sich zu den Befindlichkeiten am Set: »Die Liebe zu den Büchern hat allen das Hirn vernebelt.« Deswegen würde sie »die Produktion am liebsten stoppen«.

Des Weiteren gab Thorne bekannt, die Kosten für dieses gigantische Projekt würden auf Cate Collins gehen. »Sie gibt ihr Bestes« und »arbeitet endlose Stunden«, so Thorne. Ein Mitarbeiter von Vantage Pictures, der namentlich nicht genannt werden möchte, enthüllte, das Studio habe von Anfang an bezweifelt, dass Cate Collins dieser Aufgabe gewachsen sei. Man frage sich, ob es klug war, eine Produktion dieser Größenordnung und kulturellen Bedeutung in ihre unerfahrenen Hände zu legen.

Was einst eine geniale Idee zu sein schien – dem tolkienschen Erbe ein feministisches Pendant entgegenzusetzen und sich an den Erfolg von Peter Jacksons »Herr der Ringe«-Filme zu hängen –, gleicht jetzt eher der Titanic nach der Kollision mit dem Eisberg, aber noch vor dem Versinken, auch in den Augen der Nachkommen der verstorbenen Autorin, die glauben, »eine Verfilmung hätte ihr nicht gefallen«.

Lesen Sie auch: Julian Young wird Co-Star in Filmadaption von Fantasy-Bestseller »Elementia«, neben der sonst nur aus kleineren Filmen bekannten Shoshanna Reyes und dem vollkommen unbekannten irischen Schauspieler Eamon O'Brien.

Ich dachte, ich müsste sterben, sank in Ryders Matratze und umklammerte mein Handy. »Das ist alles aus dem

Zusammenhang gerissen«, murmelte ich vor mich hin. Dann schrieb ich es Julian. Zweimal.

Er feuerte zurück:

Egal. Der Schaden ist angerichtet.

Es kommt aber noch schlimmer. Sprich mit Cate.

Am liebsten hätte ich mich im Wohnwagen verschanzt, aber das war die Angst, die aus mir sprach. Ich erkannte sie klarer und schneller denn je, aber das machte es nicht leichter, sie zu bezwingen. Ich band mir die Haare zurück, zog meine bequemste, lose auf den Hüften hängende Jeans und mein schlabberigstes Lieblings-T-Shirt an. Die Klamotten waren ein kleiner Trost. Hätte ich Mr Mellow, das liebste Kuscheltier meiner Kindheit, ein Faultier, mit auf die Reise genommen, hätte ich es jetzt gedrückt.

Als ich den Wohnwagen verließ, dachte ich als Erstes an Eamon. Er sollte heute mit Shoshanna drehen, weitere Sevyn-und-Nolan-Szenen. Ich hatte mich darauf gefreut, ihnen zuzuschauen. Vielleicht war ja nur der heutige Dreh gestrichen, nicht der Film an sich. Das war doch möglich, oder?

Am Ufer des grün-goldenen Sees entdeckte ich eine kleine aufgeregte Gruppe, bestehend aus Eamon, Roxy und Henrik. In seinen Alltagsklamotten sah Eamon fast seltsam aus, und seine Haare waren so kurz, dass sie ohne Elf-Ohren komisch wirkten.

Sie sahen mich kommen und schauten mir entgegen, als sei ich der Engel des Todes. Auch Eamon.

Es sprudelte aus mir heraus, bevor ich sie erreicht hatte. »Ich habe nur Gutes gesagt! Sie hat alles aus dem Zusammenhang gerissen!«

Henrik hob eine Hand. »Natürlich. Wir wussten alle, dass sie es auf uns abgesehen hatte.«

»Warum hast du mich dann dazu gebracht, mit ihr zu sprechen?«, jammerte ich. »Warum hast du mich alles ruinieren lassen?«

»Gar nichts hast du ruiniert«, sagte Eamon schnell. Ich stand neben ihm, und es störte mich, dass er die Hände in den Hosentaschen behielt. Unerreichbar. »Es sind die verdammten Thornier. Ich glaube, ich verstehe jetzt, was du gegen sie hast.«

»Was haben sie denn nun schon wieder gemacht?«, grummelte ich.

»Nachdem der Artikel erschienen war, haben sie online eine Boykott-Kampagne gegen den Film gestartet. Dreizehntausend Menschen haben seit gestern Abend schon unterschrieben. Bis Mittag wird das Ganze viral sein«, sagte Henrik so mürrisch wie immer und mit seinem traurigen Dackelblick.

»Dann machen wir eben weiter. Wir beweisen es den Idioten.« Ich ballte meine Hände zu Fäusten und hätte am liebsten jemanden geschlagen.

»Es spielt keine Rolle mehr«, sagte Eamon, als hätte jemand die Luft aus ihm gelassen. Er sah Henrik an, der den Kopf schüttelte. Dann sahen beide Roxy an. In einem Overall und rotem Flanellhemd sah sie heute beinahe langweilig aus. Sie trug nicht mal Make-up. Und warum schauten wir alle Roxy an?

»Shoshanna ist ausgestiegen«, sagte sie.

Ich öffnete den Mund, aber nichts kam heraus. Nicht einmal Luft.

»Sie ist schon zum Flughafen gefahren«, fügte Eamon hinzu. »Ohne sich von jemandem zu verabschieden.«

»Ihre Agentin hat ihr geraten, das Weite zu suchen, bevor die Medien den Film endgültig zerreißen. Der Boykott hat ihr den Rest gegeben, nicht der Artikel.« Henrik sah mich an, als erwartete er, dass ich mich jetzt besser fühlte. Immerhin wusste ich jetzt, wen ich schlagen wollte: Shoshanna.

Henrik richtete sich auf und klopfte Eamon auf die Schulter. »Nicht den Kopf hängen lassen.«

Als ich mich umdrehte, sah ich Cate auf uns zukommen. Sie sah ein wenig wie Julian aus – dunkle Sonnenbrille, Lederjacke, aber mit hängenden Schultern. Als ihr Blick auf mich fiel, verlangsamte sie ihre Schritte, und das bildete ich mir nicht ein. »Cate, es tut …«

Sie schüttelte den Kopf und ich sprach nicht weiter. »Nimm's mir nicht übel, aber ich bin nicht in Stimmung.«

Allgemeines Schweigen. Zu fünft standen wir jetzt an dem zauberhaften See vor Produktionsgeräten im Wert von einigen Millionen Dollar und fragten uns, wie es weitergehen sollte. Nach einer halben Ewigkeit sagte Cate: »Ich sollte euch eine Inspiration sein, aber dazu fühle ich mich gerade ums Verrecken nicht in der Lage.«

Roxy gab einen Laut zwischen Lachen und Schnauben von sich, Eamon lächelte, und Cate fuhr sich mit den Händen durch die kurzen Haare. »Ich muss die Produzenten anrufen und sie informieren«, sagte sie und klang eher wütend als traurig. »Ich wollte nur noch einen kurzen Spaziergang machen, bevor mein Traum ein spektakuläres Ende findet.«

»Tu es nicht«, sagte ich.

Alle starrten mich an.

»Was soll ich nicht tun?«, fragte Cate.

»Sie anrufen. Noch nicht. Ich fahre zum Flughafen, rede mit Shoshanna und bringe sie zurück.«

»Was könntest du ihr denn anderes sagen als ich, Iris?« Cate schob ihre Sonnenbrille ein Stück die Nase hinunter und sah mich darüber hinweg an. Ich hatte es doch tatsächlich geschafft, Cate Collins zu überraschen.

»Weiß ich nicht«, gab ich zu. »Aber sie hält nicht viel von Fantasykram, und die Sprache beherrsche ich, wie ihr wisst.«

»Fließend«, sagte Eamon. Ich hörte aus diesem einen Wort zweierlei heraus: Erstens war er am Boden zerstört und zweitens glaubte er an mich oder wollte es wenigstens. »Das ist keine schlechte Idee, Cate. Ich fahre sie.«

Ich schaute in Cates kleine blaue Augen, als könnte ich sie so dazu bringen, mir zu vertrauen. Dann sagte ich: »Ich gebe nicht klein bei.«

***

Während der Fahrt zum Flughafen saß ich die meiste Zeit schweigend da. Genau wie Eamon. Wo hätten wir auch anfangen sollen? Wie geht man vor, wenn die Traumrolle des Schwarms und seine ganze Karriere auf dem Spiel steht?

»Es tut mir leid, dass es so gekommen ist«, versuchte ich es. »Nimmst du mir den Artikel übel?«

»Ich würde mal sagen, wir sollten es Henrik übel nehmen, dass er eine so meinungsfreudige Lady wie dich in die Nähe einer Reporterin gelassen hat. Ich kann nur ahnen, was du tatsächlich gesagt haben musst, um ihr diese unschönen Zitate zum Zusammenwürfeln zu liefern.« Er klang nicht gerade freundlich, aber es hätte schlimmer sein können.

»Hey, ich habe tolle Sachen gesagt! Über Cate. Über Shoshanna und Julian. Dich.« Ich seufzte. »Ich habe versucht, ehrlich zu sein, und erzählt, dass ich zuerst gar nicht herkommen wollte, aber dass ihr mich nach und nach überzeugt habt.«

Er sah mich aus den Augenwinkeln an. »Was genau hast du über mich gesagt?«

»Dass du toll bist. Eine Nummer zu groß für mich.« Gut, das hatte ich nicht gesagt, aber ich dachte es, und zwar seit ich gesehen hatte, was für ein großartiger Schauspieler er war. Offenbar wollte er etwas dagegen sagen, aber ich war schneller. »Ihr seid alle so selbstsicher und legt euch so sehr ins Zeug. Nur ich bin der größte Feigling aller Zeiten. Seit ich hier angekommen bin, werde ich unentwegt damit konfrontiert, dass ich nicht so mutig bin wie meine Großmutter oder Cate oder du oder Shoshanna. Sogar wie Julian!«

»Weil du den Song nicht aufgenommen hast? Das wird schon noch.«

»Nein, wird's nicht. Nicht, solange ich mich nicht selbst massiv ändere.«

Sehr gut, weiter so!, sagte meine innere Cate.

Ich holte tief Luft und stellte mich der Wahrheit. Der Aufzählung von Schwächen, die mir fast immer viel zu präsent waren. »Ich habe Angst davor, dass jemand meine Musik hört. Oder dass ich diese Bücher lese und sie mir gefallen könnten. Ich habe Angst vor einem irren Fan, der mir irgendetwas antut. Oder Ryder. Und die größte Angst habe ich wahrscheinlich davor, meinen Dad zu enttäuschen beziehungsweise ewig im Schatten eines Schattens …«

»Schatten eines Schattens?«

»Mein Dad lebt im Schatten von Grandma Mae und ich in seinem. Im Schatten eines Schattens ist es doppelt so dunkel. Ich kann niemandem einen Song vorspielen, weil ich Panik habe, er könnte wissen, wie wichtig mir das Musikmachen ist. Das würde ihm Macht über mich geben.«

»Ich weiß, wie viel deine Musik dir bedeutet, aber mir vertraust du.«

»Du bist anders«, sagte ich. »Ich vertraue dir, aber dir was vorspielen, kann ich trotzdem nicht.«

Eamon zog die Stirn kraus. Seine Hand lag auf der

Gangschaltung, während wir auf den gewundenen Straßen die Hügel rauf und runter fuhren. Ich stellte mir vor, dass ich meine Hand auf seine legte und meine Finger um seine schlang. Stattdessen hielt ich Ausschau nach dem ersten Hinweis auf den Flughafen und bangte dem entgegen, was sich dort abspielen würde. Erfolg oder Scheitern. Film oder kein Film. »Ich vermisse die Boxkämpfe auf deinem Kopf.«

»Welche Boxkämpfe?«

»Es sah immer so aus, als kämpften deine Locken miteinander«, sagte ich. Er lachte kehlig – ein Geräusch, das ich bereits liebte, und ich nutzte dieses Gefühl, um auszusprechen, was mir die ganze Zeit schon auf dem Herzen lag. »Ich habe nur noch vier Tage, Eamon.«

Ohne den Blick von der Straße abzuwenden, sagte er: »Und wenn du hier aufs College gehst? Dann hätten wir mehr Zeit.«

»Und wenn du nach L.A. ziehst und ein berühmter Schauspieler wirst?«

Er schüttelte den Kopf und seine Wangen wurden rot. »So schnell geht das nicht.«

»Warum? Du warst brillant. Du hast dieser Szene eine Seele gegeben, und wie Sevyns Wut plötzlich ein Gegengewicht bekam, war einfach … magisch.«

»So magisch wie Fantasyliteratur?« Er zwinkerte und bewegte die Hände übers Lenkrad. »Meine Mom sagt immer: ›Mach jeden Tag etwas, wovor du Angst hast.‹ Es ist ihre Lebensphilosophie.« Er sah mich von der Seite an.

»Ich tu das, seit ich denken kann. Zum Beispiel das Bewerbungsvideo, das ich Cate geschickt habe; das war das Angstding für den Tag. Und gestern … gestern habe ich gleich zwei geschafft. Das erste war zu schauspielern. Das zweite war, dir zu sagen, wie sehr ich dich mag.«

»Ich mag dich zu sehr.« Meine Stimme klang ganz normal, aber mein Herz spielte verrückt. Ich setzte mich auf und musste nach Luft schnappen. »Oh Gott, das *war* gerade ein Angstding.«

»Warum? Ich habe es ja zuerst gesagt.«

»Stimmt. Aber du hättest ja deine Meinung ändern können. Vielleicht hast du die ganze Nacht über gedacht: ›Nee, diese Iris Thorne ist mir nicht pflegeleicht genug. Sie steht meiner Karriere im Weg. Sie kann ja nicht mal gut küssen.‹«

Er lachte. »Solche Sachen gehen dir im Kopf rum? Wohnt da ein Teufelchen, das dich mit seiner Forke pikst, sobald du glücklich bist?«

Ich stellte mir meinen Vater vor, wie er im Teufelskostüm an seinem Schreibtisch saß und seine Romane schrieb. Es war ein verblüffend klares Bild. Aber da war noch etwas … Irgendetwas stand mir im Weg.

»Handlungslogik«, murmelte ich.

»Wie bitte?«

»Als ich in Ryders Alter war, verlangte mein Dad, dass ich Literatur studierte. Er engagierte einen Tutor. Damals dachte ich, mein Dad wollte, dass ich Literaturprofessorin werde. Ich war eine ausgezeichnete Schülerin. Heute nutzt mein Dad das, um mit mir seine Schwierigkeiten durchzusprechen, die er mit seinen Plots hat. Ich kann ihm dabei wirklich helfen.«

Abgesehen von meiner Musik war es das Einzige, wobei ich mich wirklich wohlfühlte – wenn ich meinem Dad half, seine Bücher zu schreiben. Insofern hatte Ryder nicht unrecht: Wir hatten tatsächlich einen Club, zu dem kein anderer Zutritt hatte. Mein Dad rief mich in sein Arbeitszimmer, ich setzte mich auf seine kleine Couch und hörte mir an, was das aktuelle Problem war, anschließend gab ich ihm Ratschläge.

»Eamon, können wir die Gesetze der Handlungslogik in diesem Fall bitte außer Acht lassen? Ich meine, ich weiß, dass du mich magst und ich dich. Und es gibt ein paar … sagen wir Komplikationen, was bedeutet, dass wir erst mal für eine Weile getrennt sein sollten, bevor wir richtig zusammenkommen. Aber das will ich nicht.« *Wow!* »Ich fliege bald ab, und ich möchte nicht bis zum letzten Abend warten, bis wir uns das nächste Mal küssen. Dafür war es zu schön.«

Eamon rieb sich den Hals und seine Wangen waren jetzt knallrot. »Das nenne ich mal direkt.«

Ich wartete darauf, dass er mehr sagte, aber das tat er nicht. Wir fuhren auf den Flughafenparkplatz, und ich hoffte, mich nicht zum Affen gemacht zu haben. Ich hatte gesagt, wie ich mich fühlte, und das konnte doch nicht verkehrt sein, oder? *Wann zahlt sich das Ehrlichsein für mich aus, Cate?*

Eamon zog den Zündschlüssel ab. »Shoshanna«, sagte er und erinnerte mich an meine aktuelle Aufgabe. Wenn ich sie nicht dazu bewegen konnte, an den Set zurückzukehren, hätten wir nicht einmal mehr vier Tage.

Sondern gar keinen.

DR. JILLIAN HOLTZMANN MACHT'S MÖGLICH

Der Flughafen von Dublin war viel größer als der von Shannon. Wir drehten Runden durch diverse Bereiche vor der Sicherheitskontrolle, konnten Shoshanna aber nicht finden.

»Wahrscheinlich ist sie schon zu den Gates gegangen«, sagte Eamon niedergeschlagen.

Wir schauten beide zu den Polizeibeamten.

»Dann müssen wir uns was einfallen lassen«, sagte ich und führte ihn zum Informationsstand und einer lächelnden mittelalten Frau. »Entschuldigung, könnten Sie mir vielleicht weiterhelfen? Meine Freundin hat die Sicherheitskontrolle schon passiert, aber sie hat ihre Medikamente vergessen. Könnten Sie sie ausrufen lassen, damit sie zurückkommt? Ihr Name ist Shoshanna Reyes.«

»Welches Gate?« Die Frau sah mich forschend an. Ich sah Eamon an. Er zuckte mit den Schultern. »Sie wissen nicht, welches Gate? Wo fliegt sie denn hin?«

»Los Angeles«, sagte ich, aber ich wusste nicht, ob das stimmte. »Glaube ich.«

»Glauben Sie?«, hakte die Frau süffisant nach. »Bitte kommen Sie wieder, wenn Sie mehr wissen.«

Langsam zogen wir uns zurück. »Warum wissen wir nicht einmal, wo sie wohnt?«, fragte ich mich in erster Linie selbst. »Über uns weiß sie alles.«

Eamon schaute auf die Monitore. »In zweiundvierzig Minuten geht ein Flug nach L. A. Das Boarding hat schon angefangen.« Hinter der Schlange vor einem Aer-Lingus-Schalter ließ er sich auf eine Bank fallen und vergrub den Kopf in den Händen. Ich wollte durch seine kurzen Locken streichen, tätschelte ihm aber nur unsicher die Schulter. »Danke, dass du es versucht hast, Iris.«

Seine Verzweiflung war zu viel für mich. Außerdem hatte ich es ja noch gar nicht versucht. Nicht wirklich. Hätte ich es getan, hätte ich es möglich gemacht. Immerhin war ich mit elf Jahren in eine Musikalienhandlung marschiert, einen Umschlag mit meinen gesamten Ersparnissen in der Hand, und mit Annie herausgekommen, obwohl mein Vater sich über mich lustig gemacht hatte und nicht wollte, dass ich Gitarre spielte.

Ich spürte die Ausbuchtung in meiner Hosentasche. Es hatte einen Grund gehabt, dass ich vor unserer Abfahrt noch einmal in meinen Wohnwagen zurückgesprintet war, denn ich wollte mein Portemonnaie und meinen Reisepass mitnehmen.

»Warte hier!« Ich lief an die Spitze der Schlange und rief: »Sorry, ein Notfall!«, um die verärgerten Menschen zu besänftigen, die schon länger anstanden. Am Schalter angekommen, setzte ich mein ernstestes Gesicht auf. »Ich muss den Flug nach L.A. erreichen. Mein …« Vater? Großvater? Beide würden nicht genug Emotionen hervorrufen. »Mein Bruder hatte einen Autounfall. Ich muss schnell zu ihm.«

Mir schossen tatsächlich Tränen in die Augen, als ich mir Ryder blutig und verletzt vorstellte. Zur Abwechslung zahlte sich meine düstere Vorstellungskraft einmal aus. Die Frau am Schalter schien mir aber nicht zu glauben und ich hob die leeren Hände. »Ich habe nicht einmal Gepäck dabei, sondern bin gleich hergekommen, als ich die Nachricht bekommen habe. Ich mache gerade ein Auslandssemester am Trinity College.«

Die Frau tippte etwas in ihren Computer. »Es gibt noch freie Plätze, aber ich kann nicht versprechen, dass Sie es rechtzeitig durch den Sicherheits-Check schaffen. Das macht 3.247 Euro, bitte.«

Shit!

Ich öffnete mein Portemonnaie und schaute auf die Kreditkarte meines Dads. Dieses Mal würde er völlig ausrasten. Er würde mir Hausarrest geben, was natürlich keinerlei Effekt hätte, weil es außerhalb des Hauses sowieso kein Leben für mich gab. Sobald er das begriff, würde er mir Annie wegnehmen.

Ich schob die Kreditkarte über den Tresen und versuchte, nicht zu zittern. Die Frau las sie ein und reichte mir ein Ticket, dann sprintete ich auf die Sicherheitskontrolle zu. Als ich mich einmal umschaute, sah ich, dass Eamon noch genauso dasaß, wie ich ihn verlassen hatte, den Kopf in den Händen vergraben. Hinter dem Sicherheits-Check lief ich auf mein Gate zu und wäre beinahe an Shoshanna vorbeigerannt, die an einer Bar saß. Ihr *Ghostbusters*-Tattoo lugte unter ihrem Tanktop hervor, während sie unglücklich in ein halb volles, ziemlich großes Glas starrte. Vielleicht noch unglücklicher als Cate und Eamon.

Ich tippte ihr auf die Schulter, genau an der Stelle, wo Dr. Jillian Holtzmann die Protonenwaffe auf die gleiche Weise anhob wie Rosie, die Nieterin, ihre Faust.

Sie drehte sich um. »Ach, du. Auf dem Rückweg ins Schlaraffenland, in dein unscheinbares, aber doch einigermaßen erträgliches Leben?«

Bleib ruhig! Ich schaute auf die Tickets, die auf dem Bartresen neben ihr lagen. Eins nach New York, das andere nach Providence. »Du kommst aus Rhode Island? Ich habe noch nie jemand aus Rhode Island kennengelernt.«

Sie atmete laut aus, als hätte sie mich gebabysittet, seit wir uns kannten, und als hätte ich sie jetzt einmal zu oft angespuckt. »Was willst du von mir, Iris?«

»Dass du an den Set zurückkommst.«

»Ha! Der Film ist erledigt. Er findet kein Publikum.« Sie sah mich auf eine angenervte, selbstbewusste Art an. »In dem Artikel stimmt alles. Die Produktion hat massive Probleme. Das Studio zieht sich zurück. Und Cate hält den ganzen Laden eigenhändig am Laufen.«

»Tut sie nicht, du auch«, sagte ich.

Sie schnaubte und trank einen großen Schluck von etwas, das wie hochprozentiger Cider aussah.

»Meinst du, ich hätte nicht gemerkt, dass du alles, was du hast, in die Rolle investiert hast? Dass du bis zum Gehtnichtmehr gearbeitet und in deiner freien Zeit sogar noch Eamon geholfen hast? Die Produktion *hat* Probleme, aber nenne mir den Film, bei dem alles glattgelaufen ist! Das weißt du doch selbst.«

»Ich möchte nicht mehr, dass mein Name mit diesem Film in Verbindung gebracht wird.«

»Das ist komplette Kuhkacke!«

Sie lachte. »Kuhkacke?«

»Ich bin ständig mit einem Achtjährigen zusammen, der übrigens am Boden zerstört sein wird, wenn du diesem Film durch deinen Ausstieg den Todesstoß versetzt. Sein Leben ist eine einzige Aneinanderreihung von Enttäuschungen und Traumata. Das gilt für uns beide, aber wir sind gerade dabei, die Kurve zu kriegen. Dank dieses Films.«

Die Schwierigkeiten des Lebens als Mitglied der Familie Thorne zuzugeben, war ein Wagnis. Die meisten Menschen wurden weich, weil sie dann Mitleid hatten – es sei denn, auch sie waren an den Haaren durch die Tragödien ihres Lebens gezogen worden. Shoshanna wurde nicht weich. Im Gegenteil. Ihre Gesichtszüge verhärteten sich zu einer starren Maske und sie drückte den Rücken durch. Ich hätte wissen müssen, dass auch sie gelitten hatte. Immerhin hatte sie viel mehr mit Sevyn gemeinsam als ich.

»Shoshanna, wir fahren jetzt zurück, auch wenn ich dich dazu zwingen muss.«

»Wie denn?« Sie rutschte vom Barhocker und sah mich von oben herab an. Sie war größer, fitter und entschlossener als ich. Das wusste ich, seit ich sie zum ersten Mal gesehen hatte, aber in einem hatte ich mich getäuscht: Wir stammten nicht von verschiedenen Planeten.

»Wenn nötig, zerre ich dich an deiner voluminösen Mähne hier raus«, sagte ich.

Sie kicherte, setzte sich wieder auf den Barhocker und klopfte auf den neben ihr.

Ich setzte mich. »Ich meine es ernst.«

»Das sehe ich. Woher dieser spontane Sinneswandel?« Sie trank einen Schluck.

»Ich will mit Eamon rumknutschen.«

Shoshanna musste so plötzlich lachen, dass sie Cider spuckte. Sie wischte sich das Gesicht ab und lachte dann erst recht. »Das kann doch nicht … Ihr Kiddies seid unglaublich.«

»Wieso Kiddies?«

»Weil ihr süß und vollkommen ahnungslos seid.« Shoshanna sah mich ernst an. »Wenn wir bloß ein Dreißig-Sekunden-Video von euch online zeigen könnten, würden sich die Befürchtungen der Fans zerstreuen. Wenn ihr euch darauf einlasst, komme ich zurück.«

Ich hätte lügen und »vielleicht« sagen können, um sie

hinzuhalten. Stattdessen sagte ich: »Ich lasse nicht zu, dass Cate mein Gesicht für diesen Film benutzt. Dafür steht bei mir zu viel auf dem Spiel.«

»Okay. Und jetzt sag mir, warum ich sie meins benutzen lassen sollte.«

»Weil ich gestern Abend gesehen habe, wie du spielst. Es ist *deine* Rolle. Du bist richtig gut darin. Eamon wartet übrigens hinter dem Sicherheits-Check. Er ist vollkommen fertig. Denk dran, wie gut er war! Der Dreh gestern Abend war großartig. Womöglich wird der ganze Film großartig.«

Ich meinte, was ich mich da sagen hörte. Trotz allem, was schiefgegangen war, und der bizarren Fantasywelt gab es Stellen in der Geschichte, die mich berührten. Dann Cates Einstellungen mit den dramatischen Farben und emotionsgeladenen Landschaften. Die Figuren zeigten echte Gefühle … und die Geschichte half mir sogar, mein eigenes Leben zu verstehen.

»Was ist mit dir los?«, fragte Shoshanna mitten in meine Gedanken hinein. »Du siehst aus, als würdest du gleich weinen oder mich schlagen. Wenn du hier in aller Öffentlichkeit eine Szene machst, wird es als Streit unter Liebenden ausgelegt. Die Medien werden sich darauf stürzen.« Sie sprach jetzt ganz leise. Es war eine ernst gemeinte Warnung und machte mir bewusster denn je, dass ich keine Ahnung hatte, wie es sich anfühlte, Shoshanna Reyes zu sein.

Aus einem Lautsprecher kam der letzte Aufruf zu

einem Flug nach Neuseeland und plötzlich musste ich an die Gesetze der Handlungslogik denken. Es war meine Spezialität. Warum sollte ich es leugnen? Warum mich schämen?

»Hobbits«, sagte ich, und Shoshanna sah mich an, als hätte ich den Verstand verloren. »Diese Bücher und Filme handeln doch alle davon, dass es nicht darauf ankommt, wie stark jemand ist oder wie viele Waffen er besitzt. Am Ende sind es zwei winzige Hobbits, die die Welt retten.«

Shoshannas Lider flatterten. »Hast du zu viel Zeit mit Henrik verbracht?«

»Narnia«, sagte ich und war jetzt noch überzeugter, »wo man dem Krieg nicht entrinnen kann, weil überall Krieg herrscht. Aber man kann schon als Kind König oder Königin werden. Oder nimm Harry Potter.« Shoshannas Gesichtszüge wurden weicher. Bingo! Alle Menschen unseres Alters trugen Harry Potter im Herzen. »Egal wie schwierig eine Situation wird, man braucht nichts weiter als ein paar gute Freunde.«

Ich schwieg einen Moment. »Ich habe die Bücher meiner Großmutter zwar nicht gelesen, aber *Elementia* ist ein Plädoyer für das Gute.« *Egal was mein Dad sagt.* »Sevyn rettet ihren Bruder. Sie rettet die Welt. Ein Mädchen rettet die Welt. Wie oft bekommt man so etwas auf einer großen Leinwand zu sehen?«

»Du hast keine Ahnung, was am Ende des dritten Buchs passiert, oder?«

Ich machte ein dummes Gesicht. »Warum? Was denn?«

Shoshanna schüttelte den Kopf. »Ich will deine kleine Rede nicht ruinieren. Sie war zu gut.«

»Was ist mit Cate Collins?«, fragte ich. »Sie ist eine von ganz wenigen Regisseurinnen, denen man einen Hollywood Blockbuster anvertraut hat. Wenn nichts aus dem Film wird, gibt man ihr die Schuld. Das ist ja jetzt schon der Fall, obwohl sie kämpft wie eine Löwin. Aber wenn der Film nicht floppt, wachsen Tausende Mädchen mit dem Berufswunsch Regisseurin auf.«

»Das stimmt schon, aber …« Shoshanna verzog das Gesicht. »Das kommt alles zu spät und reicht mir auch nicht. Ich muss an meine Karriere denken.« Sie stand auf und schwang sich ihr Handgepäck über die Schulter. *Ihre Schulter!*

»Dr. Jillian Holtzmann!«, rief ich so laut, dass die Menschen um uns herum erschraken.

Shoshanna erstarrte. »Was ist mit ihr?«

»Sie ist eine lesbische Action-Heldin. Deswegen trägst du das Tattoo. Sie inspiriert dich und du wirst andere Mädchen inspirieren. Du kannst eine gottverdammte lesbische Daisy Ridley sein und andere Mädchen lassen sich dann ein Shoshanna-Tattoo machen.«

Zum ersten Mal, seit ich sie kannte, errötete sie. »Herrgott, Iris!«

»Stimmt doch!«, rief ich. »Das alles ist wichtig. Ich kapiere das jetzt. Verstehst du?«

Shoshanna schaute die Leute an, die meinem Geschrei und den Enthüllungen gebannt gelauscht hatten. Dann kam sie auf mich zu, bis sie ganz nah vor mir stand, als wollte sie sich davon überzeugen, ob meine Poren Wahrheit verströmten. »Und du machst keinen Rückzieher?«

Ich schüttelte den Kopf. Und meinte es ernst.

***

Als Shoshanna und ich die Abflughalle betraten, musste Eamon doch tatsächlich weinen, und er konnte es viel besser als Julian. Ohne Schnodder. Nur große, wunderschöne Tränen, die aus seinen kristallblauen Augen tropften. Shoshanna sagte, er würde sie blamieren, drückte aber liebevoll seinen Ellenbogen. Ich rief Cate an und verkündete die gute Nachricht, dass wir bald zurück wären und weiterdrehen könnten. Sie überraschte uns, indem sie sagte, wir könnten uns heute freinehmen und bräuchten erst am nächsten Morgen zurückkommen.

Und so bekamen wir Gelegenheit, uns Eamons Dublin anzuschauen.

Er fuhr uns zum Trinity College, aber die historischen Gebäude waren nichts im Vergleich zu den großen, ausladenden alten Bäumen, die auf dem gepflegten Grundstück standen. Dann fuhr er uns über den träge dahinfließenden Liffey, um uns das alte Postgebäude zu zeigen, in dessen Säulen noch die Einschusslöcher vom Osteraufstand zu sehen waren. Am Abend aßen wir in einem ausgefallenen Etagenrestaurant namens 101 Talbot. Shoshanna trank Wein und erzählte uns ihre Geschichte.

Schon als Kind hatte sie für Kino- und Fernsehproduktionen vor der Kamera gestanden. Das wusste ich bereits. Was ich nicht wusste, war, dass die Ehe ihrer Eltern Shoshannas junger Karriere zum Opfer gefallen war. Als sie zehn Jahre alt war, wurden die Rollenangebote immer weniger, und ihre Mutter, die gleichzeitig ihre Managerin war, wollte sie zu fragwürdigen Werbespots ins Ausland schicken. Shoshanna hörte mit der Schauspielerei auf und zog zu ihrem Vater, der an Multipler Sklerose erkrankt war, nach Providence. Nach seinem Tod ging sie nach Hollywood zurück. Ihr erster Agent sagte, er würde sie nicht unter Vertrag nehmen, wenn sie sich outete, weil es angeblich ihre Rollenangebote minimieren würde.

»Das Arschloch hatte natürlich recht, aber ich outete mich trotzdem und suchte mir einen besseren Agenten. Deswegen habe ich mir das da zugelegt«, sagte sie und griff hinter sich, um ihr Tattoo auf dem Schulterblatt anzufassen. »Es gibt ein Rampenlicht für lesbische Frauen, und ich werde mittendrin stehen, sobald wir den Schalter finden.«

Ich beugte mich zu ihr vor und hätte mich dabei fast mit Suppe bekleckert. »Du hast dich also schon ein halbes Dutzend Mal neu erfunden?« Am liebsten hätte ich hinzugefügt: *Zeig mir, wie das geht!*

»Das ist eine sehr glamouröse Lesart«, sagte sie. Ich erkannte, warum sie immer noch etwas Königliches für mich hatte. Sie hatte einiges mitgemacht und war hart im Nehmen, aber das hatte sie nicht verhärtet.

Eamon war während des ganzen Essens sehr still, und als Shoshanna auf die Toilette ging, drehte ich mich zu ihm. Er hatte die Stirn in tiefe Falten gezogen.

»Ist dir heute klar geworden, dass du nun doch Schauspieler werden willst?«, fragte ich ihn.

Er schaute an die Decke und atmete tief aus. »Ja, das will ich wirklich.«

Ich kannte diesen Gesichtsausdruck. So fühlte ich mich jedes Mal, wenn sich das Garagentor öffnete und ich mich beeilen musste, Annie wieder in ihren Koffer zu stecken. Ich hätte ihm gern gesagt, dass wir bestimmt einen Weg finden würden, einen, auf dem wir beide unsere Träume verwirklichen könnten. Doch mein Hirn listete schon wieder alles auf, was für ein Scheitern dieses Films sprach. Der Artikel. Die zweifelnden Produzenten. Der verfluchte Boykott durch die Thornier.

Gern hätte ich behauptet, dass wir Eamons Karriere Wirklichkeit werden lassen konnten, aber ich konnte ja nicht einmal meine eigenen Träume verwirklichen.

WAS DUBLIN ALLES ZUM LEUCHTEN BRINGT – EAMON ZUM BEISPIEL

Das große Finale dieses Abends war ein Besuch in Eamons Lieblings-Pub, O'Sullivan's. Er war klein und schmal, aber mindestens vierzig Gäste saßen oder standen dort dicht gedrängt herum und sangen einen Song mit, den ein charmanter kahlköpfiger Gitarrist angestimmt hatte.

Eamon musste seine ganze Wortmagie anwenden, damit ich hineingelassen wurde, weil ich ja noch nicht achtzehn war, aber er kannte den Türsteher und ich schwor – Pfadfinderehrenwort! – nicht zu trinken. Shoshanna dagegen ging schnurstracks auf die Theke zu, so voller Selbstvertrauen, dass die Leute ihr den Weg frei machten.

Ich versteckte mich hinter Eamons Ellenbogen, als er ein Glas Carlsberg bestellte – was auch immer das sein mochte. Wir verdrückten uns irgendwo hinten an eine Wand. Eamon kam mir ganz nah, damit ich ihn über die Musik hinweg verstehen konnte, und zeigte auf den Gitarristen, der so mitreißend U2s »All I Want Is You« spielte, dass die meisten Pub-Besucher mitsangen. »Das ist Brian. Ich wollte, dass du ihn in Aktion siehst. Wenn ich an die zukünftige Iris denke, sehe ich dich so. Wie du dir vor jeder Menge Bewunderern die Seele aus dem Leib singst.«

»Erst mal müsste ich den Mut aufbringen, vor einem einzigen Zuhörer zu singen. Danach überlege ich mir, wie ich vor einer großen Masse auftreten kann.«

»Das ist die verkehrte Reihenfolge. Jemandem etwas vorspielen, den du kennst? Das ist nicht so einfach. Vor Fremden ist es einfacher. Ihnen ist egal, was du machst. Sie amüsieren sich höchstens.«

Gern hätte ich ihm geglaubt. Und obwohl ich mich einfach an die Wand lehnen und die Musik genießen wollte, war mir das Gespräch wichtiger, ganz nah beieinander, meine Lippen fast an seinem Ohr. »Was machen wir mit ihr?« Ich deutete auf Shoshanna, die beschwipst den Barkeeper angrinste.

»Sie muss einen draufmachen«, sagte Eamon. »Um Dampf abzulassen. Vielleicht müssen wir das alle.«

»Ich weiß nicht, ob sie mich einschüchtert oder inspiriert«, sagte ich im selben Moment, als Eamon sagte: »Ich habe sie geküsst.«

»Was?«

»Es war eine Schauspielübung«, sagte Eamon schnell. »Wir mussten uns näherkommen, um die Szene drehen zu können, und Shoshanna meinte, es wäre die effektivste Art, das Eis zu brechen.« Sein Hals wurde ganz rot, und ich schwöre, ich wusste, was er dachte.

»Und dann hat sie dich damit aufgezogen, dass du noch Jungfrau bist?«

Er verbarg den Kopf hinter seinem Bierglas. Offenbar gab es eine Grenze für Eamons Ich-funktioniere-großartig-unter-Druck-Benehmen. Und über die war ich gerade gestolpert.

Brian fing an, »American Pie« zu singen, und die Leute waren begeistert.

»Mich hat sie damit auch genervt«, schrie ich über die Musik hinweg. »Es ist okay, wenn du schüchtern bist.«

»Hey, ich bin Ire.« Unsere Gesichter waren einander beängstigend nah. »Iren gibt es nicht in schüchtern.«

»Du *bist* ein schüchterner Ire!«, sagte ich scherzhaft.

Er kippte sein Bier herunter, seine Augen sprühten, und er bahnte sich einen Weg durch die Menge, bis er neben dem Gitarristen stand. Brian trat zur Seite und Eamon sang ins Mikrofon. Zuerst lachte ich, aber dann hörte ich zu. Er hatte … wage ich es zu sagen? … Talent. Er traf die schwierigsten Töne und brachte die Menge dazu, den Refrain mitzusingen. Er kannte nicht den ganzen Text, aber das störte niemanden.

Shoshanna schrie seinen Namen von der Theke her und ich musste grinsen.

Nach dem Song umarmte Brian Eamon von der Seite. Als er zu mir zurückkam, fragte er: »So, wer ist hier jetzt schüchtern?«

»Du hast mir das Gegenteil bewiesen«, sagte ich und küsste ihn auf die Wange. Er wurde rot.

Shoshanna kam auf uns zugewankt. »Du! Warum hast du keinem Schwein gesagt, dass du singen kannst?« Sie stieß ihn mit dem ganzen Körper an, aber ich war nicht eifersüchtig. Im Gegenteil. Ich war ihr dankbar, denn sie drückte ihn an mich, und er legte mir den Arm um die Taille. »Also gut, Kiddos. Was machen wir jetzt? Ich gehe nicht an den Set zurück, wenn der ganze Schlamassel so weitergeht.«

»Ich habe nachgedacht«, sagte ich. »Julian muss in den sozialen Netzwerken aktiver werden. Schade, dass er jetzt nicht hier ist.«

»Du spinnst wohl! Wenn er hier wäre, würden wir von Fans nur so umzingelt. Und alle wüssten, wie Iris Thorne aussieht.« Shoshanna kniff mir in die Nase.

»Hey, ich bin keine fünf mehr«, sagte ich und kniff auch ihr in die Nase.

Ein braunhaariges Mädchen kam auf uns zu, den Blick auf Eamon fixiert. »Kann ich ein Autogramm haben?« Sie hielt ihm einen Stift und einen Bierdeckel hin. Eamon wurde röter denn je, nahm aber den Stift, unterschrieb und gab Stift und Bierdeckel zurück. Das Mädchen bedankte sich und ging. Shoshanna und ich schauten einander sprachlos an.

»Dein erstes Mal?«, fragte Shoshanna amüsiert und grinste Eamon an.

»Jepp«, krächzte er.

»Dann bist du jetzt erwachsen, mein Kleiner. Wenn ich dich das nächste Mal sehe, wird es in einer Bar in L.A.

sein, mit drei Frauen an jedem Arm.« Sie tätschelte ihm die Schulter und ging an die Theke zurück.

Eamon beugte sich zu meinem Ohr vor. »So bin ich nicht. Wirklich nicht.«

Beinahe hätte ich gesagt: *Ich weiß. Deswegen mag ich dich ja so.* Aber das traute ich mich nicht. »Ich kann gar nicht fassen, dass du vor all diesen Menschen gesungen hast!«

Er drückte seine Wange an meine und ich spürte seine Bartstoppeln. »Du sagst, dass du feige bist, aber du hilfst, wo du kannst, und das ist ziemlich erstaunlich für jemanden, der mit Fantasy nichts am Hut hat.«

Aber das *hatte* ich inzwischen. Ich hatte mich bloß noch nicht getraut, es ihm zu sagen. Und obwohl ich Cate geholfen hatte, wollte ich zu dem Zeitpunkt immer noch, dass der Film abgesagt wurde.

Feigling!

Dieses Mal war es weder Cates Stimme noch die meines Vaters. Es war meine eigene.

Ich entfernte mich von Eamon und bahnte mir einen Weg durch die Menge. Mein Herz klopfte wie wild, aber ich schaffte es ganz nach vorne. Brian spielte jetzt »Knocking on Heaven's Door« auf einer E-Gitarre; die akustische, die er vorher benutzt hatte, war in einem Ständer abgestellt.

Ich schnappte sie mir. Brian lächelte und rückte ein Stück zur Seite, genau wie bei Eamon. Ich warf mir den Riemen über die Schulter und fürchtete, meine Brust würde jeden Moment bersten. Die letzten Akkorde des

Songs verklangen. Ich beugte mich an sein Ohr und fragte: »Coldplay? ›Yellow‹?« Meine Stimme hatte Angst. Meine Finger hatten Angst. Aber ich kannte diesen Song, er war schön und einfach. Wenn ich den nicht hinbekam, brauchte ich alles andere gar nicht erst zu versuchen.

Brian grinste von einem Ohr bis zum anderen und gab mir ein Zeichen, dass ich anfangen sollte. Ich trat einen Schritt auf das Mikrofon zu – und sofort wieder zurück. Ich konnte nicht in Shoshannas oder Eamons Richtung schauen und blickte stattdessen in die Menge. Sie war bereit, wartete. Johlte verhalten, aber erwartungsvoll. Es klang wie die Laute von Eulen. Ich stelle mir die Leute als Eulen vor und musste grinsen. Dann die ersten Akkorde.

Einfach so.

Es dauerte ein paar Töne, bis ich mich an Brians Gitarre und den Verstärker gewöhnt hatte, aber als Brian mit der E-Gitarre einfiel, kam ich mir plötzlich wie eine richtige Gitarristin vor – und sei es nur, weil ich neben ihm stand. Dann wurde mir – verbunden mit einem leichten Herzinfarkt – bewusst, dass einer von uns langsam mal anfangen sollte zu singen. Brian sah mich an, hob eine Augenbraue und ich schloss die Augen. Beugte mich zum Mikro vor.

Und sang.

Die Worte kamen so heraus, wie ich es mochte. Als gäbe ich erstaunliche Wahrheiten von mir oder spräche einen Bann aus oder schöpfte Poesie aus einer tiefen Quelle. Das liebte ich an der Musik. Deswegen brachten mich Songtexte zum Leuchten. Irgendwann schlug ich die Augen auf, und die Menschen sangen so laut mit, dass es keine Rolle spielte, ob ich gut war. Ich begann, lauter zu singen. Und schlug die Gitarre lauter an. Brian hielt die Melodie mit elektrischen Akzenten lebendig, und als ich zum »bleed yourself dry« kam, hörten wir im selben Moment auf zu spielen und überließen den Rest unseren Stimmen.

***

Shoshanna zerrte mich aus dem Pub und auf die erstaunlich stille Straße.

»Schau mal einer an! Iris Thorne! Wer hätte das gedacht?« Sie tanzte auf dem Bürgersteig und umarmte mich. Im Kreis hüpften wir umeinander herum.

»Ich hab's getan!«, sagte ich.

»Das hast du, verdammt noch mal!«, krähte Shoshanna.

»Hier wird nicht geflucht, junge Dame«, sagte der Türsteher, aber er grinste dabei. »Gut gemacht!«

Ich begriff nicht gleich, dass er mich meinte und dass es ein Kompliment war.

»Danke.«

Eamon kam aus dem Pub und wieder spielten meine Nerven verrückt. Ich konnte ihn nicht ansehen und Shoshanna wartete es gar nicht erst ab. Sie hakte sich bei uns beiden unter, hüpfte über die roten Backsteine der Grafton Street und zog uns unter Triumphgeheul mit.

Der Himmel war voller Sterne, was für eine Großstadt

ungewöhnlich war. Keine Lichtverschmutzung, aber es gab ja auch keine Hochhäuser. Ich warf einen Seitenblick auf Eamon, der mich auch gerade ansah.

Auch Shoshanna leuchtete und fand alles, was sie in ihrem beschwipsten Zustand sah, wunderbar. »Ich könnte jetzt direkt einen irischen Song schmettern«, schrie sie. »Oh Danny B …«

»Nein, nicht!« Eamon schlug ihr eine Hand auf den Mund. »Wir sind in der *Republik* Irland, Shoshanna. ›Oh Danny Boy‹ ist die Hymne von *Nord*irland.«

Shoshanna leckte sich die Lippen und zog eine Grimasse. »Salzig. Warum sind Jungshände immer so salzig? Wascht ihr euch nie die Hände? Wisst ihr, wer wunderbare Hände hat? Roxy.«

»Roxanne?«, fragte ich nach. »Die Maskenbildnerin?«

»Die einzig Wahre. Ihr seid doch wohl nicht der Meinung, eine Fünfundzwanzigjährige sei zu alt für mich? Nein, antwortet nicht! Sie ist eine Nummer zu groß für mich. Wahrscheinlich spielt sie in derselben Liga wie Ellen Page. Und dann ist da mein kleines, queeres Ich.«

»An dir ist nichts klein, Shoshanna«, sagte ich.

»Schon gar nicht dein Interesse an Mädels«, ergänzte Eamon.

Shoshanna lachte dröhnend. Ich kannte sonst keinen, der so lachen konnte. »Wisst ihr, was wir brauchen?«, fragte sie. »Unser viertes Rad am Wagen muss unseren kleinen Triumph mitfeiern.« Sie holte ihr Handy heraus und rief jemanden per FaceTime an.

Julian meldete sich sofort und sein Gesicht sah in der Nahaufnahme seines Handys ziemlich seltsam aus.

»Shosh! Ich hoffe, du bist noch in Irland!«

»Bin ich«, sagte sie. »Und weißt du, was passiert ist? Diese junge Dame hier …«, sie hielt mir das Handy vors Gesicht, »hat eben vor Publikum Gitarre gespielt und gesungen. Und wie!«

Julian kam noch näher an sein Handy heran. »Iris? Was ist los bei euch?«

»Shoshanna ist betrunken«, sagte ich. »Wir bringen sie zum Set zurück.« Ich war so glücklich, ihn zu sehen, dass ich beinah vergaß, dass er das letzte Mal, als wir uns geschrieben hatten, sauer auf mich gewesen war. »Sie wollte aussteigen, aber Eamon und ich haben es ihr ausgeredet.«

»Ich hätte euch drei nicht alleinlassen dürfen.«

»Du hattest zu tun, Loverboy«, sagte Shoshanna.

Julian drehte sich von seinem Handy weg und sagte etwas.

»Hey! Zeig sie uns! Elora, komm ans Telefon! Wir wollen sehen, ob es dich wirklich gibt«, brüllte Shoshanna.

Jemand, der in Shoshannas Display nicht zu sehen war, lachte. Julian machte einen langen Arm und das hübscheste, zarteste Mädchen, das ich je gesehen hatte, kam ins Bild. Sie hatte die Knie bis ans Kinn gezogen und lächelte auf eine sehr … friedliche Art. »Hi«, sagte Elora. »Es gibt mich wirklich.«

»Oh, Jules, die ist aber süß! Du hast uns also nichts vorgemacht. Wow!«

Ich nahm Shoshanna das Handy aus der Hand und machte mir Sorgen um Elora, die womöglich nicht genug über uns wusste, um mit unserer betrunkenen Heldin klarzukommen. »Wir müssen Shoshanna jetzt ins Bett verfrachten. Gute Nacht, ihr beiden!«

»Iris?« Julian hielt sich das Handy wieder vors Gesicht. »Sind … ist alles in Ordnung bei euch?«

»Es wird«, sagte ich. »Und wir werden uns was einfallen lassen, um alles wieder in die richtigen Bahnen zu lenken.« Ich beendete das Gespräch. Shoshanna hüpfte weiter und erfand dabei einen Song über die schöne Elora … oder meinte sie Roxy?

Zum ersten Mal, seit ich die Bühne betreten hatte, sah ich Eamon richtig an.

Er blieb stehen, Hände in den Hosentaschen, und sah sehr, sehr schüchtern aus. »Du warst toll, Iris.«

»Wenn wir jetzt darüber reden, falle ich tot um.«

»Ich wollte es nur sagen.«

Ich drehte mich um und genoss die wunderbare Nacht. »Was machen wir denn nun, um den Film zu retten?«

»Erstens Shoshanna von der Straße holen, zweitens herausfinden, was das Zweite sein könnte.«

»O Gott, ich liebe Zwei-Punkte-Pläne. Wo gehen wir eigentlich hin?«, fragte ich.

»Zu mir nach Hause. Es ist nicht weit.«

»Bitte sag mir, du hast eine dieser unfassbaren Junggesellenbuden mit drei Mitbewohnern, Lavalampen und nichts als einem vertrockneten Klumpen Käse im Kühlschrank!«, brüllte Shoshanna.

Eamon rieb sich den Nacken. »Nicht ganz.«

Zwanzig Minuten später gingen wir eine Straße mit alten Reihenhäusern und bunt bemalten Türen entlang. Vor einer leuchtend blauen mit einem Löwenkopf als Türklopfer blieb Eamon stehen. Er versuchte, das Schloss leise zu öffnen, aber seine Mutter riss die Tür auf. Bei einem Casting hätte ich sie unter hundert irischen Moms sofort als Eamons erkannt. Vor allem wegen ihrer kristallblauen Augen und lockigen Haare.

»Was bringt dich denn in die Stadt?« Sie umarmte ihren Sohn so begeistert und so lange, dass es am Ende eher einem Ringkampf glich. Shoshanna nahm das als Anlass, sich der Umarmung anzuschließen. Eamons Mom ließ ihn los und schaute Shoshanna an. »Kommt rein. Ich glaube, diese hier braucht was zum Ausnüchtern.«

Wir gingen ins Haus, und ich konnte nicht glauben, dass ich nach Pub roch, ein ausgeleiertes T-Shirt trug und von einer betrunkenen Shoshanna begleitet wurde, als ich Eamons Mom kennenlernte. »Du hättest mich vorwarnen können«, flüsterte ich ihm zu, als wir einer nach dem anderen die Küche betraten. Seine Mutter stellte Shoshanna einen Teller Schokoladenkekse hin.

»Keine Sorge«, flüsterte er zurück, bevor er sich an seine Mom wandte. »Mom, das ist Shoshanna Reyes, unsere

Sevyn. Shoshanna, das ist Gráinne. Wenn du sie als Mrs Irgendwas ansprichst, wirst du es bitter bereuen.«

»Mrs O'Brien ist meine Schwiegermutter. Wie würdet ihr es denn finden, mit dem Namen der eigenen Schwiegermutter angesprochen zu werden?« Gráinne legte die Hand unter Shoshannas Kinn und schaute sie genau an. »Das ist also Sevyn. Verstehe. Lässt nichts liegen. Genau das Mädel, von dem ich in den Geschichten gelesen habe.«

Shoshanna grinste und biss in einen Keks.

Eamon berührte meine Schulter, und die Zeit blieb stehen, als ich darauf wartete, meinen unvermeidbaren Titel als *M.E. Thornes Enkelin* verliehen zu bekommen.

»Das ist Iris, meine Freundin«, sagte er.

»Was?«, platzte es aus mir heraus.

Er legte den Kopf schief. »Heute Morgen hast du doch selbst gesagt, dass wir zu einem besseren Teil der Geschichte springen sollten … oder so.«

»Aber damit meinte ich …« *Rumknutschen*. »Ich wollte nicht … Ich will dich nicht zu irgendwelchen Bekenntnissen drängen«, sagte ich, mir meiner Zuhörer schmerzlich bewusst. »Können wir später darüber sprechen?«

»Wenn du mich noch öfter küssen willst, will ich dein Freund sein.« Er verschränkte die Arme.

Passierte das gerade wirklich? Vor seiner Mutter? Aus dem Augenwinkel sah ich, dass Shoshanna Eamons Mom die Kekspackung anbot, die auch prompt einen Keks nahm. Beide mampften vor sich hin und sahen uns an, als spielte sich eine romantische Komödie vor ihnen ab.

»Willst du nicht meine Freundin sein?«, fragte Eamon und klang beinahe gekränkt.

»Doch, aber du kannst jemanden nicht als deine Freundin vorstellen, ohne sie vorher gefragt zu haben.«

Eamons Augen hatten etwas Feuriges, mehr als sonst, und es gefiel mir. »O Gott, willst du nun meine Freundin sein, Iris?« Eamons Mom räusperte sich, und er fügte hinzu: »Bitte?«

»Ja«, sagte ich.

Wir starrten einander an. Shoshanna begann, langsam in die Hände zu klatschen.

Gráinne nahm sich noch einen Keks. »Ich hätte ihm mehr Jane Austen vorlesen sollen, als er klein war«, sagte sie. »Er ist kein großer Romantiker, was?«

»Sie sind Welpen«, sagte Shoshanna, worauf Eamon und ich grummelten.

»Großartige Vorstellung, aber es ist spät, und ihr werdet alle zu kaputt sein, um Filme zu drehen, wenn ihr jetzt nicht schlafen geht.« Gráinne füllte ein Glas mit Wasser und gab es Shoshanna. »Du schläfst im Zimmer von Eamons Schwester. Letzte Tür rechts.« Sie sah mich an. »Du nimmst Eamons Zimmer, du Glückspilz! Kannst in den Sachen deines Freunds rumwühlen …« Sie zwinkerte mir zu, und jetzt wusste ich auch, von wem Eamon seine liebenswerte Frechheit geerbt hatte.

Schließlich legte sie einen Arm um Eamon. »Du, liebster Sohn, nimmst das Sofa.«

»Ich könnte in meinem Zimmer auf dem Fußboden

schlafen«, sagte er. »Ich lasse Iris auch ganz bestimmt zufrieden.«

Seine Mom drückte ihm die Schultern und küsste ihn auf den Kopf. »Netter Versuch. Richtig gut. Sympathisch. *Sofa!*«

Jungszimmer und andere ungelöste Rätsel

Gráinne hatte nicht unrecht. Ich nutzte das Mondlicht, das durchs Fenster schien, um Eamons Zimmer zu erkunden. Es war anders als amerikanische Jungszimmer. Er besaß viele Bücher, einen aufgeräumten Kleiderschrank und eine Menge Fußball-Krimskrams, der offenbar schon lange nicht mehr beachtet wurde. Das alte Messingbett war sehr schmal, das Mobiliar aus Holz und zeitlos; als hätte es bereits einmal seiner Urgroßmutter gehört.

Das Bücherregal schien das meistgeliebte Objekt zu sein. Ich fuhr mit den Fingern über die Buchrücken. Hauptsächlich Fantasy, aber auch Literatur. *Jane Eyre* war nicht dabei; ich musste ihm eine Ausgabe besorgen. Als ich ein Exemplar von *Elementia* mit gebrochenem Rücken entdeckte, nahm ich es aus dem Regal.

Den ersten Band der Trilogie als einzelnes Buch hatte ich selten gesehen. Es war nicht sehr dick, knapp drei Zentimeter, und noch nie hatte ich dieses britische Cover gesehen. Es war viel interessanter als die elf-verliebten nordamerikanischen Cover. Es gab keine Zitate von begeisterten Kritikern, keine albernen Werbeslogans. Nur ein greller Blitz, der einen Kompass der Elemente spaltete. Titel und Autorenname waren schwarz mit silberner Prägung. Es wirkte rätselhaft und verführerisch zugleich.

Was hatte Shoshanna gemeint, als sie sagte, ich wüsste nicht, wie die Trilogie endete? War es denn so überraschend? Vielleicht hatte sie aber auch das Ende des ersten Bands gemeint, wenn Evyn den König, also seinen eigenen Vater, tötet. Das war allgemein bekannt; mein Dad hatte oft Witze darüber gemacht.

Über das Ende der Trilogie als Ganzes hatte ich nie Witze gehört.

Ich legte das Buch auf Eamons Bett und es öffnete sich von allein an der Stelle, wo die Bindung am ausgeleiertsten war. Es war keine Überraschung, dass es die Szene am Fluss war, Cates Lieblingsstelle. Ich blätterte zu dem Morgen nach Sevyns Rettung aus dem Fiebertraum durch Nolan und las weiter.

Sevyn erwachte neben einem knisternden Feuer. Ihre feuchten Kleider erinnerten sie an den Fluss und ihr Fieber. Sie hatte einen unangenehmen Geschmack im Mund.

Vor ihr lehnte ein Junge an dem großen weißen Baum, unter dem sie sich in ihrer Verzweiflung niedergeworfen hatte. Er hatte die Arme vor der nackten Brust gekreuzt und beobachtete sie mit zusammengekniffenen Augen. Zuerst konnte sich Sevyn nur daran erinnern, wie sich die Haut über seinen Rippen angefühlt hatte und dass er die Lippen geöffnet hatte, als sie sie berührte.

Sevyn richtete sich ein wenig auf und stützte sich auf den Ellenbogen. »Wer bist du?«

»Sei still.« In seiner Stimme schwang der Wind mit, wie bei ihrem Vater, wenn er liebevoll mit ihrem Bruder gesprochen hatte. Ein Schauder durchfuhr Sevyn und sie betrachtete ihn genauer. Er war schlank, aber stark. Er trug nur eine dünne Hose, die bis unter seine Knie reichte und aus gefallenem Laub zu bestehen schien. Seine Gesichtszüge waren so scharfkantig, als hätte der Wind sie über Tausende Jahreszeiten aus dem feinsten Stein gemeißelt. Seine Ohren waren abgewinkelt und liefen spitz zu.

Sevyn balancierte auf ihrem zitternden Arm und war entschlossen, ihren Retter zum Sprechen zu bringen. »Wer bist du, Elf?«

»Das musst du nicht wissen. Gib dich damit zufrieden, dass du mein wahres Ich erkannt hast.« Sein Ton verriet, dass er sich vor ihr in Acht nahm.

»Du hättest mich nicht berühren dürfen.« Ein unerwartetes Gefühl drohte Sevyn zu ersticken. Das Feuer stieg ihr in die Augen und färbte ihre Tränen orange.

Ich unterbrach die Lektüre und schaute mich in Eamons Zimmer um. Ich konnte mir die Geschichte jetzt vorstellen. Eamon war Nolan. Aber Sevyn? Sie war nicht Shoshanna. Sie war wie ich. Krank. Voller Angst. Verzweifelt auf der Suche nach etwas, das ihr Hoffnung geben konnte.

Der Elf schien sich ein wenig zu entspannen. Er setzte sich neben sie. Wie alt er war, konnte man ihm nicht ansehen. Sein Blick deutete mal ein Alter an, mal ein anderes. Er war ihr nah genug, um ihn berühren zu können, aber das wagte sie nicht. Dass sie ihn vorher hatte berühren können, musste etwas mit dem Schleier der Ruhe zu tun gehabt haben, der sich nach dem Fiebertraum über sie gelegt hatte. Er hatte die Blitze besänftigt, aber woher er gekommen war, wusste sie nicht. Statt den Elf zu berühren, benutzte sie jetzt ihr rostigstes Werkzeug für den Kontakt mit ihm: ihre sanfte Stimme.

»Ich heiße Sevyn. Ich bin eine Tochter von …« Ihre Worte verklangen, als sie beschloss, ihre königliche Herkunft für sich zu behalten. »Von Cerul. Es ist ein Insel-Königreich, unweit der Küste. Kennst du es?«

Der Elf nickte.

»Verrätst du mir deinen Namen? Ich habe noch nie einen Elf getroffen. Es heißt, deine Art sei längst ausgestorben.«

»Ein Name ist nichts Triviales«, sagte er, und es war ihm anzusehen, dass er mit sich haderte. »Ich bin

Nolandriav. Du kannst mich Nolan nennen. Bitte nutze meinen Namen nicht gegen mich.«

»Iris?« Eamon kam hereingeschlichen und schloss die Tür hinter sich.

Ich schlug das Buch zu. »Deine Mom bringt dich um, wenn sie dich hier erwischt.«

»Das Risiko nehme ich in Kauf.« Im Schneidersitz setzte er sich auf die Bettkante und in dieser Pose sah er aus wie vierzehn, nicht wie achtzehn. »Also wirklich!«, sagte er und nahm das Buch in die Hand. »Das ist schon das zweite Mal, dass ich dich bei der Lektüre von *Elementia* erwische. Was würde dein Vater dazu sagen?« Er scherzte, aber seine Worte legten sich wie Blei auf meine Brust.

Ich stand auf und stellte das Buch ins Regal zurück. »Er würde sagen: ›Ich habe dich dazu erzogen, auf meiner Seite zu stehen. Was ist bloß in dich gefahren, Iris?‹«

Eamon zog die Stirn kraus. »Diese Art von Druck kenne ich. Mein Dad hat es bis in die letzten Testspiele für die Green Army geschafft, als er in meinem Alter war.« Er zeigte auf die vernachlässigten Fußballsachen. »Die irische Nationalmannschaft. Er hat's aber nicht geschafft und wollte diese Schande beheben, indem er seinen Sohn zum Fußballstar macht. Als ich mich als talentfrei erwies, verlor er jegliches Interesse an mir.«

Müde lehnte ich am Bücherregal. »Warum glauben die Leute, sie könnten ihre Kinder zu dem machen, was sie selber sein wollen? Begreifen sie nicht, wie dumm das ist?«

»Ich habe mich längst daran gewöhnt, enttäuscht zu werden.« Eamon lächelte traurig. »Aber ich bin drüber weggekommen. Mein Dad ist jemand, der den Ärmelkanal durchschwimmt, aber an Weihnachten vergisst, seine Kinder anzurufen. Ich brauche sein Wohlwollen nicht, aber ich wünschte, er würde meine Mom besser behandeln. Er wohnt hier schon seit Jahren nicht mehr, aber sie sind noch verheiratet. Manchmal versuchen sie es wieder miteinander, aber er gibt jedes Mal auf.«

Ich beneidete Eamon, denn ich *brauchte* das Wohlwollen meines Dads. Zumindest wünschte ich es mir. Ich lehnte immer noch am Regal und hielt mich mit beiden Händen hinter dem Rücken an einem der Bretter fest. »Ich möchte dir was erzählen, das ich noch nie jemandem erzählt habe. Als ich in Ryders Alter war, hat mein Dad einen Tutor eingestellt, der mir Literatur nahebringen sollte. Ich weiß, es klingt lächerlich, aber es war ganz okay. Ich mochte Mr Sams. Er gab mir *Jane Eyre* zu lesen, was übrigens immer noch mein Lieblingsbuch ist.«

»Ist bei mir angekommen«, sagte Eamon, genau wie er sollte.

»Ich habe Dutzende Klassiker gelesen, aber natürlich nur welche, die mein Dad für meinen Unterricht vorgesehen hatte. Das Lesen hat richtig Spaß gemacht, und mein Dad konnte damit angeben, dass seine achtjährige Tochter *Moby Dick* und *Große Erwartungen* gelesen hatte.« Ich holte tief Luft und sagte das Nächste ganz schnell. »Aber dann fing Mr Sams heimlich an, mir andere Bücher zu geben. Barrie, Lewis, Tolkien, Rowling ...« Ich drehte mich zum Regal um und holte ein Buch heraus. »Pullman.«

Eamon fiel die Kinnlade herunter. »Du hast *His Dark Materials* gelesen und hasst Fantasyliteratur trotzdem?«

»Nein.« Eine Träne löste sich aus meinem Auge und ich stellte das Buch zurück. »Ich liebte diese Geschichten. Alle. Und eines Tages gab Mr Sams mir *Elementia*. Noch am selben Tag erwischte mich mein Dad mit dem Buch. Er ist ausgerastet. Er brüllte herum, ich würde mir das Hirn mit Müll verkleistern. Natürlich feuerte er Mr Sams auf der Stelle und nahm mir alle Bücher weg.«

Eamon stand auf, sodass das alte Bett quietschte, und kam auf mich zu. Ich war aber noch nicht bereit, mich umarmen zu lassen. Ich musste weitermachen. Alles rauslassen. »Du darfst nicht glauben, dass es gelogen war, als ich sagte, ich mag keinen Fantasykram. Ich habe tatsächlich angefangen, ihn zu hassen, vor allem die Fans. Besonders nach der Sache mit Moss. Es stimmt auch, dass ich eigentlich nicht herkommen und keinen von euch kennenlernen wollte – mit Ausnahme von Julian –, und ich wollte, dass die Dreharbeiten abgebrochen werden, damit nicht *noch* ein *Elementia*-Ding auf meinem Leben herumtrampelt.«

Ich war ganz außer Atem. Eamon sah immer noch so aus, als wollte er mich umarmen, und ich drehte mich zum Regal um und berührte den Buchrücken von *Elementia*. »Im Laufe dieser Woche habe ich begriffen, dass mein Dad damals so ausgerastet ist, weil Grandma Mae gerade gestorben war, nicht weil ich etwas Schlimmes getan hatte.«

Ich setzte mich auf die Fensterbank. Eamon setzte sich neben mich und ließ zwischen uns ein paar Zentimeter Platz. »Diesen Zusammenhang habe ich vorher noch nie gesehen. Ich hatte meinen Dad nie enttäuscht und dachte, das passiert, wenn man etwas Falsches tut. Nur ich war daran schuld, dass er so herumtobte. Seitdem habe ich versucht, alles richtig zu machen. Aber das ist unmöglich.«

Ich schloss die Augen. »Manchmal habe ich noch Albträume davon, wie er mich angeschrien hat, aber dann habe ich deswegen ein schlechtes Gewissen, denn den Zorn meines Vaters zu ertragen, war natürlich nichts im Vergleich zu dem, was Ryder ertragen musste.«

»Das ist doch kein Wettbewerb, Iris«, sagte Eamon leise. »Solche Erlebnisse sind brutal, jedes für sich. Und um ehrlich zu sein, fällt es mir schwer, deinen Dad nicht zu hassen.«

»Willkommen im Club.« Ich küsste ihn auf die Wange und er zog mich an sich. Ich wünschte, diese Umarmung würde nie enden, und fing an zu weinen, weil ich bald abreisen würde. Sehr bald. Zurück in den ewigen Sonnenschein von L.A., zu den hohlen Freundschaften an der Schule, zum tagtäglichen Babysitten und zum heimlichen Songschreiben. Songs über so viele angestaute Gefühle, dass es besser war, sie nicht herauszulassen.

Und jetzt erwartete mich in L.A. noch eine weitere Qual: kein Eamon.

»Du musst nach L.A. ziehen und Schauspieler werden.«

»Vielleicht. Aber das liegt in weiter Ferne. Und weit von meinem Zuhause entfernt.«

»Warum willst du mich dann zur Freundin haben?«, fragte ich. »Soll unsere Beziehung nur halten, bis ich abreise?«

Sein Blick wurde beinahe ängstlich. »Ich weiß doch selber nicht, wie es weitergeht. Wie auch? Wäre es dir lieber, wenn wir es ganz sein lassen?«

»Um Gottes willen! Ich bin froh über alles, was du in der Küche gesagt hast.«

»Beinah hättest du mich getäuscht.« Eamon grinste.

»Das ist alles so neu für mich. Ich bin schon mit Jungen ausgegangen, aber es war nichts Festes.« Es hätte peinlich werden können, aber Eamon bewahrte uns davor.

»Bei mir auch nicht. Weil ich andauernd Fantasy-Romane gelesen habe, hatte ich keine Zeit, mich mit realen Mädels abzugeben.« Er zuckte mit den Schultern und sah dabei so süß aus, dass ich ihn hätte knutschen können. Aber er holte seine Videokamera hervor. »Ich will dir was zeigen, aber vorher musst du mir versprechen, dass du mich nicht umbringst.«

»Du hast meinen Song aufgenommen, oder?«

Er klappte das Display auf und hielt es mir hin. »Schau dich an. Du wirst staunen.«

Er drückte auf Play, und meine Hände ballten sich zu

Fäusten. Die ersten Akkorde waren noch unsicher, bis Brian und ich uns synchronisiert hatten. Ich konnte meine Stimme kaum hören, weil die Leute so laut mitsangen, aber es klang … gut. Wieder spürte ich das Kribbeln von der Bühne. Den Kick eines Auftritts. Den Moment, wenn die Melodie so selbstverständlich wurde wie der Text.

Wenn mein Dad das sehen könnte …

Der Song endete und Eamon schaltete die Kamera aus. Ich berührte sein Kinn, während seine Finger am Ausschnitt meines Shirts entlangfuhren und an dem Punkt anhielten, wo meine Schulter aus dem weiten Ausschnitt ragte. »Ich mag dieses Shirt«, sagte er mit so tiefer Stimme, dass es mir vorkam, als hätte ich sie noch nie gehört.

»Mein Schlabbershirt. Ich habe es seit Jahren.« Nach einer kurzen Pause fuhr ich fort: »Ich trage es nur im Haus. Mein Dad hasst es, wenn ich mich ›wie ein Teenager‹ kleide.«

»Was für ein Idiot!« Er drückte mir einen Kuss auf die Schulter, der mich sprachlos machte. Ich berührte seine Haare, und seine kurzen Locken waren ganz weich. Dicht und zerzaust und weich.

Er beugte sich zu meinen Lippen vor und ich lachte. »Sorry. Es ist bloß … Du machst mich glücklich. Das ist ein ganz ungewohntes Gefühl für mich.«

Er lachte auch. »Wir müssen einen Weg finden. Wenn ich dich nicht bald küsse, brenne ich nieder wie die Schwarze Ödnis von Thornbred.«

Ich zog ihn am Hemdkragen näher. »Keine Fantasy-Zitate beim Küssen!«

Ich hob meinen Mund an seinen, kaum dass ich ausgeredet hatte. Seine Lippen waren voll und weich. Der Kuss begann so zart und süß wie auf der Fähre ... aber dann veränderte er sich. Ich nahm Eamons Gesicht in beide Hände und der Kuss wurde tiefer. Eamon schlang die Arme um meine Taille und zog mich, so nah es ging, an sich. Brust an Brust.

Wir küssten uns, bis es sich anfühlte, als schwebten wir langsam aus der Realität, aus dem Zimmer, aus Irland und auf einen sonnigen, warm leuchtenden Ort zu, der ganz allein für Iris und Eamon reserviert war und wo nichts anderes zählte.

Als wir uns voneinander lösten und Atem holten, sah er glücklich aus. »Ich glaube, wir haben ein Portal gefunden, Iris.«

Ich musste lachen. »Ich weiß, was du meinst.«

Wieder küssten wir uns und verschmolzen miteinander, bis meine Lippen wehtaten und meine Hände sein Hemd zerknittert hatten. Ich legte den Kopf an seine Schulter und er strich mir mit den Fingern durch die Haare.

Der Mond schien ins Fenster und tauchte alles in Silber. »Was für ein verrücktes Licht.« Ich hielt meine Hand in einen Mondstrahl. »Wie würde man es in Fantasy-Sprache nennen?«

»Ich dachte, du hättest Fantasy-Zitate verboten.« Ich verzog das Gesicht und er sagte: »Silbrig?«

»Uralt?«

Wir kicherten. Aus so großer Nähe, Nase an Nase, sah Eamon wie ein brandneuer Mensch aus. Mein Mensch.

»Glänzend?«, flüsterte ich und streifte seine Lippen.

»Glänzend«, stimmte er zu. »Moment mal, hast du *Firefly* gesehen?«

Ich schloss die Augen: »Okay, eventuell hatte ich letztes Jahr Pfeiffersches Drüsenfieber, und vielleicht habe ich in der Zeit sehr viel Netflix geschaut … aber wer, zum Teufel, hat beschlossen, die Serie schon nach einer halben Staffel abzusetzen?« Ich holte tief Luft, bevor ich fortfuhr: »Bitte verrate das keinem! Sonst halten mich alle noch für einen Space-Cowboy-Nerd.«

Als ich die Augen wieder öffnete, sah Eamon mich an, als wäre er verliebt.

»Aber Iris, du würdest einen atemberaubenden Nerd abgeben!«

Film: Elementia

Regie: Cate Collins

Außendreh: Tag 8
Killykeen Forest, Irland

Anmerkungen zum Dreh:
NACHMITTAG: SEVYN & NOLAN - der Morgen danach

Weitere Anmerkungen:
Die Studiobosse besuchen den Set für die nächsten zwei Tage.

ZURÜCK-ZUR-REALITÄT-FANTASY

Am nächsten Morgen brachen wir früh nach Killykeen auf. Ich saß auf dem Beifahrersitz und Eamon nahm meine Hand, wenn er nicht gerade den Gang wechseln musste, und irgendwann ging er dazu über, auch beim Gangwechseln meine Hand zu halten.

»Ich weiß jetzt, warum es ›Gang wechseln‹ heißt«, flüsterte ich, weil ich nicht wollte, dass Shoshanna erfuhr, was wir in der letzten Nacht getan hatten. Eamon sah mich von der Seite an und biss sich auf die Unterlippe. Was unfair war, denn ich wollte mit dieser Lippe das Gleiche tun.

»Also.« Shoshanna beugte sich im Rücksitz vor und sagte erstaunlich munter: »Wie kriegen wir Iris dazu, die Filmmusik beizusteuern? Wir haben ja nun gesehen, dass sie ganz nett krächzen kann. Es gibt also keine Ausrede.«

»Das war eine Ausnahme«, sagte ich und hoffte mit jeder Faser meines Körpers, dass es nicht dabei blieb. »Außerdem macht es einen Unterschied, ob man vor

Fremden singt oder für den Soundtrack eines großen Kinofilms verantwortlich ist. Das ist mir eine Nummer zu groß.«

»Ich hole Julian an Bord«, sagte Shoshanna. »Er kann dich bestimmt überreden.«

Ich drehte mich zu ihr um. »Müsstest du nicht eigentlich verkatert sein?«

»Ich bin neunzehn, Iris. Meine Leber ist auf der Höhe ihrer Leistungsfähigkeit.« Sie beugte sich zu mir vor und flüsterte: »Eine Jungfrau, die nicht trinkt … Was soll ich bloß mit dir anfangen?«

»*Du* fängst bitte gar nichts mit ihr an. Sie gehört mir«, sagte Eamon.

Ich grinste. »Da hörst du es: Ich gehöre ihm.«

»Cate würde diese Ausdrucksweise missbilligen«, sagte Shoshanna. »Genau wie ich.«

»Dann würdest du also nicht sagen, dass du Roxy gehörst, wenn sie dich will?«, fragte ich.

Shoshanna öffnete den Mund, dann schloss sie ihn wieder. »Was habe ich gestern Abend alles ausgeplaudert?«

»So einiges über Roxys schöne Hände … und etwas über Ellen Pages Liga, aber das habe ich nicht verstanden«, sagte ich.

»*Heteros*«, murmelte Shoshanna. »Aber ihr beide verhaltet euch cool, oder? Ihr stellt mich vor Roxy nicht bloß?«

»Kommt drauf an, ob du dich benimmst. Aber ich wäre enttäuscht, wenn du nicht bald ihr gehörst.« Plötzlich begriff ich, was Shoshanna an dieser Formulierung störte. Menschen konnten einander gehören, aber in Ordnung war es nur, wenn es beidseitig war. Ich sah Eamon an. »Du gehörst mir auch, oder?«

»Mit Haut und Haaren. Du kannst mir deinen Namen eintätowieren. Hast du eigentlich einen zweiten Vornamen?«

Schweigen.

»Gertrude!«, krähte Shoshanna. »Hermine! Franca! Nein, Moment mal … Ist es ein Fantasy-Name? Los, sag schon! Galadriel?«

»Ich habe sogar einen Drittnamen. Nummer zwei ist Mae, Nummer drei Ellen.« Ich erwartete, dass beide ausflippen würden.

Eamon blieb vollkommen ruhig. »Dann kannst du mir deinen Namen eintätowieren, Iris Mae Ellen Thorne.«

»Dann heißt du also Iris *M.E. Thorne*?« Shoshanna verzog das Gesicht. »Das ist unfair. Wer will denn nach einer berühmten Toten benannt werden?« Sie lehnte sich im Rücksitz zurück und verschränkte die Arme. Ehrlich gesagt war ich beiden für ihre Reaktionen dankbar.

»Sie war noch nicht tot, als ich nach ihr benannt wurde. Außerdem ist das gar nicht das Schlimmste.« Dann sagte ich nichts mehr, und Shoshanna musste mich löchern, bis ich weitersprach. »Na ja, mein Dad hasst sie. Oder hat sie gehasst. Er hat mich nach jemandem benannt, den er hasste. Ist das nicht schrecklich?«

»Aber hallo!«, sagte Shoshanna, und gleichzeitig sagte Eamon: »Klingt kompliziert.«

Die Straße bog zum Forest Park von Killykeen ab, und Shoshanna sagte: »An deiner Stelle würde ich ihn grillen. Immerhin geht es um deinen Namen. Deine Familie. Ihm musste doch klar sein, dass du die Zusammenhänge nach und nach erfahren würdest.«

Ihre Worte beunruhigten mich, aber ich wusste nicht, ob es daran lag, dass wir uns der Löwengrube von *Elementia* näherten, oder daran, dass ich Shoshannas Empfehlung nur zu gern nachkommen wollte.

Abgesehen davon stand mir auch noch die Auseinandersetzung über den Flug bevor, den ich mit der Kreditkarte meines Vaters bezahlt hatte …

Ich schaute auf mein Handy. Irgendwann in der letzten Nacht war der Akku leer gegangen, und es war eine unfassbare Erleichterung gewesen, eine Zeitlang unerreichbar zu sein. Andererseits: Was, wenn Ryder in dieser Zeit etwas passiert war?

Ich wurde nervös. Eamon schien es zu merken, sah mich an und fragte: »Alles in Ordnung?«

»Irgendwie habe ich ein mulmiges Gefühl.«

Eamon hielt neben den Wohnwagen. Das Team war ganz entspannt; viele frühstückten an den Picknicktischen. »Hier sieht alles normal aus«, sagte er. Seltsam, dass normal bedeutete, dass überall Kabel, Beleuchtungskörper und alle möglichen Ausrüstungsgegenstände herumstanden und -lagen.

»Die da sind neu«, sagte Shoshanna und zeigte auf drei schwarze SUVs auf dem Parkplatz. »Wir haben Besuch.

Vielleicht ist Julian ja zurück und brauchte drei Wagen für seine Klamotten.«

Eamon kicherte, aber ich erstarrte, während ich nach Ryder Ausschau hielt. Schließlich fand ich ihn hinter einem Picknicktisch. Er stand neben jemandem, dessen angespanntes Gesicht mir nur zu vertraut war und der mit Cate Collins sprach.

»O Gott! Mein Dad!«

»Was?«, sagte Eamon erschrocken.

Ich zeigte in seine Richtung.

»Das sieht aber gar nicht gut aus«, sagte Shoshanna hinter mir. Sie hatte recht. Cate gestikulierte, als stritte sie mit meinem Dad über irgendetwas. »Sollen wir einfach wieder wegfahren?«

Mein Dad schaute sich um und sah mich in Eamons Wagen sitzen.

»Zu spät«, sagte ich.

»Dann gehen wir zusammen hin«, bot Shoshanna an. »Er wird dich schon nicht in die Mangel nehmen, wenn wir zu dritt aufkreuzen.«

Ach, Shoshanna! Sie tat mir fast leid. »Du hast ja keine Ahnung, zu was Michael Edward Thorne fähig ist, wenn er wütend ist. Und ja, er hat auch die gleichen Anfangsbuchstaben wie sie.«

***

Eamon zu meiner Linken und Shoshanna zu meiner Rechten ging ich auf meinen Vater zu. Es war natürlich reines Wunschdenken, dass die Anwesenheit der beiden einen Ausbruch von ihm verhindern könnte, aber dass sie es wenigstens versuchten, bedeutete mir viel.

»Ein schwieriges Geschäft, Kinder zu haben«, sagte mein Dad, als wir in Hörweite kamen. Ich wusste, dass ich es hören sollte, obwohl er mich nicht ansah. Er hielt meinen Bruder am Ellenbogen fest und verdrehte ihm dabei beinahe den Arm. So demonstrierte er, wie unzufrieden er mit uns beiden war. »Wenn man sie aus den Augen verliert, gerät man in Panik, und wenn man sie dann wiederfindet, äußert sich die Erleichterung in unbändiger Wut.«

Ryder wand sich in seinem Griff. Cate war so anständig, sich über seinen bedrohlichen Ton überrascht zu zeigen.

Ich wusste es besser. Alles war nur Show. Das Auftreten meines Dads war ein dramatischer Albtraum, aber nur gespielt. Nie würde er eine Hand gegen uns erheben; seine Wut traf uns in Form von Missachtung und Vernachlässigung. »Es geht mir gut, Dad. Mein Akku war leer, als ich Shoshanna vom Flughafen abgeholt habe.«

»Wenn ich recht informiert bin, war das gestern«, sagte er, wandte seine dunklen Augen von Cate ab und richtete sie auf mich. »Und heute ist nicht gestern, oder, Iris?«

»Messerscharf beobachtet«, schnarrte Shoshanna.

»Ich habe ihnen bis heute Morgen freigegeben«, sagte Cate schnell, bevor Shoshanna eine weitere Frechheit losließ. »Sie haben schwer gearbeitet. Die Nacht haben sie im Haus von Eamons Familie verbracht, nicht wahr?«

Alle drei nickten wir synchron, und sogar aus meiner Perspektive sah es verdächtig aus.

Cate winkte meine Freunde zu sich. »Ab in die Maske! Ihr habt eine Szene zu spielen. Und die Studiobosse haben beschlossen, uns mit ihrer Anwesenheit zu beehren.« Den letzten Satz spuckte sie aus, als sei er pures Gift.

Shoshanna und Cate gingen, während Eamon einen halben Schritt vortrat und mich an der Schulter berührte. »Sag Bescheid, wenn du was brauchst. Versprichst du mir das?«

Ich nickte, und obwohl ich sein Verhalten unheimlich süß fand, dachte ich: *Verschwinde, bevor mein Vater loslegt!*

Eamon gab mir seinen Rucksack und flüsterte: »Zeig's ihm!«

Dann folgte er Cate und Shoshanna, und ich zeigte auf meinen Wohnwagen. »Da drinnen können wir uns unterhalten, Dad.«

»Ich muss Mr Donato helfen«, wimmerte Ryder. »Er braucht mich.«

»Vergiss es! Du bleibst bei mir, bis wir abreisen.« Mein Dad schubste Ryder auf unseren Wohnwagen zu, und ich sah, wie aufgewühlt mein Bruder war. Sein Gesicht war rot und verschwitzt, er keuchte mehr, als dass er atmete, und er versuchte immer noch, sich aus dem Griff meines Vaters zu befreien. Ich kannte Ryders Gefühle nur zu gut, nur dass ich in Momenten, wenn er explodierte, inzwischen gelernt hatte, still zu bleiben und schmerzhaft zu implodieren.

»Ryder«, sagte ich und hoffte, er würde mich anschauen. Das tat er aber nicht und ich wandte mich an meinen Dad. »Lass ihn gehen«, sagte ich mit zusammengebissenen Zähnen. »Du und ich müssen reden. Allein.«

»Ich habe bereits Nein gesagt, Iris.« Jetzt zog mein Dad Ryder hinter sich her. Mein Bruder ließ sich sacken und baumelte nur noch am Ellenbogen in Dads Händen. *O Gott!*

»Ryder macht sich richtig gut.« Ich bückte mich zu ihm herunter. »Ist doch so, Ry! Erzähl Dad, wie du dem Küchenteam geholfen hast. Er wird bestimmt stolz auf dich sein.«

»Ich will Mr Donato helfen!«, schrie Ryder. »Ich will zu Mr Donato!«

»Hast du nicht gehört?«, sagte mein Dad barsch. »Du weichst mir nicht von der Seite, bis wir heute Abend nach L.A. zurückfliegen.«

Ryder brüllte so laut los, dass alle in Hörweite wie gelähmt waren. Er ballte die Fäuste und boxte erst meinen Dad und dann mich, als ich ihn beruhigen wollte. Er traf mich am Kinn und mein Kopf schleuderte zurück. Dann schrie mein Dad mich an, ich solle ihn unter Kontrolle bringen. Ich merkte, dass das Team aufhörte, so zu tun, als beachteten sie uns gar nicht. Stattdessen sprachen sie jetzt darüber, ob sie eingreifen sollten, besonders als Ryder meinen Dad und mich zu Fall brachte.

Mr Donato stand plötzlich vor uns und nahm Ryder in eine feste Umarmung, sodass Ryder seine Arme nicht mehr bewegen konnte. Ich weiß nicht, was er zu Ryder sagte, aber mein Bruder brach plötzlich in Tränen aus.

Mein Dad kam wieder auf die Füße und machte eine Bewegung, als wollte er Mr Donato meinen Bruder entreißen, und ich beschloss, dass jetzt – genau jetzt – der richtige Moment war, mich einzumischen.

»Lass ihn in Ruhe!«, schrie ich. Mein Dad schnellte zu mir herum, aber ich schrie weiter. »Komm mit! Sofort!«

Mit rasendem Puls ging ich auf unseren Wohnwagen zu. Ich hatte furchtbare Angst, aber was ich zu sagen hatte, sprudelte in mir über. Ich schloss die Tür hinter meinem Dad. Seine Lippe blutete von Ryders Punch. Er öffnete den Mund, aber ich war schneller. »Ich nehme an, dein Buch ist noch nicht fertig.«

»Natürlich nicht«, schnappte er. »Ich war beim vorletzten Kapitel, als ich einen Anruf von Visa bekam und mir mitgeteilt wurde, ein Transatlantikflug sei gerade von meinem Konto abgebucht worden. Ich dachte, du hättest den Verstand verloren und wolltest ohne Ryder zurückfliegen. Ich bin zum Flughafen gefahren und habe auf dich gewartet. Und was für eine Überraschung, als der Flieger gelandet war und du nicht unter den Passagieren warst. Ich war so wütend, dass ich den nächstbesten Flug genommen habe, und jetzt stecke ich hier in meiner ganz persönlichen *Elementia*-Hölle! Herr im Himmel, Iris! An diesem Set läuft eine Frau herum, die meiner Mutter wie aus dem Gesicht geschnitten ist!«

Seine Augen waren blutunterlaufen und er zitterte.

Das war Neuland. Mein Vater hatte mir nie leidgetan. Er schien immerzu wütend zu sein, um ihn zu bemitleiden, aber jetzt sah ich, wie sehr er *Elementia* hasste oder fürchtete, fast so, als fühlte er sich davon persönlich angegriffen. Genauso wie ich mich noch vor einer Woche gefühlt hatte.

»Ich wäre niemals ohne Ryder abgereist«, sagte ich, setzte mich aufs Bett und versuchte, die Situation zu entschärfen. »Das weißt du.«

»Entschuldige bitte«, sagte er sarkastisch. »Bist du oder bist du gerade nicht von einer Dublin-Sause mit deinen neuen Schauspielerfreunden zurückgekommen?«

»Doch nur weil …«

Er setzte sich auf Ryders Bett und verschränkte die Arme. »Ich höre, Iris. Bestimmt wird das eine brillant ausgedachte Geschichte. Das sehe ich jetzt schon.«

Ich warf ihm einen finsteren Blick zu. Mein Dad ähnelte mir. Sehr sogar. Oder andersrum: Ich ähnelte ihm. Und wir beide ähnelten M.E. Thorne. Dunkle Haare. Dunkle Augen. Scharfe Gesichtszüge, wie in Fantasy-Illustrationen. Manche sagten, mein Dad sähe auf eine attraktive Art manisch aus. Auf mich passte diese Beschreibung noch nicht.

»Ich warte.«

»Ich musste Eamon helfen, Shoshanna an den Set zurückzuholen. Sie ist praktisch meinetwegen abgehauen. Ich habe mit einer Reporterin gesprochen, um zu helfen, aber das habe ich ganz fürchterlich …«

»Richtig. Ich habe dein kleines Interview gelesen«, sagte er. »Du weißt doch, dass man nicht mit der Presse spricht.«

»Tja … Jedenfalls habe ich es vergeigt. Aber nicht so sehr, wie du denkst. Und dann bin ich los, um Shoshanna zurückzuholen, weil der Film sie braucht.«

Die Augen meines Dads blitzten auf. »Das kann nicht dein Ernst sein, Iris! In nur einer einzigen Woche hast du dich wieder in diesen Fantasy-Müll verliebt?«

Verliebt? Ja, ich war verliebt, aber nicht in *Elementia*. Ich dachte an Eamon in seinem Nolan-Kostüm. An Shoshannas lockeres Mundwerk. An Julians professionelle Mimik, die privat verletzlich und ehrlich wurde und bewies, dass er in Wahrheit ein großherziger Mensch war. An Ryder, wie er mit Mr Donato Pfannkuchen wendete. Und an Cate, die auf mich einredete, als sei ich ihr tatsächlich wichtig.

Sei ehrlich und gib nicht klein bei.

Meine Brust schnürte sich zu, als ich Eamons Kamera aus seinem Rucksack holte. »Ja, ich bin verliebt. Aber nicht in *Elementia*. Ich zeige es dir.«

Ich klappte das Display auf und drückte auf Play. Mein Puls raste. Würde er es verstehen? Bestimmt nicht.

Und was, wenn doch?

Mein Dad schaute sich das Video zwanzig Sekunden an, bevor er das Display wegklappte und die Kamera auf Ryders Bett legte. »Coldplay, Iris? Wirklich?«

»Was?« Ich war wie benommen. Betrogen.

»Coldplay ist … reine Gefühlsduselei.«

»Aber du selbst hast mir das Album vorgespielt. Weißt du noch?«

Seine Stimme wurde eisig. »Die Musik anderer Leute nachzuspielen, ist wie bei einem Poetry-Slam ein Gedicht von Emily Dickinson vorzutragen.«

»Was?«, sagte ich fast tonlos. Ich war mir sicher gewesen, dass er wenigstens von meinem Mut beeindruckt sein würde. Oder wenigstens überrascht. »Aber ich habe mich da hingestellt. Und vor Publikum gespielt. Du hast gesagt, ich soll ...«

»Ich wusste, dass du lügst.«

»Was?« Immer nur dieses Wort. *»Was?«*

»Du hast keine Schauspielerin vom Flughafen zurückgeholt. Du warst in einer Bar. Und wie es sich anhört, hast du ordentlich gebechert. Deswegen bist du erst am nächsten Tag zurückgekommen. Du warst auf einer Sauftour, während dein kleiner Bruder hierbleiben musste, in einem fremden Land, unter fremden Leuten.«

»Es sind doch keine Fremden! Das Team liebt Ryder. Frag, wen du willst.«

»Ich bin enttäuscht, Iris. Du bist nicht halb so reif oder verantwortungsbewusst, wie ich dachte.«

»Nicht reif?«

»Du hast mich gehört, junge Dame.«

Ich ziehe dein Kind auf! Wie Blasen stiegen die Worte in mir auf und bahnten sich ihren Weg durch den schwarzen Schlamm meiner Gefühle. Ich spürte, wie sie immer höher stiegen, stiegen und stiegen ... bis ich platzte.

»Ich ziehe dein Kind auf, du egoistischer Egomane!«

»Iris!« Er warf die Hände in die Luft. »Erstens ist deine Beleidigung ›egoistischer Egomane‹ so redundant wie ein weißer Schimmel. Zweitens …«

»Warum fliegst du nicht zurück und schreibst dein Buch fertig? Vielleicht kannst du danach wieder Mensch sein!«

Das schien gesessen zu haben. Er senkte den Blick, während er mental aufrüstete, aber ich schoss schneller.

»Ryder ist hier regelrecht aufgeblüht. Er tut, was man ihm sagt, und hilft, wo er kann. Er hat Selbstvertrauen gewonnen und stellt sich neuen Herausforderungen. Und dann tauchst du hier auf und er rastet aus. Was meinst du, wessen Schuld das ist, Dad? Was du von ihm verlangst, macht ihm Angst, genau wie mir immer Angst gemacht hat, was du von mir verlangt hast. Und ich habe vielleicht schnell gelernt, dass du nur glücklich bist, wenn man tut, was du willst, aber das heißt nicht, dass es mir damit gutgeht. Wir beide sind Psychowracks. Und nach allem, was ich herausgefunden habe, seit wir hier sind, besteht das wahre Thorne-Erbe darin, die eigenen Kinder seelisch zu zerstören!«

Seine blassen Wangen wurden rot.

Ich hörte auf zu atmen. Ich konnte nichts mehr sehen. Ich stürmte aus dem Wohnwagen, vorbei an Leuten, die mit Sicherheit jedes Wort unseres Streits mitbekommen hatten. Ich sprang in das Ruderboot, in dem Shoshanna und Eamon gesessen hatten, als ich gerade in Killykeen angekommen war, und ruderte zu der winzigen Insel mit ihrem bröckelnden Turm.

Dort blieb ich, bis die Sonne unterging. Allein mit Eamons Rucksack, in dem ich seine *Elementia*-Ausgabe fand, die aus seinem Zimmer.

Und ich las sie. Wort für Wort.

WIE SICH HERAUSSTELLT, IST ES ANSTRENGEND, BLITZE HERAUFZUBESCHWÖREN

Eamon schwamm zu meiner kleinen Insel, als der Himmel dunkel wurde. Der See war zu kalt für so eine alberne romantische Geste, und Eamon war ein zitterndes Häufchen Elend, als er ans schlammige, überwucherte Ufer kroch. »Ich bin da. Ich hab's geschafft!« Er atmete schwer, war aber sonst offenbar okay.

Ich wickelte ihn in meine Jacke und wir setzten uns mit dem Rücken an den bröckeligen Turm. »Ich kann nicht fassen, dass du das gemacht hast.«

»Mein Dad hat den Ärmelkanal durchschwommen. Dagegen war das hier gar nichts.« Er hustete und grinste. »Ich bin fit.«

»Das bist du wirklich«, sagte ich und dachte daran, wie er Shoshanna in den See getragen hatte, als sie wie ein nasser Sack an ihm hing. »Und das, obwohl du so dünn bist.«

»Hey, ich bin nicht dünn. Ich bin drahtig. Mit anderen

Worten: stark wie Draht.« Ich lachte und legte den Kopf an seine nasse Schulter. Die Sonne zeichnete nur noch einen rötlichen Streifen an den Horizont und die Flutlichter bei den Wohnwagen und den Picknicktischen gingen mit einem hörbaren *Popp* an. »Wir haben die Szene nicht gedreht«, sagte Eamon und fuhr sich mit einer Hand durch die Haare. »Morgen versuchen wir's noch mal. Cate wird von den Studiobossen belagert. Sie sind unzufrieden. Und wie war's mit deinem Dad?«

Meine Gedanken überschlugen sich. Schon wieder lief ich davon. *Mein Dad fand meinen Auftritt unmöglich. Ich habe ihm die Meinung gesagt. Ich liebe dich. Bist du wirklich nur für mich durch den See geschwommen? Du bist absolut verrückt! Ich habe* Elementia *gelesen. Und nicht verstanden.*

»Deine Lippen sind ganz blau«, sagte ich schließlich.

Er stand auf und hüpfte sich mit klappernden Zähnen warm. Als er sich wieder hinsetzte, kroch ich auf seinen nassen Schoß und zog meine Jacke um uns beide. »Dein Dad ist übrigens abgefahren.«

»Was?« Erschrocken setzte ich mich auf. »Hat er Ryder mitgenommen?«

»Er hat ihn Mr Donato anvertraut.«

»Oh, gut!« Ich seufzte erleichtert. »Kein Wunder. Er war es schließlich, der mir beigebracht hat, abzuhauen, wenn es schwierig wird.«

»Hast du Klartext mit ihm geredet? Wie hat er es aufgenommen?«

»So gut, dass ich mich hierher geflüchtet habe«, sagte

ich ironisch. Eamon lächelte schief und ich küsste ihn. Allerdings war es ein trauriger Kuss. »Wir sollten zurückgehen, bevor es zu dunkel wird und du an Unterkühlung stirbst.«

Mitten auf dem See – Eamon ruderte, was seine Armmuskeln in Szene setzte – griff ich in seinen Rucksack und holte sein Buch heraus. »Ich hab's gelesen. Ganz.«

Er verzog das Gesicht. »Und jetzt fragst du dich, was daran so toll sein soll?«

»Ähm … ja. Es ist gut, aber ich hatte kein Aha-Erlebnis wie alle anderen. Cate ist dadurch zur Macherin geworden. Ryder hat seinetwegen Moss verziehen. Julian hat sich in Nolan verliebt.«

Eamon hörte auf zu rudern. »Er hat was?«

»Er findet, Nolan ist die romantischste Figur seit Heath Ledger in *Zehn Dinge, die ich an dir hasse*.«

»Ach so.« Er ruderte weiter. »Warte ab, bis sich die Geschichte setzt, Iris. Außerdem musst du die ganze Trilogie lesen, bevor du dir ein Urteil bildest.«

»Okay«, sagte ich, hatte aber meine Zweifel. Das Buch war wirklich gut, aber die ganze Zeit über hatte ich das Gefühl, dass ich die Geschichte schon kannte, die ganze. Dabei galt sie doch als originell und bahnbrechend. Als *die* feministische Legende schlechthin.

Eamon schien meine Gedanken zu lesen. »Sprich mit Cate darüber.«

»Was hat dir denn gefallen, als du es zum ersten Mal gelesen hast?«, fragte ich.

»Na ja, ich war elf. Da fand ich es aufregend und merkwürdig und alles war viel besser als in unserer Welt. Außerdem hatte ich mich in Sevyn verliebt. Ich sagte zu meiner Mom, ich würde einmal ein Mädchen wie Sevyn heiraten, und sie sagte: ›Du willst ein Mädchen finden, das wie Sevyn ist und sich an einen albernen Kerl wie dich bindet? Viel Glück!‹« Der Wind zerzauste seine Haare beim Rudern, und bald ähnelten sie wieder der struppigen Mähne, mit der ich ihn kennengelernt hatte. »Es hat eine Weile gedauert, aber jetzt habe ich dich ja gefunden.«

»Ich bin wie Sevyn für dich? Warum? Weil ich jedem, der mir zu nahe kommt, einen elektrischen Schlag versetze? Oder weil ich großes Unglück über meine Familie bringe?«

»Nein. Weil du eigensinnig bist und weißt, was du tust. Du bist klug und freundlich.« Er sah, dass ich die Augen verdrehte, und fügte hinzu: »Außerdem bist du so durch und durch positiv. Mein persönlicher Sonnenschein.«

»Ha! Ich bin eine schwarze Wolke.«

»Die Art, aus der Blitze kommen?«

Ich zeigte auf ihn. »Pass bloß auf, du Elf!«

»Sehr wohl, Herrin.« Lächelnd ruderte er weiter. »Aber du weißt schon noch, dass du in einem fremden Land auf eine Bühne gestürmt bist und einen Song wie Chris Martin persönlich abgeliefert hast?«

»Das war nicht normal.«

»Dann hast du auch keine Verbalattacke gegen eine Reporterin geritten, die sich abfällig über die an diesem Film beteiligten Menschen geäußert hat?«

»Das hätte ich lieber sein lassen sollen.«

»Und was ist mit dem Trailer, den du im Alleingang gerettet hast?«

»Und was ist mit dem Aufnahmestudio, in dem ich keinen Ton herausbekommen habe?«

»Und was war mit deinem Bruder, als du ihm das Leben gerettet hast, als ein Psychopath ihn kidnappen wollte?« Er hörte auf zu rudern. »Spiele deinen Mut nicht herunter, Iris. Dass er nicht immer zum gewünschten Ergebnis führt, ändert nichts daran, dass du ihn besitzt.«

Ich verschränkte die Arme und hätte ihm gern geglaubt. »Wie klug du bist, Eamon O'Brien.«

»Nicht klug. *Irisch*. Cleverness und Sommersprossen liegen in meinem genetischen Code.«

Ich hob das Buch ein wenig hoch. »Weißt du, was das Verrückteste ist? Mein Dad hat mir die Lektüre verboten, als müsste er mich vor einem schrecklichen Familiengeheimnis bewahren, und ich weiß einfach nicht, wovor er solche Angst hat.«

»Dann musst du ihn wohl fragen.«

»Ja, bestimmt wäre er wahnsinnig begeistert.« Ich wischte mir übers Gesicht und strich mir die Haare zurück. Das Ufer und die schwach beleuchtete Silhouette meines Bruders kamen näher. Das Boot rutschte auf den Uferschlamm, und Eamon sprang hinaus, um es ganz an

Land zu ziehen. Ich stieg aus, und Ryder umarmte meine Taille, bevor ich Land unter beiden Füßen hatte.

»Tut mir leid, Ry«, sagte ich. »Ich war wütend und musste ein paar Stunden allein sein.« Ich wuschelte mit der Hand durch seine Haare. Als er mich nicht losließ, kniete ich mich hin, um ihm ins Gesicht sehen zu können. Aber das funktionierte nicht ganz, denn er war keine sechs mehr. Wenn ich kniete, wurde mein Kopf von seinem um gut dreißig Zentimeter überragt.

Er schaute auf mich herab. »Und mir tut leid, dass ich dich geschlagen habe. Und so ausgerastet bin.«

»Dad wollte einfach nicht hören, was wir zu sagen hatten. Es war seine Schuld.«

»Er ist schrecklich. Ich will nie wieder nach Hause.«

»O Gott, Ry!« Ich umarmte ihn. »So weit wollen wir lieber nicht gehen. Das dürfen wir nicht.« Ich beugte mich zurück und sah ihm genau in die Augen. »Denk an Sevyns und Evyns Dad. Er war auch nicht so toll, aber er ist wichtig für die Geschichte.« Ich hielt Eamons *Elementia* in die Höhe.

»Hast du es gelesen?«, fragte Ryder mit zittriger Stimme, und ich nickte. »Kannst du es jetzt verstehen?«

»Ein wenig«, gab ich zu. »Den Rest kannst du mir ja erklären.« Wieder umarmte er mich. Dann gingen wir zurück zum Mittelpunkt der Action. »Ich muss mit Cate sprechen, Ry. Ich weiß nicht, was mit Dad los ist, aber ich bin mir sicher, dass er irgendetwas losgetreten hat, bevor er abgefahren ist.«

Eamon legte mir eine Hand an den Rücken. »Ich muss eine heiße Dusche nehmen, Liebes.«

»Ähm, ja, unbedingt«, bekam ich gerade so heraus.

Er grinste, als wüsste er, dass ich ihn mir nackt vorstellte. Herr im Himmel! »Ich komme nachher zu dir in den Trailer.« Er küsste mich, ging los, und als ich hinabschaute, sah Ryder mich verblüfft an.

»Du hast Nolan geküsst.«

»Für mich ist er Eamon.«

»Nein, er ist Nolan. Dann bist du Sevyn.«

»Ha!« Gab es hier etwa eine Verschwörung? Aber ganz ehrlich? Inzwischen war ich diesen Vergleich gewohnt, und wenn ich ihm gerecht werden wollte, musste ich ein paar Blitze auftreiben.

***

Ich klopfte an Cates Tür und sie rief: »Komm rein, Iris!«

Cate saß im hinteren Teil ihres Wohnwagens, umgeben von Drehbuchseiten und Laptops.

»Woher weißt du immer, dass ich es bin?«, fragte ich beim Eintreten.

»Meist habe ich dich rufen lassen. Aber dieses Mal habe ich darauf gewartet, dass du zur Vernunft kommst und deine einsame Insel verlässt. Im wahrsten Sinne des Wortes.«

»Ich war nicht einsam. Ich habe gelesen.« Ich legte Eamons *Elementia* neben einen Laptop. Sie schob den Laptop zur Seite und nahm das Buch in die Hand.

»Schau mal einer an! Im Vereinten Königreich weiß man, wie man attraktive Cover gestaltet. Die amerikanischen wollen lediglich Aufmerksamkeit erregen, aber das hier …« Sie sah mich an. »In so ein Cover kann man sich verlieben und es das ganze Leben schätzen.«

»Es gehört Eamon.«

»Das überrascht mich nicht. Shoshanna hat mir erzählt, dass ihr euch wie Welpen verliebt habt.« Ihre Mundwinkel zuckten amüsiert.

»Wenn ich noch einmal ›Welpen‹ oder ›Kiddies‹ höre …«

»Ist ja gut.« Ganz simple Worte, aber ich spürte, dass Cate ernst wurde.

»Wie steht es mit … dem Boykott?«

»Dreißigtausend Unterschriften. Bei fünfzig bedeutet es das Aus.«

Ich wanderte in Cates Wohnwagen umher, zu wütend, um stillzustehen. »Diese idiotischen Thornier mit ihren Tattoos und Katzen, die alle nach den Romanfiguren benannt sind! Dabei könnten sie mithelfen, dieses Stück Fantasy Realität werden zu lassen. Aber nein, sie tun das Gegenteil. Warum sind sie so gegen diesen Film? Man sollte doch meinen, dass sie ganz wild darauf sind.«

»Sie haben Angst, Iris. Bücher kann jeder so interpretieren, wie er will. Filme sind, wie sie sind. Die Wahrscheinlichkeit, dass der Film etwas anderes zeigt, als was sich jeder Einzelne beim Lesen vorgestellt hat, ist groß. Sehr groß.« Sie klang wie eine Professorin, die diese Vorlesung einmal zu oft gehalten hatte. »Das ist das Risiko bei Filmadaptionen.«

Ich sah die Frau, die ich gegen meinen Willen respektieren gelernt hatte, forschend an. »Hilf mir, es zu verstehen.«

Sie grinste knapp. »Stellen wir uns einmal vor, das Buch sei eine Statue. Man kann um sie herumgehen. Sie anfassen. Sie von nah oder fern betrachten. Deswegen lieben die Menschen Bücher. Die Geschichten sprechen die eigenen Erinnerungen, die eigenen Erfahrungen an. Es ist etwas Persönliches. Filme dagegen? Filme sind ein Bild dieser Statue. Alles ist festgelegt. Die Figuren haben bestimmte Charaktereigenschaften und Gesichter. Die Szenerie entspricht der künstlerischen Vision eines einzigen Menschen.«

»Aber deine Vision ist gut! Was ist denn so schlimm daran, wenn manche Leute das Buch in einem neuen Licht sehen? Es gibt Schlimmeres. Es ist ein Film! Ein Zugang zu den Geschichten meiner Großmutter.«

»Iris.« Cate stand auf und legte mir beide Hände auf die Schultern. Sie sah furchtbar erschöpft aus, aber in ihren Augen lag immer noch das gewisse Funkeln. »Wir machen weiter und hoffen aufs Beste. Wenn nicht noch etwas schiefgeht, verwirklichen wir diesen unmöglichen Traum vielleicht doch noch.«

Ich wünschte, dass sie recht hatte, aber da war noch ein Haar in der Suppe. »Mein Vater …«

»Ist ein absoluter Albtraum. Bevor ich mich heute mit

ihm unterhalten habe, hatte ich deine Haltung zu ihm nicht recht verstanden. Jetzt verstehe ich sie nur zu gut.«

»Hat er vor seiner Abreise was gesagt?«

»Nur dass er während der Dreharbeiten in Dublin ist. Ich soll ihm Bescheid geben, wenn einer von euch aus der Reihe tanzt. Als ob ich euch diesem Tyrannen zum Fraß vorwerfen würde!«

»Er will sein Buch fertig schreiben«, sagte ich ganz ruhig. »Typisch!«

»Ich glaube nicht, dass er dich und deinen Bruder allein lassen will, aber noch weniger will er hier sein. Ich fürchte, er wird unsere Lichter wie eine Motte umschwirren.«

Cate hatte meinen Dad durchschaut. Beeindruckend.

»Du weißt alles«, sagte ich, aber das traf es nicht. »Du *sagst* alles.«

»Gib dich so clever, wie du bist, Iris. Es macht viel mehr Spaß, als sich dumm zu stellen. Übernimm die Führung. Äußere deine Meinung. Entschuldige dich nicht, außer du hast einen Fehler gemacht.« Sie berührte den Blitz auf dem Cover von *Elementia*. »Das habe ich aus den Geschichten deiner Großmutter gelernt. Das ist, was auch die Kinobesucher hoffentlich von dem Film lernen. Und du. Sei deine eigene Kraftquelle.«

»Mein Vater wäre begeistert«, versuchte ich zu scherzen.

»Er wird es nicht verstehen, weil Männer dieses Problem nicht haben. Sie werden dazu erzogen, nach außen zu agieren. Ihren Impulsen zu folgen. Mädchen lernen, in sich hineinzuhorchen und möglichst selten zu handeln. Und Frauen, die nicht im Verborgenen bleiben, wird es genauso leicht gemacht wie mir.«

Henrik klopfte und öffnete die Tür. »Cate, ich …« Er sah mich und ich erwartete einen *Fertig mit Schmollen auf deiner Insel?*-Kommentar. »Iris, dein Vater ist ein Arschloch.«

Cate applaudierte und zeigte auf Henrik. »Siehst du, Iris? Da haben wir es. Er hat keine Sekunde daran gezweifelt, dass er das sagen sollte.« Ich lachte so laut, dass Cate mitlachte.

Etwas verwirrt stand Henrik in der Tür, bis Cate ihn hereinwinkte. »Schlechte Neuigkeiten«, grummelte er so leise, als wollte er nicht, dass ich es hörte. »Die hohen Herren wollen bei dem Dreh in Cashel dabei sein und haben beschlossen, morgen den Umzug mitzumachen.«

»Sie machen meine Schauspieler ganz kirre!« Cate sah mich an, bevor sie hinzufügte: »Die Studiobosse.«

Henrik verzog das Gesicht. »Der Boykott hat uns den Rest gegeben. Was, wenn sie die nächsten beiden Teile einstampfen?«

»Das haben sie doch schon.«

»Was?«

Das kam gleichzeitig von mir und Henrik. *Jinx*!

Cate setzte sich und arrangierte die herumliegenden Drehbuchseiten. »Sie haben die Fortsetzungen auf Eis gelegt. Morgen oder übermorgen wird die Neuigkeit wahrscheinlich durchsickern. Aber ich werde dafür sorgen, dass uns das nicht aus dem Konzept bringt. Definitiv nicht.« Der ganze Wohnwagen war erfüllt von dem Rascheln der Seiten, die Cate hin und her schob. »Sie wollen, dass uns das Wasser bis zum Hals steht, und wenn sie dann den Stöpsel ziehen, können sie behaupten, die Sache habe sich ganz von allein erledigt. Aber so einfach werde ich es ihnen nicht machen.«

Es tat weh, zu sehen, wie Cate zwischen Entschlossenheit und Verzweiflung hin und her gerissen war. »Wenn der Film gut wird, holen sie die beiden Fortsetzungen wieder aus der Schublade. Wir müssen also nur einen guten Film machen«, sagte ich.

Cate schnippte mit den Fingern und zeigte auf mich, ohne den Blick von Henrik abzuwenden. »Sie hat's kapiert, Henrik. Bist du dabei?«

Er berührte sie an der Schulter und sie nahm seine Hand. Ich wusste nicht, ob sie mehr als Filmpartner auf eine »*Zwinker, zwinker, stups, stups*«-Art und Weise waren oder einfach wahre Freunde. Letzteres schien mir wahrscheinlicher und es hatte auch mehr Kraft.

»Natürlich bin ich dabei, Cay«, sagte Henrik. »Aber wie schütteln wir all diese schlechte Presse ab?«

»Indem M.E. Thornes Enkelkinder Teil des Films werden.«

Beide drehten sich gleichzeitig zu mir um.

»Das würde euer Vater niemals zulassen«, sagte Henrik.

Ich zuckte mit den Schultern. »Ich maile meiner Mom. Ihre Erlaubnis sollte morgen früh da sein.«

»Ist das dein Ernst?«, fragte Henrik.

»Mein Dad hält uns nicht auf. Er ist in Ungnade gefallen, vor allem bei Ryder. Er hasst es, gehasst zu werden.«

Cates blaue Augen leuchteten auf, und ich wünschte, ihre Furchtlosigkeit ginge auf mich über. »Ruf deine Freunde von der Presse an, Henrik. Sag ihnen, sie sollen nach Cashel kommen. Wir brauchen jede Menge Berichterstattung über den ersten Drehtag mit M.E. Thornes Enkelkindern.«

***

»Das ist wie eine Pyjamaparty!«, flüsterte Ryder viel zu laut im dunklen Wohnwagen.

»Genau, Kumpel. Eine Pyjamaparty. Also schlaf jetzt«, sagte ich. Neben mir im Bett lachte Eamon leise. Er drehte sich auf die Seite, und ich kuschelte mich so lässig wie möglich an seine Brust. Aber mein Gehirn brüllte: *Wir liegen zusammen in einem Bett! O Gott! Wir liegen im selben Bett!*

»Schläft er irgendwann mal ein?«, flüsterte Eamon.

»Je mehr wir es uns wünschen, desto schlechter stehen die Chancen.« Ein Lichtschein fiel durch die Rollos und erhellte für einen Moment Eamons geöffnete Augen, nur Zentimeter von meinen entfernt. »Dafür ist er zu aufgeregt.«

»Wie sieht mein Kostüm eigentlich aus?«, fragte Ryder. »Bekomme ich Elf-Ohren?«

»Ganz bestimmt«, sagte Eamon im selben Moment, in dem ich »Nein!« schrie.

»Ich will aber kein Mensch sein, Iris.«

»Ich weiß doch selbst nicht mehr als das, was ich dir erzählt habe. Nun schlaf endlich.« Ryder stöhnte und drehte sich von uns weg. »Ich bin ehrlich gesagt selber aufgeregt«, flüsterte ich Eamon zu. »Welche Rollen sind für die Szene in Cashel überhaupt zu haben?«

»Ich glaube, ihr werdet Geister sein«, sagte Eamon. »Wenn Sevyn die Ruinen des Schlosses betritt und die Elfen und Menschen trifft, die dort vor Jahrhunderten gestorben sind.«

Ich versuchte, mir die Szene vorzustellen, die ich heute gelesen hatte. Nachdem Sevyn Nolan kennengelernt hat, wandert sie gen Süden, wo die Knye ihrer Meinung nach ihren Bruder gefangen halten. Sie kommt zu einer verlassenen Stadt mit einem verfallenen Schloss voller Erinnerungen und Schmerz. Sie verliert sich in diesen Gefühlen und kommt erst wieder zur Besinnung, als Nolan erscheint und sie aus der Stadt führt. Dann geht sie zu den Höhlen unter der Schwarzen Ödnis von Thornbred …

»Die Thornbred-Szenen, die Entführung und das Bluttrinken, werden aber in L.A. gedreht, oder?«

»Ja. Es sind hauptsächlich Julians Szenen«, sagte Eamon.

»Gut. Das will ich nämlich nicht sehen, obwohl ich Julian vermisse. Er ist so witzig.«

»Er macht mich rasend vor Eifersucht.« Eamon zog mich an sich. »Manchmal bist du in seiner Nähe der

Ohnmacht nahe. Und du trägst sein Gesicht auf deiner Unterwäsche.«

»Das war ein Gag meiner Schulfreundinnen zum Abschied. Rückblickend glaube ich allerdings, dass sie keine guten Freundinnen sind.« Das schien Eamon nicht zu genügen, und ich fügte hinzu: »Ich war ein bisschen in ihn verknallt, aber das war, bevor ich ihn kennengelernt hatte. Jetzt bringt er mich zum Lachen. Abgesehen davon hat ihn nur einer von uns beiden geküsst, und das war nicht ich, Charles.«

Eamon drückte das Gesicht ins Kissen und stöhnte. »Das wird mich bis an mein Lebensende verfolgen.«

»Leute! Wollt ihr nicht mal schlafen?«, rief Ryder.

»Iris«, flüsterte Eamon. »Bist du dir sicher, dass sich dein Dad darauf einlässt?«

»Das spielt keine Rolle. Meine Mom hat schon eine Einwilligungserklärung unterschrieben und hergeschickt. Wenn ich eine Unterschrift für die Schule oder so brauche, lasse ich immer sie unterschreiben, weil ihr alles egal ist.«

»Du hast noch nicht viel von ihr erzählt.«

»Das tu ich erst, wenn wir drei Monate zusammen sind.«

»Abgemacht.« Eamon küsste meinen Hals.

Ich kuschelte mich noch enger an ihn, und überall, wo sich unsere Körper berührten, kribbelte es. »Ich habe noch nie mit einem Jungen im selben Bett geschlafen.«

»Ist auch mein erstes Mal«, sagte er. »Was machen wir jetzt?«

»Meinst du, du kannst schlafen?«

»Nein.«

»Ich auch nicht. Wir können uns ja die ganze Nacht lang anschauen.« Es sollte ein Witz sein, aber genau das taten wir. Ich hob meine Hand im Dunkeln und wieder und wieder schlossen wir die Finger umeinander. Tastende Erkundungen, und ich wünschte, ich würde mich für immer daran erinnern, wo genau welche Sommersprosse bei ihm saß.

»Es muss ein Erfolg werden«, sagte ich, als Ryders tiefer Atem schon lange verriet, dass er schlief. »Wenn meine Familie etwas damit zu tun hat, muss es ein Hit werden. Die Geschichte muss die Menschen berühren. Wenn das gelingt, wird es mir nicht peinlich sein. Ich werde … *oh!*«

Im Laufe des Tages hatte ich überlegt, was *Elementia* mir bedeutete. Jetzt begriff ich, dass mich die Lektüre für alle Zeiten verändert hatte.

»Wow!«, murmelte ich.

»Hattest du gerade ein Aha-Erlebnis? Ist dir eingefallen, wie wir die Fangemeinde überzeugen können?«

»Es macht mich stolz, dass meine Grandma das Buch geschrieben hat. Es ist ehrlich und traurig und trotzdem voller Hoffnung. Ja, ich bin *stolz*. Außerdem ist meine Grandma plötzlich ein richtiger Mensch für mich.«

Eamon zog mich näher an sich, was eigentlich gar nicht möglich war, weil wir schon so eng beieinanderlagen. »Natürlich war sie ein richtiger Mensch.«

»So hat es sich für mich aber nie angefühlt. Mein Dad spricht über sie wie über eine berühmte, unausstehliche Fremde, und ich habe sie nur einmal gesehen.« Ich kramte das bräunlich verblasste Bild aus meiner Erinnerung, als ich mit einer Frau mit langen schwarzen Haaren in einem Park spazieren ging. Sie hatte mich ganz nervös gemacht. Das fiel mir plötzlich ein. Und sie hatte mich korrigiert, als ich etwas ganz Simples gesagt hatte ... dass der Himmel schön blau war.

Er ist azurn.

Und noch etwas hatte sie gesagt. Es lag mir auf der Zunge. Fast. Ich grub tiefer in meiner Erinnerung.

»Ich bin froh, dass er mich dich kennenlernen lassen hat.«

»Was?«, fragte Eamon im Dunkeln.

»Das hat Grandma Mae gesagt. ›Ich bin froh, dass er mich dich kennenlernen lassen hat.‹«

Film: Elementia

Regie: Cate Collins

Außendreh: Tag 9

Killykeen Forest, Irland MORGEN

Cashel, Irland NACHMITTAG

Anmerkungen zum Dreh:

VORMITTAG: SEVYNs & NOLANs Szene am Feuer

NACHMITTAG: Abenddreh am Cashel Rock

SEVYN, NOLAN, 24 Menschen und Elfen als Statisten. Cameos IRIS & RYDER THORNE

Weitere Anmerkungen:

13 Uhr: Umzug mit Sack und Pack zum Cashel Rock

14 Uhr: ALLE Darsteller und Teammitglieder MÜSSEN an der Besichtigung der Ruine teilnehmen - mit größtem Respekt vor der historischen Anlage

Zeitliche Zusammenhänge

Die Ecke mit den Monitoren wurde heute weiter von der allgemeinen Action entfernt eingerichtet, weil auch Dialoge aufgenommen wurden und keine Geräusche in die Tonaufnahmen dringen durften. Wie an dem Abend, als Eamons große Szene gedreht worden war, saß ich auf einem Regiestuhl, nur dass ich jetzt Kopfhörer trug und auf einen Monitor starrte, als sähe ich dort einen Film. Einen *realen* Film.

Zu sehen waren nicht Shoshanna und Eamon, sondern Sevyn und Nolan. Sie verbrachten die Nacht am Seeufer, während Sevyn gegen die Nachwirkungen ihres Fiebers ankämpfte. Nolan kümmerte sich um diesen seltsamen, verfluchten Menschen, der ihn aus einem tausendjährigen Schlaf in seinem großen weißen Baum erweckt hatte.

Ein kleines, echtes Feuer knisterte zwischen ihnen, und ich sah, wie der Wind den Rauch auf Kamera Eins blies. Cate brüllte: »Cut!«, und als hinter mir Unmut laut wurde, drehte ich mich über die rechte Schulter um und sah die Vantage-Bosse. Sie schauten nicht zu, sondern waren dabei, ein Urteil zu fällen. Ebenso kalt wie selbstbewusst. In ihren fast identischen Jacketts und dunklen Jeans wirkten sie auf mich, als wären sie für einen der *Matrix*-Filme angereist und nun furchtbar enttäuscht, dass sie in Elementia gelandet waren.

Henrik unterhielt sich leise mit Cate. »Wir können das Feuer löschen und es später per Computer einfügen.«

»Nein«, sagte sie.

Mehr Unmut hinter mir. Ich musste mich beherrschen, um ihnen keine tötenden Blicke zuzuwerfen.

Cate ging zu ihren Schauspielern und sagte etwas zu ihnen. Dann kehrte sie an ihren Platz zurück und rief: »Action!« Ich tauchte wieder in die Szene ein und drückte mir die Kopfhörer fest an die Ohren.

Sevyn setzte sich neben dem Feuer ein wenig auf, stützte sich auf einen Ellenbogen und betrachtete Nolan. »Wer bist du?«

»Sei still.« Nolan bewegte sich auf sie zu, aber sie wich zurück. »Du kannst mich nicht verletzen.«

»Ich kann jeden verletzen«, schnappte sie. »Wer bist du, Elf?« Als er nicht antwortete, aber sie so neugierig anschaute, dass es beinahe leidenschaftlich wirkte, drehte sie sich mit Tränen in den Augen von ihm weg. »Du hättest mir nicht helfen sollen. Du hättest mich nicht berühren dürfen.«

Nolans ganzer Körper entspannte sich sichtlich, als er sich neben sie setzte. Sie schaute einige Male kurz zu ihm, dann holte sie tief Luft. Sie sahen einander so lange an, dass ich wieder Eamon unter all dem Make-up und den künstlichen Ohren sah. So wie jetzt Sevyn sah er sonst mich an. Es war sein Liebesblick. Die Szene nahm ihren Lauf, aber ich passte nicht mehr richtig auf. Stattdessen tauchte ich in Erinnerungen an unsere Berührungen in dem schmalen Wohnwagenbett ein. Heute Morgen war ich mit dem Kopf auf seiner Schulter aufgewacht und hätte beinahe geweint.

Noch drei Tage blieben mir in Irland.

Ich konzentrierte mich wieder auf die Szene, in der Sevyn gerade abrupt aufstand. »Mein Bruder ist verletzt. Er stirbt. Ich muss zu ihm.« Sie wurde ohnmächtig und fiel Nolan in die Arme, und ich bewunderte sie dafür, wie nah sie dabei dem brennenden Feuer kam. Nach dem, was ich gelesen hatte, nutzte Nolan seine elfische Vertrautheit mit den Elementen, um Sevyns inneres Feuer zu besänftigen. Er würde ihr helfen, es künftig zu kontrollieren. Es gezielt einzusetzen. Und zu begreifen, dass es nie wirklich ein Fluch gewesen war.

Ich hörte Cate nicht einmal »Cut!« rufen, aber plötzlich war das ganze Team dabei, alles abzubauen, was zum Set gehörte. Henrik erteilte die Anweisungen, während Cate erregt mit den Vantage-Bossen sprach. Ihr sonst kaum wahrnehmbarer irischer Akzent kam mit voller Wucht zurück.

Ich betrachtete Killykeen. Diesen Ort verlassen zu müssen, war noch schmerzhafter als vor einigen Tagen der Abschied von Inishmore im Dröhnen der Fährmotoren. Ich holte mein Handy heraus und fotografierte alles.

Shoshanna und Eamon im Gespräch, noch in ihren Kostümen. Ryder, der den Teammitgliedern braune Lunchtüten in die Hände drückte. Die einsame Insel im See, mit dem traurigen Turm, an dem ich zum ersten Mal die Geschichte meiner Großmutter gelesen hatte.

Ich konnte sogar einen Schnappschuss von Shoshanna machen, während Roxy ihre Maske kontrollierte. Roxy war in Höchstform und sah aus, als sei sie gerade ihrem eigenen Film entstiegen. Die unrasierte Hälfte ihres Kopfes war von zauberhaften Locken bedeckt, die ihr bis über die Schulter fielen. Sie trug einen Flanell-Hoodie und einen Gürtel um die Hüften, den sie aus mindestens fünf Herrenkrawatten zusammengeflochten hatte. Sie lachte über etwas, das Shoshanna gesagt hatte, und ich machte noch ein paar Fotos von den beiden, als sie einander anlächelten.

Shoshanna sah mich mit meinem Handy, funkelte mich an und zischte: »Schick mir das! Sofort!«

Auch Julian schickte ich alle Fotos, und ich war so verliebt in alles, dass ich mehr wollte. Mehr Wahrheit. Mehr Freunde. Mehr Glück. Wieder und wieder musste ich an das denken, woran ich mich letzte Nacht erinnert hatte. *Ich freue mich, dass er mich dich kennenlernen lassen hat.* Hatte mein Dad Grandma Mae von mir ferngehalten, als ich klein war? Das war nicht, was er mir erzählt hatte. In seiner Version war sie zu sehr mit Schreiben beschäftigt, um sich mit uns abzugeben.

Ich aktivierte die App für meine Gmail und wollte die

Erste sein, die sich nach unserem Streit meldete. Ich drückte auf seine Mail-Adresse für eine neue Mail, ließ die Betreffzeile aber leer. Ich schrieb nur einen Satz.

> Warum hast du Grandma Mae von mir ferngehalten?

Dann schickte ich die Mail ab.

Würde er antworten? Würde er es überhaupt versuchen?

Eamon und Shoshanna kamen auf mich zu. Ich schob meine düsteren Gedanken beiseite und war wieder ganz in Irland, wo sich das Leben gut anfühlte. Ich schnappte mir Ryder. »Kommt, Leute, Mannschaftsfoto!« Wir drängten uns zusammen und ich machte ein Selfie. Als Ryder begriff, was ich vorhatte, grinste er so breit wie ein Muppet. Eamon küsste mich auf die Wange, was sein linkes Elf-Ohr wunderbar zur Geltung brachte, und Shoshanna posierte mit ihrem *Wenn ich will, können meine Blicke töten*-Ausdruck.

Wir lachten, als wir das Meisterwerk begutachteten.

»Wirst du jetzt sentimental?«, zog Shoshanna mich auf.

Henrik schaute mir über die Schulter. »Ich gebe dir tausend Dollar, wenn du das postest. Ach was! Du kannst ein Jahr lang kostenlos im Gästezimmer meiner Wohnung in L.A. wohnen. Überleg es dir gut, Iris.«

»Das wäre zu viel für meinen Vater. Dass er uns als

Statisten in Elf-Kostümen bei dem Film mitmachen lässt, ist eine Sache. Dieses Selfie im Internet eine andere.«

Ich zuckte innerlich zusammen, als mir klar wurde, dass ich weder die Thornier noch unsere Sicherheit als Gründe für unser Öffentlichkeitsverbot angeführt hatte. Bei dieser Regel – wie bei allem anderen, was ich hasste – ging es doch nur darum, dass mein Vater seinen Willen durchsetzte, oder?

»Wartest du im Auto auf mich?«, fragte Eamon und gab mir die Schlüssel. »Wir fahren zusammen nach Cashel, aber vorher muss ich meine sexy Laubhose ausziehen.«

»Hashtag sexy Laubhose.« Triumphierend reckte Shoshanna die Faust.

Sie entfernten sich und mein Handy vibrierte. Im nächsten Moment sah ich die Antwort meines Vaters.

> Das geht dich nichts an.

Meine Finger flogen über die Tasten, als ich zurückfeuerte.

> Nicht? Ich dachte, sie wäre meine Grandma. Oder sind mein Zweit- und Drittname reiner Zufall?

Das schickte ich ab, aber dieses Mal war ich mir nicht mehr so sicher, was ich da eigentlich tat. Es hatte einen Grund, dass ich meinen Dad nie mit Fragen über Grandma Mae bestürmte. Ich kannte diesen Grund zwar nicht, aber ich brauchte keine Weise Frau zu sein, um zu ahnen, dass eine tragische Geschichte dahintersteckte.

Als ich aufschaute, sah ich, dass Ryder lernte, ein Elektrokabel sachgemäß aufzurollen.

»Guck mal! Der E-Mann hat mir gezeigt, wie man die Verlängerungskabel richtig aufrollt.«

Ich lachte. Mein Bruder sprach Film. »Super. Komm, wir müssen unseren Kram packen, bevor wir in den Süden fahren.«

Wir gingen in unseren Wohnwagen und schnappten uns ein paar Sachen für die Fahrt. Eine Sache, die Ryder dabeihaben wollte, war sein zerlesenes Exemplar der *Elementia*-Trilogie. Das Buch, das einmal meinem Dad gehört hatte.

»Kann ich es mir ausleihen?«, fragte ich.

Er grinste und nickte. »Willst du es noch mal lesen? Das wollte ich auch, als Dad es mir vorgelesen hatte. Aber es waren zu viele schwierige Wörter drin.«

Wir traten ins Freie, und eine milde Brise wehte vom See her, erfrischend und beinahe wie ein feines Singen. »Wie war er eigentlich, als er dir das Buch vorgelesen hat?«, fragte ich.

»Unglücklich«, sagte Ryder ganz schlicht.

»Weißt du, warum?«

»Er hat es nie erklärt, aber meiner Therapeutin hat er gesagt, dass er von dem Buch Schlafstörungen kriegt und UPS … nein …«

»PTBS?«

»Genau.«

»Weißt du, was das bedeutet?«

»Stress, wenn irgendwas Schlimmes passiert ist. Jedenfalls sollte ich danach ins Wartezimmer gehen.« Ich dachte, das sei alles, was mein Bruder darüber berichten konnte, aber dann sagte er: »Es ist wegen Samantha, seiner Zwillingsschwester. Die als Kind gestorben ist.«

»Das hat er dir erzählt?« Ich konnte die Ungläubigkeit in meiner Stimme nicht ganz verbergen. Das einzige Mal, als ich Dad nach unserer verstorbenen Tante gefragt hatte, lavierte er unwirsch herum und fragte, wie er sich denn an etwas erinnern sollte, das so lange zurücklag. Als hätte ich ihn um eine Schilderung seiner eigenen Geburt gebeten.

Ryder strich mit den Fingern über das Cover und zog die Buchstaben des Titels nach. »Manchmal hat er mitten im Satz aufgehört zu lesen, das Buch zugeschlagen und das Licht ausgemacht. Er hat dann nicht mal Gute Nacht gesagt.« Ryder sah ganz traurig aus. »Je mehr ich das Buch mochte, desto gemeiner wurde er. Deswegen habe ich so getan, als ob ich gar nicht zuhöre.«

Dazu hätte ich ihm gerne einiges gesagt. *Das ist nicht in Ordnung. Offenbar hat Dad mehr Probleme als wir beide zusammen. Es tut mir leid, dass ich das nicht eher verstanden habe.*

Ich legte Ryder einen Arm um die Schultern. »Ein Thorne zu sein, nervt, was?« Er zuckte unentschlossen mit den Schultern und wir gingen auf den Van des Küchenteams zu. »Möchtest du mit Mr Donato fahren?«, fragte ich. »Ich fahre mit Eamon.«

»Du willst nicht mit mir fahren?«, fragte er.

»Gönne deiner Schwester ein bisschen Zeit mit ihrem Freund«, sagte Mr Donato und zwinkerte mir zu. Er zog die Wagentür auf und Ryder kletterte hinein. »Amüsier dich, junge Dame. Du hast es verdient. Aber übertreib's nicht.« Er knallte die Tür zu und ich berührte seinen Arm.

»Danke für gestern. Dass Sie Ryder geholfen haben, als mein Vater …«

Mr Donato, der mich immer noch an Stanley Tucci erinnerte, brachte mich mit einer Handbewegung zum Schweigen. »Väter sind nicht perfekt. Ich habe noch keinen getroffen, der es auch nur annähernd gewesen wäre. Darüber spreche ich oft mit Ryder.« Er tätschelte meine Schulter. »Letzte Woche habe ich den Geburtstag eines meiner Kinder vergessen. Vielleicht lag es an dem Drehstress oder dem Zeitunterschied. Aber das Schlimmste ist, dass ich nicht mal wusste, welche Tochter hinterher auf meinen Anrufbeantworter schluchzte.«

»Wie schrecklich!«

Er zuckte mit den Schultern. »Gib deinem Vater eine Chance. Vielleicht gibt er dir dann auch eine.«

Ich wollte schon gehen, drehte mich aber noch einmal um, weil ich eine Frage hatte. »Als Ryder herumschrie, haben Sie ihm etwas ins Ohr geflüstert, und er fing an zu weinen, statt um sich zu schlagen. Was haben Sie gesagt?«

Mr Donato lächelte traurig. »Ich habe ihn daran erinnert, dass er seinen Dad liebt, komme, was wolle.«

***

In Eamons Auto blätterte ich in der *Elementia*-Trilogie mit den handschriftlichen Anmerkungen meines Dads und hoffte auf Antworten. Ich überflog die Randbemerkungen, aber mir sprang nichts Besonderes ins Auge.

Als Nächstes schlug ich Grandma Maes Kurzbiografie auf. Geboren 1945. Gut, mein Dad wurde 1965 geboren, also war Grandma ziemlich jung, als sie ihn und seine Zwillingsschwester Samantha bekam. Den Namen Samantha hatte ich nur ein paarmal gehört, und bloß daran zu denken, machte sie für mich jetzt mehr real. Wo war sie beerdigt? Wie hatte sie ausgesehen? Was wusste ich eigentlich über meine eigene Familie?

Samantha war mit dreizehn gestorben. Das wusste ich, weil mein Dad es in meinem Beisein einmal gegenüber meinem Kinderarzt auf eine merkwürdig roboterhafte Art erwähnt hatte. Ich wusste auch, dass Grandma Maes Geschichten in den 1980er-Jahren veröffentlicht worden waren, also nach Samanthas Tod. Das Exemplar, das ich in den Händen hielt, war aber nicht so alt. Ich blätterte zum Anfang zurück und sah nach dem Erscheinungsjahr. 2001. Das Jahr, in dem ich geboren worden war. Um meine Geburt herum hatte mein Dad also ein Exemplar des Buches seiner inzwischen entfremdeten Mutter gekauft, gelesen und mit Randnotizen versehen. Was war danach passiert?

Ich holte mein Handy heraus. Mr Donatos Worte gingen mir noch durch den Kopf, als ich eine neue Mail schrieb. Dieses Mal appellierte ich an den Schriftsteller in meinem Dad.

> Dad, die zeitlichen Zusammenhänge sind mir unklar. Du hast mich nach ihr benannt, aber dann durfte ich sie nicht kennenlernen, bis …

Ich überlegte. Das Nächste war geraten.

> … sie Krebs bekam. Acht Jahre später.

Ich schickte die Nachricht ab, als Eamon auf dem Fahrersitz Platz nahm. »Alles in Ordnung?«, fragte er.

»Weiß ich nicht.« Er sah wieder mal hinreißend aus, hatte T-Shirt und Jeans angezogen, war aber noch geschminkt. Und diese verflixten Elf-Ohren! Inzwischen fing ich an, sie zu mögen.

»Sag mal, was passiert eigentlich am Ende der Trilogie?« Ich hielt das Buch hoch. »Am Flughafen hat Shoshanna eine Bemerkung darüber gemacht, dass es etwas Trauriges ist.«

Eamon trat die Kupplung durch und drehte den Zündschlüssel um. »Ich glaube, du solltest es lieber selber lesen.«

»Ja, aber was passiert? Ist es so ein schlimmes Ende wie in *Das Bernstein-Teleskop*?«

Er schüttelte den Kopf. »Schlimmer, Iris. Lies einfach weiter.«

»Jemand stirbt«, riet ich. »Einer der Zwillinge, weil …«

Das im wirklichen Leben passiert war.

Was die Frage aufwarf, welches Kind Grandma Mae in ihrem Buch sterben ließ. Ihre Tochter?

Oder ihren Sohn?

Ein Schloss auf dem Felsen und andere biblische Herausforderungen

Ich las seit einer Stunde und hatte etwa ein Drittel des zweiten Bands geschafft, und schon jetzt wurden die Figuren deutlich älter und komplexer. Und die Liebesgeschichte? *Heiß*. Immer wieder las ich einzelne Seiten ein zweites Mal und musste mich zwingen, mir Eamon und Shoshanna nicht als Nolan und Sevyn vorzustellen, weil sie … na ja … sich zu oft küssten.

»Bereit?« Roxy drehte den Stuhl zum Spiegel herum. Ich schaute auf und schrie.

Ein Ruck ging durch das Heer der Statisten, die im und am Wohnwagen der Maske herumlungerten. Manche sprangen auf, auch Eamon, der in einer Ecke saß und seinen Text durchging. Ich schlug mir entsetzt die Hände vor den Mund und versuchte, nicht tot vom Stuhl zu kippen.

»Was? Stimmt irgendwas nicht?«, fragte Roxy. »Hast du eine allergische Reaktion?«

Ich schüttelte den Kopf. »Ich bin eine Elfe. Ich fasse es nicht. Ich bin eine verdammte Elfe.«

Ryder, der als Erster seine Ohren bekommen hatte, kam die Wohnwagentreppe heraufgestürmt und musste so lachen, dass er über Eamons Beine stolperte. Auch Eamon fing an zu lachen. Ich berührte eins meiner Spitzohren. »Nicht lachen! Das hier ist meine private Hölle, und sie klebt an mir fest!«

»Das *war* sie«, korrigierte mich Ryder. »Jetzt liebst du uns doch.«

Mit Blick auf meinen Bruder und meinen Freund, die sich vor Lachen krümmten, konnte ich nicht widersprechen. Dann schaute ich an meinem ziemlich coolen Elfenkostüm inklusive Ledermieder und Leggings hinab und fühlte mich wieder vollkommen deplatziert.

Henrik steckte den Kopf in den Wohnwagen. »In zehn Minuten brauche ich euch alle auf dem Hügel, damit wir die Szene stellen können. Verstanden?« Er sah mich an und prustete hinter vorgehaltener Hand.

»Ist ja gut!« Ich stand auf und tat, als würde ich die Führung übernehmen. Tatsächlich sah ich im Kostüm einer kriegerischen Elfe ziemlich gut aus, das musste selbst ich zugeben. »Lasst uns gehen.«

Wir verließen den Wohnwagen und schlossen uns dem Strom von Menschen an, die einen etwa sechzig Meter hohen Hügel hinauf und einem großen, alten, auf einer Felszunge gelegenen Schloss entgegenzogen. Bei der Besichtigung, die wir bereits vorgenommen hatten, hatte ich erfahren, dass es eigentlich kein Schloss, sondern eine Ansammlung von Türmen und Kapellen war. Sogar ein Bischofspalast gehörte dazu. Im Laufe von einigen hundert Jahren war das Ganze zu einem Ensemble zusammengewachsen. Echte Könige waren hier gekrönt worden. Einer von ihnen hieß Cormac MacCartaigh, was mich zu dem Witz verleitete: »Ein echter König? Wann hat der denn die Zeit gefunden, *Die Straße* zu schreiben?«

Niemand hatte gelacht, also schrieb ich es Julian. Er hatte geROFLt. Er war vielleicht nicht unbedingt ein Literatur-Guru, aber Filme mit Viggo Mortensen kannte er in- und auswendig. Noch ein Tag, dann würde Julian wieder hier sein. Ich konnte kaum abwarten, zu hören, wie es mit Elora gelaufen war, und ihm alles von Eamon und mir zu erzählen.

Es gab eine lange Liste historischer Ereignisse, die auf Cashel Rock stattgefunden hatten. Saint Patrick und – jedermanns Favorit – der Teufel selbst spielten dabei eine Rolle. Vor allem aber bewunderte ich Cates geniale Vision von diesem Ort als Setting für einen Fantasy-Film. Der große, grüne Hügel unter den Gebäuden hieß Fairie Ridge – Feenkamm –, und die sanft geschwungene Hochebene in nördlicher Richtung war als Golden Veil bekannt – Goldener Schleier.

Das *Elementia*-Team samt Wohnwagen hatte sich etwas weiter westlich niedergelassen, jenseits der Stadt auf einer spärlich bewachsenen Wiese und ganz in der Nähe einer verfallenen Abtei, die mich persönlich noch mehr beeindruckte als Cashel Rock, aber das lag wahrscheinlich daran, dass ich schon immer was für Außenseiter übriggehabt hatte.

Eamon in seinem Nolan-Kostüm machte einen angespannten Eindruck. »Die Vantage-Bosse haben mir für meine Geduld gedankt, bevor sie abgefahren sind, wahrscheinlich um nicht so ein schlechtes Gewissen zu haben. Eigentlich wollten sie ja bis heute Abend bleiben, aber sie haben wohl genug gesehen.«

»Hoffentlich kommen sie nicht wieder«, sagte ich.

Wir erreichten die Kuppe und gingen einer nach dem anderen durch ein Tor. Es waren wirklich viele Statisten und weder Eamon noch ich waren das gewohnt. Wir fanden einen freien Fleck unter einem hohen steinernen Kreuz und warteten dort auf Cate und Shoshanna. Sie drehten schon seit Stunden, und das einzige Mal, dass ich Cate gesehen hatte, hatte sie wieder ihre schwarze Sonnenbrille getragen.

Ryder kämpfte gegen imaginäre Feinde. Er trug ein kleines ledernes Elf-Kostüm, das aussah, als hätte er den Kostümwettbewerb auf einer Comic-Con gewonnen. Ich saß im Gras neben Eamon und fuhr mit den Fingerspitzen über die Linien in seiner Handfläche, während er noch einmal seinen Text überflog.

Wie durch Zauberhand war Shoshanna plötzlich da und setzte sich seufzend zu uns. »Sehr gut, das brauche ich jetzt – eine Welpenparty. Lasst uns schmusen und jaulen.«

Ich bellte und sie ließ sich rücklings ins Gras fallen.

Eamon lachte und ich zeigte auf Shoshanna. »Noch ein Welpenkommentar, und wir lassen alles stehen und liegen und machen miteinander rum, sobald du auftauchst.«

»Das würdet ihr nicht wagen. Ihr seid nämlich *Welpen*.«

Ich schnappte mir Eamon und küsste ihn, als ginge die Welt unter. Als wir uns voneinander lösten, war er so rot wie eine reife Tomate, aber ich war noch nicht fertig. »O nein! Ich habe sein Make-up ruiniert. Lass uns zu Roxy gehen, ja? Weiß eigentlich jemand, ob sie Single ist? Ich wette, Julian weiß es.« Ich holte mein Handy aus meinem Dekolleté, denn das war der einzige Ort, an dem ich es in meinem Kostüm verstecken konnte, und schrieb eine Nachricht, die ich laut vorlas. »Julian, ist Roxy Single?«

»Das weiß er nicht«, grummelte Shoshanna. »Außerdem ist er das größte Plappermaul in ganz L.A., Iris!«

»Natürlich weiß er es. Er ist Julian.« Ich zeigte ihr Julians umgehende Antwort.

Single. Warum?

»Soll ich ihm schreiben, wie süß ihr beide zusammen seid, oder gibst du Ruhe?«

Shoshanna öffnete den Mund, schloss ihn dann aber wieder. »Bravo«, schnaubte sie nach einer Weile. »Ihr zwei habt es zur Highschool-Liebe geschafft. Wann ist denn euer Abschlussball?«

Eamon hielt die Hände zwischen uns. »Waffenstillstand, Ladys! Waffenstillstand!«

Shoshanna sah das anders. »Was wollt ihr Turteltauben denn …«

»Hey, super!«, murmelte ich. »Jetzt sind wir Vögel.«

Unbeirrt fuhr Shoshanna fort: »… übermorgen tun, wenn wir nach L.A. zurückfliegen? Eamon kommt nicht mit. Seine Szenen sind durch, wenn wir hier fertig sind. Das Wort *Fernbeziehung* kriegt eine ganz neue Bedeutung, wenn man den kompletten Atlantik und die ganze Breite der Vereinigten Staaten zwischen sich hat.«

Unter seinem sonnengebräunten Make-up war Eamon blasser als sonst. Wollte er mit mir Schluss machen, wenn ich abreiste? Ich bekam Stiche in der Brust und schämte mich im Anschluss. Natürlich würden wir Schluss machen. Wie sollte diese Beziehung denn auch halten?

Zeitdruck, hörte ich die Stimme meines Vaters. *Das macht eine Geschichte immer interessanter.*

Nur noch zwei Tage.

Ich legte die Hände an die ungewohnt gummiartigen Ohren. »Sei ruhig! Sei ruhig!«

»Hey!« Eamon schlang seine Finger um meine. »Lass dich nicht von Shoshanna fertigmachen. Sie ist der Teufel und liebt es, Leute zu provozieren. Schau sie dir nur an! Sie freut sich wie eine Schneekönigin.«

»Es geht nicht um sie.«

Er sah mich fragend an.

»Es ist, weil ich dich zurücklassen muss. Ich halte das nicht aus.«

Er war so erstaunt wie ich selbst. Hatte ich das wirklich gesagt? Aber Eamon nickte, als fühlte er dasselbe. Das linderte meinen Schmerz ein wenig. Ich würde Eamon unbeschreiblich vermissen und das war … gut? Es musste doch gut sein, jemanden so sehr zu mögen, oder?

»Ich weiß, was euch beide aufheitern wird«, sagte Shoshanna, beugte sich zwischen uns und zerstörte unseren bittersüßen Moment. »Hört euch meinen umwerfenden irischen Akzent an. Ich mache jetzt einen *craíc* und heute Abend sagen wir *Sláinte!*«

Eamons Augenbrauen krachten aneinander, als hätten sie einen Unfall gehabt. »Das findest du witzig? Wirklich? Du, Shoshanna Reyes, klingst wie ein Streifenhörnchen, wenn du einen auf Irisch machst. Ich weiß nicht, ob du es schon gemerkt hast, aber wir Iren sprechen für gewöhnlich in einer normalen Stimmlage.«

Shoshanna war nicht begeistert. Dann wiederholte sie den Satz, ohne zu fiepsen.

»Siehst du?«, sagte Eamon. »Jetzt klingst du wie ein irischer *Mensch*.«

»Viel besser«, stimmte ich zu. Dann forderte ich Eamon heraus: »Jetzt wollen wir dich mal mit amerikanischem Akzent sprechen hören. Sag was!«

Eamon sah mich übertrieben selbstsicher an, was gar nicht seinem Charakter entsprach. Als er den Mund öffnete, kamen peinliche, stereotype amerikanische Sätze heraus, einer nach dem anderen, allerdings ohne den geringsten irischen Akzent.

»Hör auf!«, riefen Shoshanna und ich gleichzeitig, damit er aufhörte.

»Ich kann auch John Wayne«, sagte Eamon. Es folgte irgendetwas mit »Howdy« und »Sheriff« und »Mustang« und er imitierte Waynes schleppende Sprechweise auf komödiantische Art und Weise, aber ziemlich exakt.

Shoshanna lachte laut los und konnte gar nicht wieder aufhören. »Das ist die schlechteste Imitation, die ich je gehört habe«, brachte sie schließlich heraus. »Damit solltest du auf YouTube gehen … Nein, Moment mal! Du bist ja schon auf YouTube.« Sie lachte immer noch und ich auch, als Eamon sich zu mir beugte.

»Habe ich dich nicht beeindruckt? Nicht mal ein bisschen?«, fragte er mit perfektem amerikanischem Akzent.

»Was?« Meine Stimme zitterte.

Shoshanna hörte auf zu lachen und lehnte sich etwas zu uns.

Eamon lächelte, aber nicht wie Eamon, sondern wie ein amerikanischer Junge, mit dieser unverkennbaren Mischung aus Überheblichkeit und Trägheit. »Ich habe dich gefragt, ob du nicht beeindruckt bist. So schlecht kann ich doch gar nicht sein, oder?«

Ich blinzelte ihn an. Er zog diese Nummer viel zu perfekt durch. Es war, als sähe man jemanden barfuß, der sonst immer nur Stiefel getragen hatte. Ich starrte ihm ins Gesicht, als hätte ich bemerkt, dass seine Zehen affenartig behaart waren.

»Mach weiter«, murmelte Shoshanna.

Eamon schaute kurz zu ihr hinüber. Dann sagte er als amerikanischer Teenager zu mir: »Du solltest nicht an mir zweifeln.«

»Hör auf!«, schrie ich. »Ich hasse es.«

Er nahm meine Hand und küsste meine Fingerknöchel. »Sorry. Wirklich.«

»Da bist du ja wieder.« Erleichtert atmete ich auf.

»Wow«, sagte Shoshanna nach kurzem Schweigen. »Das hätte ich dir gar nicht zugetraut. Verdammt, Kiddo! Eines Tages wirst du einen Oscar gewinnen.«

***

Der Dreh begann und wir nahmen unsere zugewiesenen Plätze ein. Die beeindruckende Landschaft wurde von dünnen Schleierwolken vor einem leuchtend azurnen Himmel gekrönt. Den größten Teil der nächsten Stunden verbrachte ich damit, in diesen Himmel zu schauen, und lernte dabei schnell, dass der Beruf eines Filmschauspielers viel mit Warten zu tun hatte.

Ryder und ich hatten Glück, dass wir keine Perücken tragen mussten, aber unsere Haare waren frisiert und um die Ohrprothesen herum mit massenweise Haarspray festbetoniert, was mit jeder Stunde, die verging, unerträglicher wurde. Wir befanden uns unter zwei Dutzend Statisten in ähnlichen Kostümen, alles Leute aus der Gegend. Die Gespenster von Castletown. Am Fuße des Hügels stand Shoshanna in ihrem Sevyn-Kostüm und lauschte Cates Anweisungen.

»Steh still«, warnte ich Ryder. Er fummelte an seinen Lederstiefeln herum und hatte Henrik irgendwie überredet, ihm einen Bogen zu geben, obwohl sonst keiner eine Waffe hatte.

Als Cate uns vorhin unsere Plätze zugewiesen hatte, war sie etwas grün um die Nase gewesen, und das machte mir Sorgen. Falls etwas sie erschüttert hatte, würde es – was immer es war – uns andere regelrecht umhauen. Sie war der Fels, auf den sich die ganze Produktion stützte, und ich tagträumte immer wieder, dass Grandma Mae stolz auf Cate Collins war.

Nachdem ich *Elementia* gelesen hatte, glaubte ich, meine Großmutter etwas besser zu kennen, und wenn ich an unsere einzige Begegnung dachte, fühlte es sich nicht mehr wie ein Parkspaziergang von zwei Fremden an. Sie hatte versucht, mich nach acht Jahren an einem einzigen Nachmittag kennenzulernen.

Ich drückte meine Elfenstiefel in das sehr grüne Gras und dachte an Erdbeben. Plattentektonik und Bruchlinien – Mae Ellen Thorne und ihr Sohn, Michael Edward. Was zum Teufel war nach Samanthas Tod zwischen ihnen vorgefallen? Mein Dad hatte meine Frage nicht beantwortet. War ich damit zu weit gegangen? Wahrscheinlich. Bereute ich es? Nein.

Schließlich war es auch meine Familie.

Cate rief: »Action!« Ich nahm meinen Bruder an die Hand, als wir uns alle mit leeren Blicken Shoshanna zuwandten, die sich über einen schmalen Weg durch die

Schlossanlage bewegte, vorbei an jeder Menge Statisten, die stöhnten und weinten, Sevyn aber nicht sehen konnten. Die Kamera fuhr auf einer Schiene neben ihr her und fing uns dabei im Hintergrund mit ein.

Als Cate »Cut!« gerufen hatte und alles noch einmal auf Anfang gestellt wurde, sagte ich zu meinem Bruder: »Ryder?« Um sich die Zeit bis zum nächsten Action-Ruf zu vertreiben, tat er so, als schösse er mit seinem Bogen um sich. »Weißt du noch, dass ich gesagt habe, wir sollten irgendeinen Kurs für dich finden, der Dad und dich glücklich macht?«

»Ja, warum?«

»Das ist Kuhkacke. Du solltest einen Kochkurs machen und später ein richtiger Koch werden.«

Er ließ seinen Bogen fallen. »In echt?«

»In echt. Dad wird nicht glücklich sein, aber das ist er ja nie, es sei denn, er kann alles kontrollieren. Es geht um dein Leben, Ry. Ich helfe dir, es durchzusetzen.«

»Dann helfe ich dir mit deiner Musik.« Er grinste von einem Ohr bis zum anderen, und ich verzichtete darauf, ihn zu fragen, wie er das anstellen wollte, aber er fuhr fort: »Ich locke ihn aus dem Haus, damit du öfter üben kannst.«

»Danke, Ry.« Ich umarmte ihn. »Aber du weißt, dass es nicht einfach und er nicht nett sein wird.«

»Wenn du es schaffst, schaffe ich es auch.«

Als Felix Moss vor zwei Jahren vom Universum in unser Leben geschubst worden war, hatte mich eine Erkenntnis geplättet: Mein Bruder war hart im Nehmen. Er musste es sein, denn in seinem kurzen, hyperaktiven Leben hatte es nicht einen entspannten Tag gegeben. Abgesehen von der Einladung an diesen Filmset. »Weißt du, woher ich weiß, dass Dad gar nicht so schlimm ist?«, fragte ich. »Er hat dafür gesorgt, dass ich mit dir hierherkomme. Und er hat darauf verzichtet, mitzukommen und sich wie eine schwere, nasse Decke auf uns zu legen. Er hätte Nein sagen können, und das wollte er ja eigentlich, aber er hat uns diese Reise ermöglicht.«

»Das ist eine komische Art, die Sache zu sehen, Augapfel. Wir haben ihn doch ausgetrickst. Ich habe sogar meine Therapeutin dazu gekriegt, ihn zu überreden.«

»Du warst das?«, fragte ich. Er grinste. »Gut gemacht, Bruder.«

Er stellte sich auf die Zehenspitzen und schaute den Hügel hinunter. »Cate macht gleich weiter. Geh schon mal in Position.«

DIE WAHRHEIT ÜBER SÜNDENMÄDCHEN – ICH MEINE NATÜRLICH SÜNDENBÖCKE

Für den Tag war Schluss mit Drehen.

Henrik entließ die Statisten und bat Shoshanna, Eamon, Ryder und mich, ihn an dem alten Kreuz zu treffen, an dem wir vor ein paar Stunden gewartet und herumgealbert hatten. Ich wusste, dass etwas nicht stimmte, weil der künstlerische Direktor seinen Hut tief in die Stirn gezogen hatte, und alle möglichen Gründe dafür ratterten mir durch den Kopf.

Eamon traf mich am Kreuz; schon wieder ganz in Flirtstimmung. »Ist es falsch, wenn ich sage, dass du eine wahnsinnig attraktive Elfe abgibst?«

»Ja, definitiv.« Ich zupfte an meinen Ohren. »Ich komme mir vor, als hätte ich mich zu einer Party von *Shannara-Chronicles-Fans* verspätet.«

»Du machst dich verdächtig oft über diese Sendung lustig, Iris. Bist du dir sicher, dass du sie nicht gesehen hast?«

»Ich hatte Grippe und auf MTV lief ein *Shannara*-Marathon. Sonst gab es gerade nichts im Fernsehen, ich schwöre!«

»Wenn du krank bist, siehst du dir also heimlich Fantasy-Serien an. Erzähl mir mehr von den Geheimnissen der Iris Thorne.« Er zog mich an sich, um mich zu küssen. Natürlich war es nicht ganz mein Ding, als Elfen verkleidet herumzuknutschen, aber dass wir unsere Kostüme anhatten, bedeutete, dass Eamon praktisch nackt war. Und mir gefiel es recht gut, die Hände auf so viel Brust und Hüfte zu legen.

Ryder machte Würgegeräusche und wir ließen voneinander ab. Mit den schönen Gefühlen war es vorbei, als Shoshanna in ihrem Sevyn-Kostüm ankam. Sie ließ die Schultern hängen und die Haare fielen ihr ins Gesicht. Ich sah, dass sie sich keine Illusionen über den Grund für Henriks Versammlung machte. Sie warf mir einen Blick zu, der nichts Gutes verhieß.

»Weißt du eigentlich, warum Henrik uns sprechen will?«, fragte mich Eamon, immer noch zu gut gelaunt.

»Ich ahne es, aber ich hoffe, dass ich mich irre«, sagte ich.

Henrik kam, als Eamon gerade anfing zu begreifen, dass ich etwas Düsteres angedeutet hatte. Er machte ein langes Gesicht, und Shoshanna fragte barsch: »Wo ist Cate?«

»In ihrem Wohnwagen. Die Neuigkeit hat sie tief getroffen, aber sie gibt zu, dass es feige ist, diesem Treffen aus dem Weg zu gehen.«

»Feiglinge geben ihre Feigheit nicht zu«, sagte ich leise. Alle schauten mich an, und ich sagte: »Sie haben den Dreh gecancelt. Diese Arschlöcher haben uns allen die Hände geschüttelt, sind lächelnd abgereist und haben dann die Axt angelegt.«

Ryder schrie: »Nein!« Er boxte mir an den Arm. Mit Wumms.

Henrik nahm den Hut ab und rieb sich die Stirn. »Natürlich drücken sie es nicht so aus. Die offizielle Verlautbarung besagt, dass der restliche Dreh an dieser und der nächsten Location abgesagt ist. Wir sollen uns mit den Aufnahmen begnügen, die wir haben. Dabei haben wir noch gar nicht das Ende gedreht.«

»Die zucken also nur mit den Schultern, sagen: ›Pech gehabt‹, und das war's?«, ereiferte ich mich.

Ryder sah aus, als wollte er mich noch einmal schlagen, und ich griff nach seiner Hand. »Bekommst du jetzt einen Wutanfall?« Das hatte ich ihn noch nie gefragt. Es schien ihm den Wind aus den Segeln zu nehmen und er schüttelte den Kopf. »Geh zu Mr Donato. Ich erzähle dir alles, wenn ich mehr weiß.«

Er lief los, und als ich mich wieder den anderen zuwandte, sah Henrik so angespannt aus, als würde er bei der geringsten Berührung bersten. »Die Flüge sind gebucht. Bis morgen sind wir hier alle weg. Das Studio ist der Meinung, dass der Dreh in aller Stille abgebrochen werden sollte. Vielleicht können die fehlenden Szenen in einem Jahr oder so nachgedreht werden, wenn die negative Energie, die von dem Boykott ausgeht, verflogen ist. Vielleicht.«

»Das ist doch Bullshit!«, rief Shoshanna. »Sachen, die einmal beerdigt worden sind, werden doch nicht wieder aufgegriffen! Sie werden ein paar Szenenfotos verkaufen und dann ihre Verluste abschreiben.«

Ich sah Eamon an. Er schaute in die andere Richtung. Seine nackte Brust war eingefallen. Ich wollte seine Hand nehmen, aber er zog sie weg. Dann ging er, und Henrik sagte: »Lass ihn, Iris. Sein Traum ist gerade geplatzt.«

Shoshanna schimpfte weiter auf Henrik ein. Sie rief sogar Julian an, drückte die Lautsprechertaste, und dann schimpften beide auf den künstlerischen Direktor ein, als sei er an allem schuld. Wie in Trance ging ich zum Kostümwagen und zog meine eigenen Sachen an. Dann ging ich zum Maskenwagen und ließ meine Ohren von Roxy abmontieren. Andere Statisten sprachen über die Szene; noch keiner wusste etwas von dem Drehabbruch.

»Alles in Ordnung?«, fragte Roxy, als sie eins meiner Elfenohren abpellte. »Du warst furchtbar kampflustig, als ich dir diese Dinger verpasst habe, und jetzt schweigst du wie ein Grab.«

»Sprich mit Shoshanna. Es gibt … Neuigkeiten.«

»Oh.« Roxy begriff sofort. Sie ließ die Hände fallen. Heute wurde ihre Hose von regenbogenfarbenen Bändern gehalten, und die Haare auf ihrer nicht-rasierten Kopfhälfte hatte sie mit Essstäbchen zu einem Knoten hochgesteckt. »So schlimm?«, flüsterte sie.

»Sprich mit Shoshanna«, wiederholte ich, obwohl das wahrscheinlich seltsam rüberkam.

»Bestimmt will sie jetzt allein sein.«

»Bestimmt nicht. Sie will bei dir sein. Sehr sogar.« Ich fragte mich, ob ich eine Grenze überschritt, aber andererseits war es mir egal. Roxy widmete sich meinem anderen Ohr, und im Spiegel sah ich, dass ihre Lippen von einem klitzekleinen Lächeln umspielt wurden. Ein Silberstreifen in diesem Schlamassel. Ich wollte es aber nicht mit vorschneller Hoffnung jinxen. Das passierte mir nämlich andauernd. Wenn ich mir etwas wünschte und anfing, mir reale Hoffnungen zu machen – *Puff*!

Hoffnung war ein Todeskuss.

Nachdem ich entelft war, klopfte ich an Cates Tür und fragte mich, ob sie wohl zum ersten Mal nicht ahnte, dass ich es war.

»Komm rein, Iris«, rief sie.

Als ich eingetreten war, trug sie immer noch ihre Sonnenbrille. Sie saß so still da, dass sie beinahe gefährlich wirkte. »Kann ich irgendwie helfen, Cate?«

»Dafür ist es zu spät. Es sei denn, du weißt, wo wir ein paar Hunderttausend Dollar auftreiben können, ganz abgesehen von ebenso vielen Fans, die versprechen, dass sie sich den Film anschauen *und* die DVD kaufen – anstelle Petitionen zu unterschreiben, die den Film torpedieren.«

»Aber die muss es doch geben«, murmelte ich. »Vielleicht müssen wir nur einen neuen Weg finden, sie zu erreichen.«

»Wie gesagt: Es ist zu spät.«

»Und wenn ich nun an die Thornier appelliere?«, versuchte ich es. »Ich kann es auf Eamons YouTube-Ding tun. Oder ich rufe jeden Einzelnen auf dem Handy an. Oder du verlost ein Treffen mit mir. Irgendwas muss doch möglich sein!«

»Es ist zu spät, Iris.«

»Ich gebe dir das Geld aus meinem Treuhandfonds«, sagte ich und ignorierte die Tatsache, dass ich nur mit der Zustimmung meines Dads an das Geld herankam. »Henrik sagt, es sei ein Investment. Wenn der Film ein großer Erfolg wird, bekomme ich das Geld dreifach zurück, weil sich das Buch dann noch besser verkauft und jede Menge Merchandising hinzukommt.«

»Iris! Es ist zu spät.« Mit eingefallenen Schultern saß sie da und wirkte noch winziger als sonst. »Sobald wir abreisen, löst sich die ganze Produktion auf. Nächste Woche um diese Zeit wird sich schon keiner mehr daran erinnern, dass überhaupt gedreht worden ist. Nimm's nicht persönlich, Iris. In Hollywood passiert so etwas andauernd. Immerhin haben wir gute Gründe für den Abbruch. Bei manchen Produktionen ist nicht mal das der Fall.«

»Was wird dann aus dir?«

Sie sah mich nicht an. »Ich bleibe in Irland. An mir klebt jetzt der Makel des Versagens. Man wird mir die Schuld geben.« Sie holte tief Luft. »Das muss ich so hinnehmen. Immerhin trägt die Adaption von Anfang an meine Handschrift.«

»Dann ist es *doch* persönlich. Das Studio hat ständig dein Budget gekürzt und gehofft, dass sich der Film in Luft auflöst. Und als du daran festgehalten hast, haben sie gesagt, *du* seist das Problem.« Sie brauchte meine Vermutungen gar nicht erst zu bestätigen. Woher der Wind wehte, war klar, seit die Reporterin an den Set gekommen war. Als ich daran dachte, fiel mir ihre schreckliche *Titanic*-Metapher ein. »Du gehst nicht mit dem Schiff unter, Cate. Wir brauchen Filme von Frauen wie dir. Mädchen und Frauen überall auf der Welt brauchen dich. Nimm mich: Bevor ich dich kennengelernt habe, hatte ich keinen einzigen Erwachsenen, zu dem ich aufschauen konnte.« Tränen schossen mir in die Augen und ich wischte sie weg.

Cate stand auf und umarmte mich. Ich hielt sie fester, als ich je meine eigene Mom umarmt hatte. Sie durfte jetzt nicht aufgeben und im Nirgendwo verschwinden.

»Super! Dein Lebenswerk steht in Flammen, aber du tröstest mich«, sagte ich schluchzend.

»Derselbe Kontinent, Iris Thorne. Derselbe Schmerz!«

»In Hollywood wimmelt es doch von gottverdammten Wundern«, schnüffelte ich. »Das hört man doch andauernd.«

»Du bist das Wunder«, sagte sie. »Und wenn wir bei Grace Lees wenig origineller *Titanic*-Metapher bleiben wollen, bist du die unsinkbare Molly Brown. Du bist diejenige, die aus alledem hier gestärkt hervorgehen wird.«

Tränen der Trauer wurden zu Tränen der Wut. »Sei nicht stolz auf mich. Denn dann ist es wirklich das Ende.«

Henrik kam herein und sah ziemlich mitgenommen aus. »Kannst du deinen Freund und deinen Bruder trösten, Iris? Sie sind am Boden zerstört.«

»Und Shoshanna?«, fragte Cate.

»Zieht marodierend umher. Es würde mich nicht wundern, wenn sie Cashel Rock kurz und klein schlägt.«

Aus irgendeinem Grund lachten wir. Ein bisschen. Nichts schien mehr möglich. Über allem schien ein Fluch zu liegen. Aber sind es nicht genau solche Momente, in denen aus Fantasien Wirklichkeit wird?

***

Als ich Cates Wohnwagen verließ, konnte ich niemanden finden. Keinen Ryder. Keinen Eamon. Keine Shoshanna. Mein Dad hatte immer noch nicht geantwortet, dafür fand ich eine noch ungelesene Nachricht von Julian:

Shit! Hatte gerade angefangen, meine Rolle zu mögen.

Die Nachricht musste sich verbreitet haben, während ich mit Cate gesprochen hatte, und fast alle waren in die Stadt gefahren, um ihre Enttäuschung zu ertränken. Ich holte Annie aus ihrem Kasten und legte mir den Gurt über die Brust. Wie ein Rockstar trug ich sie auf dem Rücken und stieg auf den Hügel, vorbei an alten, verwitterten Kreuzen und Grabsteinen. Ich überlegte, ob ich auf dem Friedhof spielen sollte, aber dann fiel mein Blick auf etwas anderes.

Unter der Schlossanlage und hinter dem Kreis unserer Wohnwagen stand die schöne alte Abtei inmitten einer

Kuhweide. Ich stieg den Hügel hinab und fragte mich, ob jemand auftauchen und mich verscheuchen würde. Aber niemand kam; ich war allein.

In der Ruine schaute ich durch das fehlende Dach direkt in den Himmel und dieser Blick wurde von altem Mauerwerk eingerahmt. Ich drehte mich im Kreis, um alles in mich aufzunehmen. Annie klemmte ich mir unter einen Arm, mit der anderen Hand strich ich über das kunstvolle Maßwerk der alten Steine.

Die Töne fanden nicht ihren Weg zu mir.

Ich setzte mich auf die steinerne Sitzbank unter einem Fenster und wartete, blieb genau dort. Genau am Rand dieses elenden Momentes.

»Was hättest du getan, Grandma Mae?«, fragte ich.

Sie antwortete nicht. Sie hatte sich nicht so in meinem Kopf eingenistet wie mein Dad. Oder meine Zweifel.

»Shit!«, sagte ich, so wie Julian es getan hätte. Es fühlte sich definitiv wie eine Moll-Tonart an. d-Moll. Die Tonart, die so schmerzhaft klingt, als hätte sie sich auf die eigene Zunge gebissen. Ich schlug einen Akkord an, und der Widerhall zwischen den Steinmauern schreckte eine Elster auf, die beleidigt krächzte und davonflog. »Hau bloß ab!«, rief ich ihr nach.

Die nächsten Akkorde kamen schon leichter. Es klang aufgeregt, der Rhythmus war schnell, und irgendwie ging es immer weiter. Jetzt war ich ganz drin, und ob es nun gut klang oder nicht, war mir egal. Meine Finger spreizten sich wie von allein in Barré-Griffe, während meine rechte Hand wie eine wütende Ani DiFranco zu Werke ging.

Die Wut schoss aus mir heraus wie Sevyns Blitze. Warum war ich so lange gegen diesen Film gewesen? Wäre ich nicht so eine Idiotin gewesen, hätte ich vom ersten Tag an mit Eamon flirten können. Ich hätte ein glorioses Interview geben können, statt so einen Mist zusammenzuquatschen. Vielleicht hätte es dann keinen Boykott gegeben, und die Studiobosse wären in ihrer Traumfabrik geblieben, wo sie hingehörten.

Morgen nach Hause fliegen zu müssen, war so plötzlich gekommen, und es tat verdammt weh. Meine Akkorde dagegen wurden immer schöner. Schließlich war Trauer eigentlich etwas sehr Schönes. Vor allem, wenn sie von Grandma Mae geschrieben wurde. Bei ihr wuchs der Schmerz zu Bergen an, als schöben sich zwei Kontinentalplatten zusammen und drückten ihre Erhebungen verzweifelt gen Himmel. Alle anderen hatten *Elementia* gelesen und dabei etwas über die Welt oder sich selbst gelernt. Nur ich nicht. Als ich die Geschichte gelesen hatte, war mir bewusst geworden, dass ich Dinge verloren hatte, von denen ich nicht einmal wusste, dass sie existierten.

Meine Großmutter war eine brillante Schriftstellerin – und wegen meines Dads hatte ich ihre Bücher nie gelesen.

Meine Großmutter war eine großartige Frau – und ich würde sie nie kennenlernen.

Tränen fielen auf meine Hände und Annies Saiten. Es war so unfair! Nicht nur mir gegenüber. Auch gegenüber Cate, Ryder, Eamon und Shoshanna. Es war unfair uns allen gegenüber.

Fairness ist reine Fantasie, meldete sich Cates Stimme.

Und was ist dann real?, fragte ich. Aber ich kannte die Antwort. Die Realität setzte mit einem Biss ein, einem Knuff, einem Kuss. Sehnsucht, Verlust, Widerwille und vor allem *Leidenschaft*. Leidenschaft war etwas Reales. Kein Festhalten an etwas, das man nicht besser hinbekam, wie mein Dad mir schon vor langer Zeit mit seiner unnachahmlichen Kälte unter die Nase gerieben hatte. Im Gegenteil. Sie war das Einzige, was man mit der Zeit immer besser hinbekam.

Ohne Leidenschaft gab es keine Entwicklung.

Ich warf den Kopf in den Nacken und die Abtei hüllte mich in meinen eigenen Song, während ich mich den vernachlässigten Tönen in mir hingab, die sich zu einer starken Melodie vereinen wollten. Vielleicht war es Grandma Mae mit *Elementia* genauso ergangen; vielleicht hatte sie diesen verlassenen, sterbenden Kontinent erfunden, um der Trauer um ihre Tochter Raum zu geben. Eine komplett erfundene Welt, um ihrer eigenen, zerbrochenen einen Sinn zu geben.

Ein Text schoss mir in den Kopf. Ich holte mein Notizbuch heraus und kritzelte los. Jedem Gefühl gab ich einen bittersüßen Akkord, jeder Zeile ihren eigenen Herzschmerz. Den Rhythmus ließ ich anschwellen wie Traurigkeit, die sich zu neuen Bergen auftürmte, Bergen aus leeren Händen, die sich nach dem unerreichbaren Himmel streckten.

Ich spielte ewig. Der Sonnenuntergang tauchte das dachlose Gebäude in sattes Orange. Meist hatte ich die Augen geschlossen, dafür war mein Herz so weit geöffnet wie ein geliebtes Buch.

Als ich die letzte Strophe geschrieben hatte, schaute ich auf und sah Shoshanna auf dem steinernen Altar sitzen. Keine Ahnung, wie lange sie mir schon zugeschaut und -gehört hatte.

»Das waren eine Menge Gefühle«, sagte sie. »Starke Gefühle.«

Ich nickte und wollte Notizbuch und Gitarre schnell beiseitelegen, aber sie stoppte mich.

»Fühlst du dich nackt?«, fragte sie.

Ich schaute mich um. »Ja.«

»Ich habe immer das Gefühl, jemand hätte meine Klamotten geklaut, wenn ich voll und ganz in einer Szene aufgehe.« Sie sprang auf und kam auf mich zu. »An das Gefühl, zur Schau gestellt zu werden, wirst du dich gewöhnen. Ein bisschen jedenfalls.«

»Ich glaube nicht, dass ich das möchte.« Ich zitterte genug, um zu beweisen, dass ich es ernst meinte.

Sie zuckte mit den Schultern. »Das bedeutet es, ein Künstler zu sein. Es braucht Mut, etwas Neues zu kreieren. Aber wenn du die Welt auch nur ein kleines bisschen lebenswerter machen willst, musst du deine Scheu überwinden. Das ist dann der Punkt, an dem Mut ins Spiel kommt. Und die Nacktheit.«

Ich schaute auf mein Notizbuch, auf die Wörter, die ich beinahe blind hingekritzelt hatte. »Es geht um meine Großmutter.«

»Das hatte ich mir gedacht.«

»Aber ich kannte sie gar nicht. Wie kann man jemanden vermissen, den man nicht gekannt hat? Warum möchte ich wie sie sein, wenn ich sie nie kennenlernen kann?«

»Du hast ihr Buch gelesen, Iris«, sagte Eamon vom zerfallenen Eingang her. Ich erschrak.

»Wie lange stehst du da schon?«, fragte ich. Shoshanna hatte recht mit dem, was sie über das Nacktfühlen gesagt hatte. Plötzlich hatte ich das Bedürfnis, mich zu bedecken.

»Wir haben dich schon spielen gehört, als wir noch bei den Wohnwagen waren«, gestand Shoshanna. »Dein Freund hatte Angst, dass du aufhörst, wenn du ihn siehst. Deswegen hat er sich lieber versteckt.«

»Zu Recht«, gab ich zu.

Eamon lächelte schief. »Der Song trägt Blitze in sich, Iris.«

»Kann schon sein.« Ich stand auf und lehnte Annie an eine Mauer. Meine Traurigkeit, die sich eben noch zu scharfkantigen Bergen aufgetürmt hatte, fühlte sich nicht mehr so steinern an, eher wie Wasser – und ich wollte es sprudeln lassen. »Euch hat der Song also … gefallen?«

»Ja«, sagte Eamon, und Shoshanna schnaubte: »Was für eine Frage!«

»Was, wenn wir ihn aufnehmen?« Ich sah Eamon an. »Hast du deine Kamera dabei?«

Er holte sie aus seiner Tasche.

»Was hast du vor?« Shoshanna war plötzlich ganz aufgeregt. »Willst du das wirklich mit der ganzen Welt teilen? Die Thornier würden endgültig den Verstand verlieren. Der Song wimmelt von *Elementia*-Mist.«

Ich sah immer noch Eamon an. Wusste er, wie viel Angst ich hatte? Was für ein Horror es war, darauf zu vertrauen, dass die Welt etwas von mir Erschaffenes annehmen würde, ohne es – oder mich – zu zerreißen? Jeder Schlag meines Herzens war hart, bedrohlich, aber ich machte weiter.

»Singst du den Song mit mir, Eamon?«

HOFFNUNG IST FANTASIE. ODER UMGEKEHRT?

Wenn man in der Abenddämmerung einen Song in einem dachlosen Zisterzienserkloster aufnimmt, sollte man zwei Schauspieler dabeihaben, die es gewohnt sind, ein und dieselbe Einstellung wieder und wieder zu drehen.

Meine Finger waren schon geschwollen und glitten nicht mehr so geschmeidig über die Saiten. Eamon den Text beizubringen, war wie Sex, jedenfalls nehme ich es an; viel Erfahrung hatte ich auf dem Gebiet ja noch nicht. Es war seltsam und wunderbar, und wir harmonisierten an den völlig falschen Stellen und zur völlig falschen Zeit. Zuerst. Dann lernten wir, zusammen zu singen, ohne uns gegenseitig zu übertönen, anzutreiben oder zu verlangsamen.

Bei der letzten Aufnahme war ich mit meiner Kraft am Ende, und als ich den letzten Akkord besonders laut angeschlagen hatte, musste ich mir die Finger lecken.

Eamon nahm meine Hand und küsste jede einzelne geschwollene Fingerkuppe.

»Cut!« Shoshanna schaute mit weit aufgerissenen

Augen über die Kamera. »Wenn das euch Turteltauben im Internet nicht Zigtausende Klicks einbringt, verliere ich den Glauben an die voyeuristische Ader der Menschen.«

»Das schnulzige Zeug sollten wir nicht zusammen mit dem Song veröffentlichen«, sagte ich.

»Warum nicht? Ihr seid doch wirklich ein Paar, oder nicht? Das ›schnulzige Zeug‹, wie du sagst, ist also nicht zu Werbezwecken inszeniert. Oder muss ich erst Julian anrufen, damit er bestätigt, was für einen medialen Schatz wir hier haben?« Shoshanna packte ihre Sachen zusammen. Die Dämmerung war längst zur Nacht geworden, und wir hatten im Schein unserer Handy-Taschenlampen gefilmt. Wie würde das wohl inmitten der alten Steine wirken? Albern? Magisch?

Wir gingen zu den Wohnwagen zurück; Shoshanna gab ein flottes Tempo vor. »Wir stellen das so schnell wie möglich online. Sag mal, Eamon, wie viele Follower hat dein YouTube-Kanal eigentlich?«

»Nur noch circa dreißigtausend«, sagte er. »Seit dem Boykott sind eine ganze Menge abgesprungen.«

Shoshanna verzog das Gesicht. »Das muss reichen.«

Als wir meinen Wohnwagen betraten, setzte Ryder sich im Bett auf und sah aus, als hätte er sich in den Schlaf geweint. Er rieb sich die Augen. »Was ist los?«

»Wir schmieden Pläne.« Ich ließ mich auf seine Bettkante fallen und legte einen Arm um ihn.

»Gute Pläne?«

»Die besten«, sagte Shoshanna, holte Eamons Laptop

hervor und verschwendete keine Zeit, die Kamera mit dem Computer zu verbinden. »Wie heißt der Song eigentlich, Iris?«

»Fallhöhe«, sagte ich. »Oder ist das zu kitschig?«

Eamon setzte sich auf mein Bett. »Es klingt ein bisschen nach Fantasy, aber darum geht es ja.«

Ryder versuchte, sich an Shoshanna heranzuwanzen, um genau sehen zu können, was sie da tat. Ich ließ ihn los und setzte mich neben Eamon. Er legte mir einen Arm um die Taille und ich vergrub das Gesicht in seiner Halsbeuge. Ich dachte, Shoshanna öffnete nur die Datei, aber als ich auf den Bildschirm schaute, war sie bereits dabei, sie hochzuladen. »Warte mal! Wir müssen uns das doch erst mal selbst ansehen!«

»Bloß das nicht! Du würdest einen Rückzieher machen«, sagte sie. »Und … fertig.«

Ich schoss in die Höhe und tigerte im Wohnwagen auf und ab. »Verdammt! Nimm es runter. Wenn mein Dad das sieht!«

Eamon nahm meine Hand und zog mich an sich. »Es ist toll geworden, Iris. Guck doch!«

Shoshanna spielte das Video ab, und ich schaute es mir an wie einen Film. Es war faszinierend. Shoshanna machte sich nicht schlecht als Regisseurin, und die Steinmauern verliehen der Musik einen wunderbaren Klang. Am meisten aber war ich von Eamons Stimme begeistert, *so* bezaubernd. Und dann der Moment, als er mir die Finger küsste …

»Sollen wir den Text in die Infobox schreiben?«, fragte Shoshanna.

»Nein, ohne Kontext wirken Songtexte oft lächerlich«, sagte ich. »Wie Gedichte, die zu sehr von sich selbst überzeugt sind.«

»Hey, guckt mal!« Eamon zeigte auf den Bildschirm. »Schon sechzig Views. Das ist gut.«

Ich griff nach meinem Handy und wählte eine Nummer. »Wenn wir das schon machen, dann richtig.« Ich drückte die Lautsprechertaste.

»Hey, Iri…« Julian stockte. »Dein Name lässt sich nicht abkürzen, oder?«

»Meiner auch nicht!«, brüllte Shoshanna.

»Julian, du musst was reposten. Und schick es vielleicht auch deinen berühmten Freunden.«

***

Noch immer lächelnd wachte ich in dem schmalen Wohnwagenbett an Eamon gekuschelt auf. Wir waren wach geblieben, bis wir vor Glück ganz berauscht waren. Wir rissen einen Witz nach dem anderen und beobachteten, wie die Views für unser Video erst die Tausendermarke knackten und schließlich auf über fünftausend stiegen.

Ich drückte das Gesicht an Eamons Schulter, atmete seinen einzigartigen Duft ein und träumte davon, mit ihm zusammen zu bleiben. Unsere Gefühle waren zu groß dafür. Zu wichtig. Ich mochte zwar abreisen, aber keiner von uns würde aus dem Leben des anderen verschwinden. »Wir kriegen das hin«, hatte Eamon schläfrig in meine Haare gemurmelt, als wir als Letzte eingeschlummert waren.

Es war ein gutes Gefühl, und ich wagte sogar zu hoffen, dass sich mit dem Film alles zum Guten wenden würde. Vielleicht würde ich ja wieder einen Tagesplan an unserer Wohnwagentür finden. Ich schlüpfte unter der Decke hervor, ging leise an Ryder, der wie ein Baby schnarchte, und Shoshanna, die auf der Couch schlief, vorbei. Ihre lockigen Haare bildeten ein Nest für ihr Gesicht. Ich schnappte mir meine Jacke und ging nach draußen. Als ich die Tür hinter mir zugezogen hatte, zählte ich bis drei und versuchte, alle positive Energie an diesen Ort zu rufen, bevor ich mich umdrehte.

Kein Plan.

Ich schaute zu den anderen Wohnwagen hinüber. Kein Plan an keiner Tür. Auch kein Licht. Ich ließ mich auf die Bank am nächstbesten Picknicktisch fallen, schloss die Augen und legte den Kopf in die Hände.

Eine Tür öffnete und schloss sich, dann umarmte Eamon mich. »Du bereust nicht, was wir gestern Abend getan haben, oder?«, fragte er leise.

»Ist doch egal. Es hat nicht funktioniert. Die Thornier haben das Video vermutlich gehasst.«

Wie hätte ich auch glauben können, dass sie es mögen würden? Natürlich wollten sie nicht, dass ich anstelle meiner Großmutter mit meiner schlichten Melodie dastand, und die Welt um Unterstützung für den Film bat. Ich stellte mir all die Dislikes und hässlichen Kommentare vor, ähnlich denen, die mein Dad auf seiner Goodreads-Seite bekam. *Schmierfink. Amateur. Herzlos. Dieser Apfel muss wohl sehr weit vom Thorne-Stamm gefallen sein.*

»Was du dir da gerade denkst, ist Misshandlung.«

Ich schlug die Augen auf und sah in Eamons ernstes Gesicht. »Was?«

»Wenn du das tust … deine inneren Dämonen aktivierst, kann ich es spüren. Was immer da gerade in deinem Kopf vorgeht, stimmt nicht. Du misshandelst dich selbst.«

Er meinte es ernst. Als gäbe es eine andere Option.

»Aber ich …« Eine Träne lief mir über die Wange, und ich zerquetschte sie mit der Handfläche. »Ich will das gar nicht. Aber die Stimmen in meinem Kopf sind boshaft.«

»Die Stimmen in deinem Kopf – das bist du selber. Sag ihnen, wie sie sich gefälligst zu benehmen haben.«

Fast hätte ich gelacht. So einfach konnte es ja wohl nicht sein. »Ich soll mir selbst sagen, dass ich unrecht habe?«

»Genau. Und wenn du schon dabei bist, sag dir gleich etwas Nettes.«

»Laut?«

»Wenn du willst. Oder denk etwas, das dich nicht vor lauter Verzweiflung zusammenbrechen lässt. Etwas Hoffnungsvolles.«

Ich versuchte, nicht die Augen zu verdrehen. »Ist

Hoffnung nicht ›das erschöpfte Überbleibsel geplatzter Träume‹?«

Er schloss die Arme fest um mich. Sein Körper war noch immer so warm wie unser Bett. »Es freut mich, dass du *Elementia* zitierst, aber ich glaube, in diesem Punkt hatte deine Großmutter unrecht. Hoffnung ist nichts Verzweifeltes.«

Konnte er recht haben?

»Ich meine es ernst, Iris Mae Ellen. Sag etwas Nettes und Hoffnungsvolles.«

Ich lehnte den Kopf an seine Schulter. »Vielleicht … können wir das Ruder ja immer noch herumreißen. Vielleicht ist es noch nicht vorbei«, flüsterte ich an seinem Hals, schloss die Augen und fügte noch schnell hinzu: »Vielleicht mögen die Thornier den Song und geben ihren Widerstand auf. Dann können wir vielleicht den Film doch noch zu Ende drehen. Wie war das?«

Er küsste mich auf die Haare. »Du solltest das öfter tun.«

»Auf keinen Fall. Jetzt habe ich es gejinxt. Jetzt wird es nicht passieren, weil ich es ausgesprochen habe. Ich werde also abreisen müssen. Heute noch.« Ich begann zu zittern und war von meinen Gedanken wie geblendet, als zuckten mir Blitze durchs Hirn. »Ich muss mich von dir verabschieden und kann nicht einmal …«

Ich drückte die Hände an seine Brust und spürte seinen Herzschlag. Und plötzlich wurde ich von Hoffnung durchflutet. Einige hoffnungsvolle Gedanken waren so überraschend, dass sie sich brandneu anfühlten. *Ich hoffe, dass wir zusammenbleiben. Ich hoffe, dass er nach L.A. zieht und Schauspieler wird. Ich hoffe, dass ich meinem Dad sagen kann, was ich wirklich will. Ich hoffe, dass meine Songs Teil eines größeren Ganzen werden. Ich hoffe, dass ich Filmmusik zu meinem Job machen kann, wie Cate gesagt hat.*

»Iris.« Eamon berührte mein Gesicht, sodass ich unwillkürlich die Augen öffnete. Ich hatte gar nicht gemerkt, dass ich sie geschlossen hatte. »Ich muss dir was Schönes zeigen. Warte hier.« Quer durch den Kreis der Wohnwagen lief er zu seinem und ein paar Sekunden später kam er mit Grandma Maes Biografie wieder heraus.

»Ich glaube, ich bin noch nicht so weit, das zu lesen, Eamon.«

Er schlug die Seite mit dem Foto auf, auf dem sie am Rand von Dun Aengus stand. »Weißt du noch, dass ich gesagt habe, ich würde zu gerne wissen, wen sie da so verliebt anschaut?« Er zeigte auf die klein gedruckte Bildunterschrift. FOTO: JOHN WARREN. »Die Antwort war die ganze Zeit schon da.«

»Vielleicht ein Verlagsfotograf«, sagte ich. Er schüttelte den Kopf und blätterte zu den anderen Fotos, die Grandma Mae in Irland zeigten. Alle von John Warren. »Dann war dieser Typ also ihr … später Lebenspartner?«

»Ehemann«, korrigierte Eamon mich. »Ich habe das Buch vor ein paar Tagen fertig gelesen. Wegen eines Mannes ist sie hierhergezogen. Scheint so, als hätten die Thorne Ladys ein Faible für irische Männer.« Er grinste und blätterte zum letzten Foto im Buch, hielt es mir hin und lehnte sich zurück.

Es war ein trauriges Foto; anders konnte man es nicht sagen. Grandma Maes lange dunkle Haare waren verschwunden, stattdessen hatte sie ein Tuch um ihren von der Chemotherapie kahl gewordenen Kopf gewickelt. Sie war nur noch Haut und Knochen und sah furchtbar müde aus, aber trotzdem schien sie zufrieden zu sein und kuschelte sich an einen freundlich dreinblickenden Mann. Er hätte Eamon in ein paar Jahrzehnten sein können.

»Er war ihr Nolan, Iris«, sagte Eamon.

Ich war ziemlich verdattert. »Ob er wohl noch lebt?«

Eamon fischte eine Papierserviette mit einer Telefonnummer aus dem Buch. »Er wohnt in Kerry. Ich habe neulich mit ihm gesprochen.« Mir fiel die Kinnlade herunter und Eamon fuhr schnell fort: »Ich wollte nichts hinter deinem Rücken machen. Ich wusste ja auch gar nicht, ob er überhaupt der Richtige war, aber, nun ja, er war's. Bevor ich es dir sage, wollte ich aber erst noch sicherstellen, dass er nicht total furchtbar ist. Und das ist er nicht, Iris. Er liebt deine Großmutter immer noch. Sehr sogar. Und er möchte dich und Ryder kennenlernen.«

Ich vergrub das Gesicht in den Händen und mir war ganz heiß.

Offenbar hatte Eamon erwartet, dass ich die Nachrichten besser aufnahm. »Tut mir leid, Iris. Ich bin ein Idiot.«

»Nein, nein. Es ist nur … Ich hatte gehofft, dass wir den Film am Leben erhalten können, und stattdessen verschaffst du mir einen Großvater? Ein seltsamer Tausch. Außerdem wirft es die Frage auf, warum mein Dad mir auch das all die Jahre verheimlicht hat.«

»Vielleicht hatte er seine Gründe«, sagte Eamon und küsste meinen Ellenbogen, meine Schulter, meinen Hals. »Ich hätte es dir nicht sagen sollen.«

»Doch. Danke dafür. Jemand, der sie kannte, lebt und ist bereit, mit mir zu sprechen. Das muss doch ein gutes Zeichen sein.«

»Iris, die Hoffnungsvolle. So will ich dich haben.« Er zog mich an sich und küsste mich auf eine Weise, die die Sonne aufgehen lässt. Ich umarmte ihn fest und schob eine Hand unter sein Shirt. Sein Rücken war glatt und warm. Er stöhnte leise auf und ich küsste ihn noch intensiver.

Cates Wohnwagentür sprang auf und unterbrach unseren Kuss. Cate und Henrik stürmten heraus. »Nicht heute, wir haben Wichtigeres zu tun«, sagte Cate in lautem Befehlston. »Um neun will ich alle auf den Beinen haben. Die Statisten brauchen wir heute nicht. Zur Not schneiden wir sie digital rein. Und was die …«

Cate hielt verwundert inne, als sie uns ineinanderverknäuelt auf der Bank sah. Henrik versteckte sein Grinsen hinter einer Hand. Cate kniff die Augen zusammen. »Wo ist der Rest eures kleinen Streichs?«

Ich zeigte auf meinen Wohnwagen und sie stürmte hinein. Was war los? Bekamen wir jetzt Ärger? Eamon und ich folgten Henrik, der Cate folgte.

»Aufwachen, Ryder, Shoshanna!« Cate stemmte die

Hände in die schmalen Hüften. Henrik stand neben ihr. Shoshanna und Ryder wachten auf und schauten sich verwirrt um.

»Was ist denn los?«, fragte Ryder.

»Offenbar gibt es hier Geheimoperationen.« Cates irischer Akzent war so stark, dass es beinahe poetisch klang. Sie fixierte uns alle mit ihren Blicken und ihre Energie war wieder da. Und wie! »Hattet ihr vor, mich irgendwann darüber zu informieren, dass ihr das Internet mit dieser Love Story à la *Elementia* infizieren wollt?« Sie zeigte auf Eamon und mich, während wir immer noch Arm in Arm dastanden.

»Ist es durch die Decke gegangen?«, fragte Shoshanna.

»Vier Millionen Views, Tendenz steigend«, sagte Henrik. »Die heimlichen *Elementia*-Fans kommen alle aus ihren Löchern gekrochen. Von Taylor Swift bis Benedict Cumberbatch kommentieren es alle auf Social Media.«

»Benedict?«, schrien Shoshanna und ich in Stereo.

»Ist das wahr?«, fragte Eamon.

»O Gott, was habe ich getan?«, murmelte ich und sah Cate unsicher an. Gefiel es ihr? War sie sauer?

»Ihr beide«, sie zeigte auf Eamon und Shoshanna. »Maske und Kostüm. Bis eins können wir hier drehen, dann müssen wir schnellstens nach Dingle. Julian sitzt schon im Flieger, sodass wir die letzte Außenszene morgen drehen können.«

»Wir drehen wieder?«, fragte ich. Mir schwirrte der Kopf, und er brüllte mich an: *Das ist unmöglich!*

»Wir haben eine kleine Verlängerung bekommen. Zwei Tage, an denen wir alles drehen müssen, wofür eigentlich fünf Tage vorgesehen waren«, sagte Cate. Alle waren sichtlich geschockt. »Aber ich nehme die Herausforderung an. Ihr etwa nicht?«

Noch im Pyjama rannte Ryder los, um Mr Donato zu helfen. Eamon, Shoshanna und ich fanden uns in einer Gruppenumarmung wieder. Eamon küsste mich sogar vor Cates Augen und flüsterte: »Gib's zu, Iris, Hoffnung funktioniert. Gib's zu!«

»Vielleicht«, sagte ich. Er zwinkerte mir zu und eilte mit Shoshanna aus dem Wohnwagen. Jetzt war ich mit Cate allein.

»Deine Großmutter wäre auf diesen Song stolz gewesen, Iris.«

Meine Wangen glühten und ich konnte ihr nicht in die Augen sehen. »Das musst du jetzt sagen.«

»Ich sage nie etwas, weil es von mir erwartet wird. Ich sage nur, was ich denke.« Ich spürte ihren Blick auf mir und schaute schließlich auf. »Ruf deinen Vater an, Iris. Bestimmt hat er es schon gesehen. Und ganz bestimmt müsst ihr beide reden. Schlage *neue* Wege ein.«

»Ich werde es versuchen«, sagte ich und zögerte, bevor ich fragte: »Heißt das, aus dem Film kann doch noch was werden?«

Sie setzte sich auf Ryders Bett. »Die Aussichten sind nicht rosig. Zu viele Finanzprobleme. Vielleicht wird daraus eine Miniserie fürs Fernsehen. Syfy kauft das

Material vielleicht. *The Magicians* ist auf dem Sender ja erfolgreich gelaufen. Unser Film spricht eine ähnliche Zielgruppe an.«

Ich schüttelte den Kopf. »Es muss ein großer Kinofilm werden.«

Cate sah mich mit hartem Blick an. »Deine Gründe?«

»Weil die Geschichte meiner Großmutter wichtig ist. Sie kann Mädchen Mut und Kraft geben, wie du selbst gesagt hast.«

Das war offenbar nicht genug. »Und?«

»Weil Shoshanna für diese Rolle geboren ist. Und diese Geschichte und deine filmische Vision davon Menschen berührt. Und mein Dad völlig falsch liegt. Ach … und tausend andere Gründe. Außerdem muss Eamon, verdammt noch mal, ein großer Star werden, damit er nach L.A. zieht und ich mit ihm zusammenbleiben kann!«

Cate brach in schallendes Gelächter aus, und ich dachte schon, sie würde mir eine Predigt halten. Stattdessen stand sie auf und nahm mein Kinn in die Hand. »Da kannst du mal sehen, was passiert, wenn du das Kommando übernimmst, Iris. Du bist eine Naturgewalt. Denk daran, wenn du mit deinem Vater sprichst.«

***

Am liebsten hätte ich ihm eine Nachricht geschrieben. Das wäre sicher. Mit genügend Abstand. Aber Sicherheit war mir nicht mehr wichtig. Ich wollte mich vor ihn hinstellen und ihn fragen, was zum Teufel zwischen ihm und seiner Mutter schiefgelaufen war. Dann konnte ich vielleicht anfangen zu verstehen, was zwischen uns schieflief.

»Dad.«

»Hallo, Iris. Wie geht es dir und deinem Bruder?« Am Telefon klang er so höflich, als spräche er mit seinem Verleger.

»Gut. Heute Mittag fahren wir nach Dingle weiter. Die letzten Szenen müssen jetzt schnell abgedreht werden. Morgen Abend muss alles im Kasten sein.«

»Ist das so?«

Ich hielt den Hörer ein Stück von meinem Ohr weg und zählte bis fünf. Er gab sich so höflich, weil er wusste, dass ich mich darüber aufregen würde, und er dadurch automatisch gewinnen würde. »Wir würden uns freuen, wenn du am letzten Drehtag dabei wärst.«

»Das würde euch freuen?«, fragte er ehrlich überrascht.

»Ja. Natürlich nur, wenn du mit deinem Buch fertig bist. Wir wollen dich nicht von der Arbeit abhalten.«

Jetzt war ihm sein Ärger deutlich anzuhören. »Nein, ich bin noch nicht fertig. Seit dem Theater, das du veranstaltet hast, konnte ich nicht schreiben. Natürlich ist es mir wichtig, euer Vater zu sein. Meine Kinder sind mir wichtig. Ich weiß, dass ich zum Bösewicht geworden bin, seit ich mich damals verspätet habe, als ich euch vom Spielplatz abholen sollte. Ich weiß auch, dass ihr mir das nie vergessen werdet.« Noch nie hatte mein Dad von der Entführung gesprochen. Wie oft machte sie ihm wohl zu schaffen? Die Niedergeschlagenheit in seinem Ton ließ vermuten: sehr oft. »Aber, Iris, ich versuche einfach nur, eine Karriere *und* eine Familie zu haben. Das ist doch legitim.«

»Das verstehe ich ja.«

»Wirklich? Einen ganzen Nachtflug lang habe ich mir die größten Sorgen darüber gemacht, was dir und Ryder wohl zugestoßen war. Als ich hier ankam und sah, dass es euch gut geht, dass du dich sogar irgendwo amüsiert hattest, wurde ich wütend. Und das war ja auch berechtigt.«

Sein Ton war schwer zu ertragen, aber ich wusste noch, wie ich selbst Ryder angegangen war, nachdem er auf Inishmore verschwunden war. Ich hatte mir genauso große Sorgen um ihn gemacht wie mein Dad auf dem Nachtflug, und als ich ihn wiedergefunden hatte, hatte sich meine Erleichterung in Form von Wut geäußert, genau wie bei meinem Dad. »Wir wissen, dass wir dir wichtig sind«, versuchte ich, ihn zu beruhigen.

»Bitte sprich nicht für deinen Bruder.«

»Gut. *Ich* weiß, dass wir dir wichtig sind. Ich weiß aber auch, dass du selbstsüchtig bist und einen ernsthaften Mutterkomplex hast. Im Übrigen möchte ich nicht mehr im Dunkeln tappen, was unsere Familie betrifft. Und ich möchte nicht dein Haustier sein.«

»Mein *Haustier*?«

»Dein kleines Literatur-Mädchen.«

Schweigen. Die Art von Schweigen, die in der Regel auf das *Zisch* eines Fallbeils folgt.

»Hast du schon meinen Song gesehen?«, fragte ich.

»Schon wieder diese Coldplay-Sache?«

»Nein. Ich habe einen Song online gestellt. Meinen eigenen. Du solltest ihn dir mal ansehen. Und dann solltest du nach Dingle kommen. Wir werden dort auf dich warten.« Ich legte auf.

Film: Elementia
Regie: Cate Collins

Außendreh: Tag 11
Letzter Tag
Halbinsel Dingle, Irland

Anmerkungen zum Dreh:
VORMITTAG: SEVYN betritt die Thornbred-Szene

NACHMITTAG: SEVYN & EVYN entkommen aus Thornbred, unterstützt von NOLAN & MAEDINA

Weitere Anmerkungen:
Drehschlussdinner im John Benny's Pub

MICHAEL EDWARD THORNE – DER GOLLUM/SEVERUS SNAPE DIESER PRODUKTION

Die Halbinsel Dingle war zauberhaft. Hügelige grüne Weiden in allen Himmelsrichtungen mit eingestreuten farbenfrohen Städtchen und winzigen, pittoresken Häfen. Und dann? Stürmische Klippen, die in ein glitzerndes Meer abfielen, und die Silhouetten kleiner Inseln in der Ferne.

Den ganzen Tag über forderten die Dreharbeiten jedermanns Einsatz, sodass ich Zeit für *Elementia* hatte. Die Sprache meiner Großmutter ergriff Besitz von meinen Gedanken und malte die Welt in schöneren Farben mit stärkeren Konturen und tieferen Bedeutungen. Zum wahrscheinlich letzten Mal saß ich an den Picknicktischen inmitten der Wohnwagen und las die Szene, die gerade gefilmt wurde.

Die Sonne brachte alles zum Leuchten, und die Zwillinge taumelten aus den kalten, schwarzen Höhlen in ihre kraftvollen, wärmenden Strahlen. Diese Strahlen fielen auf die rätselhafte neue Kraft, die Evyn jetzt hatte. Noch immer war er dünn und klein, kleiner als Sevyn ihn je gesehen zu haben glaubte, aber schwach war er nicht mehr. Seine Brust leuchtete feuerrot und etwas Dunkles pulsierte unter seiner blassen Haut.

»Alles in Ordnung?« Sevyn streckte ihm eine Hand hin und fragte sich, ob ihr Bruder es wagen würde, sie zu nehmen. Er betrachtete ihre Finger. »Ich habe die Blitze jetzt unter Kontrolle. Ein Elf namens Nolan hat es mir beigebracht.«

»Es ist gefährlich, Namen auszusprechen«, sagte Evyn mit einer Stimme, die sie kaum wiedererkannte.

Kreischen und Geheul hallten in ihre Richtung.

Die Knye nahten. Sie polterten durch die schwarzen unterirdischen Höhlen und ihre schnarrenden Stimmen eilten ihnen voraus.

»Komm!«, rief Sevyn und hielt ihrem Bruder immer noch die Hand hin.

»Wozu die Mühe?«, fragte Evyn. »Sie kriegen uns ja doch, und dann machen sie auch dich zu ihrer Kraftquelle.«

Ein kalter Schauer lief Sevyn den Rücken hinunter. »Was ist mit dir geschehen?«

Die Knye näherten sich dem Höhleneingang und Sevyn konnte nicht auf eine Antwort warten. Sie nahm Evyns Hand und verpasste ihm zur Sicherheit einen kleinen Schock. Hand in Hand rannten sie los, durch die Schwarze Ödnis von Thornbred. Baumstümpfe standen umher wie verkohlte Gräber und erinnerten an eine Feuersbrunst, die ein friedliches Volk von Elfen in die herzlosen Knye verwandelt hatte.

Sevyn fürchtete, dieser Ort könnte verflucht sein, aber frische Gräser sprossen aus der schwarzen Asche, die das Land wie ein dicker Teppich bedeckte. Vielleicht kehrte ja doch Leben nach Elementia zurück.

In der Ferne sah ich die kleinen Figuren von Sevyn und Evyn Hand in Hand über einen grünen Hügel rennen. Also waren sie gerade den schwarzen Höhlen von Thornbred entflohen. Eine Krankamera zoomte ihnen nach, während Eamon und Nell Waterson in ihren Kostümen ein wenig abseits standen. Sie warteten darauf, einzugreifen und den Zwillingen dabei zu helfen, die Knye zu besiegen. Die Knye selbst waren eine Gruppe von Stunt-Doubles in hautengen grünen Motion-Capture-Anzügen, die den Zwillingen hinterherliefen.

Anschließend würden die Schauspieler und das Team alles zusammenpacken und nach L.A. fliegen, um die Szenen zu drehen, die im Inselreich Cerul spielten, wo die Zwillinge nach ihrer Rückkehr willkommen geheißen werden und Sevyn sogar als Heldin gefeiert wird. Kurz darauf tötet Evyn den König, setzt die ganze Insel in Brand und verschwindet. Ganz allein muss Sevyn ihr Volk retten und führt es in das einzige Land, das dafür infrage kommt – Elementia. *Zack*. Ende Band eins.

Gut gemacht, Grandma Mae.

Es war zu schade, dass die Fortsetzungen abgesagt worden waren, denn die Geschichte wurde immer tiefgründiger, düsterer und leidenschaftlicher, je älter die Zwillinge wurden. *Vielleicht wird der Film ja so erfolgreich, dass die Fans die Fortsetzungen fordern*, hoffte ich. Ich wusste immer noch nicht, wie der dritte Band endete, aber mit dem zweiten war ich fast fertig, und ich liebte alles an der Geschichte. Deswegen hätte ich am liebsten Mr Sams ausfindig gemacht und ihm eine kurze Nachricht geschrieben.

Dann dachte ich daran, vor welche Herausforderung ich meinen Dad gestern gestellt hatte. Und an John Warrens Telefonnummer in meiner Tasche.

Die Zeit wandte ihren fiesesten Trick an: Sie verging zu schnell. Ich wünschte mir, unser letzter Tag würde Jahre dauern, sodass sich jede Minute wie eine Stunde anfühlte. Ich holte mein Notizbuch heraus und schrieb einen Songtext auf, bis mein Blick auf einen schlanken Mann in einem legeren schwarzen Anzug fiel. Er schaute in den Himmel und versuchte, sich gelassen zu geben, dabei hatte er ganz offensichtlich Angst.

Ich konnte es an jedem Zentimeter seines Körpers ablesen. Mein Dad hatte genauso viel Angst wie ich vor zehn Tagen.

Ich klappte mein Notizbuch zu und ging auf ihn zu. »Sollen wir zum Hafen gehen?«

Überrascht sah er mich an, aber ich hatte das Richtige

gesagt. Sich ein Stück vom Filmset zu entfernen, würde ihn entspannen. Wir nahmen die Straße in die Stadt, und das Meer vor uns reflektierte die Sonnenstrahlen in blendendem Weiß. Erst auf halbem Weg sagte er etwas.

»Dein Song ist vielversprechend.« Beinahe hätte ich mir den Hals ausgerenkt, so abrupt drehte ich mich zu ihm um. »Warum so überrascht? Du weißt doch, dass ich einen guten Geschmack habe.«

Mindestens zehn verschiedene Antworten lagen mir auf der Zunge, aber ich sagte nichts.

»Iris, ich werde nicht so tun, als fände ich es gut, wenn du Künstlerin wirst. Ich sähe dich lieber als Ärztin oder Professorin. In einem Beruf, der dich nicht auslaugt und bei dem du nicht mit einem Hungerlohn abgespeist wirst.« Er seufzte. »Aber wenn es das ist, was in dir steckt, musst du es rauslassen.«

»Hat Grandma Mae das zu dir gesagt, als du ihr erzählt hast, dass du Schriftsteller werden willst?«

»Bohrst du so lange weiter, bis ich antworte? Ist es das?«, fragte er verärgert.

»Ja.« Ich schaute eine Weile aufs Wasser. »Vielleicht ist es unfair, dich zum Erinnern zu zwingen, aber genauso unfair ist es, mich im Dunkeln zu lassen.«

»Sam …« Seine Stimme war so rau, dass ich seinen alten Schmerz spürte. Seine Schläfen wurden grau. Die Zeit schien auch ihn einzuholen. »Es geht nicht um deine Großmutter, Iris. Es geht um meine Schwester. Sie ist gestorben, als wir dreizehn waren.«

Ich sagte nicht, dass ich das schon herausgefunden hatte. »Das ist furchtbar traurig.«

»Du kannst dir gar nicht vorstellen, wie sehr«, sagte er heiser. Dann seufzte er. »Wir waren zu dritt. Mein Vater hat mich stärker vernachlässigt als ich dich, falls du dir das vorstellen kannst.« Er warf mir einen Blick zu, auf den ich nicht reagierte. »Als Sam nicht mehr da war, waren wir nur noch zu zweit. Ich war wütend. Meine Mutter litt unter Depressionen. Sie begann zu schreiben und verschwand vollkommen zwischen den Seiten. Ich hätte damals Heroinjunkie werden können, ohne dass sie es bemerkt hätte. Ihr erstes Buch kam in dem Jahr heraus, in dem ich die Highschool abgeschlossen habe, und ich weigerte mich, es zu lesen. Dann zog sie nach Irland, verliebte sich und begann ohne mich ein neues Leben. Als du geboren wurdest, hatte ich seit zehn Jahren nicht mehr mit ihr gesprochen.«

Die Straße unter unseren Füßen erreichte jetzt das Ufer. Möwen kreischten und der Wind roch nach Seetang. »Warum hast du mich dann nach ihr benannt?«, fragte ich.

»Als du geboren wurdest, sahst du aus wie sie … und wie Sam. Ich habe meine Mom vom Krankenhaus aus angerufen und wir haben uns nett unterhalten. Sie war glücklich, und es war etwas impulsiv, aber ich wollte meine Mom wiederhaben, also habe ich dir ihren Namen gegeben. Ich dachte, du könntest uns helfen, einander wieder näherzukommen«, sagte er leise.

»Tut mir leid, dass ich versagt habe«, kam es ziemlich kratzbürstig aus mir heraus.

»Natürlich hast nicht *du* versagt. Sei nicht so melodramatisch!« Wir gingen am Hafen entlang und setzten uns dann auf die Bank vor einer Delfin-Skulptur. »Das Zerwürfnis war meine Schuld. Ich hatte nämlich beschlossen, ihre Bücher endlich zu lesen.« Er warf der *Elementia*-Trilogie in meiner Hand einen finsteren Blick zu.

»Und du hast sie gehasst?«

»*Hassen* ist ein unpräzises Wort.« Er nahm das Buch an sich und blätterte darin herum. »Ich hasse es nicht. Ich habe es *durchlebt*. Meine Mutter steckt in all diesen Figuren. Genau wie ich. Und es gibt jede Menge Sam. Ich weiß nicht einmal …« Er gab mir das Buch zurück. »Sam war ein Wildfeuer, Iris. Wie Sevyn. Ich schwöre, dass sie die Ärzte noch im Sterben anschrie. Sogar als sie nicht mehr atmen konnte, hat sie geschrien. Es war nichts Friedvolles an alledem.«

Nichts Friedvolles.

Das war genau, was ich immer empfunden hatte, wenn es um meine Familie ging: eine erschreckende Abwesenheit von Frieden. Deswegen war ich von Songs erfüllt und gute Momente fühlten sich wie optische Täuschungen an. In meiner Vorstellung schrumpfte mein Dad zu dem Dreizehnjährigen, der seine Zwillingsschwester und seine Mutter auf einen Schlag verloren hatte. Zutiefst verletzt, wütend und hilflos war er damals älter als Ryder gewesen und jünger als ich heute.

»Sie hat die Trauer unserer Familie in einen Mixer geschüttet und durchgehäckselt. Sams Schmerz, meinen Schmerz, ihren Schmerz … Das Ergebnis präsentierte sie der Welt dann in Form von Elfen und lauter Blödsinn. Das werde ich ihr niemals verzeihen.«

Er seufzte und tippte sich an die Stirn. »Wenn du nicht gewesen wärst, hätte ich sie vor ihrem Tod nicht wiedergesehen. Eines Tages stand sie bei uns vor der Tür und verlangte, dich kennenzulernen. Bis heute weiß ich nicht, warum ich zugestimmt habe. Erinnerst du dich an den Besuch?«

»Sie ist mit mir in den Park gegangen.« Ich dachte an meine spärlichen Erinnerungen an diesen Moment. »Sie sagte, der Himmel sei nicht blau.«

»Sondern was? Kobalt?«

»Azurn.«

»Du warst zwar nur einen Nachmittag lang mit ihr zusammen, aber offenbar hast du das volle Mae-Ellen-Thorne-Paket bekommen.« Er sah mich an, und erst jetzt erkannte ich, wie viel Trauer sich in seine Züge gegraben hatte, als sei er vor Schmerz erstarrt. »Mehr kann ich dir nicht über sie erzählen, Iris. Es tut mir leid. Aber es gibt jemanden, der dazu bereit ist. Der Ehemann deiner Großmutter. Ich habe ihn nie kennengelernt, aber ich könnte euch miteinander in Kontakt bringen.« Ich brach in Tränen aus und umarmte ihn ohne Vorwarnung. Er klopfte mir steif auf den Rücken. »Warum weinst du denn?«

»Weil ich dachte, du würdest mir nichts von ihm erzählen. Ich dachte, du würdest dich wie der letzte Arsch aufführen.«

Er lachte überrascht auf und ich umarmte ihn nur noch fester. »Du kennst ihn also schon?«

»Fast.« Ich setzte mich wieder gerade hin und hielt die Tränen zurück. Als ich weitersprach, war meine Stimme voller Gefühle. »Dad, ich weiß, dass deine Schwester gestorben ist und du deine Mom an dieses Fantasy-Zeugs verloren hast, aber denk bitte dran, dass auch ich weiß, wie es sich anfühlt, eine Mom zu haben, die nicht für einen da ist.« Mein Dad zuckte zusammen. »Und ich kann nicht länger ein alleinerziehendes Elternteil für Ryder sein.«

Er stützte den Ellenbogen auf sein Knie und den Kopf in die Hand. »Iris …«

»Ich gehe nächstes Jahr aufs College und studiere Musik. Dann bist du mit Ryder allein.«

»Ach? Und was ist dein Berufsziel?«, fragte er provokant, aber darauf war ich vorbereitet.

»Ich möchte Musikberaterin werden.«

Er verzog das Gesicht. »In Hollywood?«

»Ich habe mich schlaugemacht. Ich muss Musik, BWL, Kunst und Multimediaplattformen studieren, aber wenn ich mir Mühe gebe und einen Fuß in die Tür bekomme, kann ich einen soliden Beruf daraus machen.«

»Hört sich schwierig an.«

»Kann sein, aber ich bin bereit, die Herausforderung anzunehmen.« Ich sah ihn an. »Wenn ich ausziehe, braucht

Ryder dich mehr denn je. Du darfst dich nicht in den Seiten verlieren, nicht wie Grandma Mae.« Er nahm die Lektion, die ich ihm erteilte, mit einem leichten Nicken zur Kenntnis, und ich fühlte mich weniger wie ein Elternteil, sondern mehr wie seine Tochter. War es wirklich so einfach, eine Last abzuschütteln? Ehrlichkeit und Hartnäckigkeit?

Wow, Cate!

»Ryder hat sich hier richtig gut gemacht«, fuhr ich fort. »Er möchte Koch werden.«

»Nein«, sagte mein Dad sofort. »Ich möchte nicht, dass er …«

»Es geht nicht darum, was du möchtest. Es ist Ryders Leben und wir müssen ihm vertrauen. Das hat er verdient. Er ist intelligent und hat mehr durchgemacht als wir beide.« Ich schwöre, dass Felix Moss' Schatten über das Gesicht meines Vaters huschte. »Ich weiß, dass du glaubst, wir würden dir niemals verzeihen, was passiert ist, aber das stimmt nicht. Wenn du uns unser Leben leben lässt, verzeihen wir dir. Es ist dein Job, uns bei unseren Plänen zu unterstützen, nicht welche für uns zu machen.«

Mein Dad lehnte sich zurück und sah mich aufmerksam an. »Und was ist dein Plan, Iris, abgesehen von einem Musikstudium?«

Ich zögerte keine Sekunde.

»Erinnerst du dich noch an das zweckgebundene Geld in meinem Fonds?«

SLÁINTE

Ryder, mein Dad und ich kamen als Erste im John Benny's Pub an, wo das Abschlussfest stattfinden sollte. Über eine halbe Stunde warteten wir auf die anderen, und ich fing schon an zu befürchten, dass beim letzten Dreh etwas schiefgegangen war.

Ryder sprach mit Dad über den Kochkurs, den er machen wollte, und obwohl der gar nicht erst so tat, als sei er davon begeistert, gab er sein Okay – unter der Bedingung, dass Ryder es wirklich ernst meinte. Mein chaotischer, elf-verliebter kleiner Bruder schwor, dass er lange darüber nachgedacht habe, und bot sogar Erklärungen an, zum Beispiel dass ihm seine energiereiche Persönlichkeit bei der Arbeit in einer Küche zugutekam. Ich weiß nicht, ob Mr Donato ihm das gesagt hatte, aber ich nahm mir vor, ihm zu danken.

Gerade wollte ich Eamon eine Nachricht schreiben und fragen, ob alles okay war, als Julian die Pub-Tür aufriss, gefolgt von allen anderen. Schnell war der hübsche kleine Pub so voll, dass die Handvoll Stammgäste grummelnd Platz machen mussten.

Shoshanna hatte einen Arm über Eamons Schulter gehängt, und er zwinkerte mir im Näherkommen zu.

Ich winkte ihn herbei, und er schaute meinen Dad misstrauisch an, bevor er zu uns trat.

»Dad, das ist mein Freund, Eamon O'Brien. Eamon, das ist mein Dad, Mr Thorne.« Ich sah meinen Dad an. »Oder soll er dich lieber Michael nennen?«

Mein Dad musterte Eamon. »Ich weiß nicht. Das ist Neuland. Ich nehme an, Michael ist in Ordnung.« Sie gaben sich die Hand, und ich atmete so laut aus, dass Ryder kicherte. Erstes Aufeinandertreffen von Freund und Vater – abgehakt! Ich hoffte, dass es das erste *und* letzte Mal war, aber das war so romantisch, dass es lächerlich war.

Als alle einen Platz gefunden hatten, entdeckte ich Julian und seine Verlobte, Elora, an der Theke. Elora war mit Julian hergeflogen und hatte uns alle überrascht. Sie hatte die Figur einer Balletttänzerin und ihre braune Haut war makellos. Noch vor einer Woche hätte ich mir bei ihrem Anblick einen Sack über den Kopf gezogen, aber die Zeiten waren vorbei. Die beiden standen beinahe unanständig eng beieinander, als sie sich Drinks bestellten, und daraus schloss ich, dass sie bereit waren, sich vor aller Welt als Paar zu outen.

Julian legte mir einen Arm um die Schulter. »Für ein paar Tage drehe ich dir den Rücken zu und – schwupps – hüpfst du mit einem attraktiven Elf namens Charles ins Bett?«

Meine Wangen glühten vor Glück – etwas, das ich nie

für möglich gehalten hätte. »Wir kuscheln doch nur«, murmelte ich. Er zog eine seiner perfekt geformten Julian-Augenbrauen hoch. »Was? Es ist ›Güteklasse A, First Class, kosmische Liebe Kuscheln‹!«

Eamon kam zu uns und hielt sich so an mir fest, wie Julian es mit Elora tat. »Worum geht's?«

»Ich habe damit angegeben, wie schön unsere Kuscheleinlagen sind.«

»Erste Sahne«, sagte er und wurde rot.

»Wir sollten mal zu viert ausgehen«, sagte Julian. »Wenn wir wieder in Kalifornien sind.«

»Ich schau mal in meinem Terminkalender nach.« Ich hielt ihm mein Handy vor die Nase. »Deine Nummer hab ich ja.«

»Hey, willst du mich an der langen Leine zappeln lassen? Ich bin ein großer Filmstar, Iris Thorne!«

Elora lachte, und ich drückte mich noch enger an Eamon. Ich wollte Julian nicht darüber aufklären, dass wir uns nicht zu viert verabreden konnten, solange ich nicht mal wusste, ob und wann Eamon in die Staaten kommen würde.

Nach dieser Nacht war der weitere Verlauf unserer Liebesgeschichte völlig offen.

»Wartet mal«, sagte ich. »Ich muss ein paar Leute miteinander bekannt machen.« Ich entfernte mich von der Bar und stolperte beinahe über Roxy.

Sie packte mich am Arm. »Iris, ich möchte mit dir über was reden.«

»Sicher.« Ich schaute zu Shoshanna, die uns von der Theke aus vollkommen ungeniert beobachtete. »Worum geht's?«

»Du hast neulich angedeutet, dass sich Shoshanna für mich interessiert.«

»Ach, wirklich?«, heuchelte ich.

Roxy schaute mich genervt an und sah dabei ziemlich süß aus. »Wolltest du uns einfach nur so verkuppeln, oder glaubst du wirklich, dass sie auf mich steht?«

»Und wie!«, sagte ich. »Wenn sie betrunken ist, singt sie sogar Songs über dich.« Ich klopfte ihr auf die Schulter und ließ dem Schicksal seinen Lauf.

Ich fand meinen Dad im Gespräch mit Mr Donato, unterbrach die beiden und führte ihn an den Tisch, an dem Cate mit Henrik saß. Beide sahen erschöpft, aber zufrieden aus. Sie setzte sich auf, als sie den düsteren Ausdruck auf dem Gesicht meines Dads sah, und ich lächelte ihr zu, um zu signalisieren, dass keiner von uns beabsichtigte, ihr Hochgefühl zu dämpfen. Mit einer Geste gab ich meinem Dad zu verstehen, dass er sich setzen sollte.

Dann setzte ich mich selbst.

»Ich möchte euch noch einmal vorstellen«, sagte ich. »Alles, was vorher war, ist hiermit hinfällig. Wir fangen noch einmal von vorne an.« Ich setzte mich ein wenig gerader hin und versuchte, nicht zu grinsen, als ich sah, wie amüsiert Henrik dreinschaute. Mein Dad und Cate dagegen waren immer noch total angespannt. »Dad, das ist Cate Collins, Regisseurin von siebzehn Kinofilmen, mein Vorbild und ein großer Fan der Fantasywelt deiner Mutter. Cate, das ist mein Vater, Michael Edward Thorne, Autor von fünfzehn Kriminalromanen und mein anderes Vorbild.«

Mein Dad sah mich skeptisch an und war sich offenbar nicht sicher, ob ich das ironisch gemeint hatte, aber als er keinerlei Ironie an mir entdecken konnte, reichte er Cate zögerlich die Hand.

»Also, Dad, erzähl Cate die guten Neuigkeiten.«

»Ihr investiert!«, schrie Henrik so laut, dass Cate und mein Dad vor Schreck beinahe aufsprangen.

»Genau«, sagte ich und hielt den Blick meines Dads fest, damit er ja nicht widersprach. »Das tun wir.«

Cate beugte sich vor und sah meinen Dad auf eine Weise an, dass er zurückwich. »Ich werde das Geld nur akzeptieren, wenn Bedingungen daran geknüpft sind, aber ich werde es nicht akzeptieren, wenn mir die Bedingungen nicht gefallen. Verstanden?«

Gangsterbraut Cate Collins. Gott, ich liebte diese Frau.

»Es ist nicht mein Geld«, sagte mein Dad. »Es gehört Iris.«

Cate sah mich an und Tränen glitzerten in ihren eisblauen Augen. »Iris.«

»Ich betrachte es als Investition«, sagte ich. »Und ich kann mir keine bessere Verwendung für das finanzielle Erbe meiner Großmutter vorstellen.« Einen Moment lang sahen Cate und ich uns einander an, und ich konnte nur hoffen, dass sie wusste, wie sehr ich Teil ihres Kontinents sein wollte. Ihr Kampf war mein Kampf, aber das bedeutete auch, dass die Siege uns beiden gehörten, oder? »Wir ziehen das zusammen durch.«

Sie nickte auf eine so entschlossene, selbstsichere Art, dass ich mir vornahm, dieses Nicken zu Hause vorm Spiegel zu üben.

»Die Thornes produzieren unseren Thorne-Film!«, krächzte Henrik, und wir anderen lachten. Ich sah, dass sein Glas leer war. War der knurrige künstlerische Direktor endlich locker geworden? »Wir finden noch mehr Investoren, Cate«, sagte er. »Mit den Thornes als Zugpferde sollte das kein Problem sein. Ich schwöre, Leute, ich merke jetzt schon, dass unser Rating bei IMDb um tausend Prozent gestiegen ist.«

Der Anfang war ein bisschen schleppend, aber dann unterhielten sich Cate und mein Dad wie zwei intelligente Menschen, die fleißig und engagiert ihrer jeweiligen Arbeit nachgingen. Und irgendwie waren sie sich ja auch ähnlich. Willensstarke, leidenschaftliche Künstler – vielleicht sogar auf eine übertriebene Art. Ich überließ sie ihrem Gespräch und folgte Henrik an die Theke, wo Julian, Elora, Shoshanna, Roxy und Eamon standen. Eamon legte einen Arm um mich und küsste mich auf die Schulter.

»Du bist doch katholisch, Eamon, oder?«

»Ja, natürlich.«

»Wie wird man eigentlich Katholik?«

Er sah mich fragend an, bevor es ihm dämmerte. »Du krempelst für mich jetzt nicht dein ganzes Leben um, Mädchen?«

»Da gibt's nicht viel umzukrempeln.«

»Ich liebe dich auch«, murmelte er in meinen Nacken. Ich drückte die Brust an ihn und küsste ihn. Bald knetete ich seine Haare, während er mir das Shirt im unteren Rücken zerknüllte.

»Iris!«, brüllte mein Dad quer durch den Pub, und wir gingen lachend auseinander.

Unsere Freunde lachten auch. Ich zuckte mit den Schultern. »Das war es wert.«

Eamon zwinkerte mir mit roten Wangen zu.

Julian schaute trübsinnig in sein leeres Glas. »Kaum bin ich zurück, muss ich schon wieder weg. Lasst uns was Verrücktes tun, bevor wir gehen. Etwas, das es in die Nachrichten schafft.«

»In L.A. drehen wir ja noch ein paar Monate«, sagte Shoshanna. »Noch ist es nicht vorbei.«

»Für Eamon schon«, sagte Roxy. »Seine Szenen sind abgedreht.«

Ich zog seinen Arm enger um mich. »Wir könnten uns nackt ins Hafenbecken stürzen.«

»Bloß nicht! Da treibt sich ein stadtbekannter Delfin herum, Fungie«, sagte Eamon und erschauderte. »Stell dir vor, er kommt angeschwommen und berührt deine entblößten Körperteile!«

»Die Darsteller von *Herr der Ringe* haben sich alle

zusammen tätowieren lassen«, steuerte Henrik bei. Alle starrten ihn an. »Was denn? Das ist wirklich wahr.«

»Nerds und ihre Tattoos«, sagte ich verächtlich.

»Ich würd's tun«, sagte Shoshanna. Roxy stimmte ebenfalls zu. Dann auch Eamon und Julian. »Aber welches Motiv könnte es sein? Schade, dass J.K. Rowling schon den Blitz für sich beansprucht hat. Das wäre cool gewesen.«

»Rowling hat doch selbst geklaut, zum Beispiel von Tolkien«, sagte Henrik.

»Schluss mit Tolkien, Henrik!«, sagte Shoshanna. »Wir sind Thornier. Und du bist einer von uns, ob du nun willst oder nicht.«

»*I ambar na-changed.*« Henrik führte sich ein Schnapsglas an die Lippen. »Das ist Sindarin, eine der Elfensprachen, die Tolkien erfunden hat.«

Shoshanna nahm ihm das Glas aus der Hand und trank den Schnaps. »Was ist die elfische Übersetzung von: ›Thorne-Elfen sind besser als Tolkien-Elfen‹?«

»Komm auf die dunkle Seite, Henrik«, sagte Roxy und lächelte Shoshanna an. »Bei uns gibt's hübsche Mädels.«

»Und ein bisschen Farbe«, ergänzte Shoshanna und gab Julian einen High five.

»Also«, begann Henrik eine seiner Standardreden, »wir alle haben problematische Lieblings…«

»Wie wäre es damit als Tattoo?«, fragte ich und holte Eamons Ausgabe von *Elementia* aus seinem Rucksack. Alle beugten sich vor, um den stilisierten Elemente-Kompass näher zu betrachten, der von einem Blitz gespalten wurde.

»Perfekt«, sagte Shoshanna. »Und ausgefallen. Ich lasse es auf der anderen Seite von Dr. Jillian machen.«

Mir verging das Grinsen. »Ihr solltet es wirklich tun, aber ich kann nicht. Ich werde erst im Dezember achtzehn und habe meinen Dad gerade erst dazu gebracht, meinen Treuhandfonds wegzugeben. Da kann ich nicht auch noch auf seine Zustimmung zu einem Tattoo hoffen.«

Julian lächelte. »Als ob wir es ohne dich tun würden, Iris.«

Eamon drehte mich zu sich. »Du hast *was* getan?«

»Ich erzähle es dir später«, sagte ich. »Nur so viel: Ich glaube, ich habe die Lage gerettet. Vielleicht.«

Cate pfiff laut genug, um jedermanns Aufmerksamkeit zu bekommen. Sie stand auf einem Stuhl, und ich musste daran denken, dass ich sie auf Inishmore schon einmal in der gleichen Pose gesehen hatte. Ich wartete auf ihre Rede und die Weisheit, die sie beinhalten würde. Sie hob ihr Glas und schien mit jedem Einzelnen im Pub Blickkontakt aufzunehmen, bevor sie etwas sagte. Zuletzt sah sie mich an.

»*Sláinte*!«

COMIC-CON PRESSEMITTEILUNG

FILMPREMIERE COMIC-CON
SAN DIEGO, KALIFORNIEN

Treffen Sie die Darsteller und das Team von *Elementia* auf der Comic-Con und gewinnen Sie Tickets für eine Sneakpreview mit den Darstellern!

ÜBERRASCHUNG! ES GIBT EINEN EPILOG

Geschichten enden oft sehr plötzlich.

Im einen Moment sitzen Will und Lyra noch ganz verliebt auf ihrer Bank. Im nächsten befinden sie sich in verschiedenen Welten. Im einen Moment sind die Pevensie-Kinder Könige und Königinnen. Im nächsten sind sie durch den Schrank nach Hause zurückgekehrt. Im einen Moment löst sich der EINE Ring in Gollums Hand auf, im nächsten … nein, dieses Beispiel funktioniert nicht. *Die Rückkehr des Königs* hat ungefähr sieben Schlussszenen, aber aus gutem Grund.

Wenn eine Geschichte so komplex ist, braucht es Zeit, alle Fäden zusammenzuführen.

Jedenfalls stand ich gerade noch mit meinen Freunden in einem Pub von Dingle, und plötzlich war es ein Jahr später, und ich gab auf der Comic-Con in San Diego, auch bekannt als Nerd-Mekka, Autogramme.

Gerade hatte ich mit dem vierten Cosplayer in Nolan-Kostüm gesprochen, was ziemlich grausam war, weil Eamon diesen Kontinent erst am nächsten Tag betreten würde. Ich schaute auf den Countdown auf meiner Uhr. Dreiundzwanzig Stunden und zweiundzwanzig Minuten, bis sein Flieger landen würde.

Der Fan, der gerade vor mir stand, trug ein bemerkenswertes Wonder-Woman-Kostüm. »Bekommt Julian Young da hinten ein Tattoo verpasst?«, fragte sie und schaute über meine Schulter auf die Bühne hinter unserem Stand.

»Japp«, sagte ich und kritzelte für sie meinen Namen auf eine CD mit dem Soundtrack von *Elementia*. »Ihr könnt den ganzen Tag vorbeikommen und zuschauen, wie wir tätowiert werden. Hilf uns, indem du es weitersagst.«

Ihr fiel die Kinnlade herunter, als Julian das Hemd auszog und sich auf eine Tattooliege legte, um sein Hüfttattoo machen zu lassen. Was für ein Angeber! Er hatte sich den Platz – die Bühne vor der Kinoleinwand – definitiv ausgesucht, damit er mit seinem Sixpack für alle gut sichtbar war. Zugegebenermaßen eine geniale Idee. Vielleicht gewann er damit die Wette über den zündendsten Werbegag, die wir unter uns am Laufen hatten. Im Laufe des vergangenen Jahres mussten wir alle extrem kreativ werden, aber es hatte funktioniert. Zum einen wurde der Boykott eingestellt. Sogar die Webseite als solche verschwand eines Nachts, als hätte es sie nie gegeben.

»Lässt du dir auch ein Tattoo machen?«, fragte Wonder Woman. Ich zeigte ihr meinen Unterarm, wo ein weißer Verband mein noch frisches Tattoo verbarg.

»Es muss unendlich viel Spaß machen, Filme zu drehen«, sagte sie.

»Das mit dem Unendlichen stimmt. Das mit dem Spaß finde ich … eher überraschend.« Ich reichte ihr die CD. »Stell dich rechtzeitig an, wenn der Film gezeigt wird. Nur die ersten fünfhundert werden reingelassen.«

»Danke!« Wonder Woman rückte in der Schlange vor, die als Nächstes zu Shoshanna und dann zu Cate führte. Ich nutzte die 20 Sekunden Pause zwischen den Fans, um mich zu strecken. Wir waren seit über einer Stunde hier, und am Abend würden wir uns zusammen mit den hartgesottensten Thorniern *Elementia* anschauen, auf der großen Leinwand hinter unserem Stand.

Ich hoffe, es geht gut.

Shoshanna beugte sich zu mir und sagte etwas hinter vorgehaltener Hand. Sie hasste den Teil ihres Jobs, der in aller Öffentlichkeit stattfand, noch mehr als ich. »Ich habe Roxy gesagt, dass sie nicht kommen soll, weil ich dann noch nervöser wäre, aber jetzt weiß ich nicht mehr, was ich mir dabei gedacht habe. Sie sollte hier sein. Vor allem für die Vorführung heute Abend.«

»Da hast du recht«, stimmte ich zu. »Und guck mal einer an, wie entspannt du mit eurer Beziehung umgehst, als hättest du nicht ein halbes Jahr gebraucht, um dich zum ersten Mal mit ihr zu verabreden.« Diese beiden Mädels zusammenzubringen, war schwere Arbeit gewesen, wobei Shoshanna die schwere Arbeit war. Aber Spaß gemacht hatte es trotzdem.

»Was du nicht alles weißt, mein Fernbeziehungs-Guru«, sagte sie. »Apropos Zeit lassen: Was hast du mit Eamon vor, wenn du ihn morgen wiedersiehst?«

»Das geht dich gar nichts an.« Ich zwickte ihr in die Nase, aber zur Beantwortung ihrer Frage fiel mir jede Menge ein. Auch Nacktes. Eine ganze Trilogie davon.

Über die Köpfe der Menschen hinweg schaute Shoshanna zu Julian hinüber. »Was, wenn die Preview nicht gut ankommt, Iris? Was, wenn die Leute den Film nicht mögen und er neu geschnitten werden muss?«

»Er wird gut ankommen. Er ist perfekt.«

»Was? Hast du ihn etwa schon gesehen?«

»Ein Privileg der Familie Thorne.« Ich grinste. »Immerhin sind wir die Produzenten.«

»Aber ich bin der Star! Ich sollte ihn als Erste sehen.«

»Tja, ich weiß Sachen, die du nicht weißt.« Ich hatte viel zu viel Spaß daran, sie zu ärgern, weil: Shoshanna.

»Willst du wissen, was ich weiß?«, fragte sie und strich über den Verband an der Schulter, der ihr frisches *Elementia*-Tattoo schützte.

»Was denn?«, fragte ich schnell.

Sie konnte nicht antworten, weil die Menschen in der Schlange drängelten. Ich nahm ein zerfleddertes Exemplar der Trilogie vom nächsten Fan entgegen, ohne den Blick von Shoshanna abzuwenden. Ich hoffte, dass ihr Geheimnis etwas mit Eamon zu tun hatte. Ich vermisste ihn so sehr, dass ich mich permanent wie ausgehungert fühlte.

Ich blätterte zum Innentitel, um das Buch zu signieren. Diese Autogrammstunden waren für mich schnell zum alten Hut geworden, aber ich versuchte, sie nicht zu sehr mieszumachen, denn Miesmachen war nicht mehr meins.

»Dein neuer Look gefällt mir. Wie süßer Punk.«

Ich schaute auf. »Hä?«

Er grinste und ich erkannte ihn nicht gleich. »Erinnerst du dich nicht an mich?«

»Doch. Jetzt«, sagte ich. Es war mein Ex-Lover vom Flug nach Irland. Der Freak mit dem Brust-Tattoo.

»Ich bin hergekommen, um dich zu sehen.« Er lehnte sich auf den Tisch, der unter seinem Gewicht ächzte. »Jetzt können wir endlich das Date verabreden, von dem wir vor Monaten gesprochen haben.«

»Ich habe einen festen Freund«, sagte ich. »Und das bist definitiv nicht du.« Er lehnte sich zurück, und ich versuchte, nicht zu breit zu grinsen, als ich ihm eine Widmung schrieb.

Für den Typen vom Flughafen Shannon:
Finger weg von minderjährigen Mädels!

Tschüss & Zauberkugeln
I E M Thorne

Ich platzierte meine Unterschrift so, dass die Initialen meines zweiten und dritten Vornamens direkt unter denen meiner Großmutter standen. Dabei fühlte ich mich ihr näher als noch eine Minute zuvor – als lachten wir über einen Insiderwitz.

***

»Fünf Minuten!«, rief ein Bühnenarbeiter.

Ich lugte durch den Vorhang ins Publikum voller Menschen in Cosplay-Outfits, *Star-Trek*-Shirts und Krawatten der verschiedenen *Harry-Potter*-Häuser. Stundenlang hatten sie Schlange gestanden und die Mitarbeiter hatten sie erst vor wenigen Minuten eingelassen. In den vorderen Reihen saßen viele in *Elementia*-Kostümen und mit Elf-Ohren. Ihre Aufregung war ansteckend – und nervenaufreibend.

Ich versuchte, mich zu entspannen, die Atmosphäre aufzusaugen und einen der wenigen freien Tage zu genießen, die mir als Praktikantin bei Vantage Pictures zustanden. Cate hatte mir dieses Praktikum verschafft. Meist arbeitete ich in dunklen Redaktionsräumen mit exzentrischen, koffeingetränkten Filmredakteuren, aber ich beklagte mich nicht. Filme waren schließlich pure Magie, und sie zu erschaffen, fühlte sich an, als tauchte ich die Arme bis zu den Ellenbogen in Fantasywelten, die ich mir selbst ausgesucht hatte.

Cate, Julian und Shoshanna wurden gerade verkabelt und bekamen kleine Mikrofone an ihre Shirts geklemmt. Eamons Abwesenheit war ein schwarzes Loch, aber er war noch in Großbritannien und drehte eine Miniserie im Stil von *Downton Abbey*. Ich hatte ihn nicht gesehen, seit wir vor zwei Monaten Dialogaufnahmen gemacht hatten.

»Hey!«, schrie Shoshanna und ich schaute zu ihr hinüber. »Hör auf!«

Julian zog ihr die Arme über den Kopf; es sollte wohl eine Entspannungsübung sein. »Das beruhigt die Nerven, Shosh.« Sie nahm ihn in den Schwitzkasten und er jammerte über seine durcheinandergeratene Frisur.

Das Team der Comic-Con schob Plüschsessel auf die Bühne, dann kam der Moderator, und das Publikum applaudierte begeistert. Man konnte den Mann kaum hören, als er Julian, Cate und Shoshanna auf die Bühne bat. Sie kamen heraus und setzten sich. Ich ging neben den Vorhang, um sie besser sehen zu können. Julian strahlte vor Liebe zu seinen Fans. Cate versuchte, nicht zu breit zu grinsen. Shoshanna war Shoshanna.

Ryder schaute von der anderen Seite der Bühne zu und lugte genauso um die Ecke wie ich. Er streckte mir die erhobenen Daumen entgegen und ich ihm. Er machte sich hervorragend und besuchte nachmittags eine Kochschule für Kinder, die so schnuckelig war, wie der Name es andeutete, und die Nachwuchsköche trugen kleine weiße Kochjacken und Kochmützen. Einmal pro Woche begleitete mein Dad ihn, und beide sorgten dafür, dass unsere Mahlzeiten immer essbarer wurden.

Was mich betraf, war mein Dad immer noch mein Dad. Nach unserem Gespräch in Dingle waren wir einander nicht nähergekommen; wir respektierten einander nicht einmal mehr als vorher. Aber wir lernten, einander Raum zum Atmen zu geben. Ryders Therapeutin, die jetzt auch meine war, sagte, wir seien dabei, uns auf eine gesunde Art voneinander abzugrenzen. Zu meinem Geburtstag überraschte mich mein Dad sogar mit einem Flugticket nach Irland, wo ich mich mit Eamon traf und John Warren kennenlernte – ein Mann, der keine Zeit verschwendete, mir alles über meine Großmutter zu erzählen, während er mich mit starkem schwarzem Tee abfüllte und mir Dutzende Fotoalben zeigte.

Ich schaute auf die Bühne. Das Publikum beruhigte sich nur langsam und plötzlich sah ich etwas Merkwürdiges. »Da steht ja ein Sessel zu viel«, sagte Henrik, der plötzlich hinter mir stand.

»Erwarten wir noch jemanden?«

O Gott, Eamon! Eamon war da! Er würde das Publikum überraschen – und mich!

Der Moderator zeigte auf den leeren Sessel. »Ein Platz ist noch frei. Iris Thorne, würden Sie bitte zu uns kommen?«

Was?

Henrik gab mir einen kleinen Schubs Richtung Bühne. Der Applaus brachte meine Wangen zum Glühen und ich setzte mich auf den freien Sessel und schaute überallhin, nur nicht ins Publikum. Ein Bühnenarbeiter kam rausgeschlichen, um mir ein Mikrofon ans Shirt zu klemmen.

Cate sprach als Erste und strahlte. »Wir können nicht ohne dich über den Film sprechen, Iris.«

»Es war Shoshannas Idee«, petzte Julian.

»Das glaube ich sofort.« Alle lachten, und das – *Herr im Himmel!* – fühlte sich ziemlich gut an.

»Habe ich jetzt unsere Wette gewonnen?«, fragte Shoshanna, aber Cate brachte sie zum Schweigen.

Der Moderator nahm auf einem hochbeinigen Hocker Platz und ordnete seine Moderationskarten. »Vor der Preview führen wir ein kurzes Interview, hinterher können Sie Fragen stellen. Also los.«

Ich begann gefühlt, mich aufzulösen, und mein Herz raste wie wild, als Cate darüber sprach, was die Geschichte ihr bedeutete. Shoshanna sprach darüber, wie sie ihre Wut nutzte, um Sevyn zu spielen. Julian gab den Charmeur und brachte das Publikum zum Dahinschmelzen. Im Ernst. Nur ein Julian Young konnte ein komplettes Kinopublikum schockverliebt machen.

Schließlich wandte sich der Moderator an mich. Ich nahm an, er würde fragen, was meine Großmutter von der Verfilmung gehalten hätte, aber das tat er nicht. »Iris, erzählen Sie uns doch bitte etwas über Ihren Song. Ich meine den, den Sie geschrieben und mit Eamon O'Brien während der Dreharbeiten aufgenommen haben.«

Das Publikum machte *Oooh* und *Aaah* und rief nette Sachen.

»Nun ja … ich werde ihn jetzt nicht spielen, falls es das ist, was Sie wollen. Das wäre zu kitschig, aber …« Ich schaute zu Cate hinüber und sie nickte ermutigend. »Wir verkaufen den Soundtrack zu *Elementia* an unserem Stand und mein Song ist auch darauf. Es ist das dreizehnte Stück, eine Glückszahl.«

»Warum ist Eamon O'Brien nicht hier? Es kursiert das Gerücht, dass er die Hauptrolle im nächsten Wes-Anderson-Film übernimmt.«

»Ja, der Vertrag ist unterschrieben, aber mehr darf ich nicht verraten.« Ich zupfte an einem losen Faden meiner Sessellehne herum. »Morgen, am letzten Tag der Con, wird er hier sein.« *Hoffe ich.* Das Publikum juchzte. Ein paar Mädels kreischten. »Hey, er ist mein Freund«, sagte ich und das Publikum lachte sich schlapp.

»Vermissen Sie ihn?«, fragte der Moderator.

Ich wollte etwas Erwachsenes sagen, nickte aber nur. Ein Leben ohne Eamon war wie ein Leben ohne Nachtisch. Das Publikum applaudierte. Dann begannen die Leute regelrecht zu toben und konnten sich gar nicht wieder einkriegen.

Ich schaute zu Julian und Shoshanna hinüber, die beide grinsten, als hüteten sie ein großes Geheimnis. Ich drehte mich zur anderen Seite der Bühne, auf der Eamon auf mich zukam. Eamon mit seinen Sommersprossen, den Kristallaugen und diesen hinreißenden strubbeligen Haaren.

Ich sprang auf. Und *auf* ihn.

Er hielt mich fest, und dann fiel mir ein, dass wir uns mitten auf einer Bühne befanden und ich vielleicht langsam mal von ihm herunterklettern sollte. Zusammen setzten wir uns auf meinen Plüschsessel, Hüfte an Hüfte, sein Arm um mich gelegt.

»Schamlos«, sagte Shoshanna über den Applaus hinweg. »Aber sind sie nicht süß?«

»Liebesgeschichten kommen immer gut an«, folgerte Julian. Ich konnte sie kaum hören. Und immer noch nicht glauben, dass Eamon hier war. Bei mir. Ich starrte ihn an, als hätte ich ihn nie zuvor gesehen.

»Tut mir leid, dass ich jetzt erst da bin. Ich konnte nicht schnell genug fliegen«, flüsterte er mir zu, aber da ich ein Mikrofon trug, konnten alle seine süßen Worte hören.

Wir schlangen die Finger umeinander. »Ich glaube, du gewinnst die Werbewette.«

Sein kristallblauer Blick fiel auf meinen verbundenen Arm. »Hast du dich etwa ohne mich tätowieren lassen?«

Ich nahm den Verband ab und zeigte ihm meine unberührte Haut. »Ich habe auf dich gewartet, aber ich musste so tun als ob.«

Er küsste mich und das Publikum flippte aus. Zuerst konnte ich nur Applaus und Gekreisch hören, aber dann wurde mir bewusst, wie sehr ich seine Lippen liebte. Seinen Atem. Seine Wange an meiner.

»Sollen wir dann mal den Film starten?«, übertönte der Moderator das Publikum. Die Menge schrie, als das Licht gelöscht wurde und ein Projektor die Leinwand über unseren Köpfen erleuchtete. »Die Mikrofone sind jetzt ausgeschaltet«, flüsterte der Moderator uns zu. »Ihr könnt euch unterhalten.«

»Und wenn der Film nun großer Mist ist?«, murmelte Shoshanna.

»Ist er nicht!«, wies Julian sie zurecht.

Henrik kam auf die Bühne und setzte sich auf Cates Armlehne. Ich winkte Ryder herbei und er setzte sich vor meine Füße. Der Vorspann erschien auf der Leinwand, zuerst Grandma Maes Name, begleitet von Gänsehautmusik, die ich auswählen geholfen hatte.

»Ich glaube, das ist ein guter Zeitpunkt, euch zu sagen, dass die Produktion der ersten Fortsetzung Ende nächster Woche beginnt«, flüsterte Cate.

»In echt?«, schrie Ryder. Ich drückte seine Schulter und er drehte sich zu mir um. »Iris, heißt das, wir dürfen alles noch mal machen?«, fragte er.

»Ja, klar.«

Eamon grinste und ich küsste ihn.

»Cate«, sagte Julian. »Ich habe nachgedacht. Was hältst du davon, eine Liebesgeschichte für Evyn hinzuzufügen?«

»Halt's Maul, Julian!«, bellte Shoshanna. »Ich will mir meinen großen Durchbruch in Ruhe ansehen.«

Der Film als solcher begann. Ich lehnte den Kopf an Eamons Schulter und atmete tief durch. Wir alle waren unterwegs zu etwas Neuem.

Unter dem azurnen Himmel dieser sogenannten Fantasygeschichte.

IRIS' SOUNDTRACK

1. Landung in Irland: »Free Life« von Dan Wilson
2. Landschaftsaufnahmen: »Manifest Destiny« von Guster
3. Maedinas Baum: »Into the Fire« von Thirteen Senses
4. Kein Wutanfall: »Navy Taxi« von Kate Nash
5. Kuss auf der Fähre: »Love Like the Movies« von den Avett Brothers
6. Aufnahmestudio: »Blinded By Rainbows« von den Rolling Stones
7. Freundschaft schließen beim Yoga: »As Cool As I Am« von Dar Williams
8. Das Interview: »Flaws« von Bastille
9. Eamons große Szene: »Cosmic Love« von Florence + the Machine
10. Kneipentour in Dublin: »Then OK« von Julia Nunes
11. Das Erbe der Thornes: »Mess Is Mine« von Vance Joy
12. Abbruch der Dreharbeiten: »Pompeii« von Jasmine Thompson (Coverversion von Bastille)
13. Millionen Klicks: »Speak Plainly, Diana« von Joe Pug
14. Dad: »Wisemen« von James Blunt
15. Auf Wiedersehen Irland: »Haunted« von Shane MacGowan and The Popes
16. Comic-Con/Titelsong: »Do It Anyway« von Ben Folds Five

DANKSAGUNG

Ich habe dieses Buch ein paar weißen Heterokerlen gewidmet. Das ist mir nicht leichtgefallen, aber aus folgenden Gründen (abgesehen von meiner hervorragenden Zitate-Sammlung) habe ich es getan: In meiner Kindheit und Jugend waren diese Kerle meine Vorbilder. Inzwischen sind neue hinzugekommen. An vorderster Front die weiblichen Kraftzentren der *Herr der Ringe*-Filme, Fran Walsh und Philippa Boyens. Dann Edith Tolkien, die meiner Meinung nach hinter allem steckt, was in den Büchern ihres Mannes romantisch ist. Außerdem – in keiner besonderen Reihenfolge – Kate McKinnon, Ani DiFranco, Ellen DeGeneres, Cate Blanchett, Ellen Page, Florence Welch, Julia Nunes und viele andere, die uns queeren Ladys helfen, erhobenen Hauptes dazustehen. Und obwohl Cate Collins eine fiktive Figur ist, muss ich Patty Jenkins, der Regisseurin von *Wonder Woman*, danken, weil sie mich daran glauben lässt, dass sich in Hollywood langsam etwas tut.

Der Herr der Ringe hat mich durch meine Kindheit begleitet, und ich danke meinem Vater, dass er es meinen Brüdern und mir vorgelesen hat, als wir klein genug waren, um wie kleine Vögel auf seinen Armen und Schultern zu hocken. Besagten Brüdern danke ich, weil sie sich die Filme immer wieder mit mir angesehen haben, für

Tolkien Tattoos und den Spitznamen, den sie einer Ex von mir verpassten: Nazgul. Große Klasse, Jungs!

Weiterer Dank geht an all die Freunde, die ich in Irland kennengelernt habe. Vor allem an Margaret, Marla, Conor, John, Damien, Gabrielle und Brian. Falls ihr gerade in Dublin seid, schaut euch unbedingt Brian Brody an, wenn er bei Peader Kearney's singt.

Dankbar bin ich auch meinen detailversessenen Testlesern, vor allem Joan McCarthy, Robin Reul, Polly Nolan und Lily Anderson. Auch meinem Filmagenten, Jason Dravis, danke ich, genau wie meinen Freunden in Hollywood, Eric und Liz, die mir in L.A. beigestanden haben und mir das Gefühl gegeben haben, dass ich glänze. Ein weiteres Danke an das Panera in meiner Nachbarschaft, das mich mit Kaffee versorgt hat, und die SAGA-Schreiber, die mich beim Schreiben bei Laune gehalten haben.

Ein besonderer Dank gebührt meinen drei Wunderlektorinnen: Annette und Kate, die diesem Buch seinen nerdigen, gewundenen Weg gezeigt haben, und Aubrey, die der Geschichte die Initialzündung gab – und zwar mit Dr. Jillian Holtzmanns Flammenwerfer. Noch ein besonderer Dank an dich, Alex, weil du bei all meinen Sourcebook-Projekten für mich da warst, und an Sarah Davies, meine Agentin und Fels in der Brandung.

Also gut, Zeit für ein paar Geständnisse. Wie Iris habe ich in meiner Jugend die Augen verdreht, wenn es um Feminismus ging. Je mehr ich über die Geschlechterungleichheit erfuhr – auf der Welt und in meiner eigenen Familie –, desto mehr fühlte ich mich wie Iris zu Beginn des Buchs: Feminismus war ein Job, für den ich mich nicht beworben hatte. Heute bin ich mir nicht nur meiner eigenen Reise bewusst, sondern auch der themenübergreifenden Bedeutung des Feminismus. Besucht meine Webseite CoriMcCarthy.com und schaut euch die Liste meiner Lieblingstitel an, die die wunderbare Vielfalt des globalen Feminismus verdeutlichen. Außerdem bekommt ihr dort Informationen darüber, wie ihr die Bewegung für Diversitäts- und Geschlechtergleichheit in Hollywood unterstützen könnt.

Elementia ist eine Fantasy-Trilogie, die ich während des Studiums geschrieben habe, meine feministische Antwort auf Tolkiens Erbe. Auf meiner Webseite könnt ihr auch das Drehbuch für den Film lesen und mehr über Sevyn und Nolan erfahren.

Das Beste habe ich mir bis zum Schluss aufbewahrt: Ich danke Maverick, meinem schwertschwingenden, inspirierenden Minihelden, und Amy Rose, der wundersamen Geliebten meines Fantasylebens … und meines wirklichen.

© Amy Rose Carpetta

Die Autorin

CORI MCCARTHY hat irisch-libanesische Wurzeln und verfasste ihre ersten Geschichten im Alter von 13 Jahren. Sie studierte Kreatives Schreiben sowie Dramaturgie, bevor sie am Vermont College of Fine Arts ihren Master in Kinder- und Jugendliteratur machte. Nach ihrem Studium widmete sie sich dem Schreiben und hat bereits mehrere Jugendbücher veröffentlicht. In ihrer Freizeit spielt sie gerne Gitarre und liest Gedichte. Sie lebt mit ihrer Partnerin und ihrem Sohn in Michigan.

© Sabrina Adeline Nagel

Die Übersetzerin

EDITH BELEITES ist in Bremen geboren, hat in Marburg Anglistik und Sozialpädagogik studiert, ist nach Hamburg gezogen, um dort als Autorin und Übersetzerin zu arbeiten, zwei prächtige Jungs aufzuziehen, viel zu lesen, zu garteln, zu malen und viel Fisch zu essen.

Mehr über cbj auf Instagram unter @hey_reader

Huntley Fitzpatrick

Mein Sommer nebenan

512 Seiten, ISBN 978-3-570-40263-4

Samantha Reed liebt die Garretts heiß und innig – doch nur aus der Ferne. Die 10-köpfige Nachbarsfamilie ist tabu, denn die Garretts sind alles, was Samanthas Mutter ablehnt: chaotisch, bunt und lebensfroh. Aber eines schönen Sommerabends erklimmt der 17-jährige Jase Garrett Samanthas Dachvorsprung und stellt ihr Leben auf den Kopf. Sie verliebt sich mit Haut und Haaren und wird von den Garretts mit offenen Armen aufgenommen. Eine Zeit lang gelingt es Samantha, ihr neues Leben vor der Mutter geheim zu halten. Doch als ein Autounfall die Garretts aus der Bahn wirft, muss Samantha eine schwere Entscheidung treffen ...

Catherine Rider

Kiss me in Palm Springs

ca. 300 Seiten, ISBN 978-3-570-16587-4
erscheint im April 2020

Die 18-jährige Sasha (alias Quinn Jackson) ist auf der Flucht vor einem viralen Video. Da kommt der Urlaub in Palm Springs gerade recht. Sommer, Sonne und Entspannung, soweit der Plan. Der 19-jährige Jay (Jackson Quinn) plant, einen Knüller für seine Zeitung zu landen und seiner Familie damit endgültig zu beweisen, dass er das Zeug zum Journalisten hat. Doch schon im Flieger nach Palm Springs landet er auf einem Economy-Platz, Sasha dagegen in der Business-Class. Offenbar eine Namensverwechslung – und Antipathie auf den ersten Blick. Ein paar Fehlbuchungen später finden sich Sasha und Jay allerdings gar nicht mehr so unausstehlich ...

20299

cbj

www.cbj-verlag.de